Onder druk

Van ESCOBER verscheen bij uitgeverij Anthos

Onrust (eerste deel trilogie Sil Maier)
Onder druk (tweede deel trilogie Sil Maier)
Ongenade (derde deel trilogie Sil Maier)
Chaos

ESCOBER

Onder druk

Anthos|Amsterdam

Eerste druk april 2008
Derde druk juni 2009

ISBN 978 90 414 1221 8
© 2004, 2008 Esther en Berry Verhoef
Deze uitgave verscheen eerder bij Karakter Uitgevers
onder de auteursnaam Esther Verhoef
Omslagontwerp Roald Triebels, Amsterdam
Omslagillustratie © Edwin Bronckers | Exposure Buffalo Photography
Foto auteurs © Yvette Wolterinck / Eyescream

Verspreiding voor België:
Veen Bosch & Keuning uitgevers n.v., Wommelgem

Een van de vele vormen van eenzaamheid
is een herinnering hebben
en er niet over kunnen praten.

Brigitte Bardot

1

Miguel floot zacht een deuntje mee met de radio en tikte op de maat met zijn vingers op het stuur. Een of ander disconummer uit de *seventies*. De radio stond niet te hard. Dat zou kunnen opvallen.

Hij keek door het gesloten portierraam naar buiten.

Het lage, houten schoolgebouw lag schuin tegenover hem, aan de overkant van de weg. De ramen aan de voorzijde keken uit op het speelplein. Ze waren vrijwel dicht gekalkt met Winnie de Poeh- en Sesamstraatfiguren. Op de toegangsdeur in het midden – draadglas boven en onder – waren allerlei stencils met mededelingen geplakt.

Hij kende het witte gebouwtje inmiddels zo goed dat hij het met zijn ogen dicht kon uittekenen. Op schaal. Hij had de breedte van het gebouw uitgerekend aan de hand van de betonnen trottoirtegels op het speelplein, en samen met de geschatte hoogte en diepte een berekening kunnen maken van de kuub inhoud. Daarna in één moeite door bepaald hoeveel C_4 hij nodig zou hebben, waar hij dat zou aanbrengen en in welke volgorde hij het spul zou laten ontsteken, voor een optimaal effect.

Volslagen zinloze informatie.

Er mochten geen doden vallen. Dat was hem met klem opgedragen. Maar hij moest wat in de uren dat hij hier zo'n beetje bewegingsloos had zitten posten. Een beetje hersengymnastiek om te voorkomen dat hij in slaap zou vallen.

Hij geeuwde en keek op zijn horloge. Bijna twaalf uur.

Eigenlijk moest hij dit soort saaie kutklussen kunnen overlaten aan een jongen als Thierry, maar hij had het niet eens met hem besproken. Thierry was jong, overmoedig, het testosteron spoot uit zijn oren. Dus kon hij fouten maken. Herstel: *zou* hij fouten maken. Dat deed Thierry namelijk aan de lopende band.

Daarom deed hij het zelf maar, ook al was hij er feitelijk te goed voor. De manager van Tesco of Lidl die bijspringt achter de kassa, een directielid van Shell als pompbediende. Zo voelde het.

Maar ach, het kon altijd erger. De erfenis daarvan droeg hij nog elke dag met zich mee. Hij krabde nijdig aan zijn mondhoeken, wierp een korte blik in de binnenspiegel van de gehuurde Volkswagen Golf en wendde geërgerd zijn hoofd af. Hij was er nog steeds niet aan gewend, aan die gehavende rotkop. De littekens werden roder bij vochtig weer en ze jeukten als de hel.

In een poging van zijn gezicht af te blijven kromde hij zijn vingers om het stuur en concentreerde zich op de school. Tussen de schilderingen door zag hij kinderen aan lage tafeltjes zitten. Er liepen twee leidsters rond, niet veel ouder dan een jaar of vijfentwintig. Ze klapten in hun handen en lachten.

Hij keek op zijn horloge. Twaalf uur. Het doelwit werd zo opgehaald. Dan zou hij, zoals elke vrijdag in de afgelopen twee weken, erachteraan rijden. Controleren of de rit zonder omwegen naar de villa in de buitenwijk voerde.

Zodra dat erop zat, was het over met posten. Dan kon het echte werk beginnen.

Daar zag hij naar uit. Actie. Wat *doen* in plaats van wachten.
Terwijl hij verveeld de naïeve vrolijkheid achter de ramen
gadesloeg, dwaalden zijn gedachten af naar Colombia. Een
paar jaar geleden had hij een leven buiten zijn vaderland niet
voor mogelijk gehouden. Maar dat was voor ze hem voor zijn
leven deze godvergeten clownskop aanmaten. De paranoïde
remalparidos. De klootzakken.

Hij had er weinig tegen kunnen doen, behalve maken dat hij
wegkwam en elders, ver buiten de vuurlinie, een nieuw leven
opbouwen. Het lot was hem gunstig gezind geweest, dat kon hij
niet ontkennen. Het was een peulenschil gebleken om in Europa aan werk te komen. Ervaring was een zeldzaam goed en
werd hier, aan de andere kant van de Atlantische Oceaan, goed
betaald. Zijn nieuwe baas vertrouwde hem volledig, en liet het
hem dan ook zo veel mogelijk zelf uitzoeken. Die keek hem
niet op zijn vingers. Met drie man onder hem en een grote mate van vrijheid mocht hij niet klagen.

De eerste auto's stopten langs de trottoirrand voor het
schooltje. Zijn handen grepen blindelings naar de krant die
naast hem lag. Hij vouwde hem open tegen het stuur en trok de
cellofaanverpakking van een broodje ham open. Dat had hij
vanochtend bij een tankstation langs de snelweg gekocht, het
eerste dat hij over de Nederlandse grens tegenkwam. Kauwend bleef hij kijken naar de overkant van de straat. Hij maakte zich niet al te veel zorgen over passanten. Mensen waren in
dit land veel te druk met zichzelf bezig om anderen op te merken. Mocht het al iemand opvallen, een vent alleen in een auto,
dan wekten de krant en het broodje de indruk van een man die
tussen de middag zijn lunch in de auto opat.

Het werd nu druk. Vrouwen op fietsen met kinderzitjes voor
en achter, in Japanse koekblikken of lopend, kinderwagens
voor zich uit duwend, kwamen als vliegen op de stront op het
lage schoolgebouw af.

9

De Saab was aan de late kant vandaag. Er stapte een slanke vrouw uit. Mantelpak en lang, krullend rood haar. Te duur gekleed om een huishoudster of au pair te zijn.

Ze was de moeder van het doelwit.

Miguel nam nog een hap van zijn brood. Keek toe hoe de vrouw met parmantige stappen over het schoolplein liep, neus in de wind, de andere vrouwen geen blik waardig keurend. Nog een week, dacht hij, en dan zou haar veilige wereldje instorten op de oprit van haar eigen huis.

De roodharige vrouw kwam weer naar buiten. Ze droeg een jochie op haar arm, krap één meter hoog en verpakt in een donkerblauw katoenen broekje en een rode polo. Witblond, warrig haar, een beetje krullend. Een tot op het bot verwende *bambino*.

Hij zag de vrouw het doelwit vastsjorren in een kinderzitje op de achterbank. Zodra ze instapte, startte hij de Golf.

Langzaam reed hij achter haar aan.

2

De ijzige kou kroop naar binnen. De droge vrieslucht prikte in haar neusgaten en ogen.

Alsof iemand de deur van een koelcel opende.

De jongen stond in de deuropening. Een onregelmatige vlek kleurde de rechterzijde van zijn jack rood. Vanaf het inslagpunt op zijn bovenarm was de kogel dwars door de spiermassa van de arm geslagen, daarna zijn bovenlichaam binnengedrongen, en had vrijwel ongehinderd door het zachte longweefsel zijn weg vervolgd, dwars door het hart. Voor de kogel – een kaliber .45 uit een Heckler & Koch Mark 23 met geluiddemper – de andere zijde van zijn ribbenkast had bereikt, was de jongen al dood geweest.

Ze had het tien maanden geleden voor haar ogen zien gebeuren.

Hij gleed dichterbij, als een weerzinwekkende pion die door een reuzenhand over een schaakbord vooruitgeschoven werd. Aan het voeteneind bleef hij staan. Verwijtend.

Ze las het in zijn donkere blik.

Hij was dood.

Zij leefde.

Ze kénde hem niet eens. Ze kon er niets aan doen.

De man die naast hem verscheen was een stuk groter, ouder

ook. Maatpak, peper-en-zout haar. Zijn gezicht was weggeslagen. Een kleverige massa van botsplinters en geronnen bloed.

Ze spraken niet, ze deden niets. Ze stonden daar maar.

Ze had het al tientallen keren eerder gezien.

Ze wist wat er zou volgen.

De vrouw.

Ze had een rond gat in haar schedel, als een monsterlijke Indiase *bindi*. Een 9-millimeter had zich tussen haar hoekige wenkbrauwen geboord. Van heel dichtbij. Het was de bron van het bloed, dat in grillige, roestbruine stroompjes over de strakke huid van haar gezicht gestold lag. Lichtgrijze ogen staarden haar vol haat aan. Haar stem galmde door de slaapkamer, weerkaatste tegen de muren. Gegorgel dat uit een donkere diepte leek te komen. Overging in een hysterische schreeuw.

'Je bent een moordenaar. Hoor je wat ik zeg? Een moordenaar!'

Mijn god laat het ophouden.

De vrouw kwam dichterbij. Bij elke pas groeiden haar haren, schoksgewijs, als bonenplanten in een versneld afgespeelde film. Werden langzaam donkerder, krulden en golfden over haar schouders. Vanuit haar gerimpelde hals vertakte zich een netwerk van fijne, hoekige lijntjes die haar hele gezicht bedekten. De lijntjes trokken abrupt weg en het gezicht kreeg geleidelijk een nieuwe vorm. Afschuwelijker dan het kapotgeschoten gezicht van de oudere man. Verontrustender dan de holle, verwijtende blik van de jongen. Angstaanjagender dan de staalharde blik van de vrouw.

Het was alsof ze in de spiegel keek. Dezelfde donkerbruine ogen. Hetzelfde haar.

Het werd het gezicht van haar moeder.

En dan begon haar moeder te schreeuwen.

Susan schoot overeind, badend in het zweet. Haar hart bonkte in haar borstkas.

De schreeuw was echt.

Die kwam uit haar eigen keel.

Het volgende moment voelde ze een paar armen om zich heen. Een naakte borstkas, warm, geruststellend.

'Rustig aan.' Sil Maier streek over haar haren.

Ze opende haar ogen langzaam, bang dat het nog niet voorbij was. Doodsbang om nogmaals het gezicht van haar moeder te moeten zien – een vreselijk vervormde, afschuwelijke versie ervan.

'Weer die nachtmerrie?'

Ze knikte.

'Verdomme,' zei hij zacht.

'Sorry.'

'Je hoeft je nergens voor te verontschuldigen.' Hij maakte zich los van haar en rolde uit bed. Rekte zich uit. Gaapte. 'Wil je wat drinken? Tv-kijken?'

Ze schudde haar hoofd. 'Nee, het gaat wel, echt. Het is maar een droom.'

'Het is meer dan een droom, en dat weet je.'

Ze keek hem met waterige ogen aan. Rilde.

Hij ging naast haar op bed zitten.

'Kijk me niet zo aan,' zei ze.

'Hoe?'

'Zo vol medelijden. Alsof ik zielig ben. Een idioot met een probleem. Ik bén niet zielig, oké? Het slijt al. Het is alweer een week geleden dat ik die nachtmerrie had. Eerst elke nacht. Nu nog maar eens in de week. Vooruitgang dus.'

Hij bromde iets.

'Er zitten elementen in van *Evil Dead*,' zei ze snel. 'Die film heb ik gezien toen ik een jaar of veertien was en die heeft behoorlijk veel indruk op me gemaakt. Dus...'

'Hetzelfde jaar waarin je moeder verdween.'

Ze knikte. 'Dus dat is het. Een samenraapsel van een aantal gebeurtenissen waarvan mijn onderbewuste vindt dat ik ze nog moet verwerken, blijkbaar. Maar het is niet echt en dat weet ik... Ik sla echt niet door. Het komt wel goed.'

Hij nam haar gezicht in zijn handen en keek haar ernstig aan. 'Maar het lijkt echt.'

'Ja, als ik droom lijkt het echt. Net of ik haar aan kan raken.'

Ineens begon ze te huilen. Ze wilde het niet maar kon het niet langer onderdrukken. Lange uithalen. Snikken.

Hij sloeg zijn armen om haar schokkende schouders. Legde zijn kin op haar hoofd.

Ze leed aan een vorm van posttraumatische stress. Je hoefde geen gecertificeerd psycholoog te zijn om dat te begrijpen.

En het wrange was dat ze bij geen enkele psycholoog met haar verhaal terecht kon zonder dat er diezelfde dag nog een tot de tanden bewapend arrestatieteam dit stadsappartement binnen zou vallen. Want het was niet alleen haar moeder, een geest uit een ver en grijs verleden, die 's nachts aan haar bed postvatte. En het was al zeker niet haar moeder die de directe aanleiding vormde voor de levendige angstdromen die haar nachtrust en zenuwen in de afgelopen maanden op de proef hadden gesteld.

Hij kon haar niet helpen. Dit moest ze zelf doen. Zijn enige bijdrage was liefde geven, en samen met haar hopen dat het op een dag over ging en ze weer normaal kon functioneren.

Hij voelde haar lichaam zachtjes schokken en trok haar dichter tegen zich aan. Rook een vleug shampoo in haar lange, bruine haar, dat vochtig was en tegen haar gezicht plakte van het zweet. Kuste haar kruin en streek over haar rug. Merkte dat zijn lichaam op haar nabijheid reageerde en vervloekte zichzelf. Seks met haar was geweldig. Maar nu even niet.

Hij probeerde aan iets anders te denken. 'Weet je zeker dat je niet even uit bed wilt? Of iets drinken? Zal ik thee voor je maken?'

Ze knikte vaag en haalde haar hand langs haar neus.

Hij liep de woonkamer in. De houten vloer kraakte onder zijn blote voeten. Hij knipte het licht aan en liep door naar de open keuken. Keek op de klok. Drie uur.

Hij goot water in de waterkoker en schakelde het apparaat in. Terwijl het water begon te ruisen, doorzocht hij de kastjes naar thee. Susan had er geen systeem voor. Alles lag door elkaar. Hij vond de thee in een bovenkastje, achter de borden.

Leunend tegen het aanrecht gleed zijn blik door de woonkamer. Geel bankstel, grenen vloerdelen, een paar reproducties aan de muur en uitvergrote foto's van haar werk. Een ervan was een opname van een strand in Hurghada: in symmetrische rijen opgevouwen parasols als soldaten in het gelid, naast kale ligbedden, tegen een ondergaande zon. Een grofkorrelige impressie van de Egyptische kustplaats waar ze elkaar ontmoet hadden, bijna drie jaar geleden.

Toen was hij nog getrouwd geweest, woonde hij nog met Alice in de zelfontworpen bungalow in Zeist. Designinrichting van geborsteld staal, natuursteen en rood kalfsleer. Nu hij eraan terugdacht, leek het een scène uit het leven van iemand anders.

Terwijl hij een pak melk uit de koelkast pakte, hoorde hij Susan gedempt in de slaapkamer snikken. Ze wilde niet dat hij het hoorde. Ze was moedig. De moedigste vrouw die hij kende. Met recht een moordwijf. En hij kon haar niet helpen.

Hoe graag hij dat ook wilde.

Susan had meer meegemaakt en gedaan dan ze geestelijk aankon. Dat was in de afgelopen maanden wel duidelijk geworden. Ze sliep geen nacht meer door. Alleen maar omdat hij zo'n godvergeten lul was geweest, die dacht dat hij de hele wereld onder controle had.

Nog niet zo lang geleden had hij een aanvaring gehad met een boom van een kerel die hem had toegeschreeuwd: 'Wie denk je verdomme wel dat je bent, *supermèn?*'

Die gast had het IQ gehad van een amoebe, maar zijn karakteranalyse was scherp. Het leven naast de reguliere maatschappij had zijn eigen wetten, en die waren behoorlijk ruim opgesteld. Hoe langer je er tijd doorbracht, hoe meer je het gevoel kreeg dat geen enkele wet nog voor jou gold, inclusief de natuurwetten. Als je vaker in levensbedreigende situaties verkeerde dan dat je je gezicht op een receptie liet zien, werd het gevoel van onoverwinnelijkheid alsmaar sterker. Maar dat was alleen maar een gevoel.

In feite mocht hij nog van geluk spreken dat hij hier stond. Dat zijn ontbindende lichaam niet als compost diende voor een stel bomen in een afgelegen bos. Of als voer voor de varkens van een corrupte boer. Het lijntje was te dun. En het leven dat hij nu had, was hem te dierbaar. Susán was hem dierbaar.

Hij had de beslissing genomen op het moment dat hij bij haar introk, nu tien maanden geleden: het was over. Voorbij. Voltooid verleden tijd.

Op de een of andere manier bracht die gedachte alleen al een stille paniek teweeg die hij met kracht onderdrukte.

Het gesnik in de slaapkamer was opgehouden. Hij hoorde hoe ze het dekbed opschudde en weer in bed terugging. De springveren van de matras piepten een beetje.

Hij nam de waterkoker van zijn houder, goot het kokende water in een mok en hing het theezakje erin. Schonk er wat melk bij en liet er twee suikerklontjes in vallen. Liep er al roerende mee terug naar de slaapkamer, reikte haar de mok aan en ging naast haar op het bed zitten, een hand op haar been. Terwijl ze een slok nam, legde ze haar hand op de zijne en streek er afwezig over.

'Misschien moeten we er even uit,' zei hij.

'Waarom?'

Hij haalde zijn schouders op. 'Misschien helpt dat. Letterlijk afstand nemen.'

'Waarheen dan?'

'Zeg jij het maar.'

Ze nam nog een slok en er ontstonden denkrimpels in haar voorhoofd. 'Parijs,' zei ze uiteindelijk. 'Daar ben ik al even niet meer geweest.'

Hij keek haar verrast aan. 'Parijs? Da's naast de deur. We kunnen—'

'Ik hoef niet zo nodig twintig uur in een vliegtuig te zitten, dat heb ik al genoeg gedaan. Parijs voelt goed. Ik ken er de weg.' Ze pauzeerde even. Haar hand gleed over de warme huid van zijn bovenbeen naar boven. 'En soms is het geruststellend om te weten dat bepaalde dingen er nog zijn.'

Hij hield zijn adem in. Zag haar ogen donkerder worden. 'Dat is er ook nog,' wist hij schor uit te brengen.

Ze schonk hem een lome glimlach. 'Fijn.'

'Stelt dat je gerust?'

'O, ja.' Ze zette de mok op het nachtkastje. 'Maar ik denk dat ik nog veel meer geruststelling nodig heb.'

3

Walter vond het prettig om 's ochtends vroeg, dat deel van de ochtend dat door de massa als late nacht werd beschouwd, al aan het werk te zijn. Het gaf hem het idee dat hij een voorsprong had op de rest van de wereld. Vanaf het moment dat hij aan zijn rechtenstudie was begonnen, had hij zich dit ritme eigen gemaakt. Laat naar bed, vroeg op. Veel meer dan zes uur slaap gunde hij zichzelf niet en had hij ook niet nodig.

Het goede nieuws was dat hij volgens de statistieken in de komende jaren met nog minder slaap zou toekunnen. Het slechte nieuws was er onlosmakelijk mee verbonden: het bedenkelijke voordeel van reductie op openbaar vervoer, concerten en pretparken.

Het kwam hem bijna surrealistisch voor. Tweeënvijftig zijn.

Hij had zich nooit eerder zo goed gevoeld als in de afgelopen twaalf maanden. Hij had er ruim vijftig voor moeten worden om te leren begrijpen dat er veel meer mogelijkheden waren dan hij al die tijd had gezien. Sommige dingen, daar moest je niet over nadenken. Die moest je gewoon doen.

Dat wist hij nu.

In de laatste jaren die hij met Emily had doorgebracht – de laatste van hun zesentwintigjarige huwelijk – was hij gaan wennen aan het idee dat hij geen dertig meer was. Dat de klok ook voor hem ging tikken, merkte hij eerst aan praktische dingen. Aan zaken die hij kreeg voorgelegd van mensen – *volwassen* mensen – met geboortedata uit de jaren zestig. Later kwamen advocaten die in de jaren zeventig waren geboren hun verhaal bij hem doen. En dat waren geen snotneuzen, maar mensen met een gedegen opleiding, ervaring en een scherp verstand waar hij rekening mee moest houden.

De andere dingen waren minder opvallend. Die waren er min of meer geleidelijk in geslopen. Emily was gaan bridgen, en hij zat 's avonds met een sigaar in de werkkamer te lezen.

Hij had er niet eens over nagedacht dat het anders kon.

Toen Valerie Nielsen als een rode wervelwind zijn huis en wereld binnen was komen stormen, en maar langs blééf komen, had hij haar eerst benaderd als een soort dochter. Maar langzaam maar zeker verschoof de machtspositie, begonnen ze elkaar te tutoyeren, tot hij uiteindelijk begon te begrijpen dat Valerie hém allesbehalve als vaderfiguur zag.

Eerst had hij het niet willen zien, niet willen geloven eigenlijk. Valerie was als een wezen van een andere planeet, uit een andere tijd. En ze wilde hém? Hij was meteen begonnen aan een inhaalslag. Hij had een mountainbike gekocht, kroop eens per week onder Emily's zonnebank. Zijn kapper mat hem een modernere coupe aan. En toen hij er eenmaal aan gewend was geraakt, moest hij toegeven dat hij in een rode pullover van Gaastra een stuk jonger oogde. Het scheelde zeker tien jaar met het Engelse maatpak waarmee hij tot die tijd vergroeid leek te zijn.

Zijn wedergeboorte had zich voltrokken in amper een halfjaar tijd. Emily was het niet ontgaan, maar ook Valerie had het opgemerkt. Toen ze die dierenarts van haar voorgoed vaarwel zwaaide, kon hij zijn geluk niet op.

Voor Emily was het allemaal minder makkelijk te verkroppen geweest. En nog steeds belde ze hem weleens midden in de nacht boos op als ze te veel had gedronken. Maar ze had haar alimentatie en de vriendinnen van de bridgeclub.

Ze zou het wel overleven.

Valerie en haar kleine Thomas. Met hen in de buurt waande hij zich twintig jaar jonger.

Was hij twintig jaar jonger.

En daar mocht niets tussen komen.

Walter stond op vanachter zijn notenhouten bureau en liep over het Perzische tapijt naar de bibliotheekkast. Daar bleef hij even staan luisteren. Valerie sliep nog. Thomas was bij zijn vader.

Hij was helemaal alleen.

Voor de kast zakte hij op zijn knieën en sloeg een hoek van het tapijt terug. Er zat een ring in de houten vloer, die hij uit de uitsparing peuterde. Hij trok het luik open.

Eronder was een betonnen ruimte van amper een halve meter diep. Er lag een oude, stoffige Colt Python. De cilinder van de zware revolver bood ruimte aan zes .357 Magnum-patronen. Naast het vuurwapen lag een doosje munitie van dat kaliber. Walter had er nog nooit een patroon van afgeschoten. Hij had het wapen begin jaren tachtig achterovergedrukt en het sindsdien als een schat bewaard.

Het was een herinnering. Een dubieus souvenir, dat wel. Niemand wist dat hij het had.

Naast het wapen stond een kist. Hij kromde zijn rug en sloeg het stof van de deksel. Draaide het sleuteltje om en opende het ding.

Een vergeelde foto, vierkant met een witte rand, gemaakt in hetzelfde jaar waarin hij de Colt had bemachtigd en was begonnen met zijn rechtenstudie. Net als van de Colt had hij nooit afstand kunnen doen van de foto, al zou hij er verstandiger aan doen die te verbranden.

Er stonden drie mannen op afgebeeld. Zijn vingers gleden over het gladde, dikke papier. Wat waren ze nog jong toen. Begin dertig en nog zo naïef. De geestdrift en het zelfvertrouwen straalden van hun gezichten. Geran Staal, de beeldenboer, met zijn woeste zwarte baard als een zeerover uit de Griekse oudheid. Hijzelf, een lange, bleke slungel in een overhemd en met een onzekere glimlach onder een intellectueel uitziend brilmontuur. Tussen hen in een blonde man, gebruind als een Amerikaanse presidentskandidaat, een zelfverzekerde grijns op zijn gezicht.

Een onwaarschijnlijk stel vrienden. *Vriénden.* Hij kauwde op het woord en glimlachte zuur. Een donkere schaduw kroop over zijn gezicht.

Na een laatste blik legde hij de foto terug, sloot het luik af en legde de flap van het kleed er weer overheen. Ging vervolgens in de leren, gecapitonneerde fauteuil achter het bureau zitten en legde zijn handen op het vloeiblad voor hem. Keek met een schuin oog naar de krantenkop van de plaatselijke krant. Het stuk dat eronder stond had hij sinds gisteren al talloze keren gelezen en hij was er behoorlijk nerveus van geworden.

Rijkswaterstaat had de plannen doorgezet. Langer dan een half jaar zou het niet duren voor de problemen – letterlijk – aan het licht zouden komen. Problemen die verstrekkende consequenties zouden hebben voor iedereen die erbij betrokken was geweest.

Walter raakte vooral nerveus van de consequenties die hemzelf aangingen. Liet hij het op zijn beloop, dan kwam het tien tegen één uit. De patholoog-anatomen waren knap tegenwoordig, ze zouden het weten te dateren, en dan was er een serieuze mogelijkheid dat ze gingen wroeten en bij hem uitkwamen.

Het was zo lang geleden. Iedereen die er toen bij was, had als het graf gezwegen. Alsof het nooit was gebeurd. Maar soms waren er geen woorden nodig om een verhaal te vertellen.

Hij woelde met zijn handen door zijn grijzende haar en kneep zijn ogen dicht. Het was niet moeilijk je voor te stellen wat er ging gebeuren. Zijn functie als rechter zou sneuvelen. Daar zou hij – hoewel het moeilijk zou zijn – nog wel mee kunnen leven. Maar in de slipstream van het mediaspektakel dat het zou opleveren, zou Valerie opstappen. Daar was hij zeker van.

Ze zou hem nooit meer willen zien.

Met een laatste blik op de krantenkop beet hij somber op zijn onderlip. Hij wist wat hem te doen stond.

4

De weilanden en smalle polderwegen lagen achter de historische stadswallen van Den Bosch, op nog geen vijf minuten van Susans appartement. Maier liep er nu al drie kwartier met een rustig gangetje van elf kilometer per uur en was op de terugweg. Zijn lichaam bewoog als een geoliede machine.

Hij hield van dat gevoel, het langzaam opbouwen van het tempo, het monotone dreunen van zijn voeten op de grond, een lichaam dat alles in dienst stelde om te presteren. Bloed dat zich door de kleinste aders perste om extra zuurstof aan te voeren, zodat zijn huid een rode gloed kreeg. Hij liep dagelijks een rondje van twaalf kilometer. Soms een paar kilometer meer, afhankelijk van hoe onrustig hij zich voelde en hoe lang het duurde voor de endorfine hem een *runnershigh* bezorgde waar hij zo langzamerhand een verslaving voor aan het ontwikkelen was.

Lopen hielp normaal gesproken prima om zijn kop leeg te maken. Vandaag lieten de gedachten zich niet naar de achtergrond verjagen.

De onrust nam toe. Het had weinig zin om dat te ontkennen. Die zeurde, als een radio die ergens zachtjes stond te brommen. Een geluid dat je amper opmerkte zolang je bezig was, maar dat als een misthoorn door je hoofd galmde als je klaarwakker in het donker in bed lag.

Hij probeerde de onrust weg te rationaliseren door zichzelf voor te houden dat het plaatje compleet was. Op zijn vijfendertigste had hij alles wat hij zich kon wensen. In Susan had hij iemand gevonden met wie hij zo'n beetje alles kon delen. Zijn gedachten, zijn daden en zijn bed. Al met al zeldzaam genoeg om verrekte zuinig op haar te zijn. Ze waren gezond en financiële zorgen waren er niet. Alles bij elkaar was er voldoende reserve om nooit meer te hoeven werken en de dure hobby die hij had – auto's – tot in het einde der dagen te kunnen bekostigen.

Het geld op zich interesseerde hem niet. Wel de vrijheid die je erdoor kreeg: hij hoefde niemands kont te kussen, behalve die van Susan en dat was bepaald geen straf.

Geen slechte positie voor een jongen die zonder vader was opgegroeid in een achterstandswijk in München, en die na de dood van zijn moeder in een vergelijkbare uitzichtloze situatie bij zijn oma in Utrecht was terechtgekomen. Helemaal niet slecht.

Het zou voldoende moeten zijn.

De onrust was een zwakte. Een mankement in zijn hersenstructuur, een storende fout, een kronkel waarvoor hij te intelligent en wilskrachtig was om eraan toe te geven.

Negeer het, Maier.

Bijna ongemerkt was hij teruggekomen bij het appartement. In de gang liep een blond jongetje tegen hem op. Het keek verschrikt omhoog en rende op onvaste beentjes naar de woonkamer. Maier volgde hem. Sven Nielsen, Susans buurman – nu ook de zijne – zat in een gele fauteuil. Het jochie klampte zich vast aan Svens been en keek met grote ogen naar hem op. Het leek een jaar of drie oud, had hetzelfde hoogblonde haar als Sven en onmiskenbaar zijn fijne gelaatstrekken. Het moest zijn zoontje zijn, dat bij zijn ex-vrouw en haar nieuwe vriend woonde.

'Je bent Thomas al tegen het lijf gelopen, zie ik.' Sven glunderde bijna kinderlijk.

Maier hurkte bij het kind neer en stak zijn hand uit. 'Dag Thomas.'

Het jongetje keek hem aan vanuit een stel glanzende, blauwe ogen, stak aarzelend een mollig handje in zijn richting. Maier kneep er plagerig in.

Zijn shirt plakte aan zijn lijf en zijn bezwete lichaam schreeuwde om een douche, maar hij haalde een halveliterfles mineraalwater uit de koelkast en plofte naast Susan op de bank.

In de tien maanden dat hij Sven kende kon hij zich geen dag herinneren waarop de dierenarts het niet over zijn zoontje had gehad. Het zoontje dat zijn ex-vrouw bij hem vandaan hield. Ze werd daarbij geholpen door een stel meedogenloze advocaten die Sven bijna tot waanzin hadden gedreven. Dat Thomas hier nu bij zijn vader op schoot zat, was duidelijk een mijlpaal.

Het douchen kon wel even wachten.

'Hij lijkt op zijn vader, hè?' Sven kneep zijn zoontje bijna fijn.

Maier wilde iets zeggen in de trant van dat het te hopen was dat dat zou bijtrekken – een plaagstoot, de manier waarop Sven en hij meestal communiceerden – maar hij hield zich in en knikte gemoedelijk. 'Vanwaar deze ommekeer? Had jouw advocaat betere argumenten dan dat leger bloedzuigers van haar?'

'Geen idee. Misschien hadden ze wel door dat het geen hout sneed, dat het nergens op sloeg om een omgangsregeling tegen te houden. Ik heb Valerie nooit een haarbreed in de weg gelegd en ze is zélf opgestapt... Het was denk ik door elke rechtbank afgewezen. Ik neem aan dat die nieuwe vriend van haar dat ook wel wist.'

'Die is zelf toch rechter?' vroeg Susan.

'Ja, dus hij kon het weten.'

'Hij had het je moeilijk kunnen maken, toch?' Maier nam een flinke slok van het water.

'Vast wel, maar ook een rechter hoort zich aan de wet te houden.'

'En nu?'

'Nu ben ik weekendvader. Elke twee weken kan ik hem vrijdags, klokslag zes uur ophalen, en 's zondags zelfde tijd weer inleveren. Ik heb hem gisteravond opgehaald, hè, Thomas?'

Het jochie knikte afwezig en stak een duim in zijn mond. Werd volledig in beslag genomen door een videoclip op tv.

Susan keek Sven met een spijtig gezicht aan. 'Klote dat het zo is gelopen.'

'Ik weet wel dat het niet alles is,' zei Sven, terwijl hij afwezig door Thomas' blonde krullen streek. 'Maar eens in de twee weken is nog altijd beter dan helemaal nooit. Ik heb Thomas altijd als vanzelfsprekend gezien, maar vanaf nu ga ik het anders doen.'

Even zei niemand iets. Op tv maakte de videoclip plaats voor reclame. Thomas bleef met onverminderde belangstelling naar het beeldscherm staren.

'We gaan er zo weer vandoor,' zei Sven, met een korte blik op zijn horloge. 'Naar de Efteling. En ik heb beloofd hem daarna mee te nemen naar McDonald's.'

Het laatste woord veroorzaakte een reactie in het witblonde hoopje mens op zijn schoot. Thomas keek zijn vader even aan en richtte zich toen weer op de tv.

'Je kunt niet vroeg genoeg beginnen je kinderen cultuur bij te brengen,' zei Maier.

Sven nam de plagend cynische opmerking serieus en haalde verontschuldigend zijn schouders op. 'Weet je... Ik wil gewoon dat hij graag bij me is. Gisteravond bekeek hij me alsof ik een vreemde was. Hij wilde niet eens met me mee. Valerie heeft hem zo'n beetje in zijn stoeltje in mijn auto moeten vastbinden. Ik kon wel door de grond zakken... Het deed zeer. Ik word waarschijnlijk zo'n foute weekendvader, die alles goedvindt en hem overlaadt met cadeautjes.'

'Hij zal er niet slechter van worden,' zei Maier. 'Je hebt voorlopig heel wat in te halen.'

5

Het was een van de betere wijken in Tilburg. Breed opgezette lanen met volgroeide bomen. Degelijke, ruime huizen van donkerbruin baksteen en ramen met vakverdeling in glas in lood.

Miguel reed er nu voor de derde keer deze ochtend doorheen en nam alles nog eens in zich op.

Olivier zat naast hem.

'Hoe wil je het aanpakken?' vroeg Olivier, toen ze het huis achter zich lieten en de hoofdweg op reden.

'Ik neem Thierry mee,' bromde Miguel in gebroken Frans. 'Ik wil jou achter het stuur.'

Olivier nam de Colombiaan zijdelings op. 'Met deze auto?'

Miguel knikte vrijwel onzichtbaar. 'Een Nederlands kenteken valt minder op.'

Olivier mompelde 'bon' en keek daarna zwijgend voor zich uit.

Het zinde hem niet. Dit ging verkeerd. Dat voelde hij aan zijn water. Toen hij hieraan begon, had hij geweten dat hij zich inliet met praktijken die het daglicht niet konden verdragen. En eerlijk is eerlijk: Alain had weinig overredingskracht nodig gehad om hem zover te krijgen. Het geld was goed, en geld was wat hij nodig had. Bovendien waren het niet echt schadelijke dingen die van hem werden gevraagd. Een beetje illegaal, dat wel.

Maar dat was twee jaar geleden, voordat Miguel erbij kwam. Met de komst van de Colombiaan veranderde veel. Hij deed het verdomme voorkomen alsof hij een stel rekruten moest klaarstomen voor een burgeroorlog.

En gaandeweg was Olivier terechtgekomen in een situatie waar hij geen enkele controle meer over had. Hij zat er tot zijn nek toe in. Dat gold evenzeer voor Alain, al leek die er minder problemen mee te hebben.

Olivier keek naar het platte landschap om hem heen. Hij was hier nooit eerder geweest, in dit land. *Pays-Bas,* laag land. Klopte als een bus. Nergens heuvels of bergen. Als het hier niet helemaal volgebouwd stond zou het niet moeilijk zijn je voor te stellen dat de wereld in dit land ophield. Het einde van de wereld, een platte schijf waar je van af kon lazeren.

Onwillekeurig trok er een rilling door hem heen.

Hij had hier een slecht voorgevoel over, een heel slecht voorgevoel. Maar er was geen weg terug meer. Hij moest er maar het beste van hopen.

6

Parijs sliep nooit. Het verkeer raasde vierentwintig uur per dag door het historische hart van de metropool. Mensen uit alle windstreken krioelden door de brede lanen, en talloze smalle stegen waar nooit zon kwam. Het was een bont geheel van allerlei bevolkingsgroepen. Toeristen verzamelden zich bij publiekstrekkers uit de tijd van Lodewijk de Veertiende en Napoleon. Ze verplaatsten zich in volgepakte touringcars van de Notre Dame naar het Louvre en weer terug naar hun hotel, onder leiding van verveelde gidsen die het al duizendmaal eerder gezien hadden.

Laat of vroeg waren relatieve begrippen in de Franse hoofdstad. Er waren altijd mensen op de been.

Behalve hier.

In het ondergrondse winkelcentrum met zijn schaarse verlichting was geen toerist te bekennen. Honderd meter verderop en een bouwlaag hoger liep de massa de onopvallende ingang aan de Champs Elysées voorbij. Hier geen geknetter van scooters en claxonnerende auto's. Het dominerende geluid was het monotone gebrom van een oude roltrap, die een muffe, elektronische geur verspreidde.

Susan keek op naar Maier, die geïnteresseerd in een etalage stond te kijken, zijn duimen in de zakken van zijn jeans.

'Wat doen we hier eigenlijk?'

Hij gaf geen antwoord. Leek na te denken.

'Sil?'

'Ik heb daarover gelezen,' zei hij, half in gedachten verzonken. 'Ze schijnen heel effectief te zijn.'

Ze volgde zijn blik naar de volgestouwde vitrine. Er lagen boksbeugels in uitgestald. Ploertendoders, luchtdrukpistolen. Afluisterapparatuur. Werpmessen.

Er was te veel keus om een gok te doen naar waar zijn interesse naar uitging.

'Waarover?'

'Stunguns en Tasers.'

Hij knikte naar een paar hoekige, pistoolachtige wapens. Ze waren van plastic, geel met zwart, en ze zagen er goedkoop uit. Lichtgewicht kinderspeelgoed, massaproductie uit China. Maar de prijzen die ervoor gevraagd werden, maakten een argeloze passant wel duidelijk dat het geen speelgoed was.

'Het is een wapen waarmee je het zenuwstelsel van je opponent kunt uitschakelen,' zei hij, zonder zijn blik van de etalage af te wenden. 'Als mijn informatie klopt dan zijn ze in de States al vanaf de jaren zeventig bezig met de ontwikkeling en het testen van die dingen. De politie daar gebruikt ze inmiddels. Veel burgers dragen ze als zelfverdedigingswapen. In de meeste staten zijn ze vrij te koop. Net als hier in Frankrijk, blijkbaar.'

'Hoe werkt zo'n ding?'

'Je kunt er een stroomstoot mee toedienen van honderdduizend volt. Of meer, dat hangt af van het type. De zwaardere uitvoeringen veroorzaken een soort kortsluiting in je systeem. Het ene moment staat iemand met een pistool te zwaaien, of wat dan ook. Het volgende moment ligt hij plat. Volledig uitgeschakeld. Bewusteloos. Een aanraking van een beetje krach-

tige Taser of stungun schijnt aan te voelen alsof je van de tweede etage op een betonnen vloer valt – en dan gaat het licht uit.'

'Dus je wordt min of meer geëlektrocuteerd,' concludeerde
ze, 'alsof je door de bliksem wordt getroffen.'

'Nee. Dat is het mooie. Als het klopt wat ik heb gelezen dan
sta je na een minuut of tien gewoon weer op. Een beetje be-
duusd en misschien met spierpijn. Maar er schijnen verder
geen bijeffecten te zijn. Hightech, en tegelijkertijd zo eenvoudig dat je je afvraagt waarom het niet eerder is bedacht.' Hij
draaide zijn hoofd naar haar toe. 'Als je zo'n ding bij je had gehad in Hurghada had je het zonder mij afgekund.'

'Ik ben achteraf blij dat ik niets bij me had,' zei ze zacht. 'We
hadden elkaar waarschijnlijk niet leren kennen.'

'Als ik ergens spijt van heb, dan is het dat ik die vent heb laten lopen. Dat ik zijn nek niet heb gebroken... Zulke gasten
houden niet van de ene op de andere dag op met vrouwen las-
tigvallen.'

'Je had er levenslang voor gekregen.'

Hij keek haar serieus aan. 'Er was niemand die het me had
zien doen.'

Ze wist dat hij gelijk had.

'Ik ga even kijken.' Hij trok haar mee de winkel in. Die was
niet echt groot en stond al even volgepakt als de etalage. Langs
de muren waren verlichte vitrines met duizenden verpakkingen die om aandacht schreeuwden. Tegenover de ingang was
een brede hoektoonbank met een glazen blad, waaronder ver-
dedigingswapens en een heleboel technische snufjes lagen
uitgestald.

Een jonge vrouw kwam glimlachend op hen af. Ze deed Susan denken aan Lara Croft. Ze had haar tweelingzus kunnen
zijn.

Nog geen twee minuten later stond Maier met zijn handen

leunend op de toonbank de modellen stunguns en Tasers te bekijken. Croft had ze met toenemend enthousiasme uit de verpakkingen gehaald. Van de goedkopere, eenvoudige stunguns, die alleen pijn en verwarring konden aanrichten als ze tegen de opponent werden geduwd, verplaatste zijn interesse zich geleidelijk naar Airtasers, waarmee mensen op een afstand van zeven meter prompt uitgeschakeld konden worden.

Susan keek schuin omhoog en herkende de blik in zijn ogen, terwijl hij een van de pistolen van de ene in de andere hand overnam.

'Sil?'

'Hm?'

'Gaat dit nog over zelfverdediging?'

Hij keek haar zwijgend aan en verplaatste zijn blik naar de verkoopster, die al haar charmes in de strijd wierp nu haar verkoopinstinct haar ingaf dat er twijfel was gerezen. Ze hypnotiseerde hem bijna met haar amandelvormige bruine ogen. Dat deed ze goed. Ieder mens met een Y-chromosoom en een voorkeur voor vrouwen zou overstag zijn gegaan.

Het had geen effect op deze klant.

Hij duwde zich van de balie af en draaide een kwartslag in de richting van de deur. 'Je hebt gelijk,' zei hij, tegen niemand in het bijzonder. 'We hebben het niet meer nodig.'

Later die dag aten ze in een Ierse pub in Montmartre, dat tegen een grote heuvel was gebouwd en vanwaar je het grootste deel van de stad kon overzien. Het personeel van de donkerbruine pub leek verwikkeld in een muziekgenre-oorlog. In het afgelopen halfuur waren de eters getrakteerd op Ierse folk, Eminem en de Dire Straits. Nu had iemand een krassende radio aangezet. Een of andere presentator brabbelde Franstalige popnummers aan elkaar.

'Sorry van vanmiddag,' zei Maier tussen twee happen door.

'Vanmiddag?'

'Die Tasers.'

'Het is oké.'

Zwijgend aten ze verder. In stilte probeerde hij te analyseren waarom hij het zo moeilijk los kon laten. Parijs was misschien geruststellend en rustgevend voor Susan – alle gebouwen bleken er inderdaad nog te staan – maar voor zijn gemoedsrust had ze geen beroerdere plek kunnen uitkiezen. Alleen al vandaag had hij vier potentiële doelwitten gespot, die hij normaal gesproken zou zijn gevolgd. Een drugsoverdracht op het metrostation Gare du Nord. In de ambassadewijk waren enkele mannen aan het posten, daar stond iets te gebeuren. En in het café waar ze gisteravond een afzakkertje hadden genomen, gebeurden ook al dingen die niet klopten. Hij zag het. Omdat hij het patroon herkende. De gezichtsuitdrukkingen, de handelingen.

Maar daar bleef het niet bij. In elke winkel zocht hij automatisch naar de nooduitgang. Lokaliseerde bewakingscamera's, bewakingspersoneel. Hij observeerde mensen op straat, scande de massa, schaalde voorbijgangers in op potentieel gevaarlijk of ongevaarlijk. Registreerde kentekens van auto's die hem verdacht voorkwamen. Sloeg merk, type en kleur van de voertuigen in zijn hoofd op, en de meest opvallende kenmerken van de inzittenden.

Het was een automatisme geworden, een instinct. En het was tevens pure waanzin. Want er was geen reden meer om op zijn qui-vive te zijn. Geen enkele.

Hij had steeds gedacht dat hij zichzelf behoorlijk goed had leren kennen in de afgelopen jaren, die op zijn zachtst gezegd turbulent waren geweest. Een periode lang was hij ervan overtuigd geweest dat de aanzet tot die turbulentie was ingegeven door het betrekkelijk goede, maar gezapige leven dat hij hier-voor had gehad met Alice.

Met Susan was alles anders. *Susan* was anders.

Maar hij bleef hij.

Je kon weglopen voor van alles en nog wat, maar niet voor jezelf. Dat werd hem in toenemende mate duidelijk.

Negeer het.

Hij besloot zich op Susan te concentreren. Keek toe hoe ze haar salade at. Keek naar haar donkerbruine haar dat ze in een paardenstaart droeg, en dat zo heerlijk glad en zwaar voelde als het door zijn vingers gleed. Het was net een tint donkerder dan haar ogen. Ze had dezelfde kleur ogen als haar moeder, had ze hem verteld. Dat was tevens zo'n beetje het enige dat hij wist over de vrouw die haar op de wereld had gezet, afgezien van dat ze zomaar ineens was verdwenen om haar ruim twintig jaar la-ter 's nachts in haar angstdromen de stuipen op het lijf te ja-gen.

'Misschien moet je erover praten,' zei hij ineens.

Ze keek hem aan.

'Over je moeder,' verduidelijkte hij.

'Er valt niets over te zeggen.'

'Wat voor vrouw was ze?'

Ze haalde haar schouders op. 'Gewoon, ze leek op mij. Of ik op haar.'

'Werkte ze?'

'Nee, niet meer sinds ze kinderen had.'

'Wat deed ze voor werk?'

'Ze was fotograaf, net als ik. Maar ze is er nooit aan toegeko-men daar haar vak van te maken. Want toen werd Sabine gebo-ren. En ik, vijf jaar later. Ze zei altijd tegen ons dat vrouwen in de jaren zestig geacht werden thuis te blijven als ze kinderen kregen. Die moesten achter het fornuis.'

'Wanneer is ze verdwenen?'

'In '83.'

'Hoe is dat gegaan? Wat moet ik me erbij voorstellen?'

Susan keek op. 'Ze was gewoon weg. Van de ene op de andere dag. 's Avonds gingen we naar bed en was ze er nog, de ochtend erop was ze weg. Geen briefje, niets.'

'Ontbrak er kleding, paspoort, geld?'

Ze schudde haar hoofd.

'Hadden je ouders die avond ruzie gehad of zo?'

'Ze hadden zo vaak ruzie. Ze waren beiden nogal explosief. Maar het betekende niet veel.'

'Wat denk je dat er met haar is gebeurd?'

Ze haalde haar schouders op. 'Geen idee. Sil, als ik eerlijk ben... Ik wil er niet over praten. Niet nu. Het is sowieso zinloos.'

Hij keek haar indringend aan.

'Ik wil gewoon een leuke dag hebben, oké?' ging ze door. 'Geen gedoe. Ik voel er weinig voor om oude koeien uit de sloot te halen.'

'Ik denk dat het belangrijk is dat je dat wel doet. Je zit er meer mee dan je toegeeft.'

Ze zuchtte diep. Haar blik gleed langzaam van de houten lambrisering naar het raam en de zonnige straat, waar de toeristen in een onafgebroken kleurrijke stroom langs de grijze gevels schoven. 'Het heeft geen zin,' zei ze zacht. 'Het is gebeurd, geweest. Klaar. Ik wil het gewoon vergeten. Dat leek goed te lukken, tot... Nou ja, tot die angstdromen kwamen opzetten. Ik baal ervan, Sil. Ik baal er meer van dan ik je ooit kan vertellen, dat ik daar geen controle over heb. Dat je geest van die klotespelletjes met je kan uithalen.'

'Ik kan je daar niet mee helpen,' zei hij naar waarheid. 'Omdat ik anders in elkaar steek. Maar ik denk te weten dat erover praten geen kwaad kan.'

'Ik ben het gewoon verleerd over haar te praten, denk ik. Een paar maanden na haar verdwijning droeg mijn vader ons op het te vergeten. Ze werd gewoon doodgezwegen.'

Hij trok een wenkbrauw op.

'Mijn vader is niet het type dat je tegenspreekt,' verduidelijkte ze. Ze legde haar mes en vork diagonaal op het lege bord.

Prompt kwam een ober met een Guinness-bierschort aan de tafel afruimen. Maier betaalde de man contant.

Ze liepen naar buiten. Slenterden zonder echt een doel te hebben door Montmartre. De wereldberoemde wijk bestond uit een wirwar van smalle, hellende straten met oude, dicht op elkaar gepakte grijze huizen waarvan de onderste etages in gebruik waren als winkels. In de goten langs de hoge trottoirranden stroomde water naar beneden. Het wemelde er van de toeristen. De trottoirs stonden vol bakken met snuisterijen, handdoeken met afbeeldingen van Da Vinci's *Mona Lisa* en rekken met ansichtkaarten. In de etalages lagen lolly's, nikkelen sleutelhangers en handzeep in de vorm van de Eiffeltoren. Ze vonden gretig aftrek.

Een van de straatjes kwam uit bij de Sacré-Coeur. Voor de crèmekleurige basiliek lagen brede, diepe trappen. Enkele studenten voerden brood aan de vogels.

Susan zette haar rugzak neer en ging zitten. Maier trok zijn jack uit en nam naast haar plaats. Hij leunde met zijn ellebogen op de bovenliggende trede en ademde diep in, liet de zonnestralen op zijn gezicht schijnen. Het uitzicht was adembenemend. Parijs en de verre omgeving lagen aan je voeten. Op een heldere dag als deze was het zicht tientallen kilometers. Een perfecte uitkijkpost.

Susan speelde afwezig met de rits van haar rugzak.

Minutenlang werd er niet gesproken. Beiden keken uit over de stad, naar de zachte glinstering van de hoge kantoorgebou-

37

wen met hun glazen gevels in de verte, en de veel lagere torens en ronde koepels van de gebouwen in het oude centrum. Toparchitectuur uit opeenvolgende eeuwen, vanuit deze hoogte teruggebracht tot een gemêleerd tapijt in beige- en grijstinten in het diffuse licht van de zon.

'Ik kwam thuis van school,' zei ze ineens. Ze keek nog steeds naar een punt in de verte. 'Bij ons op de oprit stond een politieauto. Toen ik naar binnen ging en die agenten aan de tafel in de serre zag zitten, dacht ik eerst nog dat er ingebroken was of zo. Maar toen zag ik mijn vader en zus. Sabine keek me aan en zei dat mama weg was. Ik had 's ochtends niet eens gemerkt dat ze er niet was. Ze sliep wel vaker uit. Mijn moeder was een avondmens. Mijn vader ook, trouwens.' Ze schraapte met haar nagel een naad tussen de tegels schoon. 'In de weken erna werd de recherche bij ons kind aan huis. Ze stelden steeds dezelfde vragen, waar we steeds dezelfde antwoorden op gaven. Ik geloof dat ze de boel niet vertrouwden.'

Hij draaide zijn hoofd naar haar toe. 'Niet onlogisch, denk ik. Bij vermissingen checken ze eerst de naaste familie. Echtgenoot, vader, ga zo maar door. Standaardprocedure. Uitsluiten van het meest voor de hand liggende.'

Ze keek even op. 'Maar dan ga je eigenlijk toch al uit van moord?'

Hij fronste zijn wenkbrauwen. Ja, hij ging uit van moord. Een moeder van twee kinderen die zomaar verdwijnt, zonder iets mee te nemen of een briefje achter te laten? Onwaarschijnlijk. Geen wonder dat de politie het gezin Staal had bestookt. 'Leek ze gelukkig, je moeder?'

Susan speelde afwezig met de rits van haar rugzak. 'Ik weet het niet. In die tijd hield ik me daar niet zo mee bezig. Ze wás er gewoon.'

'Maar ze hadden vaak ruzie, je ouders?'

'Ja, maar niet zo heftig als je nu misschien denkt. Dan had ik me dat moeten herinneren.'

Een paar verbasterde postduiven kwam pedant dichterbij gestapt, draaiden hun kopjes, keken hen onderzoekend aan met één met grijze kartels omrand oog.

'En je vader? Wat is dat eigenlijk voor man?' Hij had haar vader nooit ontmoet. Die woonde in een forenzendorp, hemelsbreed op nog geen tien kilometer van Susans appartement in de Bossche binnenstad. Zolang hij Susan kende had ze hem niet eenmaal bezocht. 'Hij komt toch ook niet hier,' zei ze steeds, als hij haar erop aansprak. Op zich was dat vreemd. Hij had zijn eigen vader nooit gekend. Als hij een vader had gehad, althans een van wie hij wist hoe hij heette en waar hij woonde, dan zou hij naar hem toe gaan.

Of het moest een klootzak zijn.

'Mijn vader is beeldhouwer,' zei ze. Haar gezicht betrok.

'Mooi beroep.'

Ze schudde haar hoofd. 'Als je hem bezig zag zou je dat niet denken. Hij heeft zijn atelier achter ons huis, zo'n groengeverfde houten schuur met van die witte kozijnen en een hoog plafond. Ik stond als kind weleens naar hem te kijken als hij bezig was, in de deuropening. Ik ging nooit naar binnen. Als mijn vader werkte, dan hing er een naargeestige sfeer. Hij houwde niet uit liefde. Hij houwde uit woede. Alsof hij de steen kapot wilde rammen.'

Maier keek naar opzij. Een windvlaag trok een pluk haar los die langs haar voorhoofd wapperde.

'En toch kwam er altijd iets moois uit,' ging ze verder. 'Hij legde er veel van zichzelf in. Het was voelbaar in elk stuk dat hij maakte. Maar als de opdrachtgevers kwamen, was hij altijd nerveus. Dan stonden ze daar, in dat atelier, met hun pakken en stropdassen mijn vaders werk te keuren en interessant te doen. Hij haatte dat, omdat hij vond dat ze geen van allen in staat waren zijn werk op waarde te schatten.'

'Wat voor opdrachtgevers had je vader?'

'Het waren meestal mensen van het Rijk. Ambtenaren die een budget hadden voor kunst en die het eigenlijk niet eens interesseerde waar het over ging. Die kwamen met van dat pseudo-artistieke geleuter, je kent het wel. Ik kan me herinneren dat er eens een klant was die een beeld wilde voor in de hal van een bedrijfsgebouw. Ik weet nog dat mijn vader er lang aan had gewerkt, langer dan normaal. Mensen die hun eigen geld moesten uitgeven, waren volgens hem veel kritischer. Het was een soort vrouw-figuur geworden, iets abstracts. De nacht ervoor had hij doorgewerkt om de laatste puntjes op de i te zetten. Je zag amper het verschil, maar hij lette altijd op details die hij alleen zag. Toen mijn vader die kerel het werk liet zien, begon die meteen over de prijs. Dat het bij nader inzien toch wel veel geld was voor een stuk steen. De man bedoelde het als een grap, dat was zo duidelijk als wat. Maar ik zal nooit meer de blik van mijn vader vergeten. Hij pakte een mokerhamer en ramde in één haal een arm van het beeld af. Verminkte het voor die vent zijn ogen. "Ga maar naar het tuincentrum voor je beeld," zei hij toen, "je hoeft hier niet meer te komen." Hij gooide die hamer voor die kerel zijn voeten en liep langs mij naar buiten, het huis in. Die man durfde hem niet eens meer te volgen… Mijn vader was in die dagen een boom van een kerel. Niet iemand met wie je ruzie zocht.'

'Het zal niet makkelijk geweest zijn, om daarmee samen te leven.'

'Hij was niet altijd zo moeilijk, alleen bij vlagen. Mijn vader is iemand die… nou ja, hij voelde zich waarschijnlijk ondergewaardeerd. Hij is nooit echt doorgebroken. Heeft altijd moeten ploeteren. Aan zijn beelden lag het niet. Die waren klasse, dat moet je van me aannemen. Maar om ze te verkopen was meer nodig. Achteraf denk ik dat hij te trots was. Door zijn houding kwam het vaak genoeg voor dat we zonder geld zaten. En hij verrekte het gewoonweg te buigen voor geld, voor het domme kapitalisme, zoals hij het noemde.'

'Is dat waarom je nooit naar hem toe gaat?'

'Ik ga niet meer naar hem toe omdat het me herinnert aan mijn moeder. Hij woont nog steeds in hetzelfde huis, en dat is besmet door die klotetijd die volgde toen zij er niet meer was. Na haar verdwijning is hij nooit meer echt zichzelf geweest. Hij trok zich terug. Mensen begonnen hem te ontwijken.'

'Hadden je ouders weinig vrienden?'

'Voor mijn moeder verdween was het bij ons de zoete inval. Ze hadden twee heel goede vrienden, die woonden zo'n beetje bij ons in. En er kwamen ook regelmatig beeldend kunstenaars uit het buitenland over, vooral uit de DDR. Dan liet mijn vader eten en wijn aanrukken, terwijl we ons dat eigenlijk niet konden veroorloven. Daar gingen volgens mij de meeste ruzies over, als iedereen weg was. Ik heb altijd het idee gehad dat mijn moeder er niet blij mee was, dat ze vond dat mijn vader te veel aandacht schonk aan die Duitsers, in plaats van ervoor te zorgen dat we als gezin onze kop financieel boven water hielden. Hoe dan ook. Toen mijn moeder verdween, kwam er niemand meer. Dus toen Sabine met Michael vertrok naar Illinois, woonde ik er min of meer alleen.' Ze grinnikte vreugdeloos. 'Pippi Langkous, maar dan anders. Dat ik zo jong met Jules trouwde was achteraf gezien gewoon vluchtgedrag.'

'Je ex.'

'Yep,' zei ze, met een uitdrukkingsloos gezicht. 'Hij woont nu in Lelystad, geloof ik. En mijn vader nog steeds in dat naargeestige huis. Als ik er niet per se naartoe hoef, ga ik er nooit meer heen.'

'Ik zal je er niet naartoe jagen.'

Er stak een frisse wind op. Susan ging rechtop zitten. 'Zullen we gaan?'

Hij knikte en stond op. Rekte zich uit. Keek toe hoe ze haar armen door de schouderbanden van haar rugzak stak en haar paardenstaart schikte.

In de metro spookte de korte karakterschets van Susans vader door zijn hoofd. Dat haar moeder was weggelopen, was een mogelijkheid. Andere mogelijkheden stonden evengoed open. Maar die zou hij niet hardop opperen.

Nog niet.

Zodra ze terug waren in Nederland wilde hij hem weleens gaan opzoeken, die schoonpa van hem.

Dan was het nog vroeg genoeg om conclusies te trekken.

7

Ze kon er nu elk moment zijn.

Thierry klemde zijn hand om het wapen dat hij vanochtend in zijn handen gedrukt had gekregen. Het had geen veiligheidspal en hij durfde zijn vinger niet op de trekker te leggen. Bang dat hij die van de zenuwen zou overhalen. Een vriend van hem was dat overkomen. Die lag nu op het kerkhof, een paar meter onder het maaiveld weg te rotten.

Hij keek zenuwachtig naar zijn baas. Die was onverstoorbaar, zoals altijd. Ongelooflijk hoe rustig die man kon blijven. En hoeveel kennis hij had. Miguel sprak vijf talen vloeiend, hij kon zich over de hele wereld verstaanbaar maken. Die man was een genie.

De Colombiaan vertelde nooit wat hij hiervoor precies had gedaan. Maar helemaal fris was het niet geweest. Miguel had littekens die vanuit zijn mondhoeken naar achteren liepen. Iemand had er eens een goed scherp mes op gezet en flink doorgedrukt. Dat was gebeurd in Colombia had Miguel hun weleens verteld, toen ze hem ernaar vroegen. Die idioot leek er nog trots op te zijn ook.

De Colombiaan, zoals ze hem inmiddels noemden, was een aparte figuur. Je kon hem maar beter naast je hebben staan, in plaats van tegenover je.

Ineens hoorde hij het aanzwellende geronk van een auto. Thierry merkte dat hij begon te zweten. Er mocht niets fout gaan. Er mocht niemand gewond raken. Dat waren de instructies.

Maar wat als ze van haar gewoonte was afgeweken en ze nu wel iemand bij zich had? En hoe zou ze reageren als ze twee gemaskerde, gewapende mannen op zich af zou zien komen? Zou ze verstijfd blijven staan, met een gezicht vol ongeloof? Of het op een gillen zetten?

Hij haatte dit. Je wist nooit wat je kon verwachten.

Thierry drukte zich nog verder in de struiken langs de oprit van de kapitale villa. Ze stonden goed beschut zo, dacht hij, vlak bij de ingang van het huis en op zo'n twintig meter van de elektrische poort. Die ging nu automatisch open.

De neus van de Saab werd zichtbaar. De donkergroene auto kwam de oprit op gereden.

Thierry keek snel naar Miguel, die met een donkere blik in zijn ogen als een standbeeld in de struiken stond. Een en al beheersing, concentratie. Zodra Miguel knikte, moest hij naar voren lopen en het wapen richten.

Miguel deed de rest.

De auto reed voorbij en kwam tot stilstand voor de dubbele garagedeuren. Er stapte een vrouw uit. Ze had een wit mantelpak aan en droeg haar rode, krullende haar tot over haar schouders. Ze deed het achterportier open en haar bovenlichaam verdween in het binnenste van de Saab. Ze haalde het kind uit de auto. Sloot de auto af en liep met het kind op haar heup naar de voordeur.

Thierry rilde. Zijn handen zweetten. Als hij het wapen maar goed vast kon blijven houden. Als het maar niet...

Miguel knikte.

Hij stapte naar voren, hield zijn pistool voor zich uit.

Miguel dook achter hem uit de struiken op en was met een paar passen bij de vrouw. 'Luister goed, dan gebeurt er niks.'

De vrouw zette grote ogen op. Ze was van het zwijgzame type. Ze verstijfde.

Miguel stond op twee meter afstand van de vrouw en het kind. 'Zet het kind op de grond,' zei hij. *On the ground.*'

Ze reageerde door het jongetje nog steviger tegen zich aan te klemmen. Bleef als vastgenageld aan de grond naar de twee mannen staan kijken. Probeerde te beseffen wat er hier gebeurde.

Het kwartje viel niet.

Dat bleef ergens boven in de automaat hangen, en Thierry wist wat dat betekende. Dan moest iemand een flinke trap tegen de automaat geven. Dat werkte altijd.

'Zet het kind op de grond of mijn vriend schiet je neer.'

Langzaam kwam de vrouw in beweging. 'Nee,' zei ze, met trillende stem. En toen, harder: 'Nee!'

Shit.

Miguel wisselde een korte blik van verstandhouding met hem. Het was geoefend.

Thierry liep op de vrouw toe en zette in één vloeiende beweging het pistool tegen haar hoofd. Hij hield zijn vuist een kwartslag gedraaid, zoals hij het had gezien in films.

De vrouw week achteruit. Ze keek hen met grote ogen aan. Grote groene kijkers met lange, donkere wimpers. Hij probeerde er niet naar te kijken. Angst wond hem op.

Dat kon hij nu niet gebruiken.

'Laat het kind los,' herhaalde Miguel. 'Dan gebeurt er niets.'

Verdomme, wat kon die vent cool blijven. Er klonk niet eens een zweem van spanning door in zijn stem.

'Waarom?' vroeg de vrouw. Het was meer een snik dan een woord. Ze huilde bijna. Het was tot haar doorgedrongen. De

45

hele situatie, hoe bizar ook, was haar nu duidelijk.

Het kwartje was gevallen.

Miguel zocht contact met hem. Door de smalle spleet van de bivakmuts dacht hij te zien dat de Colombiaan nu ook zenuwachtig werd. Een spier in zijn ooghoek begon te trekken. Dit duurde allemaal te lang. Het kon uit de hand gaan lopen. Dat kon zomaar gebeuren.

Het volgende moment nam Thierry een beslissing. Hij stopte het pistool achter zijn broekband en sloeg zijn arm om de hals van de vrouw. Het kind huilde, maar het drong maar half tot hem door.

'Pak het kind!' riep hij naar Miguel. '*L'enfant!*'

De angst van de vrouw, hij kon die verdomme ruiken.

Niet nu!

Hij zette meer druk op zijn onderarm en duwde haar met zijn bovenlichaam naar beneden. 'Het kind, het kind!'

Miguel kwam in beweging en rukte het jongetje van zijn moeder los. Het krijste.

Hij zag als in slow motion hoe Miguel wegrende, de oprit af, het kind stevig onder een arm geklemd, door de poort die nu langzaam begon dicht te gaan.

Thierry volgde niet.

Ze was zo dichtbij.

Haar angst.

Hij voelde alleen nog maar zijn bloed door zijn lichaam gonzen, zijn erectie die klem zat tegen zijn jeans. Hij verstevigde zijn greep om haar hals en begroef zijn gezicht in de rode krullen, likte aan haar oor, dat vochtig was van het zweet. Angstzweet. Hij snoof diep. Merkte amper dat hij stond te trillen van opwinding.

Het gezoem van de elektromotoren van de sluitende poort haalde hem uit zijn trance.

Kut! Wegwezen.

Langzaam verslapte zijn greep. De vrouw zakte in elkaar.

Thierry trok een sprint naar de poort. Kon zijdelings nog net door de dichtscharende hekken glippen voor de poort piepend in het slot viel.

Een meter of veertig verderop stond langs de stoeprand een donkerblauwe Golf met stationair draaiende motor. Miguel zat op de achterbank, Olivier achter het stuur en hij leunde over de passagiersstoel om het rechterportier voor hem te openen.

Thierry plofte neer. Nog voor hij het portier dicht kon trekken, gaf Olivier gas alsof zijn leven ervan afhing.

Thierry keek naar achteren. Het jongetje lag op de achterbank met een papieren zak over het hoofd. Te zien aan de rustige ademhaling was hij al onder zeil gebracht.

Hoe lang had hij daar eigenlijk gestaan?

Hij trok zijn bivakmuts af en keek Miguel aan. 'Dat wijf is flauwgevallen, denk ik. Wat nu?'

'Ik heb hem al gebeld,' zei Miguel rustig, terwijl hij Thierry strak bleef aankijken. 'Hij zal zo wel komen.'

Thierry werd nerveus van die blik.

'En, Thierry...' vervolgde Miguel, met een dreiging in zijn stem waar Thierry nog nerveuzer van werd dan hij al was. 'Laat het uit je hoofd.'

Thierry kleurde en zijn ogen schoten naar de vloer van de Golf. Hij had er vast langer gestaan dan hij zich kon herinneren.

Kutwijf.

Het werd echt een probleem.

'Wat bedoel je?' vroeg hij, zo nonchalant mogelijk.

'Je spoort niet, Thierry. Je bent een godvergeten idioot – *güevón*,' zei Miguel rustig. 'Dat bedoel ik.'

8

'*Voor Nederlands, toets 1.*'

Susan kneep in de kleine Nokia. 'Verdomme, Sil!'

Als in trance probeerde ze het nogmaals.

'*Voor Neder-.*' Ze wierp het ding op de glazen salontafel en liep naar het raam. Op de kleine parkeerplaats van het hotel, drie etages lager, stonden alleen auto's met een Frans nummerbord.

Geen donkerblauwe Land Cruiser.

Sil was vanochtend vroeg vertrokken voor zijn dagelijkse rondje van twaalf kilometer. Of ze nu ergens in Frankrijk waren, in Londen of in Den Bosch, dat maakte voor hem geen verschil. Hardlopen was iets heiligs, daar kwam niets tussen.

Maar normaal was hij voor elven terug.

En normaal nam hij er zijn auto niet voor mee.

Ze keek op haar horloge. Eén uur. Er was geen reden tot paniek, zei een innerlijke stem die de worstcasescenario's die haar onderbewuste opratelde, maar met moeite overstemde. Hij kon een andere route hebben genomen. Besloten hebben ergens anders te gaan lopen, daar naartoe zijn gereden.

Het kón.

Maar er kon ook iets heel anders aan de hand zijn.

Ze draaide zich weg van het raam, trok de minibar open en

haalde er een blikje cola uit. Haar vingers trilden toen ze het lipje openduwde.

Sil was veel afwezig de laatste tijd. Vaak ving ze kort een glimp op van zijn onrust, die hij verborg achter een nonchalante houding. Ze kende hem goed genoeg om er doorheen te prikken en te weten wat hem bezighield. Er waren maar een paar dingen die dat onheilspellende vuur in zijn ogen konden doven, die dat binnenbrandje dat in hem woedde konden blussen. Reizen was met sprongen de minst schadelijke daarvan. Voor Sil was reizen nog een vorm van ontspanning. Hij had iets van een rusteloze zwerver, onderweg zijn als een doel op zich, en er was nog zoveel dat hij wilde zien en ontdekken. Het was de enige reden dat ze had ingestemd met een vakantie: voor hem. Ze was net zo lief thuisgebleven.

Om te voorkomen dat ze hysterisch werd van haar eigen gedachten trok ze een paar lege weekendtassen onder het bed vandaan. Schoof de kledingkast open en begon werktuiglijk kleding in de tassen te stoppen. Terwijl ze inpakte schoot het door haar heen dat ze de droom vannacht niet had gehad. Misschien had Sil gelijk gehad dat ze erover moest praten.

'Gaan we weg?'

Van schrik sprong Susan rechtop.

Maier stond in de deuropening. Zijn grijze T-shirt vochtig.

'Besluip jij altijd mensen?'

'Alleen mooie vrouwen in lelijke joggingpakken. Waar gaat de reis heen?'

'Ik ben gebeld door het ziekenhuis. Mijn vader heeft een hartinfarct gehad. Het gaat niet goed, hij heeft naar zijn dochters gevraagd. Ik probeer je al de hele ochtend te –'

'Heb je Sabine al gebeld?'

'Nog niet. En het ziekenhuis heeft haar ook nog niet te pakken gekregen. Het is daar midden in de nacht. Ik bel haar wel als ik pa heb gezien. Ze is hoe dan ook minstens een dag onderweg, als ze al een vlucht kan krijgen.'

En als ze al van plan is om hierheen te komen, voegde ze er in stilte aan toe.

'Dus we gaan terug,' zei hij vlak.

'Daar lijkt het wel op.'

Rond vijven in de namiddag passeerden ze de Nederlandse grens bij Meer. 'Rij eerst maar naar huis,' zei Susan. 'Ik pak thuis de Vitara wel.'

'Heb je niet liever dat ik met je meega?'

'Ik denk niet dat mijn vader het me in dank zal afnemen als ik je introduceer op een moment in zijn leven waarin hij zo kwetsbaar is als de pest. Hij haat zwakte.'

'Dan wacht ik wel op de gang,' drong hij aan, zich realiserend dat zijn aandringen niet voortkwam uit de wil om haar te steunen, maar uit pure nieuwsgierigheid.

Ze draaide zich naar hem toe. 'Sil... Ik vind echt dat ik dit alleen moet doen.'

Hij keek haar nog even aan en haalde toen zijn schouders op.

In de resterende drie kwartier die nodig was om thuis te komen, spraken ze met geen woord.

Pas toen de Land Cruiser haar straat in reed en Maier hem langs de kant zette, zei ze: 'Nou, dan zie ik je straks wel.'

'Wacht even.' Hij reikte naar achteren, naar een tas op de achterbank, en haalde er een zwart, plastic apparaatje uit.

Organisch gevormd, een centimeter of twintig lang. Het ding was smal aan de onderzijde en liep breder uit in een ondiepe U. Op beide uitsteeksels zat een koperen, metalen punt.

Ze wist meteen wat het was. Een stungun of hoe zo'n ding ook heette. Het moest de reden zijn van zijn vertraging vanochtend: een bezoek aan Lara Croft in haar dubieuze winkeltje aan de Champs Elysées.

'Sil—'

Hij keek haar een moment indringend aan. 'We gaan hier geen discussie over aan, klaar. Misschien kom je vannacht pas thuis en er zijn wel vaker dingen gebeurd op de parkeerplaats van het ziekenhuis.'

Ze kneep haar lippen samen, maar er volgde geen gesputter. In de beperkte ruimte van de auto legde hij haar het principe van het apparaat uit. Het was simpel genoeg. Ze nam de stungun van hem over en schakelde het apparaat in met een kunststof schuifje aan de zijkant. Tussen de metalen contactpunten ontstond een grillige, blauwe lijn die steeds in beweging was. Ze schrok terug van het felle, statische geknetter. Met haar duim zette ze de schuif weer om en liet het apparaat in haar zak glijden.

Het was druk op de parkeerplaats van het stadsziekenhuis. Susan parkeerde haar auto ergens in het midden en liep over de geasfalteerde weg naar de hoofdingang. Binnen volgde ze de borden en nog geen vijf minuten later stond ze aan de balie van de intensive care.

De verpleegster, een andere dan die haar vanochtend had gebeld, droeg een naambordje waar NANCY op stond. Nancy was stevig gebouwd, had couperosewangen en haar blote voeten staken in een stel instappers met houten zolen. Ze klepperden over de harde linoleum vloerbedekking toen ze haar voorging naar een spreekkamer bij de receptie.

Susans vader, door Nancy consequent menéér Zjee-rán Staal genoemd, bleek gisteren rond vijven in de namiddag te zijn binnengebracht. Hij was onwel geworden en had nog net het alarmnummer kunnen bellen. Toen de ambulance bij zijn huis aankwam, had haar vader niet opengedaan. Het ambulancepersoneel was via de achterdeur naar binnen gelopen en had hem in de serre aangetroffen. Meer dood dan levend.

Gisteravond was hij even bij kennis geweest, maar nog niet in staat om samenhangend te praten. Dat lukte hem vanochtend wel, vertelde Nancy, en had hij om zijn dochters gevraagd. Susans mobiele nummer was in zijn papieren gevonden en op goed geluk gebeld. Bij Sabine in de Verenigde Staten werd de telefoon niet opgenomen.

Nog geen uur nadat een verpleegster Susan aan de telefoon had, kreeg haar vader opnieuw een hartstilstand. Hij was gereanimeerd. Zijn toestand was zorgelijk, zei Nancy, maar haar vader was in goede handen.

De verpleegster gaf haar een paar folders waarin uitleg stond over hartziekten en wees haar de weg naar haar vaders kamer. Die lag aan het einde van de gang.

'We hebben ze wel erger gehad en we geven het hier niet zo snel op!' riep ze haar vrolijk na.

Toen Susan schoorvoetend de kamer in liep, bleef er weinig over van die vrolijkheid. Ze schrok van wat ze aantrof.

Haar vader lag aan slangetjes en monitoren, die zijn lichaamsfuncties bewaakten. Zijn gezicht was bijna net zo wit als het laken dat tot aan zijn kin was opgetrokken. Hij sliep en ademde onrustig.

Ze trok een krukje onder het bed vandaan en ging zitten. Keek naar de monitoren, naar de bibberige lijntjes op een zwarte achtergrond en de raadselachtige cijfers.

Pas daarna durfde ze hem in zich op te nemen. Hoe lang had ze hem niet gezien? Een, twee jaar? Jezus, het konden weleens drie jaar zijn. Ze wist het niet meer.

Hij zag er ouder uit, zo in dat bed. Veel ouder dan een paar jaar kon rechtvaardigen. Hij had zich dan ook amper verzorgd, verwaarloosd bijna. Hij droeg een warrige baard en had wenk-brauwen waarvan de haren als ijzerdraadjes alle kanten op kronkelden. Er groeiden ook haren uit zijn oren en neus. Zijn handen waren nog steeds groot en sterk, vol gelig eelt en litte-kens en knoestige botten.

Wat moest ze zeggen als hij wakker werd? Vragen hoe hij zich voelde? Een stompzinniger vraag was er niet in deze situ-atie.

'Susan? Ben jij dat?' Hij keerde zijn hoofd een beetje naar haar toe. Zijn lichtgrijze ogen leken flets en uitdrukkingsloos in het tl-licht.

Ze boog zich dichter naar het bed. Twijfelde wat ze met haar handen moest doen. Hem aanraken? Jarenlang niet komen opdagen, het contact beperken tot korte telefoongesprekken, en dan ineens als een meelevende Moeder Teresa aan zijn ziekbed opduiken? Nee.

Ze legde haar handen in haar schoot.

'Luister naar me.' Zijn stem klonk krakerig en zwak en ze boog zich nog iets verder naar hem toe. 'Ze willen de grond onteigenen.'

Wat bazelde hij nou? 'Hoezo?'

'De gemeente. Ze willen het huis onteigenen. Voor de nieu-we snelweg.'

Ze trok haar wenkbrauwen op. Dit had vast in de plaatselijke krant gestaan, maar die las ze nooit. Actualiteiten gingen ge-woonlijk aan haar voorbij. Er was niets nieuws aan het nieuws: alles was al eens gebeurd en gezegd. De geschiedenis herhaal-de zich continu, alleen de poppetjes en de locaties wisselden.

'Ze onteigenen het huis.' Hij ademde moeizaam en sloot zijn ogen. 'Mijn huis. Ons huis.'

Susan wist niet wat ze moest zeggen, dus hield ze haar mond. Als het huis zou worden afgebroken, kon ze daar geen seconde mee zitten. Integendeel: ze zou de vlag uithangen op de dag dat de muren werden neergehaald, het dak instortte, die gammele, groen geverfde schuur die hij steevast 'atelier' bleef noemen tot een hoop brandhout werd gereduceerd.

Het huis was de enige tastbare herinnering aan de tijd dat haar moeder verdween, en een monument voor de gevoelskoude die er heerste in de jaren erna.

Haar vader dacht er blijkbaar anders over. 'Dat mogen ze niet doen, Susan.'

'Pap, hou je nu maar rustig, oké? De wereld vergaat er niet van. Het zijn maar zand en stenen. Word eerst maar weer beter.'

'Ze mogen het niet doen,' herhaalde hij. Zijn borst ging snel op en neer, hij ademde oppervlakkig en haastig en zijn ogen rolden in hun kassen.

Susan week onwillekeurig naar achteren. Ze keek naar de monitor. Een paar groene lijnen lopen omhoog.

'Het mág niet.'

'Pap, rustig nu. Je maakt je veel te druk. Probeer eerst beter te worden, dan kijken we samen hoe we het kunnen tegenhouden, oké? Het belangrijkste is dat je eerst beter wordt.'

Hij schudde zijn hoofd. 'Ik ga dood.'

'Klets niet. Onkruid vergaat niet.'

Hij hoestte zwaar. 'O, jawel. Deze keer wel. Ik voel het.'

Ze keek van de monitor terug naar haar vader. Wist zich geen houding te geven. 'Hou op. Doe niet zo dramatisch,' flapte ze eruit.

Hij schudde zijn hoofd geïrriteerd en even zag ze een glimp van de man van wie ze jaren geleden was weggevlucht. Hij was gespannen en boos, maar hij besefte dat hij in deze positie weinig kon beginnen. Had er waarschijnlijk niet eens de kracht voor.

Even sloot hij zijn ogen, leek zich op zijn ademhaling te concentreren en ademde een paar keer nadrukkelijk diep in en uit. Opende zijn ogen weer en zocht de hare. 'Ik heb er zo'n spijt van.'

'Waarvan?'

'Van alles, meisje,' zei hij zacht. 'Van alles, echt.'

Nu legde ze aarzelend haar hand op de zijne, zorgvuldig het infuus ontwijkend, en kneep er zachtjes in. Zijn huid voelde hard en ruw als de brokken steen waar hij mee werkte.

'Het geeft niet pap. Het is geweest.'

'Nee, het is niet voorbij.' Hij sloot zijn ogen weer, mompelde nog iets wat ze niet kon verstaan.

Ze bleef nog een halfuur bij hem. Zijn ademhaling werd steeds dieper en rustiger. De lijnen op de monitor daalden tot normale waarden.

Voorzichtig, om hem niet wakker te maken, liet ze zijn hand los en stond op. Pakte het krukje op en zette het geruisloos onder het bed terug. Draaide zich om en liep de kamer uit.

9

De deurbel ging. Het duurde even tot Maier de snerpende zoem, door de kakofonie van elektrische gitaren, snoeiharde drums en geschreeuw heen, als zodanig herkende. Hij tikte het geluidsvolume van de muziekinstallatie zachter. De stilte die volgde was oorverdovend.

Hij liep naar de voordeur en keek gewoontegetrouw door het spionnetje. Sven.

'Pilsje?' Zonder het antwoord af te wachten liep Maier naar de keuken. Pas toen hij in de woonkamer terugkwam met twee beugelflessen Grolsch, zag hij dat zijn buurman nog steeds op de drempel in de hal stond. Hij zag lijkbleek en stond zichtbaar te trillen.

'Sven?'

Sven reageerde niet, stond voor zich uit te staren. Hij had rode randen om zijn ogen en zijn huid was bleek en vlekkerig. Sven had óf de hele nacht doorgehaald, of gehuild. Of beide.

Hij kende de dierenarts nog niet zo lang, maar goed genoeg om te weten dat hij een van die zeldzame mensen was met een onuitroeibaar positieve instelling. Zijn scheiding van Valerie, de gedwongen verhuizing, de daaropvolgende periode waarin hij zijn zoontje niet te zien had gekregen – al die tijd, waarin de meeste mensen linea recta in een diepe depressie zouden zijn geschoten, had Sven niets dan optimisme uitgestraald. Het simpelweg verdomd om zich te laten ontmoedigen.

Er moest iets behoorlijk fout zitten.

'Wat is er, man?' vroeg hij.

'Ik kan er met niemand over praten.'

'Waarover?'

Sven kwam als een zombie in beweging en ging aan de eetkamertafel zitten.

Maier schoof hem een van de flessen bier toe en nam een stoel tegenover hem. 'Praat.'

'Ze hebben Thomas.' Sven sloeg zijn handen voor zijn gezicht.

Maier ging abrupt rechtop zitten. 'Thomas...? Wie?'

Sven schokschouderde en schudde zijn hoofd. 'Ik weet het niet. Wist ik dat goddomme maar.' Hij pauzeerde even. Slikte en keek Maier recht aan. 'Verdomme, ik zweer het je, op klaarlichte dag!'

Maiers ogen vernauwden zich. Het duurde even tot het tot hem doordrong wat Sven hem hier zat te vertellen. Zijn gezichtsuitdrukking verstrakte. 'Wanneer?'

'Gisteren,' zei hij zacht. 'Gisteren kwam Valerie thuis, ze had Thomas van de crèche gehaald. Terwijl ze uit de auto stapte, kwamen twee gemaskerde kerels met vuurwapens op haar af. Een van die kerels greep haar vast. Een ander trok Thomas uit haar armen en zette het op een lopen.'

Maiers mond hing bijna open. Allerlei gedachten knalden door zijn hoofd. *Wie, waarom?* 'Voor losgeld?'

'Nee, nee. Het heeft waarschijnlijk... waarschijnlijk te maken met iets waar Walter mee bezig is, of mee bezig is geweest. Een pressiemiddel. Ik−'

'Walter?'

'Valeries nieuwe speeltje. De ouwe zak. Dat wandelende

stuk status van d'r. Valerie denkt dat ze Thomas willen gebruiken om druk te zetten op een zaak waar hij mee bezig is, of zo. En ik kan niets zeggen, verdomme. Ik moet mijn bek houden. Ik kan dit eigenlijk niet eens aan jou vertellen, maar ik doe geen oog dicht. Ik ben nog nooit van mijn leven zo over de zeik geweest. Thomas is mijn hele léven. Mijn álles... kútzooi.' Sven sloeg gefrustreerd op het grenen tafelblad. De bierflessen trilden. Zijn kin zakte naar zijn borst en hij begon als een kind te grienen. 'De politie weet van niets. Mag het ook niet te weten komen.'

Dat kwam niet als een volslagen verrassing. De ontvoerders zouden dat wel verhinderen door te dreigen met de meest gruwelijke scenario's. Maier had zelf geen kinderen, maar hij wist wat het was om van iemand te houden. De rest kon hij wel invullen. Dat hij te doen had met Sven was zacht uitgedrukt.

Ineens sprong Sven op uit zijn stoel. Balde zijn vuisten tegen zijn slapen. Begon door de kamer te ijsberen. 'Ik word gék, gék, gék! Ik word helemaal gék. Ze hebben Thomas! Ze hebben verdomme mijn kind!' Hij keek Maier wanhopig aan, zijn vuisten gebald tegen zijn voorhoofd. 'Ik kan godverdomme helemaal niks dóén,' en toen snikte hij: 'Níks! Ik kan als een gebakje af gaan zitten wachten of ze hem misschien ooit eens terugbrengen.'

Maier nam hem zwijgend op. Een volwassen man ontvoeren was zelfs binnen criminele kringen op het randje. Een vrouw ontvoeren was daar al behoorlijk ver overheen. Een kind ontvoeren was gewoonweg ziek. Laf. Honds.

Een pressiemiddel.

Dan was er een kans dat het jongetje nog leefde.

'Wat willen ze precies?' vroeg hij zo kalm mogelijk.

Sven haalde weer zijn schouders op. 'Die zak van een Walter wil er niets over loslaten. Hij zegt dat hij het niet weet. Dat hij net zozeer als Valerie in het duister tast over het waarom. Ik geloof er helemaal niets van. En Valerie denkt ook dat hij dingen voor haar achterhoudt.'

'Er zijn manieren om mensen aan het praten te krijgen.'

Sven keek verschrikt op van het tafelblad. 'Dacht je dat ik daar zelf niet op was gekomen? Ik liep vannacht tegen de muren omhoog. Ik heb op het punt gestaan in mijn auto te stappen, al zijn ramen aan diggelen te schieten en hem van zijn bed te lichten, de zelfingenomen, ouwe zak. Ik zweer het je. Ik heb er tien jaar zitten voor over, wát zeg ik: ik heb er mijn léven voor over als het Thomas veilig thuisbrengt... Mijn léven!'

Maier nam Sven zwijgend op. Sven was al jaren fanatiek sportschieter. De plaatselijke schietvereniging was zo'n beetje zijn tweede thuis. Hij had serieus schiettuig in zijn wapenkluis liggen, met als pronkstuk een Beretta 92 fs. Daar kon hij behoorlijk wat schade mee aanrichten.

Die Walter zou er goed aan doen om zich koest te houden.

'Ik heb verdomme drie vuurwapens in huis liggen. Ik ben serieus bang dat ik ze ga gebruiken,' vervolgde Sven, nu iets rustiger. 'Daarom ben ik niet gegaan.'

'Die Walter is strafrechter, toch? Dat zijn rechters die zich bezighouden met moord en andere zware delicten. Klopt dat?' Maiers kennis van rechtbanken en rechters en alles wat eromheen hing ging niet veel verder dan het kantongerecht. Parkeerbonnen, juridisch gesodemieter over huurcontracten dat met zijn oude softwarebedrijf te maken had. Dat soort triviale dingen. Wat hij wist van strafrecht had hij opgedaan uit artikelen en boeken. Niet uit ondervinding.

Met zijn levensloop was dat op zich al een wonder.

En dat wilde hij graag zo houden.

'Ja,' antwoordde Sven. 'Dat klopt.'

Maiers ogen lichtten op. 'Hebben ze dan verdomme de voltallige Europese maffiatop in voorarrest zitten, of zo? Een kind ontvoeren, da's *way beyond the limit*. Ik kan het me bijna niet voorstellen. Het is niet eens Walter zijn eigen kind.'

Sven schokschouderde. 'Dat wisten ze misschien niet. Weet ik veel.'

Maier probeerde het nog steeds te begrijpen. 'Waarom zou iemand het kind van een rechter ontvoeren? Dat is een buitengewoon zwaar delict. Het kan nauwelijks opwegen tegen de reden waarom ze het doen.'

'Ik heb geen idee, ik zweer het je.'

'Heb je niet een vermoeden welke kant de wind op waait? Een hint, iets?'

'Nee.'

'Is het uit te zoeken?'

'Ik... ik zou het Valerie kunnen vragen,' zei Sven.

'Doe dat. Laat het haar uitzoeken. En laat het me dan weten.'

Sven keek hem vragend aan. 'Denk je dat... Zou je...'

Het was te vroeg om Sven hoop te geven. Hij had nog geen beslissing genomen.

Nog niet.

Negeer het.

'Ik probeer met je mee te denken. Een oplossing te vinden, oké?'

Sven opende zijn mond om iets te zeggen, maar leek zich te bedenken. Toen liep hij naar de hal. 'Ik ga,' riep hij over zijn schouder. 'Valerie bellen.'

'Sven?'

Sven draaide zich om op zijn hakken.

'Hou mij erbuiten.' Hij zei het zeer nadrukkelijk. 'Je bent hier niet geweest. Je hebt niets gezegd.'

Even zag hij een sprank hoop in Svens ogen oplichten.

Maier keek zo neutraal mogelijk terug. 'Sterkte,' zei hij alleen maar.

Hij hoorde de voordeur achter de dierenarts dichtvallen. Stond op, stak peinzend een sigaret aan en keek door de openslaande deuren naar het dakterras. In de klimop tegen de oude stadsmuur vlogen mezen af en aan met voedsel voor hun kroost.

Een kind hoort bij zijn ouders te zijn, bedacht hij. Het moest beschermd worden, in sprookjes kunnen geloven. Niet in een of ander achterafkamertje of in een schuur vastgehouden worden door een stelletje lafhartige criminelen.

Hij zou ze met alle liefde en plezier een paar negenmillimeters door hun strot jagen. Op dit moment was er niets dat hij liever zou doen.

Onwillekeurig dacht hij aan zijn oude vuurwapen. Dat had hij niet meer. De rest nog wel. Zijn spullen lagen weggeborgen in zijn weekendtassen, onder in Susans kledingkast. Zijn conditie was goed. De motivatie groot. Hij kon het zo weer oppakken. Een vuurwapen was het enige wat ontbrak.

Zijn kwaadheid en opwinding zakten weg. Er kwam een kille berekendheid voor in de plaats, een rationele kalmte die geen ruimte meer liet voor emoties.

Susan was in de waan dat hij het had opgegeven. Hij had het haar min of meer beloofd. Het was over. Voorbij. Niet meer slapen met een semi-automatisch pistool op scherp binnen handbereik. Geen doden meer. Niet meer op eigen houtje in het holst van de nacht zware criminelen opzoeken, hen beroven van hetgeen ze het meest na aan het hart lag: hun geld – en soms, als het echt niet anders ging: hun leven.

Jaren terug was hij begonnen met kleine jongens, gasten die drugs dealden, vrouwen lastigvielen, tasjesrovers – nare, kleine mannetjes met veel te grote ego's. Het bleek zo gemakkelijk. Te eenvoudig. Gaandeweg was hij steeds een stap verdergegaan. Had de lat steeds hoger gelegd en bijgeleerd, in een razendsnel tempo: onzichtbaar zijn, onherkenbaar voor iedereen, zorgen dat niemand in je omgeving wist waar je mee bezig was, liegen, alles alleen doen. Autonoom zijn, geen sporen achterlaten en geen getuigen. Daarvan bleef je in leven.

Sommige van die kerels had hij pas voor het eerst gezien toen hun gezicht opdook voor de loop van zijn HK. Anderen volgde hij al maanden. Bekende en onbekende gezichten, het ene moment een geschrokken oogopslag, het andere moment een misselijkmakende brij van gebroken bot, bloed en gescheurd weefsel. Hij had er geen seconde minder om geslapen. Zijn slachtoffers gingen zelf ook over lijken, het waren serieuze tegenspelers en ze waren vroeg of laat toch wel tegen de verkeerde aan gelopen.

Het was zijn levensinvulling geweest. Zijn drive. Het balanceren op het dunne lijntje tussen leven en dood, het uiterste vergen van zijn lichaam en geest, het had hem een gevoel gegeven dat met niets anders te vergelijken was.

Met niets anders.

En het was voltooid verleden tijd.

Hij had voldoende aan Susan.

Hij masseerde met duim en wijsvinger zijn neusbrug.

Hoe heb ik dit mezelf ooit wijs kunnen maken?

Susan kwam tegen zessen thuis. Ze had een rode blos op haar wangen en een gevulde papieren tas bij zich van een Chinees afhaalrestaurant.

'Hoe is het met je vader?'

Ze liep door naar de keuken, pakte twee borden uit het keukenkastje en griste bestek uit de la. 'Het gaat niet goed. Ik denk niet dat hij nog terug naar huis kan.'

Ze zette de borden op tafel en begon het eten uit te pakken. 'Eerlijk gezegd, denk ik dat hij doodgaat.'

'Dat gaan we allemaal.'

'Maar hij wat eerder dan wij. Hij is stervende, Sil.'

'Wat zeggen ze er daar van, in het ziekenhuis?'

'Dat ze het niet zo snel opgeven. Maar ik kan heel goed een en een bij elkaar optellen. Het is gewoon over en sluiten. Hij heeft de ene na de andere aanval gehad in een paar dagen tijd. Jij hebt hem niet gezien. Wat daar in bed ligt is niet meer dan een schim van de man die hij is geweest. Mijn vader is een oude, zieke, meelijwekkende man in een ziekenhuisbed.' Ze schudde haar hoofd en kreeg een glazige blik in haar ogen. 'Het is gewoon niet te bevatten. Ik heb hem, misschien onbewust, de schuld gegeven van mijn moeders verdwijning. Zijn botheid, het altijd en eeuwige zwijgen van hem. Zijn driftaanvallen.' Ze keek Maier ineens recht aan. 'Waarom ben ik er dan van over de zeik dat hij doodgaat? Waarom? Ik snap het niet. Ik heb hem jaren niet gezien en dat was een bewuste keuze. Ik háátte hem. Ik wilde zijn dochter niet zijn. En nu gaat hij dood… En ik weet niet wat ik ermee aan moet.'

De Chinese maaltijd stond onaangeroerd op tafel. Maier zei niets, luisterde alleen maar. Hij begreep dat ze niet echt een antwoord verwachtte, of raad. Ze wilde gewoon hardop praten. Gedachten uitspreken om structuur aan te brengen. Woorden laten stromen en uit die brij van zinnen een kern proberen te vatten.

Hij dacht te weten wat die kern was. Ze was er jarenlang mee bezig geweest haar jeugd te ontvluchten. Letterlijk in haar geval. Ze had over de halve aardbol gezworven met haar camera. Was zelden thuis geweest. Misschien had ze instinctief gekozen voor een beroep waarbij ze vrijwel altijd onderweg was, maar bewust of onbewust, het had er zeker mee te maken dat ze elke confrontatie met thuis uit de weg wilde gaan.

Nu haar vader stervende was, kon ze er niet meer omheen.

Werd ze gedwongen het bos met demonen dat ze jaren geleden was ontvlucht, weer in te gaan.

En ze was als de dood.

Susan had geen raad nodig, geen antwoorden of oplossingen. Wat ze wilde was een arm om haar heen. Iemand die haar hand vastpakte en haar zei dat het allemaal goed zou komen.

Die iemand zou hij moeten zijn.

'Ik heb echt geprobeerd van hem te houden,' hoorde hij haar zeggen. 'Echt. Maar het lukte me gewoonweg niet. Zelfs nu hij doodgaat kan ik geen greintje liefde voor die man opbrengen. Ben ik dan zo koud? Zo gevoelloos? Ben ik een oppervlakkige egoïstische trut?'

'Onzin,' reageerde hij. 'Je hebt je voor hem afgesloten in reactie op zijn botheid en wat je hebt meegemaakt thuis. Uit zelfbescherming. Als afweermechanisme. Dat is jou niet aan te rekenen.'

Even leek het of ze ging huilen, maar ze hield zich in en bedaarde. Tijdens het eten zei hij weinig. Susan was aan het woord. Praatte over haar vader en vertelde dat ze haar zus vanavond nog eens zou proberen te bellen. Ze vroeg zich af of ze de begrafenis of crematie zelf zou moeten regelen, of dat hij daarvoor een verzekering had, en hoe het verder moest met het huis – en ze schrok ervan dat ze daar al hardop over nadacht, terwijl er nog geen dode te betreuren viel.

Er kwam hoe dan ook geen goed moment om het haar te vertellen.

Tegen elven, Susan was tegen hem aan op de bank in slaap gevallen, ging de bel. Maier maakte zich voorzichtig van haar los en liep naar de hal. Hij trok de voordeur open. In het schemerduister stond Sven. Hij zag er verwilderd uit.

'Ik heb een adres,' zei Sven. 'Frankrijk, Parijs.'

'Hoe kom je eraan?'

'Valerie heeft Walter horen praten met een vent over een bedrijf dat –'

'Hoe heet dat bedrijf?'

'Weet ik niet. Luister, Walter heeft een moeilijke zaak onder handen. Het heeft waarschijnlijk met drugs te maken, en het is schijnbaar nogal groot. Valerie denkt begrepen te hebben dat een aantal mensen in voorarrest zit, en dat het daarom gaat.'

'Hoe zeker is Valerie?'

'Vanaf dat adres wordt de advocaat betaald die die gasten vertegenwoordigt.'

Maier fronste zijn wenkbrauwen. 'Hoe kan Valerie dat weten?'

'Via een vriend van ons, herstel, een vriend van háár. De hufter heeft partij gekozen. Hij werkt op dat advocatenkantoor en heeft voor haar rondgesnuffeld.'

'Wat is dat voor adres, in Parijs?'

Sven haalde een verfrommeld papiertje uit zijn zak en las de straatnaam op.

'Waar ligt het?'

'Geen idee. Maar het is een aanknopingspunt... Ja toch?'

'Het kan geen kwaad er te gaan kijken,' zei Maier zacht. Hij voelde zich in zijn kracht komen. Dit was zijn terrein. Kleine aanwijzingen, posten, mensen volgen. Als je lang genoeg onzichtbaar kon blijven en een en een bij elkaar kon optellen, kreeg je vanzelf een redelijk betrouwbaar beeld. En kon je gericht actie ondernemen.

Maar in de gegeven situatie was posten alleen al Russische roulette. Hij had geen idee wie hij precies tegenover zich kreeg. Eén ding was zeker: frisse jongens waren het niet. Ze deinsden er niet voor terug om een kind te ontvoeren. Drugs, had Sven gezegd. Dat waren vaak omvangrijke, goed afgeschermde organisaties. Aan alle kanten afgedicht. Professioneel. Keihard.

Hij keek in het schemerdonker naar Sven. Zijn hersenen draaiden op volle toeren. Hij was tot nu toe gewend om alles alleen te doen, de hoofdreden dat hij geen strafblad had, of erger: op de dodenlijst stond van een of andere criminele club. Hij had nooit de klassieke fout gemaakt om wapens te kopen bij illegale wapenhandelaren. Ze zouden in een later stadium zijn naam kunnen noemen, zijn uiterlijk kunnen omschrijven. Geen helpers, geen tipgevers, geen connecties, en dus geen sporen. Volledige autonomie. Daar had hij nooit aan getornd.

Maar als hij dit op zijn manier ging regelen, zou het minstens een week gaan duren voordat hij een geschikt vuurwapen had. Tijd was een luxe die hij zich nu niet kon veroorloven. Er was een kind ontvoerd, elke dag telde.

Hij voelde Svens ogen op zich prikken. Hoe langer hij erover nadacht, hoe meer hij ervan was overtuigd dat het inderdaad te lang zou gaan duren. Het moest anders. 'Ik heb materiaal nodig.'

Sven reageerde bliksemsnel, alsof hij erop had staan wachten. 'Wat wil je hebben?'

Maier keek naar de vloer. Hij kwam tot het volle besef dat hij op het punt stond een andere klassieke fout te maken. Afwijken van de routine. Waarom? Om het kind? Omdat hij Sven vertrouwde?

Uiteindelijk was niemand te vertrouwen.

Hij probeerde het innerlijke gevoel van onbehagen zo veel mogelijk weg te drukken. 'Het meeste heb ik wel, of ik kan er zelf wel aankomen,' zei hij uiteindelijk. 'Maar niet alles is vrij verkrijgbaar.'

Sven begreep feilloos waar hij op aanstuurde. 'Ik heb een Beretta, en een –'

Maier schudde zijn hoofd. 'Die maken te veel herrie. Ik zou geholpen zijn met een wapen met geluiddemper. Een .45, Heckler & Koch bij voorkeur.'

'Een HK zal niet meevallen. Misschien kan ik wel aan een andere .45 met toeters en bellen komen.'

'Alles best. Kun jij wat rondshoppen zonder te veel in de gaten te lopen?'

Sven twijfelde even. 'Er zit zo'n gast op de schietclub van wie ik denk, nee, wéét, zeg maar, dat hij connecties heeft. Ik… ik kan hem bellen.'

'Niet bellen,' zei Maier snel. 'Ga bij hem langs. Persoonlijk. Maar zeg dat het voor jezelf is. Gewoon voor de heb. Niet voor mij, of voor "een vriend", of wat dan ook. Oké? De wereld is verrekte klein en die van die gasten is nog veel kleiner dan je kunt vermoeden. Ik heb geen zin in een spoor dat in deze richting loopt. Susan heeft de laatste tijd al genoeg voor haar kiezen gehad.'

'Ik ga er meteen achteraan,' zei Sven, en hij verdween de trap af voordat Maier kon reageren.

Toen hij zich omdraaide, zag hij Susan in de gang staan. Ze had een vormeloos T-shirt aan en haar haren hingen als verwarde plukken rond haar gezicht. Haar ogen waren licht gezwollen van de korte slaap.

Hij las het in haar ogen: een mengeling van teleurstelling, angst en berusting: ze had alles gehoord.

Ze wist het.

Hij kon wel door de grond zakken. Wat moest hij zeggen? Dat wat ze het meest van alles vreesde stond te gebeuren, juist op het moment dat ze een beroep op zijn steun wilde doen? Hem in feite harder nodig had dan ooit?

Susan was niet het type vrouw dat een scène zou maken. Geen mokkend stilzwijgen, scherpe verwijten, of drama. Ze begreep hem. Ze was de enige vrouw, zelfs de enige mens, die hem ooit door en door had begrepen. Misschien maakte dat het nog wel erger. Begrijpen was iets anders dan ermee om kunnen gaan.

En de timing had niet beroerder kunnen zijn.

Hij schraapte zijn keel. Bleef staan. 'Sven heeft een probleem waarvoor hij gisteren bij me is geweest. Als ik me er niet mee bemoei, kan zijn zoontje vermoord worden.'

Even werden haar ogen groot. 'Thómas?'

Hij deed een paar stappen in haar richting, nam haar arm vast en duwde haar zachtjes terug de woonkamer in, in de richting van de bank. 'Ga even zitten.'

Dat deed ze, op haar hoede.

Maier nam op de salontafel voor de bank plaats en pakte haar beide handen vast. 'Thomas is ontvoerd,' zei hij. Negeerde haar geschokte reactie. 'Het heeft te maken met een of andere rechtszaak waar die nieuwe vriend van Valerie mee bezig is. Die rechter, weet je wel. Er zitten een paar mensen in voorarrest en ze willen druk op hem uitoefenen.'

'Maar... maar waarom Thomas?'

'Ze weten waarschijnlijk niet dat Thomas niet zijn kind is. Of het maakt ze niet uit.'

'Jezus...' Ze nam de tijd om het op zich in te laten werken. Toen zei ze: 'Maar wat heb jij daarmee te maken? Waarom gaat Sven niet naar de politie?'

'Sven is bang dat het dan uit de hand loopt, dat ze het kind dan zeker ombrengen. Susan, ik kan Sven niet laten zitten. Niet na wat hij voor mij heeft gedaan.'

Dat gedeelte was in elk geval waar. Van zijn eerste ontmoeting met Sven kon hij zich niets herinneren. Hij was in shock geweest. Feitelijk lag hij dood te gaan. Sven had de situatie beoordeeld en actie ondernomen. Niet lopen zeiken over beroepsethiek of wat dan ook. Hij had gedaan wat de situatie hem vroeg. En dat had hij verdomd goed gedaan, zeker voor iemand die op christelijker tijdstippen teelballen uit honden sneed en konijntjes met een laatste injectie naar de eeuwige graasvelden zond. Dat hij nog leefde, had hij te danken aan Sven. En dat hij nu bij Susan woonde en niet in de gevangenis zat, kwam omdat Sven zijn lippen sinds die nacht stijf op elkaar had gehouden. Sven had zijn leven gered, en er nooit niets voor teruggevraagd.

Zijn zoon voor hem terughalen of in elk geval een poging daartoe ondernemen, was het minste wat hij terug kon doen.

Ineens schudde Susan haar hoofd. 'Nee, Sil. Daar gaat het niet over. Niet wérkelijk.'

Het was beangstigend. Ze kende hem beter dan hijzelf. Het was zinloos ertegenin te gaan. Zinloos, en beledigend. 'Het spijt me dat het net nu is,' zei hij zacht. 'Nu het zo slecht gaat met je vader.' *En met jou,* voegde hij er in stilte aan toe.

'Wanneer ga je?'

'Zodra de wapens zijn geregeld. Sven is ervoor op pad. Dat kan morgen of overmorgen zijn, maar ook vannacht al.'

10

Het was tien over halfvier in de ochtend. Walter Elias scharrelde door de parktuin achter het huis van Geran Staal. Hij ademde snel en deed zijn best om niet te gaan hyperventileren. De schop die hij met zich meezeulde, voelde als een blok beton in zijn handen.

Hij was niet bang in het donker. Niet meer sinds het rond zijn elfde jaar tijdens een schoolkamp tot hem was doorgedrongen dat spoken en geesten alleen in de fantasie van mensen bestonden. Sindsdien was de nacht niets anders geweest dan een periode die ongeveer eenderde van een etmaal in beslag nam, afhankelijk van het jaargetijde, waarin het donker was.

Meer was het niet, de nacht.

Geen enkel verschil.

Hij huiverde.

Geluid van ritselende bladeren en de wind waren er overdag ook. Je sloeg er dan geen acht op, misschien omdat je minder op je hoede was. Misschien omdat je zintuigen een eigen leven gingen leiden, zodra de zon achter de horizon verdween. Alsof je gehoor en gevoel automatisch aanscherpten zodra je zicht het liet afweten.

Je hoort alles.

Niets lijkt hetzelfde.

De nacht *voelt* anders.

Walter keek schichtig naar het huis, dat donker en dreigend afstak tegen de nachtelijke hemel. De achterzijde van het huis, met de wit houten, Amerikaans aandoende veranda, de keuken en de serre. Hoeveel avonden en nachten had hij daarbinnen niet gezeten, had hij zich laveloos gedronken, en daar op die veranda in de lange, hete zomers zijn roes uitgeslapen?

De goede oude tijd.

Er leek niemand thuis te zijn. Of misschien sliep Geran al.

Zijn voet stootte tegen iets hards. De geur van aangekoekte algen en vuiligheid vulde zijn neusgaten. Het moest de rand van het zwembad zijn. Hij schuifelde verder. De struiken en het onkruid ritselden tegen zijn benen. Om de paar passen bleef hij stilstaan om zich te oriënteren. Hij had geen zaklamp bij zich, omdat hij daarmee voorbijgangers zou kunnen alarmeren.

Hij voelde zich als een acteur in een verfilming van Stephen Kings *Pet Sematary*.

Alleen lag er geen dier in deze achtertuin begraven.

Het was onwerkelijk wat hij ging doen. Zijn hersenen konden het amper bevatten. Hij had geen idee hoe het eruit zou zien, twintig jaar na die afschuwelijke nacht, waarin dingen waren gebeurd die nooit hadden mogen gebeuren.

Het zwembad lag nu achter hem. De geur van algen maakte plaats voor die van dennennaalden en vochtige bosgrond. Rondom hem stonden oude bomen, met dikke, grillige stammen. Een paar berkenstammen glinsterden zacht in het maanlicht.

Hij liep een meter of tien door en kwam op een open stuk grond terecht van zo'n honderd vierkante meter, achter het zwembad en links van het atelier. Zijn hart klopte in zijn keel.

Ze hadden destijds geen merkteken aangebracht. Het was begraven om te vergeten. Maar het kwam nu terug alsof die twintig jaar niet hadden bestaan: de paniek, het gesis en gefluister, de opgefokte sfeer.

En de locatie.

Hij keek naar beneden en dacht vaag nog de randen te zien van de borders die hier eens waren geweest. Alles was nu overwoekerd met onkruid en klimplanten. Hij keek om zich heen. De zilverberk met die kromme stam was stevig doorgegroeid, de stam was dikker en boog nog verder door onder het gewicht van de kruin. Maar het was dezelfde boom.

Ja, hier was het. Precies hier.

Zijn hart bonkte onregelmatig achter zijn ribbenkast. Hij trok wat planten opzij. Zette de schop in de bosgrond, zijn voet op de bovenzijde van het metalen blad. Trapte het blad verder de aarde in. Werkte stug door. Veegde zo nu en dan met zijn mouw zijn voorhoofd droog. Stopte met graven om te luisteren en om zich heen te kijken. Ging weer verder.

Hij voelde weerstand. Broze weerstand tegen het snijvlak van de spade, op zo'n zestig centimeter diepte. Hij viel op zijn knieën. Werkte zijn handen door de aarde, in de verwachting een verhoute boom- of struikwortel tegen te komen. Trok zachte wortels en takjes opzij. Hield zijn adem in.

Zijn gevoelige vingertoppen grepen in iets wat niet kruid- of houtachtig was. Het was hard. Het was rond.

Hij verstarde. De confrontatie werd hem te veel. Hij moest alle zeilen bijzetten om het niet uit te schreeuwen.

Waar was hij mee bezig?

Snel duwde hij met twee handen de aarde terug, stond op en rende strompelend weg.

11

Sven zat tegenover Maier in de woonkamer en rommelde in een tas. Hij haalde er een pistool uit en legde het op de salontafel. Het zag er gebruikt uit. Butsen en krassen. Het was zwart en een centimeter of twintig lang, misschien iets korter. Schroefdraad op de loop.

'Een Glock 21, kaliber .45,' zei Sven. 'Het enige wapen met demper dat snel beschikbaar was.'

Maier pakte het wapen op en bekeek het. Mooi was anders. De simpele, strakke vormgeving deed hem in de verte nog wel denken aan zijn oude pistool. Maar de HK Mark 23 woog een stuk zwaarder dan deze Glock. Dat kwam omdat de Oostenrijkse fabrikant van de Glock bepaalde delen had vervangen door slagvast kunststof. Het gaf dit wapen bij de introductie in 1980 de bijnaam 'plastic pistool'. Er ontstond een wereldwijde rel, omdat veiligheidsmensen bang waren dat het kunststof niet zou worden opgepikt door beveiligingspoortjes op luchthavens. Onzin. Er zat nog genoeg metaal aan om de zwakste metaaldetector op hol te laten staan.

Maier klikte het patroonmagazijn los. Het was leeg. 'Capaciteit?'

'Vijftien,' antwoordde Sven.

Hij trok de slede terug en controleerde de kamer. Het ging

allemaal soepel. Hij probeerde of er speling zat in de slede en de kast. Die bleek minimaal te zijn. Daarna klikte hij het patroonmagazijn uit de greep en controleerde nog eens of er geen patroon in de kamer zat. Richtte het wapen schuin naar de grond en haalde de trekker over. Ook dat ging soepel. Het pistool had te lijden gehad, dat was duidelijk. Joost mocht weten in hoeveel handschoenenkastjes het had gelegen. Onder hoeveel autostoelen. Het was gebruikt, en vaak. Maar het leek goed onderhouden.

Terwijl hij het patroonmagazijn terug in de greep klikte dacht hij met weemoed terug aan zijn Heckler & Koch. Die miste hij nu als nooit tevoren. Alsof je van een 5-serie overstapte in een Golf. Allebei prima auto's. Maar toch. Deze Glock was geen wapen waar hij lyrisch van werd. Gewoon een degelijk gebruiksvoorwerp, dat deed waar het voor gemaakt was. Hij moest het er maar mee doen. Tienduizenden militairen deden het er ook mee, dus zo beroerd kon een Glock niet zijn.

Hij keek op naar Sven. 'Prima,' zei hij, zonder al te veel enthousiasme. 'Heb je er patronen bij? Demper?'

Sven knikte en boog zich naar de tas aan zijn voeten. Diepte er een demper en een doosje .45 ACP-patronen uit op.

'Eén doos maar?'

'Ik kan wel aan meer komen.'

Maier nam de demper aan en draaide hem op de loop. Keek nog eens. 'Laser?' vroeg hij, terwijl hij doelde op een kleine opening onder de monding van de loop.

Sven bromde instemmend.

'Heb jij er ervaring mee?'

'We zijn ermee aan het klooien geweest op de schietbaan, maar het is eigenlijk alleen echt handig in het donker.' Sven stond op en nam het vuurwapen over. 'Die laser werkt op een microbatterij. Net zo'n soort ding als in een gehoorapparaat.'

Hij drukte met zijn wijsvinger op een pal aan de voorzijde van de greep en liet de laserstraal langs de muur gaan. Een rood lichtpuntje verplaatste zich schoksgewijs over de gestuukte muren van het appartement. In het volle licht zag je weinig van de dunne rode straal.

'Het is heel simpel,' zei hij, terwijl hij de Glock teruggaf aan Maier. 'Je richt op gevoel, schakelt de laser in, mikken, béng. Altijd prijs.'

Maier bekeek de knop waarmee de laser ingeschakeld kon worden. Die zat op een voor de hand liggende plek, maar het zou desondanks wennen worden. 'Hoe kom je eraan?' vroeg hij, terwijl hij het wapen op de tafel legde.

Sven haalde zijn schouders op. 'Als je de weg weet is het niet zo moeilijk. Alleen kostbaar.'

'Ik vroeg hoe je eraan kwam.'

'Via een vent bij ons op de vereniging, zoals ik gisteren al zei. Hij had hem weer van een stel buitenlanders.'

'Geen sporen die naar mij wijzen?'

Sven stak zijn handpalmen omhoog. 'Maak je niet druk. Als ik zeg dat het oké is, is het oké.'

Maier keek hem een seconde lang indringend aan en richtte zich toen weer op de Glock. Hij maakte zich wel degelijk druk. Het beviel hem helemaal niet.

'Waar heb je eigenlijk leren schieten?' vroeg Sven ineens.

Maier draaide de demper van de loop af. 'In militaire dienst.'

'Heb je in het leger gezeten?'

'Dienstplicht. Zoals iedereen.'

'Da's lang geleden.'

'Ik heb een goed geheugen.'

'Oké, laat maar. Ik vroeg het me alleen af.'

Maier stond op en trok een keukenla open. Haalde er een

pakje Camel uit, trok het cellofaan eraf en stak een sigaret op.

'Ik dacht dat je niet meer rookte,' zei Sven, toen hij terug in de kamer kwam.

Maier keek hem kort aan en ging weer op de bank zitten. 'Sommige gewoontes raak je nooit helemaal kwijt.' Hij masseerde met duim en wijsvinger zijn ooghoeken. Wilde zich afsluiten. Wilde niets liever dan alleen zijn, even, om na te denken. Zich voor te bereiden.

Sven voelde het waarschijnlijk aan, maar stapte niet op. Dat irriteerde hem.

'Wanneer gaan we?' vroeg Sven.

Maier trok zijn wenkbrauwen op. 'Wé?'

'Ja, we.'

'Ik werk alleen.'

'Het is míjn zoon.'

'En mijn leven. Ik ga geen extra verantwoordelijkheid op me nemen. Het is al link genoeg dat je me een wapen hebt bezorgd.'

'Luister. Ik ga toch, of je het nu wilt of niet. Dan komen we elkaar straks onherroepelijk tegen, en dan gebeuren er ongelukken.'

'*Friendly fire*,' zei Maier cynisch.

'Zoiets ja. Want hoe dan ook: ik ga naar Parijs.'

'Dat is waanzin, Sven. Je hebt totaal geen ervaring. Je hebt geen idee.'

'Ik kan schieten. En goed.'

'Op een schietbaan, ja. Dat is niet te vergelijken.' Maier begon te ijsberen. 'Wat denk jij? Dat die gasten zich keurig in rijen voor je opstellen of zo? Jézus!'

Svens gezichtsuitdrukking verhardde. 'Ik ben geen idioot. Ik weet wat ik op het spel zet en ik heb hersens, oké? Met zijn tweeën kun je meer dan alleen. Simpel zat.'

'Je kunt doodgeschoten worden.'

'Ja. En als ik niks doe, kan dat tuig Thomas doodmaken. De keuze is snel gemaakt, Sil. Heel snel.'

Maier keek hem doordringend aan. Sven was vastberaden. Het was beslist geen theoretisch risico dat ze elkaar zouden tegenkomen. Elkaar in de problemen zouden brengen – al lag het meer voor de hand dat Sven hém in de problemen zou brengen. Als hij Sven meenam, kon hij hem tenminste in de gaten houden. Dan had hij meer controle. Bovendien, een eigen hospik was zo gek nog niet. Sven kon snijden, hechten, hij had allerlei materiaal, medicijnen, pijnstillers. Spullen en vaardigheden die handig konden zijn. En Sven kon inderdaad schieten, wat bruikbaar kon zijn omdat er nu niet de gangbare, maandenlange voorbereiding aan was voorafgegaan. Sven wist sec gezien meer van wapens dan hijzelf ooit zou leren. Buiten dat: Thomas leek hem een eenkennig kind. Hij had zich aan zijn vader vastgeklampt tijdens hun korte bezoek. Als hij de vader meenam, en ze wisten het kind te traceren, dan kon Sven zich over zijn zoontje ontfermen. Dat zou een stuk soepeler gaan dan wanneer hijzelf – een vreemde – Thomas mee op sleeptouw nam. En zo had hij in de tussentijd zijn handen vrij.

Hoe langer hij erover nadacht, hoe meer voordelen hij zag. Hij wierp een blik op de keukenklok. Tien uur. Het was een uurtje of vier rijden naar Parijs, maar dat was nog de minste inspanning. Hij had materiaal nodig. En daarbij wilde hij fatsoenlijk afscheid nemen van Susan. Het kon twee dagen, maar ook nog weken duren voor hij haar weer zag. Het was niet ondenkbaar dat haar vader in die tijd zou overlijden.

Het is niet ondenkbaar dat je zelf komt te overlijden.

'Oké.' Hij probeerde geen acht te slaan op de knoop in zijn maag. 'We gaan samen.' Maier liep naar de secretaire, pakte een blocnote en krabbelde een lijst neer. Scheurde het vel af en gaf het aan Sven. 'We vertrekken morgenvroeg om zes uur. Zorg dat je deze spullen bij je hebt.'

Zonder nog naar Sven te kijken liep hij door naar de slaapkamer. Terwijl hij zijn weekendtassen onder uit de kledingkast viste, hoorde hij de voordeur in het slot vallen.

Hij stalde het materiaal uit op het bed. Bivakmuts, Leatherman, tape, Maglite, zaagkoord, oprolbare gereedschapsset. Alles zat er nog in. Zelfs zijn coltrui. Hij stopte alles terug in de tas. De .45-munitie en de Glock verdwenen in een zijvak.

In een lade in de woonkamer vond hij een oude palmtop. Het bedaagde ding was, naast de weekendtas met inhoud, een van de weinige dingen die hij uit Zeist mee hiernaartoe had gesleept. Het stond vol met adressen en telefoonnummers. Hij vond snel de naam die hij zocht: Jack Davids, een klant die in onroerend goed handelde en voor wie hij in de Sagittarius-tijd een omvangrijk project had afgerond. Die kerel had destijds als belegging een paar nieuwbouwappartementen gekocht in Parijs, en hem gezegd dat hij daar altijd gebruik van mocht maken, omdat ze waarschijnlijk toch vaak leeg zouden staan.

Mensen beloofden wel vaker wat. En ze leden nog veel vaker aan acute amnesie als je ze er later aan herinnerde, maar het was te proberen. Een appartement gaf meer privacy dan een hotel. Ze zouden waarschijnlijk op de meest vreemde tijdstippen weggaan en weer terugkomen.

Terwijl hij het telefoonnummer intikte, meende hij zich te herinneren dat die Jack hem verteld had dat het in een *résidence* lag vlak bij het Bois de Boulogne, de longen van Parijs. Het immense park lag aan de westkant van de stad, dus lag het appartement ook westelijk.

De telefoon werd vrijwel meteen opgenomen. Tot zijn opluchting wist Jack zonder uitleg wie hij aan de lijn had. Hij bedankte hem nog voor het computersysteem dat Maier op maat had geleverd. Het liep zo goed als probleemloos, wat hij niet kon zeggen van het voorgaande gefröbel van een andere programmeur. Maier merkte dat hij moeite moest doen om oprecht geïnteresseerd over te komen en zich over te leveren aan Jacks gebabbel over nieuwbouw, belastingaanslagen en personeelsbeleid. Na een paar minuten voerde Maier het gesprek naar de appartementen.

'Ik heb er nog eentje, maar het is net zo'n *safe house*,' grapte Jack. 'Ik betwijfel of jij en Alice het er naar jullie zin zullen hebben. Het is nogal, eh, leeg.' Jack zou de conciërge laten weten dat hij kwam – de man woonde een blok verderop – en vroeg hem op de valreep nog de hartelijke groeten te doen aan zijn vrouw Alice. Alice was verleden tijd, maar Maier besloot hem in de waan te laten.

Het was al met al binnen een kwartier geregeld, maar tegen de tijd dat hij de hoorn had neergelegd, kwam het hem voor alsof hij een vol uur had zitten praten.

12

'Hé, luisteren jullie wel? Ik ga dat kind niet verschonen! Ik háát kinderen. En ik kan niet tegen stront.' Alain en Olivier keken elkaar aan en schoten in een door drank benevelde giebellach. 'Word toch eens volwassen, man,' grinnikte Olivier.

Thierry wreef met een driftig gebaar zijn blonde haar naar achteren. In de afgelopen uren hadden Alain en Olivier niets anders gedaan dan pizza eten, bier drinken en hem op de kast jagen. Dat laatste was niet zo'n wereldprestatie. Thierry voelde zich behoorlijk opgefokt. Het gehuil van dat kind op de achtergrond maakte het er al niet beter op.

Olivier en Alain leken er niets van mee te krijgen. 'Ben je bang dat je haar ervan in de war raakt?' hoonde Alain.

Thierry keek naar Olivier. De oudste van het stel, begin veertig. Die was verdomme zelf vader van een dochter. Zo zag hij er ook uit met zijn beginnende buik, oubollige outfit en terugwijkende haargrens. Goed bezien had Olivier meer weg van een gedrocht. Met zijn korte benen en grote hoofd kon hij zo Quasimodo vertolken in een lowbudgetfilm; de visagisten zouden weinig werk aan hem hebben. Er zou een fokverbod moeten komen voor mensen die er zo uitzagen als Olivier.

Er goed uitzien was belangrijk. Dat hadden die twee randdebielen nog niet door. Maar wat kon je ook anders verwachten van een stel achterlijke boeren uit de provincie.

'Kijk, Thierry,' zei Olivier. 'Het is simpel: ík doe het niet, Alain doet het niet. En jij ziet er van ons drieën nog het meeste uit als een wijf.'

Ze lagen bijna dubbel om hun eigen grap.

Het kind huilde nog steeds. Het geluid klonk gedempt door de muren, klaaglijk en indringend. De Colombiaan had injecties meegegeven die ze konden gebruiken om hem onder zeil te houden. Maar die mochten ze alleen toedienen als hij moest worden vervoerd. Te veel en te langdurig toedienen van dat spul kon er namelijk voor zorgen dat het kind niet meer wakker werd, had de Colombiaan gezegd. Dat was niet de bedoeling.

Althans voorlopig niet.

Alain goot het laatste vocht uit een zwart blik Bavaria in zijn keelgat en zette het met een klap terug op tafel. 'Hé, weet je wat? Zoeken jullie het samen maar lekker uit met dat kind. Ik moet ervandoor. Kan ik nog een beetje van mijn weekend genieten. Kijken of er nog wat te scoren valt.'

Daarna keek hij Thierry sluw aan. 'En Thierry, wat doe je als er voor jou niets te scoren valt vanavond? Rij je dan naar Nederland, om die moeder van dat kind op te zoeken, of wat?'

Olivier keek vrolijk naar Thierry. 'Eigenlijk hebben jij en dat kind wel wat gemeen, hè Thierry? Jullie hebben vast wel wat te bepraten in de komende dagen.'

Thierry keek hem niet-begrijpend aan. Waarop doelde hij nu weer?

'Dat joch wil zijn moeder,' verklaarde Olivier, grinnikend. 'Jij toch ook?' En daarna, in een perfecte nabootsing van Miguels Frans, met een zwaar Spaans accent, terwijl hij met zijn wijsvingers zijn mondhoeken uitrekte en zijn ogen opensperde: 'Je bent een godvergeten idioot, Thierry, dát bedoel ik.'

Alain giebelde als een schoolmeid en wreef een paar tranen uit zijn ogen. *'Ça c'est vraiment con pour toi, Thierry,'* grinnikte hij. 'Kut voor je. Je bent bij deze aangesteld als kinderjuf. Wen er maar vast aan.'

In één ruk stond Thierry op. 'Oké, oké, ik doe het al.' Hij siste binnensmonds een verwensing, greep een opengescheurd pak Pampers uit een doos die bij de deur stond, en verdween uit het zicht.

Alain wendde zich tot Olivier. 'Wanneer breng je dat joch naar mij?'

'Overmorgen, dinsdag.'

'Weet je zeker dat het maar voor één nacht is?'

'Oui. Maak je niet druk. Breng hem woensdag in de loop van de dag naar de boerderij. Dan neem ik het vanaf daar over.'

Alain stond niet op. 'Dus Thierry blijft hier, tot dinsdag? Samen met dat jochie?'

'Als het voor die tijd niet is opgelost, ja. Dat is wel de bedoeling. Jij hebt wat anders te doen. En ik ook.'

'Zonnebloemen rooien?'

''t Wordt tijd om ze van het land te halen. En ach... ik vind het niet erg om te doen.'

'Eens een boer, altijd een boer?'

'Ze zeggen het.'

Nu stond Alain op en pakte zijn sleutelbos van tafel. 'Ik heb er nog steeds geen goed gevoel over om die idioot hier alleen te laten. Hij is nogal labiel.'

'Laat Thierry maar aan mij over.' Olivier legde demonstratief een pistool op tafel. 'Die eikel doet gewoon wat hem wordt opgedragen. Dat zal ik hem zo nog duidelijk maken.'

13

Sil was vanochtend vroeg vertrokken. De halve nacht was hij in de weer geweest, supergeconcentreerd. Ze had hem niet eens durven aanspreken, bang om hem uit zijn concentratie te halen, waardoor hij fouten zou maken. Uiteindelijk was ze rond vieren vannacht op de bank in slaap gevallen. Twee uur later had Sil haar wakker gemaakt met de mededeling dat ze vertrokken. Sven stond achter hem, met een verwilderde gezichtsuitdrukking, een weekendtas over zijn schouder.

Nadat ze de deur achter zich hadden dichtgedaan, leek het of met Sil de ziel uit haar appartement was gezogen.

Het voelde leeg. Bijna vijandig.

Maar nog niet half zo vijandig als haar lichaam haar deze ochtend bejegende. Ze was ongesteld geworden en nu leek het net of er een zware baksteen onder in haar buik lag, waarvan het gewicht trok aan het taaie weefsel dat de organen op hun plaats hield. Steken bij elke beweging, vermoeide benen alsof ze zojuist een halve marathon had gelopen, een klemmende hoofdpijn en een constante druk op haar onderrug – alsof iemand uit alle macht probeerde om van binnenuit de onderkant van haar wervelkolom naar buiten te drukken. Er was geen pijnstiller die dat zware gevoel in haar onderbuik en de lichte misselijkheid die ermee gepaard ging, kon wegnemen.

Het voortplantingssysteem van mensen was een sadistisch systeem, bedacht ze zuur. Geen enkel dier liep met opgeblazen borsten rond te zeulen zonder dat er iets gezoogd moest worden. En geen enkel dier lag elke maand te creperen omdat er bloederig afval uit de baarmoeder moest worden afgevoerd. Zelfs hónden hadden iets dergelijks maar eens per halfjaar – en die hadden een draagtijd van twee maanden in plaats van negen. Van alle zoogdieren had de vrouwelijke *Homo sapiens* de beroerdste kaarten in handen gekregen.

Ze had de cd-speler aangezet om de stilte te verjagen, en zich opgekruld op de bank, met een kussen tegen haar buik geklemd. Toen de begintonen van 'Under the Milky Way' van The Church uit de geluidsboxen klonken, liet ze zich in een depressieve gemoedstoestand wegzakken en hoopte dat ze snel weer in slaap zou vallen, zodat ze helemaal niets meer zou voelen of weten.

Rond tienen schrok ze wakker van de bel. De cd was gestopt. Ze liet zich van de bank rollen, stond op en bleef even voorovergebogen staan om de steen in haar onderbuik de kans te geven zich aan de verandering van zwaartekracht aan te passen.

Het was Reno. Meestal hingen de bruine slierten haar als een vliegengordijn voor zijn ogen. Ze zaten nu weggestopt onder een soort kunstig geknoopte, vaalzwarte doek, zijn idee van een verzorgd uiterlijk. Hij droeg een zwarte broek met gaten die om zijn lange benen flapperde en een stel afgetrapte legerkisten. Desondanks zou Reno, met zijn scherpe kaaklijn en grote, donkerbruine ogen, voor een bepaalde categorie mensen voor knap kunnen doorgaan. Reno was gitarist en zanger van Stonehenge, een hardrockband. Zodra hij op het podium stond transformeerde hij in iets magisch, wat een nu nog kleine groep fans voor halfgod aanzag.

Een halfgod had ze nooit in hem ontdekt. Wel een jongen met talent, en nog veel meer problemen. Een drugsprobleem was daarvan een van de minst urgente.

Hij zat wijdbeens tegenover haar op een keukenstoel een broodje weg te werken en slobberde aan een grote mok zwarte koffie. 'Weet je wie ik gisteravond tegenkwam?' zei Reno tussen twee happen door. 'Een oom van me. Die heeft op het conservatorium gezeten en heeft altijd tegen mij aan lopen zeiken dat ik de techniek moest gaan leren. Dat ik het nooit zou redden zonder. De zak. En wat denk je dat ie nu zelf doet?' Zijn donkere ogen glansden.

Susan deed haar best geïnteresseerd te kijken. Reno in een opperbeste bui treffen was een zeldzaamheid. Hij had het vaker over zelfmoord dan over het weer.

'Let op,' zei Reno, terwijl hij zijn armen spreidde en zijn ogen fonkelden, 'je gelooft het niet: hij heeft zich laten inhuren op zo'n heen-en-weerboot, tussen Kiel en Oslo geloof ik, en speelt alle avonden *Sex Bomb* voor een stel zuiptoeristen.'

'Waarschijnlijk technisch perfect,' zei Susan. Ze kon een glimlach niet onderdrukken.

'Ja, vast wel,' grinnikte Reno. 'Alleen jammer voor hem dat niemand nuchter genoeg is om dat te herkennen, ha! Kun je je voorstellen? Op een heen-en-weerboot! *Djiesus,* het is dat zo'n ding drijft, want dieper dan dat kun je niet zinken.'

Susan glimlachte. Ze had vaak genoeg gebruikgemaakt van het veer naar Oslo. Het gros van de passagiers op veerdiensten tussen Scandinavië en Duitsland kon je grofweg in twee groepen verdelen. Vijftigplussers uit Duitsland en Nederland met elandstickers op hun volgeladen campers, en de beruchte groep van – overwegend mannelijke – Scandinavische zuiptoeristen waar Reno het over had. Twintigers, die zich een uur na inschepen al zo ver hadden afgetankt dat ze zich amper nog staande konden houden aan de bar. In Duitsland gingen ze aan wal om bier te scoren, dat vakkundig werd verstopt in koffers en in loze ruimtes in hun auto's. Een voorraadje voor thuis, waar de torenhoge accijns op alcohol het leven van een drankliefhebber nogal kostbaar maakte.

Van welke kant je het ook bekeek, een conservatoriumafgestudeerde had waarschijnlijk een ander beeld gehad van zijn toekomstige publiek. Dan had Reno het zo op zijn eigen manier nog niet slecht gedaan. Hij speelde zijn eigen nummers en het publiek, hoe klein het ook was, kwam speciaal voor hem.

Ze voelde een steek in haar onderbuik.

Reno merkte het. 'Is er iets?'

Ze wuifde het weg. 'Nee joh, laat maar.'

'Je ziet eruit om op te schieten, trouwens. Je ziet lijkbleek.'

'Dank je. Jij ook.'

'Weet je zeker dat –'

'Niks aan de hand, Reno.'

Hij keek om zich heen. 'Slaapt Sil nog?'

'Hij is weg.'

Iets in haar stem of houding moest hem hebben gealarmeerd. 'Toch niet voor altijd?'

'Nee, hij moest wat doen,' zei ze vlak. 'Hij is waarschijnlijk met een week of wat weer terug.'

'Hoe is het met je vader, eigenlijk?'

'Hij gaat dood.'

Hij knikte en leek op iets te kauwen. 'Zit je ermee? Je had toch weinig met die ouwe op, of wel?'

Ze keek hem een moment aan. 'Ja, maar... Dood is zo... zo definitief.'

Hij mompelde iets en leek ineens erg geïnteresseerd in de verfvlekken op zijn broek. 'Klote voor je,' deed hij het af, en bijna in één adem door: 'Heb je toevallig wiet in huis?'

'Nee. En dat is niet toevallig. Cafeïne kun je krijgen, zoveel je wilt.'

'Dan ben ik er zo weer van tussen.'

Ze stond op en liep met de lege mokken naar de keuken. Schonk opnieuw koffie in en liep terug naar de woonkamer.

'San,' zei hij, 'die kamer van Alex waar ik nu zit hè, nou, de huur is niet betaald. Ze willen me eruit zetten. Dus ik was eigenlijk hiernaartoe gekomen om je te vragen of ik wat bij jou kon stallen. Het is gevoelig spul.'

'Waarom betaal je de huur niet gewoon?'

Reno keek haar verbaasd aan. 'Húúr betalen?'

'Ja. Net als voor de repetitieruimte.'

Hij haalde zijn schouders op en roerde afwezig in de koffie. 'Die huur ik voor vier avonden in de week. Dat is anders. Die kamer van Alex is een huis. Met een adres en zo.'

'Bevalt het je daar?'

'Op zich wel.'

'Dan kun je er toch blijven?'

Reno trok zijn wenkbrauwen op alsof ze hem iets totaal nieuws vertelde. 'Dat zou ik kunnen doen, ja.' Daarna schudde hij zijn hoofd. 'Maar als mijn spullen droog staan, maakt het me niet zoveel uit waar ik slaap. Ik zie wel.'

'Je kunt je spullen brengen,' hoorde ze zichzelf zeggen. 'En als je wilt kun je hier wel slapen, tot Sil terug is.'

'Bedankt.' Reno zette de mok op tafel. 'Ik ben er weer van tussen. Ik kom vanavond terug. Ben je er dan?'

'Na negenen waarschijnlijk wel.'

Hij trok de deur achter zich dicht.

Ze liep naar het keukenraam, trok het gordijn opzij en zag Reno als een zwarte, voorovergebogen schim om de hoek verdwijnen, de binnenstad in. Starend naar de trottoirtegels kwam er een gevoel opzetten dat ze maar al te goed kende. Het beangstigende, jankende gevoel vanbinnen, dat ze sinds Sil bij haar was ingetrokken niet meer had gehad.

Het gevoel alleen te zijn. Volkomen alleen.

Sabine woonde al jaren in de Verenigde Staten. Van echt contact met haar vijf jaar oudere zus was geen sprake meer. Dat was er eigenlijk ook al niet toen ze nog thuis woonden. Vijf jaar leeftijdsverschil was bijna een generatiekloof. Vriendinnen van vroeger waren een voor een in een andere wereld gestapt. Een wereld van parttimebanen, verantwoord kinderschoeisel, diëten, betaalde kinderopvang en echtgenoten met een burn-out en geblondeerde vriendinnen.

De gespreksstof was uitgeput, en daarmee het gevoel van verbondenheid. Er waren geen nieuwe mensen voor in de plaats gekomen.

Niemand, behalve Sil.

Hoe kwam het dat ze vijfendertig was geworden, en gewoonweg niemand had om op terug te vallen?

Die gedachte trof haar als een mokerslag.

14

Ze reden op de E15, een kilometer of twintig voor de aansluiting op de Périphérique. Boven de met graffiti bespoten geluidswallen stegen fantasieloze kantoorgebouwen op en naargeestige woonkazernes met satellietschotels bij de balkons. Al drie kwartier lang was de snelheidsmeter niet boven de vijftig uit gekomen. Het was begin augustus, hoogseizoen, en aan de bagage te zien die de vakantiegangers op en aan hun auto's hadden bevestigd, zou er heel wat gefietst en gepeddeld gaan worden in de komende weken. De op Charles de Gaulle gehuurde Laguna werd aan alle kanten ingesloten door auto's met aanhangers, fietsendragers en caravans. Franse kentekens werden afgewisseld door Nederlandse, Belgische, Duitse en Britse. Het was nog geen twaalf uur, maar volgens het lcd-schermpje in de middenconsole was de buitentemperatuur gestegen tot 32 graden. Voor Noord-Europese begrippen tropisch.

Maier hield zijn ogen op de weg voor zich, maar nam het gekrioel van gemotoriseerd vervoer niet echt in zich op.

Een week eerder had hij hier ook gereden, precies op deze snelweg. Zijn verleden lag toen achter hem, en zijn toekomst, Susan, had naast hem gezeten. Het laatste wat hij toen kon weten was dat hij hier snel weer zou zijn. En het doel van de reis

89

zou al helemaal niet in hem zijn opgekomen. Heel even keek hij naar opzij.

Geen Susan, maar een nerveuze Sven.

Geen muziek, maar metalige klikken.

Geen vrolijke stemming, maar de drukkende spanning die altijd voorafging aan een actie als deze.

Sven deed zijn best zijn nervositeit voor Maier te verbergen. Niet met stoere woorden, maar door stiller te worden. In het afgelopen halfuur was er niet gesproken.

Sven controleerde de wapens, iets wat hijzelf vanochtend voor vertrek nog had gedaan en wat dus volstrekt overbodig was. Het neurotische geklik van het patroonmagazijn in de pistoolkast werkte op zijn zenuwen. Hij moest de aandrang onderdrukken om tegen Sven uit te vallen. Ook dat hoorde erbij, realiseerde hij zich.

Hij had waarschijnlijk minder last van stress dan Sven; zijn vuurdoop had jaren terug al plaatsgevonden en sindsdien had hij zich zo vaak in levensgevaarlijke situaties gestort dat hij ze niet eens meer kon tellen.

'Berg die wapens op, Sven. Vrachtwagenchauffeurs kunnen het zien.'

Sven legde de vuurwapens terug in een weekendtas die bij zijn voeten stond.

'Kijk je even op de kaart waar het is? Die zit in de zwarte tas, achterin.'

'Waar wat is?'

'Dat adres van dat bedrijf. Ik wil er even langs rijden voor we naar het appartement gaan. De couleur locale opsnuiven.'

Sven reikte naar de achterbank en was de navolgende minuten druk met het bestuderen van een stratenplan van Parijs.

In stilte vroeg Maier zich voor de zoveelste keer af of het wel zo'n goed idee was om Sven mee te nemen. Sven kon vast wel secuur schieten op een schietkaart, in de veilige, betonnen omgeving van een schietbaan. Maar schieten op gewapende criminelen terwijl je zelf elk moment dodelijk kon worden geraakt was een heel ander verhaal. Buiten dat was het geen sinecure om geluidloos te zijn. Ogen in je achterhoofd te hebben. Uit onduidelijke, vage, donkere vormen te kunnen onderscheiden wat wel en niet problemen kan gaan opleveren. Je ademhaling te controleren. Jezelf zo extreem te kunnen concentreren dat je de kleinste trilling in de lucht opvangt. En je reactie daarop, die het verschil kan maken tussen ergens levend vandaan komen of simpelweg worden neergeknald.

De druk was enorm. Heel harde jongens konden eronder zwichten. Of Sven onder die grote druk zou kunnen functioneren, was een vraag die hem al bezighield vanaf het moment dat hij had besloten om hem mee te nemen. Om te zeggen dat hij er spijt van had, was het nu nog te vroeg. Zijn bedenkingen had hij wel.

Toen ze vanochtend vroeg waren vertrokken, had hij het gesprek dan ook vrij snel op praktische zaken gebracht. Zaken die ertoe deden, die belangrijk waren als ze eenmaal in Parijs waren en het adres hadden gelokaliseerd. Daarbij had hij zorgvuldig ontweken iets prijs te geven uit zijn verleden. Hij had zijn woorden afgewogen. Geen plaatsen of namen genoemd. In feite had hij Sven een soort spoedcursus gegeven. Een spoedcursus oorlogvoering.

Sven was niet gek. Die wist wel dat hij die kennis niet uit een of ander computerspel had. Maar hij was gelukkig verstandig genoeg er niet verder op door te gaan.

'Het ligt in het noordoosten,' zei Sven ineens. 'Shit. Jacks safe house ligt pal westelijk, tegen de Périphérique aan. Kleine beroerte.' Sven borg de kaart op.

'Hou hem maar bij je. Ik denk dat we zo een keuze moeten maken voor een afslag.'

'Goed dat je eraan gedacht hebt om wegenkaarten mee te nemen,' zei Sven. Hij vouwde de kaart weer open. 'Bij Renault hebben ze verdorie de modernste navigatiesystemen, en ze geven mij net die ene mee waar het niet in zit.'

'Shit happens,' zei Maier zacht.

'Waarom ben je eigenlijk niet meegegaan naar Hertz?'

Voor een van de toegangswegen van Charles de Gaulle was Maier uit Svens Kangoo gestapt, en had hij een poosje naar de opstijgende en landende vliegtuigen staan kijken. Op internationale luchthavens wemelde het van de camera's. Hij wilde hoe dan ook elke vorm van bewijs dat hij hierbij betrokken was, uitsluiten. Sven had hem drie kwartier later opgepikt met een glanzend zwarte Laguna.

'Het was lekker om jouw gekakel even niet aan mijn hoofd te hebben,' verklaarde Maier, en hij forceerde een glimlach.

Het was een ratjetoe van oude huizen, winkels en bedrijven. Veel kalkzandsteen en grof stucwerk, zwartgeblakerd door uitlaatgassen, en louvreluiken die op de tweede en derde etages schots en scheef langs de verveloze ramen hingen. Zwarte elektriciteitskabels liepen kriskras over de buitengevels en werden met krom geslagen spijkers op hun plaats gehouden. De trottoirs waren van asfalt, hobbelig en opengebarsten. Deuren zaten volgeplakt met pamfletten, waarop schreeuwerige aankondigingen van evenementen die in het verleden lagen. Hier en daar ontbrak een huis, en lag er grond braak, geflankeerd door buitenmuren met tegeltjes en vakken die kamers en trappen markeerden die er nu niet meer waren. In de paar winkels die niet waren dichtgetimmerd en volgespoten met graffiti, werden producten uit andere werelddelen verkocht. Tegen de deurpost van een van de winkels stond een magere kerel met een olijfkleurige huid verveeld te herkauwen.

Het was betrekkelijk rustig, viel Maier op. Waarschijnlijk moest je voor topdrukte hier 's nachts terugkomen.

'Dit is het,' riep Sven ineens, opkijkend van het stratenplan. 'Hier links, kan niet missen.'

Maier sloeg links af en reed de straat in. Een groepje zwarte vrouwen zat op een stoep voor een trappenhuis in de schaduw met elkaar te praten. In hun felgroene gewaden vormden ze een exotische oase in de mistroostige wijk. Ze keken de Laguna na.

Maier zag hun nieuwsgierige blikken vanuit zijn ooghoeken. Zojuist had hij nog gedacht dat een Laguna niet zou opvallen in Frankrijk, maar de vrijwel nieuwe Renault viel hier al net zo uit de toon als een opgepoetste Lippizaner op een slachtpaardenmarkt. Het schroot dat hier langs de trottoirs stond geparkeerd was van vroegere bouwjaren, en vrijwel zonder uitzondering roestig, met deuken in de portieren en scheefhangende bumpers.

Toen ze bijna op een splitsing waren, zei Sven ineens opgewonden: 'Dit is het, dit pand, rechts, nummer 257.'

Maier keek naar rechts, en probeerde uit alle macht zijn voet op het gas te houden terwijl hij het pand razendsnel in zich opnam. Een groot, somber bakstenen gebouw, L-vormig en enigszins afwijkend van de rest van de bouwstijl in deze wijk, met grote ramen van draadglas. Het had iets voornaams en Spartaans tegelijkertijd. Een voormalige school, kazerne of ziekenhuis. Het was twee verdiepingen hoog en stond een meter of vijftien terug van de weg, vrij van de huizenrijen aan de rechterzijde. Een verzakte parkeerplaats ervoor, geen auto's. Boven op het manshoge hekwerk dat over de volle breedte van de parkeerplaats langs het trottoir liep, was prikkeldraad rond de liggers gedraaid. Er was een splinternieuwe ketting om de dubbele toegangspoort geslagen, met een al even nieuw, glimmend hangslot.

93

Geen bordje met een bedrijfsnaam. Geen bel of intercom. Het gebouw stond op een hoek. Maier stuurde de Laguna rechtsaf, zodat ze de zijgevel konden bekijken. Het bleek een blinde muur te zijn. De achtergevel grensde aan huizenrijen. Geen brandgang, de gebouwen stonden strak tegen elkaar aan gebouwd.

Hij reed door. Aan de dichtgetimmerde ramen te zien waren de huizen in deze zijstraat niet bewoond. In elk geval niet door het soort mensen dat de politie belde als er afwijkende dingen gebeurden. De mensen die hier rondhingen, waren dat stadium van burgerlijke oplettendheid al ver voorbij.

'Gezellige boel,' zei Sven. De spanning nam bezit van zijn stem.

Een eind verderop parkeerde Maier de auto tegen het trottoir. 'Ik loop even een eindje terug. Kijken of we er ergens kunnen posten, met zicht op dat pand. En dan gaan we zo eerst iets eten.'

Twee uur later zaten ze onder de luifel van een lawaaierig café tegen de rand van het centrum. Voor hen, op een kleine ronde tafel, stonden twee borden vol met azijn doordrenkte salade en waterige tonijn en maïs uit blik. Ze werkten het zwijgend naar binnen. Sven spoelde zijn portie weg met een groot glas Kronenbourg en Maier dronk Evian.

Het was snikheet en de smog die in de stad hing was bijna zichtbaar. In de verte rommelde het. Onweer zou niet lang op zich laten wachten. Er liepen honderden mensen langs het schaduwrijke terras; toeristen, zakenlui, daklozen, locals. Ze ontgingen Maier allemaal. Hij was in gedachten verzonken achter een Ray Ban-zonnebril, een zwarte baseballpet ver over zijn voorhoofd getrokken. Sven droeg eenzelfde set, met hetzelfde doel. Je wist nooit of iemand je op een bepaalde plaats zag, je later nog eens opmerkte en een en een bij elkaar ging optellen. Camera's stonden tegenwoordig vrijwel overal. *Big Brother* was al lang geen somber toekomstbeeld meer uit Orwells *1984*, maar dagelijkse realiteit.

'Peertjes los in de kooi, op twee uur,' zei Sven opeens.

Maier keek naar rechts. Een jonge vrouw met een blauwe top stond met een vriendin te keuvelen. Ze had net zo goed niets aan kunnen hebben. Hij keek weer terug naar Sven, die vanachter zijn spiegelende zonnebril gebiologeerd naar haar zat te staren, zijn mond een beetje open.

'Lang geleden?' Het was eerder een constatering dan een vraag.

'Ik ben ook maar een mens.'

'Als het je hersenen gaat aantasten, kun je er misschien beter aan gaan werken,' zei Maier, en hij nam een slok van het water.

'Daar ben ik niet aan toegekomen. Toen Valerie wegging was mijn eerste prioriteit overleven. Mijn appartement ziet eruit alsof er een bom is ontploft en dat gedoe om Thomas maakte het er al niet beter op. Wat moet een vrouw met een vent die alleen maar kan zeiken over zijn zoontje dat hij niet mag zien?'

Maier keek op. 'Ik dacht dat vrouwen als een blok vielen voor alles wat naar arts ruikt?'

'Niet het type arts dat zijn arm in de endeldarm van een koe steekt.'

Even verscheen er een glimlach om Maiers lippen. 'Als je je wast voor je thuiskomt, lijkt me dat geen onoverkomelijke hobbel.'

Sven grinnikte. 'Jij hebt makkelijk praten. Jij hoeft maar met je vingers te knippen.'

'Dat valt wel mee.'

'Lul niet. Heb je jezelf al eens uit je Porsche of die terreinwagen zien stappen, met je vliegeniersjack en je Levi's? Je doet het erom, man.'

Maier hief zijn armen op ter overgave. 'Wat je wilt.'

Sven schudde zijn hoofd. Prikte met zijn wijsvinger naar hem. 'Jij... jij bent echt een smerige klootzak. En dat weet je.'

Maier trok zijn gezicht in een vreugdeloze grijns. Natuurlijk, hij wist het. Maar het had niets te maken met waar Sven op doelde. En het was al helemaal niet iets waarover hij nu met Sven een boom wilde opzetten. Hij was er zelf nog niet zo lang geleden achtergekomen wat hem dreef om zijn lichaam te conserveren, te zorgen dat het goed in conditie bleef. Het was niet vanwege de vrouwelijke aandacht. Hij deed het voor zichzelf. Want hij wist dat er een dag zou komen dat hij in de spiegel keek, en een oude vent die hem ergens vaag bekend voorkwam, met een terugwijkende haargrens en een verwaterde blik naar hem terug zou kijken. En die dag, die onvermijdelijke dag die een keer zou komen, daarvoor was hij als de dood. Maier had niet veel zwaktes. Maar hij wist wel dat deze kronkel een vroegtijdig einde aan zijn leven zou maken. Magere Hein kwam niet aan zijn sterfbed. Hij zou de klootzak voor zijn. Liever dat, dan als een gekreukelde hoop vel met levervlekken en broze botten achter het raam van een verzorgingstehuis tot de conclusie te komen dat je leven voorbij is, en je angstvallig vastklampen aan een reeks lege herinneringen. En afhankelijk zijn van vrouwen van dertig op gezondheidsslippers, die tegen je spreken alsof je net vijf jaar bent geworden, en je navenant behandelen.

Als een demente oude sukkel.

Susan wist het, als enige. En ze accepteerde het. Wist dat wat ze samen hadden, niet zou eindigen met vredig mijmerend hand in hand zitten achter het raam met een panoramisch uitzicht op herfstige bossen in Shady Pines.

96

*Je kunt alles controleren, Sil Maier. Alles. Behalve het onvermij-
delijke.*

Hij keek naar Sven, die heftig kauwend op een blad sla al zijn
aandacht weer op de vrouw had gericht. Ze leek zich niet bewust van de beroering die ze veroorzaakte onder de aanwezige
mannen op het bloedhete terras. Of misschien was ze dat juist
wel, en bleef ze daarom zo lang staan draaien in de zinderende
zon.

Maier nam nog een slok water en keek naar het voorbij kruipende verkeer. Hij wilde aan niets anders denken dan aan wat
ze vandaag te doen stond, maar hij realiseerde zich tegelijkertijd dat er te veel druk op de ketel stond. Een moment ontspannen kon geen kwaad. Wie wist wanneer dat weer kon.

In dit soort situaties kon je nooit ver vooruit plannen.

'Heb je echt geen vrouw meer gehad sinds Valerie?'

'Jawel. Eentje,' zei Sven. Hij maakte een gegeneerde schou-
derbeweging. Keek daarna van Maier weg.

Nu ging Maier verzitten. Hij was ineens alert. Die kleine
hoofdbeweging en dat wegkijken verontrustten hem. Hij
voelde een steek van jaloezie. Sven woonde al naast Susan voor
hij er ooit een voet over de drempel had gezet. Mocht er nu een
biecht volgen over iets wat Susan aanging, dan waren de rapen
gaar. Hij kon heel wat hebben, en Sven was een prima vent,
maar het idee alleen al maakte hem misselijk. Hij merkte amper dat hij in zijn glas zat te knijpen.

'Ik zat op een avond laat te internetten, te chatten eigenlijk,'
zei Sven, aan wie Maiers plotselinge gespannenheid volledig
ontging. 'Met een vrouw die pas was gescheiden. Ze wilde
zichzelf terugvinden, of zo. Ja, zoiets was het. Heel cliché eigenlijk. Op een gegeven moment dacht ik: wat kan het mij ook
schelen, en heb ik haar adres gevraagd.'

Maier zakte opgelucht terug in de rotanstoel. Blies zijn ingehouden adem uit.

'Dat wijf was knettergestoord, geloof me,' ging Sven verder. 'Ik kwam daar aan in Amsterdam. Flatje, vierhoog achter. Plorkje eerste klas.'

'Plorkje?'

Sven draaide zich naar hem toe, één wenkbrauw opgetrokken. 'Welkom op aarde. Plork: Prettig Lichaam, Ontzettende Rot Kop.'

Maier proestte in zijn glas.

'Ze sleurde me zo ongeveer naar binnen. Je gelooft het niet: alles roze, kerstverlichting aan het plafond, kaarsen aan. Het leek verdomme wel een luxebordeel – niet dat ik daar weleens ben geweest.'

'Oké, en toen?'

'Nou, ik zat er niet echt op mijn gemak. Ik dacht… straks komt er een vent met een videocamera uit de kast springen en is het de bedoeling dat die meedoet of zo. Ik wist niet wat ik moest verwachten. Het was behoorlijk maf allemaal.'

Maier grinnikte. Hij zag het helemaal voor zich: Sven in het zachte, roze pluche, schichtig om zich heen kijkend met zweetdruppels op zijn voorhoofd.

Hij zou zelf allang zijn weggeweest.

'En toen?'

'Nog geen vijf minuten later zat ik in haar slaapkamer. Nou ja, zát…' Sven schudde zijn hoofd. 'Jezus, ze schreeuwde de halve flat wakker.'

'Zo nerveus was je dus ook weer niet,' grinnikte Maier.

Sven haalde verontschuldigend zijn schouders op.

Maier nam nog een slok van het mineraalwater. 'Volgens mij ben je goed levensmoe als je als vrouw alleen 's nachts een vreemde kerel van internet plukt. De volgende kan een of andere gestoorde idioot zijn.'

'Ze had het nodig, denk ik. Net als ik. Maar één keer was wel genoeg. Pas later bedacht ik dat ik die week vast niet de enige was geweest.'

'Geen *plorkjes* meer, dus?'

Sven schudde zijn hoofd en nam een bierviltje tussen duim en vingers. Begon het ding om te buigen. 'Nee,' zei hij zacht. De vrolijkheid gleed van zijn gezicht. 'Ik was wel beter gewend. Valerie... je hebt haar nooit gezien, maar ze is mooi, man. Mooi, intelligent, ze had het verdomme allemaal, en ik zag het niet eens. Ik vond het allemaal maar heel normaal. Was te druk met de praktijk, de klanten. Met mezelf eigenlijk. Ik dacht: getrouwd, kind: de buit is binnen. Wat kan me gebeuren? Godsamme, ik ben zo ongelooflijk stom geweest.'

'Hoe heeft Valerie die kerel eigenlijk leren kennen, die rechter?'

Svens gezicht trok in een grimas. 'Door mij. Hilarisch, hè. Ik heb haar zo'n beetje bij hem geïntroduceerd.'

'Hoe dat zo?'

'Ik behandelde Walters paarden. Vier Engelse volbloeds – renpaarden –, en een KWPN'er, een dressuurpaard waar zijn vrouw eigenlijk te weinig op reed. Daar klaagde hij weleens over, dat ze te weinig met dat beest deed. Valerie heeft altijd paardgereden, vanaf kind af aan, dus nam ik haar een keer mee toen ik bij Walter moest zijn. Ze ging er uiteindelijk steeds vaker naartoe. Reed op een gegeven moment zelfs wedstrijden met die knol, terwijl Thomas werd opgevangen door Walters vrouw, Emily. Ze hebben nooit kinderen kunnen krijgen, die Emily wilde zich maar al te graag over Thomas ontfermen. Ik zag er geen kwaad in. Ik had mooi mijn handen vrij om weekend- en avonddiensten te draaien zonder dat Valerie daarover aan mijn hoofd zeurde en Thomas was in goede handen.' Sven bleef onafgebroken het bierviltje heen en weer vouwen. 'Op een gegeven moment moest een van de merries naar Frankrijk worden gebracht om daar te bevallen.'

'Kon dat niet in Nederland, dan?'

'Het is de enige manier om voor het veulen startbewijzen te krijgen op Franse renbanen. Die sport is hier een stuk winstgevender dan in Nederland. Dus als je wilt verdienen aan je renpaarden, moet je uitwijken. Ik heb hem dat verdomme zelf nog verteld... Ik heb jaren in Frankrijk gewerkt.'

'Dat wist ik niet. Wat deed je dan?'

Sven haalde zijn schouders op. 'Het was niet zo schokkend. Ik ben hier een poos dierenarts geweest. Paarden, voornamelijk.'

'Oké, en toen?'

'Hij moest een van de merries gaan wegbrengen en hij vroeg of Valerie met hem mee wilde. Er ging bij mij nog steeds geen belletje rinkelen. Hij was verdomme bijna twintig jaar ouder, grijs, óúd, weet je wel. En lélijk. Zo dun als mijn pink en vier meter lang of zo.'

'Maar hij had wel invloed en status,' merkte Maier op. 'Meer dan jij.'

Sven keek hem niet-begrijpend aan.

'Status en geld, macht. Dat werkt door. Op dierlijk niveau. Het maakt niet uit hoe een kerel eruitziet en hoe oud hij is: als hij voldoende invloed heeft, krijgt hij iedere vrouw die hij hebben wil.'

Sven leek oprecht verbaasd. 'Zo simpel?'

Maier viel even stil en keek Sven fronsend aan vanachter zijn spiegelende glazen. Hij had hem wel vaker betrapt op een naïef soort levenshouding. Misschien had Sven wel te vaak in de achterkant van een koe gekeken. Zo vaak dat hij er ook in het dagelijkse leven een tunnelview aan had overgehouden.

'Kijk om je heen,' zei Maier uiteindelijk. 'Hoe rijker en invloedrijker, hoe mooier en jonger de vrouwen die eromheen hangen.'

'Kom op, joh. We hebben het over een réchter! Geen popster!'

'Jouw perceptie. Valerie dacht daar blijkbaar anders over.'

'Dan zal ik wel naïef zijn geweest. Ik heb er geen seconde bij stilgestaan dat ze iets voor hem zou voelen. Bovendien leek die vent een goed huwelijk te hebben. Nou ja, om een lang verhaal kort te maken, er is daar in Normandië, op die *haras* – die stoeterij, iets gebeurd. Dat moet wel, want sindsdien weerde Valerie me af als ik... nou ja, eh, toenadering zocht. Moe, geen zin, vul maar in. Ze ontliep me gewoon. En op een dag was ze weg. Ze had niet eens het lef gehad om het me recht in mijn gezicht te vertellen. Er lag een brief op de keukentafel toen ik 's nachts thuiskwam.' Sven brak het mishandelde viltje in tweeën. 'En toen is het gesodemieter begonnen met de voogdij. Ik heb nooit begrepen waarom ze daar zo moeilijk over deed. Thomas was... ís mijn alles.' Sven snoof en draaide zijn hoofd weg.

De vrouw met het blauwe topje was doorgelopen.

'We krijgen hem wel terug,' zei Maier. 'Zodra we weten waar ze hem vasthouden, haal ik hem eruit, dat zweer ik je.'

15

Zijn huid was vanochtend nog dunner. Die leek wel doorzichtig.

'Waar ben ik?' vroeg hij.

'In het ziekenhuis in Eindhoven, op de IC, de intensive care.'

'Niet meer in Den Bosch?'

Susan schudde haar hoofd. 'Nee, ze hebben hier betere apparatuur en zo.'

'Het maakt toch niets meer uit.'

'Natuurlijk wel.'

'Waar is Sabine?'

Ze beet op haar onderlip. Wat moest ze zeggen? Ze had Sabine pas gisteren telefonisch te pakken gekregen. Haar zus was niet van plan om naar Nederland te komen. Niet voor een levende vader en al helemaal niet voor een bijna dode. Sabine had haar sterkte gewenst en haar niet al te enthousiast uitgenodigd om straks, als alles achter de rug was, van de ellende bij te komen op de boerderij. Op de valreep vertelde ze ook nog zeven maanden zwanger te zijn. En dat excuus, had ze gezegd, kon Susan gebruiken om haar afwezigheid te vergoelijken. Geen enkele luchtvaartmaatschappij nam hoogzwangere vrouwen mee.

Dat haar zus zwanger was en zij binnenkort tante werd, kwam als een volslagen verrassing.

Gevoelsarmte als familiekwaal.

Susan boog zich een beetje over haar vader heen. 'Sabine kan niet komen. Ze kan niet weg van de boerderij.'

Even was hij stil. Hij schudde vermoeid zijn hoofd, een beweging die hem duidelijk inspanning kostte. 'Ik heb er zo'n spijt van.'

'Dat is zinloos. Wat gebeurd is, is gebeurd, daar helpt spijt niet aan.'

Hij slikte moeizaam. Ze vroeg zich af of hij wat moest drinken, maar als het goed was, werd er voldoende vocht aangevoerd via het infuus.

'Weet dat ik het mijn hele leven heb meegedragen,' ging hij verder, en zijn stem klonk zwak. 'Dat ik het nooit heb gewild. Niet zo.' Hij keek haar ineens recht aan. 'Het is allemaal mijn schuld.'

Ze werd alert. Iets in zijn stem zei haar dat dit niet meer ging over zijn onvermogen om een gezin bij elkaar te houden, een goede vader te zijn voor zijn dochters.

'Waar heb je het over?'

Hij deed zijn ogen dicht en zijn borst ging schokkerig op en neer. Hij begon zichtbaar te transpireren. Trok zijn gezicht in een grimas, alsof hij pijn had.

Ze keek met een schuin oog naar de monitor en weer terug naar haar vader.

'Ze mogen het niet vinden...' zei hij vermoeid. 'Dan komt alles... Je moeder, het... huis...'

Zijn stem stokte. Voor haar ogen zag ze het bleke gezicht van haar vader grauw worden, alsof iemand een kleurfilter van onder naar boven over zijn gezicht schoof. Zijn lippen werden grijsblauw. Paarse randen rond zijn ogen. Hij lag doodstil.

Bewoog niet meer.

Het leek of ze naar een dode keek.

Tegelijkertijd ging ergens op de gang een alarm af. Een dwingende pieptoon. Susan keek naar de monitor. Die gaf geen enkele activiteit meer aan. Ze sprong op.

Er klonken haastige voetstappen op het linoleum. De deur zwaaide open. Twee verplegers en een verpleegster renden de kamer in en duwden haar bijna opzij. Susan deed een paar stappen achteruit en kon niet meer doen dan werkeloos toekijken.

Als in een droom zag ze hoe de verplegers zich over haar vader bogen, allerlei kunstgrepen toepasten. Er werd geroepen om een arts en het leek een eeuwigheid te duren voor die eindelijk verscheen. De verpleegster rende weg en kwam terug met een kastje op wieltjes, met snoeren en twee metalen pads. Ze werden haastig door de arts overgenomen. Een verpleger trok het laken van haar vaders borstkas weg. Toen pas zag Susan hoe mager hij was geworden. De arts plaatste de pads. Ze wendde haar hoofd af toen haar vaders lichaam omhoog schokte. In de stilte die volgde keek iedereen in de ruimte afwachtend naar de monitor. De spanning hing als een elektrische lading in de kamer.

De arts schudde zijn hoofd. Hij zette de pads opnieuw op haar vaders borst. Susan keek angstvallig naar de monitor. Geen verandering.

Links van het bed maakte iemand geconcentreerd een injectie klaar.

'U kunt misschien beter even op de gang wachten,' zei een verpleger, maar echt dwingend klonk het niet.

Susan ging verder naar achteren staan. De arts nam de injectie over en ramde die in haar vaders lichaam. Ze kneep haar ogen dicht. Toen ze ze weer opende, keek ze eerst naar de monitor. De lijnen liepen nog steeds strak horizontaal.

Ze wist niet hoe lang het had geduurd, het kon vijf minuten

zijn maar evengoed een halfuur. Aan haar netvlies waren beelden voorbijgetrokken die ze alleen kende van tv-series als ER.

Uiteindelijk werd alles stil. De verslagenheid in de kamer was bijna voelbaar. De arts en verplegers keken elkaar over het bed aan, en keken daarna naar Susan. Wezenloos, bijna apathisch. Alsof ze er nu pas van doordrongen waren dat er een buitenstaander in de kamer was.

De arts deed een stap naar voren. 'Het spijt me, mevrouw,' zei hij, en totaal overbodig: 'Uw vader is overleden.'

Achter hem keek een verpleegster op de grote, witte klok die boven de deur hing. Ze noteerde iets op een klembord.

Tijdstip van overlijden, drong het tot haar door. Laatste administratieve handeling.

Geran Staal was dood.

16

De leegstaande fabriek stond aan de overkant van de weg, in een lichte hoek ten opzichte van de hoofdingang van het gebouw. Een kapot raam op de tweede etage gaf er een onbelemmerd zicht op. Sven had rechts van het raam positie ingenomen. Zijn schouder tegen de vuile muur. Maier stond tegenover hem in dezelfde houding, en hield de andere toegangszijde van de weg in de gaten.

Ze stonden er nu bijna acht uur. Vierhonderdtachtig minuten. Als standbeelden. Gesproken werd er amper. Maiers spieren protesteerden hevig.

Het gebouw aan de overkant leek verlaten te zijn. Geen activiteit, niets. In elk uur dat verstreek nam de hoop verder af dat ze met deze eerste, nogal schamele aanwijzing iets konden beginnen.

Maier wist dat hij zich daardoor niet mocht laten ontmoedigen. In het verleden had hij wel vaker twee volle weken gepost, tien uur per dag. Hardnekkig, vastbesloten en obsessief. Uiteindelijk gebeurde er altijd wel iets. Dan gaf die kleine gebeurtenis, die zo onbeduidend leek, niet zelden een waardevol stukje van de puzzel vrij.

Tijd gespendeerd aan observeren was geen verloren tijd. Dat had hij in gedachten al zeker veertig keer tegen zichzelf gezegd.

In de langdurige stilte maakten zijn hersenen overuren. Er ontstonden plannen in zijn hoofd, die varieerden van pizza's bezorgen tot de weg vragen. Hij verwierp ze een voor een. Hij was bijna twintig jaar ouder dan de gemiddelde pizzabezorger en zou zonder bestickerde scooter of motor meteen door de mand vallen. En de weg vragen? Híér, in de buitenwijk van de hel, bij een poort die op slot zat?

Onlogisch.

Zolang hij niet wist waar Thomas was en wie hem vasthielden, moest hij op de achtergrond blijven. Geen slapende honden wakker maken.

'Verdomme, dit schiet niet op,' fluisterde Sven. Hij rekte zijn benen uit en rolde zijn nek over zijn schouders.

'Stil.'

Er kwam een auto aangereden, een donkergrijze Renault 21. Er waren al meer auto's voorbijgekomen. Deze reed rustiger. Alsof hij hier moest zijn.

Maier voelde een tinteling opkomen, een onbestemd gefladder in zijn buik. Van tien meter hoogte zag hij hoe de auto tot stilstand kwam voor het hek. Er stapte een man uit met een merkwaardige lichaamsbouw. Klein, vrij gedrongen. Hij had een terugwijkende haargrens en droeg een grijze broek en een wit overhemd. De man liep een beetje voorovergebogen en houterig, alsof hij last van zijn rug had. Sven en Maier zagen hem naar de poort lopen en het slot verwijderen. De man reed de Renault de parkeerplaats op, en liep terug om de poort op slot te doen.

Bij de voordeur, op het aftandse bordes, keek hij om zich heen. Hij leek weinig op zijn gemak.

Maier en Sven zaten doodstil, weggedoken achter het kapotte, met spinrag bezette raam.

Iemand deed de voordeur open. De man liep naar binnen

en de deur werd achter hem gesloten.

Maier bestudeerde de auto. De kentekenplaat viel hem op. In het bijzonder de laatste twee cijfers, 37. In Frankrijk kon je aan het kenteken van de auto zien in welke regio de eigenaar ervan woonde. Over een jaar of wat gingen ze ermee stoppen had hij gelezen, maar voorlopig waren de laatste twee cijfers op een kentekenplaat nog gekoppeld aan het departement waar de auto stond geregistreerd. Parijs lag in het 75e departement. De auto was dus niet van hier. Hij had geen idee waar het 37e departement lag, maar dat was geen staatsgeheim, dus eenvoudig genoeg uit te zoeken.

Sven had waarschijnlijk dezelfde gedachtegang. En hij was al een stap verder. 'Indre-et-Loire,' fluisterde hij.

Maier keek even naar opzij. 'Wat?'

'Zevenendertig. Da's Indre-et-Loire. Ik heb er een paar jaar gewerkt.'

'Is het vlakbij?'

'Niet echt.'

Ze bleven nog zeker een halfuur gespannen naar de gesloten deur kijken. Het plan om een pizza te bezorgen begon zich weer aan Maier op te dringen. Een behoudende, voorzichtige stem in zijn hoofd waarschuwde hem dat niet te doen.

De minuten tikten voorbij. Nu nog trager dan voorheen. Twee paar ogen waren onafgebroken gericht op de voordeur van het gebouw. Schoten zo nu en dan naar beneden als er iemand langs kwam lopen of rijden. Het bleef rustig.

Pas na ruim een uur ging de voordeur open.

De man met het merkwaardige loopje droeg iets in zijn armen naar zijn auto. Direct achter hem volgde een magere, jonge kerel met een smal gezicht en opvallend, schouderlang blond haar in een rood T-shirt zonder mouwen.

Maier observeerde hen scherp. Probeerde hun gezichten in

zijn hoofd te prenten, zodat hij hen een volgende keer zou herkennen. Maar de meeste aandacht trok het pakket dat de man droeg. Een in een grijze deken gewikkeld zacht, gebogen voorwerp, dat hij droeg als een baby.

In een onhandige manoeuvre, waarbij de man bukte om het autoportier te openen, viel de deken terug. Er was geen twijfel mogelijk over zijn vrachtje.

'Thomas,' zei Sven, net iets te hard. 'Verdomme, Thomas!'

Maier keek snel naar opzij, net op tijd om te zien dat Sven opstond. De mannen konden hem zien staan als ze hierheen keken.

In een reflex greep hij Svens arm vast en trok hem naar de grond. 'Liggen, Sven, verdomme,' siste hij. 'Wat wil je nu gódverdomme doen? Iedereen alarmeren? Alles verknallen? Debiel! Laag blijven!'

'Ik schiet die vent door zijn kop!' Sven greep naar het wapen dat hij achter zijn broekband had gestoken.

Maiers vingers sloten als een bankschroef om Svens bovenarm. 'Hou je gedeisd, idioot!' Zijn ogen schoten vuur en zijn voorhoofd rustte bijna op dat van Sven. 'Die Beretta van jou is nauwkeurig tot op een meter of dertig. Je mist altijd. Het is verdomme geen sniper, en dat hoor je te weten, spórtschieter!'

Langzaam kwam Sven bij zijn positieven. Maier verslapte zijn greep. Sven liet zich op het vochtige beton zakken.

Maier veerde op en keek naar buiten. Zag de Renault langzaam wegrijden. De kerel met het witte overhemd reed. Achterin zat de blonde vent met het rode shirt.

De auto reed in oostelijke richting de straat uit.

'Ze zijn weg,' zei hij.

Sven zat nog steeds op de grond, een hand op zijn Beretta, met de ander streek hij nerveus door zijn haar. 'Ik had het bijna verkloot,' zei hij zacht, met afgewend gezicht.

Maier dacht dat hij huilde. Hij wilde het niet zien. Niet dat het onbegrijpelijk was, of raar. Hij wilde het alleen niet zien. Hij keek naar een scheur in het hoge dak waar licht van buiten door naar beneden viel.

'Ik zie hem vast nooit meer,' hoorde hij Sven zeggen.

Maier draaide zich naar hem om. 'Ze verplaatsen hem. Dat zou een goed teken kunnen zijn.'

'Of... of juist niet.'

Maier wilde dat hij Sven kon verzekeren dat het goed zou komen. Maar niemand kon garanties geven in een situatie als deze. Toch geloofde hij op de een of andere manier niet dat ze het jongetje iets zouden aandoen. Thomas was al dagen geleden ontvoerd. De meeste ontvoerde kinderen overleefden de eerste dag niet eens. Het was duidelijk dat ze Thomas verplaatsten en de voorzichtigheid waarmee ze hem droegen wees erop dat Thomas leefde.

Het had weinig zin om een levend kind te verplaatsen, met alle extra risico's van dien, om het daarna dood te maken. Dat was gewoonweg niet logisch.

'Het is al meer dan we hadden kunnen hopen,' zei Maier. 'De eerste dag al beet. We hebben alle geluk van de wereld, kop op.'

'Thomas kan nu overal zijn.'

Maier duwde zich van de muur. 'Kom. We gaan.'

'En dan? Rondjes rijden in het zevenendertigste departement, in de hoop een oude, donkergrijze Renault 21 tegen te komen? Daar sterft het van. We zijn weer terug bij af.'

Maier keek hem zwijgend aan. Hij wist precies wat hij ging doen, maar dat zou hij Sven nu nog niet vertellen. Sven moest eerst tot bedaren komen.

'Ja,' zei Maier, 'we zijn weer terug bij af. Maar we hebben hem één keer gevonden, een tweede keer gaat het ook lukken. Vertrouw op me.'

'Ik wil hier blijven. Misschien komen ze terug.'

Maier schudde zijn hoofd. 'Ze gaan echt geen eindje rijden voor de lol. Kom, het heeft geen zin hier te blijven.'

Hij stak zijn hand uit. Sven liet zich optrekken.

Hun voetstappen klonken hol en echoden nog na toen ze de fabriekshal achter zich lieten.

17

Het was rumoerig in de lobby van het Mercure Hotel in Nieuwegein. Rond de bar dromden zakenlui die nog een borrel namen voor ze naar hun kamers gingen, en op de valreep druk doende waren de paar aanwezige vrouwen te imponeren.

Walter zat in een donker gestoffeerde clubfauteuil, recht tegenover een man die hij in geen twintig jaar had gezien. Als het aan hem had gelegen, was dat de komende twintig jaar zo gebleven.

Roger Wendel zag er nog steeds uit als een Amerikaanse presidentskandidaat: misselijkmakend perfect. Zijn huid gebruind door de zon, hagelwitte tanden als uit een tandpastareclame en dik, middelblond haar waar een slag in zat. In zijn grijze ogen lag een geveinsde warmte en betrokkenheid, een effectief rookgordijn voor de kilte die eronder lag. Hij droeg een pak van Fabio Borelli, en een lichtroze overhemd van hetzelfde Italiaanse modehuis. Walter herkende het feilloos aan de handgestikte knoopsgaten en paarlemoeren knopen. Peperduur. Roger ging er niet echt zorgvuldig mee om. Zijn colbert hing te kreuken over de rugleuning van de fauteuil en hij had de manchetten van zijn overhemd, dat minstens vierhonderd euro gekost moest hebben, nonchalant opgerold.

Walter had zich altijd stuntelig, buitenproportioneel lang

en lelijk gevoeld in Rogers bijzijn. Die oude onzekerheid speelde nu weer op.

'Nooit verwacht dat ik met jou samen nog eens het glas zou heffen,' verbrak Roger de stilte die na de korte, ongemakkelijke begroeting was gevallen. 'Maar ja, het leven zit vol verrassingen, nietwaar?'

Walter ontweek zorgvuldig oogcontact. 'We hebben er ook niet echt reden toe gehad.'

Roger keek Walter recht aan over de rand van zijn glas. 'Waar kan ik je mee helpen, Wally?'

Met dat ene woord wist Roger hem na twintig jaar nog steeds op de kast te jagen. Mijn naam is Walter, wilde hij zeggen. Maar hij slikte het in. 'Misschien kunnen we dat beter buiten bespreken. Of... of in de auto.'

'Dat lijkt me niet nodig.'

Iemand stootte met zijn elleboog tegen Walters schouder en mompelde een excuus, dat verloren ging in het geroezemoes en gelach. De rechter boog zich samenzweerderig over het ronde tafeltje. 'Er is een probleem,' zei hij, om zich heen kijkend alsof hij elk moment besprongen kon worden door een stel undercoveragenten. 'Er is een situatie ontstaan die... Nou ja...'

Rogers ogen priemden in Walters gezicht.

'Een probleem met Geran,' vervolgde Walter.

'Geran Staal? Heb je nog contact met hem?'

'Nee, dat niet. Niet meer sinds... toen. Hij is afgelopen week gestorven.'

Roger was oprecht verrast. Hij trok zijn wenkbrauwen omhoog. Er zat geen haartje verkeerd, merkte Walter op, waarschijnlijk smeerde hij er 's ochtends gel in. Speciale wenkbrauwengel van een of ander bezopen duur Londens merk.

'Spijtig dat te horen. Het was geen verkeerde vent. Jammer... Zijn dochters erven het huis?'

'Het huis wordt gesloopt. Daarom heb ik je gebeld. De A50 wordt doorgetrokken en die loopt dus zo'n beetje over Gerans huis.'

Roger leek een moment uit zijn rol te vallen. Zijn glimlach verdween. 'We hebben het over een huis van een eeuw oud. Een beschermd dorpsgezicht.'

'Geran was al een poos in een procedure verwikkeld om te voorkomen dat zijn huis en grond werden onteigend. Het heeft de regionale pers gehaald.'

'Maar zonder resultaat.'

Walter knikte. 'Nu Geran dood is, staat niets ze nog in de weg.'

'Hebben we het over korte termijn?'

'Mogelijk. Een eind verderop zijn ze al begonnen bomen te kappen.'

'Haal het weg,' besloot Roger resoluut.

'Dat... dat heb ik geprobeerd.'

'Geprobéérd?'

Walter schokschouderde. 'Ik kan het niet.'

'Je kúnt het niet?'

'Nee. Ik... ik ga er niet meer naartoe.'

Roger deed geen enkele moeite zijn ergernis te verbergen. Hij nam een nijdige slok van zijn cognac. Uiteindelijk zei hij: 'De consequenties zijn: gezeik. Een heleboel gezeik.'

'Dat hoeft niet,' zei Walter snel.

'Nee, nee... Dat hoeft inderdaad niet.' Roger keek Walter onderzoekend aan. 'Er is weinig veranderd, is het niet, Wally? We worden ouder. We worden van pionnen lopers, van lopers torens. Uiteindelijk mogen we zelf de stukken verzetten. Maar wat verandert er wezenlijk? Wie kan zoals gewoonlijk de troep opruimen? Wally houdt zijn handen schoon, is het niet?'

Onder andere omstandigheden was Walter zwaar gepikeerd geweest. Nu voelde hij zich gerustgesteld. Roger nam het over. Roger liet de Franse cognac rondwalsen. 'Maak je geen zorgen, Wally,' zei hij ineens. 'Ga naar huis, naar je lieve vrouwtje. Ga slapen. Het komt goed.'

Walter stond op. Hij stak aarzelend zijn hand uit, maar brak de beweging halverwege af en propte zijn hand onwennig in zijn zak.

'Dank je, Roger,' zei hij alleen. Hij knikte vriendelijk naar een zakenpak dat voor hem opzij ging en liep naar buiten.

18

Maier parkeerde de auto langs de rand van een verzakt trottoir en stapte uit. Er stond een lichte bries, en achter dunne wolkenpartijen scheen een volle maan die de straten in een blauwe gloed zette. Hij keek op zijn Seiko. Halfvier. Dat het vroeg was, voelde hij ook aan zijn hoofd. Daar konden drie koppen sterke koffie weinig aan veranderen. Sven had behoorlijk geprotesteerd toen het tot hem was doorgedrongen dat hij hem nog liever bewusteloos sloeg dan hem meenam. Uiteindelijk had hij zich erbij neergelegd.

Svens actie van gisteren baarde hem zorgen. Bij het zien van zijn zoontje was er kortsluiting in zijn brein ontstaan. Sven was echt doorgeslagen, totaal onverwacht.

Het liefste was Maier na vanmiddag niet teruggegaan naar dat kale safe house van Jack, maar doorgereden naar het Thalys-station om Sven daar uit de auto te lazeren. In Den Bosch kon Sven zich nuttiger maken dan hier. Hij liep er in elk geval niet in de weg.

Maier begon te lopen in de richting van het pand. Het was vrij rustig op straat, wat hem enigszins verbaasde. De weinige passanten keurden hem geen blik waardig en liepen als schimmen langs hem heen. De ziekte van de grote stad kon in je voordeel werken.

Hij bleef zo veel mogelijk in de schaduw van de huizen lopen, dicht bij de gevels, bedacht op elke beweging. In wijken als deze sneden ze je de keel af voor een paar schoenen. Uit voorzorg liep hij wat ruimer langs de portieken. Nu stond hij bij de linkerflank van de oude fabriek waarin Sven en hij hadden gepost. Keek om de hoek naar het gebouw. Het lag aan de overkant van de straat en werd verlicht door de maan. De lantaarnpalen in deze straat stonden er waarschijnlijk alleen nog maar omdat het te veel moeite kostte om ze weg te halen. Geen één functioneerde.

Het pand was in een soort L-vorm gebouwd. De blinde gevel van de kopse kant van de korte poot grensde direct aan het trottoir. Rechts daarvan lag de parkeerplaats, tussen de straat en de lange zijde van het gebouw in. Zijn blik gleed over het hek. Het was gesloten, de ketting met het glanzende hangslot hing op zijn plek. Verroest prikkeldraad was slordig om de liggers gedraaid. Daar had hij zich op voorbereid.

Hij popelde om naar binnen te gaan, maar daarvoor was het nog te vroeg. Hij sloeg links af, begon in tegenovergestelde richting over het trottoir te lopen. Checkte vanuit zijn ooghoeken de geparkeerde auto's aan beide zijden van de weg. Niets afwijkends. Terwijl hij terugliep, lette hij op de ramen en deuren van de opeengepakte huizen, en bleef nog steeds op respectabele afstand van de donkere nissen en portieken. De meeste ramen waren dichtgetimmerd. De verlaten straten en afwezigheid van lamplicht gaven de wijk een surrealistische, sinistere aanblik.

Hij stak de straat over, half lopend, half rennend. Liep daarna door naar het hek. Er stond geen auto op de parkeerplaats en er brandde geen licht achter de ramen. Hij keek nog eens om zich heen. Niemand. Hij schudde de rugzak af en ritste hem open. De grand foulard was een van de weinige luxezaken die hij in Jacks appartement had aangetroffen. Hij vouwde de lap in de lengte, nog een keer in de breedte en wierp de bundel op het prikkeldraad. Zette zijn voeten tegen het hek, trok zich op en werkte zich over het hek heen. De foulard liet zich niet makkelijk lostrekken. Hij haalde hem zo voorzichtig mogelijk los en liep er meteen mee door naar de beschutting van het gebouw, dook op zijn hurken en propte de lap terug in de rugzak.

Daarna richtte hij zich op het pand. Het was hem vanmiddag al opgevallen dat er geen alarm of bewakingscamera's leken te zijn. Dat zei niet alles. Moderne, geavanceerde bewakingssystemen hadden de vervelende eigenschap niet op te vallen. En veel opzichtige camera's daarentegen, die grote witte dingen met een vierkante regenkap boven de lens, die als een dreigend, alziend oog aan de gevel hingen, bleken vaak lege omhulsels te zijn die alleen maar de indruk wekten dat een pand werd bewaakt. Als goedkoop afschrikmiddel. Hij kon er hoe dan ook niet blindelings van uitgaan dat zijn bezoek onopgemerkt zou blijven.

Maier haalde een kleine Maglite uit zijn zijzak, maar deed het ding nog niet aan. De maan lichtte nog voldoende bij. De manshoge ramen van dik draadglas zaten in stalen sponningen en begonnen op schouderhoogte. De bovenlichten bleken gesloten. Hij liep naar de toegangsdeur. Aan weerskanten was een betonnen trapje, met een dunne metalen reling erlangs. Hij nam de treden en bleef op het plateau staan. Draaide zich om naar de straatzijde. Niets. Het was hier te donker om te kunnen zien waar hij mee bezig was. Hij draaide de Maglite aan om het slot beter te bekijken, en hield de lichtbundel afgeschermd van de straat met zijn hand en lichaam.

De deur was afgesloten met een cilinderslot. Daar kon hij niets mee. Je kon ze er alleen maar uit tikken. Dat zou braaksporen opleveren en bovendien te veel kabaal maken. De hoge muren hier werkten als versterkers van elk geluid. En braaksporen kon hij zich niet veroorloven. Niet zolang ze Thomas nog hadden.

Hij liep het bordes af en controleerde de ramen aan de lange kant van het gebouw, die parallel lag aan de straat. Niets wat ook maar in de richting kwam van een makkelijke toegang. Er schaarde iets onder zijn schoenzolen. Hij hurkte en scheen bij. Een zwartgeverfd rooster met roestplekken. Daaronder een put en een kelderraam.

Als hij niet zo gespannen en geconcentreerd was had hij erom gelachen; mensen vergrendelden deuren, beveiligden ramen, maar de meest voor de hand liggende plaatsen, zoals een half verzonken kelderraam onder straatniveau, lieten ze openstaan. Op een kier, maar toch. Het raam leek hem groot genoeg om hem door te laten.

Hij zakte op zijn knieën en zette zijn gehandschoende handen aan weerszijden van het rooster. Het was loodzwaar. Na enig wrikken kwam het knarsend los uit zijn stalen profiel. Hij ging plat op zijn buik liggen en zette zijn vingers achter het kozijn. Probeerde het raam verder open te trekken. Het gaf geen centimeter mee. Hij scheen nog eens bij. Het raam zat aan de onderzijde vast aan een uitzetter en de bovenkant hing in twee scharnieren. Hij ging rechtop zitten en schudde zijn rugzak af. Haalde zijn Leatherman uit het voorvak en rolde een gereedschapsset open. Keek weer om naar de straat. Flarden van bromfietsgeluid, dat zwakker werd. Geen voetstappen, geen auto's, niemand.

Hij nam een kleine beitel en begon, plat op zijn buik liggend en met zijn bovenlijf half in en boven het gat hangend, de scharnierpennen los te tikken. De uitzetter zat vast met twee kleine schroeven. Met een kruiskopschroevendraaier draaide hij ze los. Het raam kwam vrij. Hij wrikte het los en zette het tegen de wand van de put. Het gereedschap verdween in zijn rugzak, die hij in het gat liet zakken.

Hij gleed door het kelderraam naar binnen, voorzichtig, met de punten van zijn gympen tastend in de gitzwarte ruimte onder hem. Zijn voet stootte tegen iets hards. Een kist misschien, of een tafel of kast. Het gaf niet mee, het droeg zijn gewicht zonder problemen. Zijn andere voet volgde. Hij was binnen.

Hij draaide zich om en greep de rugzak. Haalde zijn bivakmuts eruit en trok die ver over zijn hoofd. Mocht er iemand binnen zijn, dan werd hij liever niet herkend. Hij sjorde de rugzak op zijn rug vast, nam de Maglite uit de zijzak van zijn broek en liet de lichtbundel door de kelder glijden.

Langs de wanden stonden een paar kisten en lege rekken. Op zo'n vijf meter voor hem was een kleine stenen trap, die uitkwam op een deur. Zijn voeten bleken op een diepvrieskist te rusten. Hij gleed van de diepvrieskist af en opende het deksel. Leeg.

Daarna liep hij naar de deur. Die ging zonder protest open.

Uit gewoonte bleef hij wachten.

Het oeroude deel van je hersenen, dat reptielenhersenen wordt genoemd, waarschuwt je samen met het limbische systeem voor geluiden, vormen en bewegingen die afwijken van de routine – afwijkingen die gevaar kunnen opleveren. In een onbekende omgeving, en al zeker in combinatie met gespannen zenuwen, reageer je overal op. Onbewust maakt je lichaam zich bij elk onbekend tikje of rammeltje op voor een krachtsinspanning, door razendsnel stofjes aan te maken die je hartslag opjagen en een deel van je pijnzenuwen verdoven. Maar je systeem leert rap bij en slaat omgevingsprikkels op in een tijdelijk geheugen, dat werkt als een filter. De verdacht bewegende schaduw in de hoek wordt gedetermineerd als de schaduw van een boomtak, die langzaam heen en weer wiegt. De plotselinge bonk die je eerder deed verstijven, blijkt het uitzetten van een verwarmingsbuis. Het geklapper van een ventilatieschuif veroorzaakt nog evenmin een reactie die de adrenalinetoevoer opjaagt. Door de tijd te nemen om de omgevingsgeluiden en sfeer op je in te laten werken, kun je je simpelweg beter concentreren op zaken die er echt toe doen. Geluiden en bewegingen die je horen te alarmeren.

Na een minuut of tien waarin, op zachte geluiden van de wind tegen de ramen na, volledige stilte heerste, richtte hij zich op. Gleed zijdelings door de deur. Bleef met zijn rug tegen de muur staan.

Hij was in het midden van een brede gang met een hoog plafond. Het rook er bedompt en vooral naar schimmel. Op de grond lag gemêleerd, vuil linoleum, bezaaid met witte spikkels die zacht glinsterden in het vage maanlicht dat door de ramen naar binnen viel. Schilfers, afkomstig van het plafond. Vocht.

Tegenover hem lagen vertrekken die hem voorkwamen als klaslokalen. Of misschien wel ziekenzaaltjes: beschot tot op een ruime meter hoog en daarboven witgekalkte ramen in stalen sponningen. Aan het einde van de gang, aan de linkerzijde, zaten twee klapdeuren. Rechts van hem was een blinde muur.

In een paar passen was hij bij het meest rechtse lokaal en bleef even staan luisteren. Geen geluid. Hij maakte de deur open en dook meteen weg. Geen reactie. Hij draaide de Maglite aan. Het lokaal, of wat het ook moest voorstellen, was leeg. Hetzelfde linoleum als in de gang. Ook hier een sterke schimmellucht.

Hij liep terug de gang op en probeerde de volgende deur. Nu wat minder voorzichtig. Ook dit lokaal was leeg. Het derde en vierde evenzo. In deze vleugel was niemand.

Nu stond hij voor de klapdeuren. Ze hadden zwarte stootbumpers en panelen van langgerekt draadglas. Hij maakte een kommetje van zijn handen en probeerde erdoorheen te kijken, maar daarachter was het te donker. Het gekraak van de klapdeur galmde door het gebouw terwijl hij die zachtjes opende. Zijn hart klopte in zijn keel. Hij begon te zweten. Automatisch gleed zijn hand naar de Glock onder zijn jack. Hij trok het wapen en voelde zich al een stuk beter. Het was een puur psychologische reactie, want schieten was uitgesloten. Geluidloos en onzichtbaar zijn was belangrijker dan ooit. Hij hield de klapdeur tegen met zijn voet, zodat die niet met een rotklap dicht zou slaan, stapte naar rechts en bleef even staan.

Het was een soort hal. Op twee uur was een metersbrede, stenen trap naar de eerste etage. Rechts daarvan, in de hoek tegen de muur, stond een houten hok met een loket. Aan zijn linkerhand, krap vijf meter van de klapdeuren vandaan, was de toegangsdeur. Er zat een glazen tochtsluis voor. Verder naar achteren liep een brede gang met aan weerszijden deuren.

Hij ontstak zijn Maglite en liep op het houten hok af. De bundel verlichtte een kapotte matras. Daarop lag een opengeslagen, platte verpakking van karton. Hij liep ernaartoe. Er lag een in stukken gescheurde pizza in.

Voedsel. Slaapplaats.

Maier knielde neer bij de pizzadoos. Schoof met zijn wijsvinger de stukken van hun plaats. Geen schimmel of sporen van bederf. De etensresten konden er niet veel langer dan een dag of wat liggen.

Hij draaide zich om en liep langs de sluisdeur de gang in. Zijn gympen maakten zacht piepende geluiden op het linoleum.

De eerste deur aan zijn linkerhand ging zonder protest open. Er stond een ouderwets, metalen bureau. Afgaande op de houten stoelen die er slordig omheen stonden, deed die dienst als tafel. De ruimte rook schraal, naar bier en sigaretten. Op het bureaublad lagen twee verfrommelde, lege pakjes Gauloises in een overvolle asbak. Naast het bureau stond een doos met afval. Hij liep ernaartoe. Lege pizzaverpakkingen, en gedeukte blikken Bavaria 8.6-bier.

Hij liep terug naar de gang en opende de volgende deur. Iemand had het hier een beetje gezellig gemaakt, zag hij. Naast een stalen bed hingen afbeeldingen, slordig uit een pornoblaadje gescheurd en met punaises op de muur vastgepind. Griezelig jong uitziende vrouwen staarden hem met een doodse blik aan. Stuk voor stuk in aanstootgevende poses.

Geweldig.

Hij tilde het hoofdkussen op. De matras, de dekens. Niets.

Net toen hij de gang op wilde lopen, klonk er een harde bonk, gevolgd door gerinkel van een sleutelbos. Geschuifel van voetstappen.

Zijn adem stokte.

Snel trok hij zich achterwaarts terug, vond steun bij de muur. Automatisch graaide zijn hand naar de demper in de linkerzijzak van zijn broek. Hij draaide het ding op de tast op de loop. Slikte onwillekeurig.

Voetstappen op de gang.

Lichte tred. Eén man. En hij had goede zin, want hij liep te fluiten. Of hij was bang, alleen in een groot gebouw, en verdreef met een hoop herrie zijn angst.

Maier wachtte. Luisterde, elke zenuw tot het uiterste gespannen, de Glock klemvast in zijn vuist. Zijn hart bonkte achter zijn ribben en hij moest weer slikken.

De voetstappen kwamen dichterbij. Hij keek gejaagd om zich heen. Nergens een mogelijkheid om weg te duiken. Er zat weinig anders op dan hier te blijven staan, zich stil te houden en hopen dat die kerel, wie het ook was, niet in deze ruimte moest zijn, maar dóórliep.

Het licht op de gang werd aangedaan en viel door de deuropening. Voorzichtig stootte hij met de neus van zijn gymschoen de deur verder dicht. Trok zich weer terug.

Wachtte.

De voetstappen kwamen nu wel erg dichtbij.

Hij verstevigde zijn greep om de Glock.

Het volgende moment sloeg de deur open en werd de lichtschakelaar omgezet.

In een reflex richtte Maier de Glock. Knipperde met zijn ogen tegen het plotselinge felle licht.

Het fluiten was opgehouden.

Er stond een kerel in de deuropening.

Halflang, blond haar dat over zijn schouders golfde. Gladde, gebruinde huid, rood shirt, spijkerjack. Amper twintig jaar oud en naar schatting een kilo of zeventig. Het was de jongen die hij gistermiddag had gezien, die samen met Thomas en die gedrongen vent in de Renault was gestapt. Hij bleef als bevroren staan. Geen van beiden maakte een beweging.

Maier had als groentje van achttien een nogal onorthodoxe rij-instructeur gehad, die hem leerde om bij een spoorwegovergang, het invoegen op de snelweg, bij oranje licht en alle andere twijfelgevallen gas te geven. Hij had de raad in zijn oren geknoopt, en toen het bleek te werken ook op andere vlakken dan alleen in het verkeer toegepast: in zaken, liefde en in sociale contacten. Bij twijfel gas geven was een levensmotto geworden.

Voor de jongen ook maar de kans kreeg te plaatsen wat zijn zintuigen hem probeerden duidelijk te maken, stormde Maier naar voren. Beukte met zijn schouder tegen hem aan. De jongen werd door de kracht naar achteren geslingerd. Kwam met een harde klap op het linoleum in de gang terecht. Schoof door tot tegen de muur.

Hij probeerde op te krabbelen, maar Maier plantte onzacht een knie in zijn maagstreek en ramde in dezelfde beweging de Glock tegen zijn slaap. De jongen maakte een stuiptrekkende beweging. Bleef daarna stil liggen. Maiers handen steunden aan weerszijden van het blonde hoofd. Hij hijgde en de adrenaline gierde door zijn lijf.

Oké, geweldige actie, Maier. En nu?

Het duurde even voor hij helder kon denken. Hij stond op en schudde zijn rugzak van zijn rug. Trok een *tie-rib* uit een bundel die met een dun elastiek bij elkaar werd gehouden. Hij keerde de jongen op zijn buik en trok zijn polsen bij elkaar. Daarna rolde hij hem op zijn rug. In de borstzak van zijn spijkerjack vond hij een gsm. Hij voelde langs de broekspijpen. In een enkelholster zat een zwart, inklapbaar mes. Het voelde zwaar in zijn handpalm. Maier klapte het open. Een sierlijk, puntig lemmet, vlijmscherp en zeker niet ontworpen om er aardappels mee te schillen. Het mobieltje en het mes verdwenen in de zijzak van zijn broek. In de andere broekzak vond hij een sleutelbos. Maier trok het jack op. Geen holster, geen vuurwapen. Hij voelde langs de armen, draaide de vent nog eens om, voelde langs zijn rug. Geen verdere verrassingen.

De jongen ademde licht en was nog steeds buiten kennis. Op zijn slaap begon zich een donkere plek af te tekenen. Beurse, verdikte huid op de plek waar hij hem had geraakt.

Hij rolde hem weer op zijn rug en gaf hem een paar klappen in zijn gezicht. Niet te hard, niet te zacht. 'Wakker worden!'

Het duurde een aantal tergend lange seconden voor de jongen versuft zijn ogen opendeed en ze meteen weer sloot. Alsof hij zo het onheil kon afweren.

Maier greep zijn kaak vast en schudde een keer. 'Bij de les blijven!'

De jongen knipperde even met zijn ogen en hield ze nu open. In het volle licht hadden ze een onnatuurlijke felblauwe kleur. Kleurlenzen. Zolang hij zijn ogen gesloten had, leek hij nog het meest op een engel, zoals oude schilders die afbeeldden. Maar zodra hij zijn ogen opendeed was dat effect meteen weg. In die oogopslag lag het sluwe opportunisme van een rioolrat besloten. Waarschijnlijk had hij hier de eigenaar van de pornoplaatjes te pakken. Zo'n heetgebakerd type dat je in een discotheek in je rug stak, alleen maar omdat je tegen hem aan stootte.

Hij zou hem geen millimeter de ruimte geven.

Maier trok hem op zijn voeten. De jongen ging wankelend staan, alsof hij te veel had gedronken. Hij duwde hem met zijn rug tegen de muur en liet de monding van de Glock op zijn voorhoofd rusten. Zijn vinger liet hij langs de trekkerbeugel. Hij zou niet schieten. Niet hier. Dat gaf onherroepelijk een puinhoop.

De jongen was zo overdonderd dat zulke details hem waarschijnlijk ontgingen.

'Luister vriend,' zei hij. 'Ik wil weten waar het kind is.'

De jongen keek hem verdwaasd en angstig aan. Zijn ogen schoten vervolgens van links naar rechts in hun kassen, als bij een paniekerig jong paard.

Verdomme, schoot het door Maier heen, *die gast verstaat er geen hout van.*

'*Parlez Anglais?*' probeerde hij.

'*Non, non.*'

'*Français?*'

De jongen knikte met een heftige hoofdbeweging, die halverwege stokte toen hij zich realiseerde dat er een pistoolloop op zijn voorhoofd rustte.

Maier vloekte onhoorbaar. Dit ging niet opschieten. Hier

had hij iemand te pakken die wist waar Thomas was. Een kans uit duizenden, en de taalbarrière gooide roet in het eten. Zijn Frans was beroerd. Beperkte zich vooral tot het bestellen van bier, informeren naar het weer en het vragen van de rekening. Zijn grammaticale ondergrond en woordenschat hadden bij lange na niet het niveau dat nodig was om informatie uit deze gast te trekken – en om de antwoorden te kunnen begrijpen.

Tegelijkertijd bekroop hem het gevoel dat het onverstandig was om hier al te lang te blijven rondhangen. Er zouden er meer kunnen komen.

Onwillekeurig dacht hij aan Sven. De dierenarts had een poos in Frankrijk gewerkt en gewoond. Sven had ook het woord gevoerd in het café. Niet alleen had zijn Frans hem indrukwekkend vloeiend in de oren geklonken; iedereen die door Sven werd aangesproken was ook meteen in beweging gekomen zonder hem in gebroken Engels te vragen zijn woorden te herhalen. Een betere graadmeter was er niet.

Sven moest tolken.

Maar waar? Jacks safe house was niet de meest voor de hand liggende plek voor een ondervraging, een appartement met buren die al dan niet thuis konden zijn of hen in het trappenhuis konden tegenkomen. Toch leek het hem dat er weinig andere opties waren. Maier kende de omgeving hier niet. Het was nog veel linker om op goed geluk een donker bos in te rijden. In sommige donkere bossen kon het 's nachts opmerkelijk druk zijn.

'Ecoutez,' zei hij, na enig nadenken. 'Luister. *Marchez avant moi.*' Dit moest verschrikkelijk imbeciel klinken in Franse oren. Het scheelde dat hij een Glock op hem gericht hield.

Hij trok hem van de muur en duwde hem voor zich uit. Porde met de loop tussen zijn schouderbladen.

De jongen had weinig aansporing nodig. Begon in een rap

tempo te lopen, zijn handen achter zijn rug.

Maier graaide de rugzak van de grond mee, stak er een voor een zijn armen door en zorgde ervoor dat hij vlak achter hem bleef. 'Stop,' snauwde hij, toen ze bij de voordeur aankwamen. De jongen gehoorzaamde meteen.

Het viel vies tegen om in het schemerduister met één hand de Glock gericht te houden, met de andere elke sleutel van de sleutelbos te proberen en tegelijkertijd deze gast in de peiling te houden. Toch flitsten Maiers ogen onafgebroken van het slot naar de jongen en weer terug. Het was noch de tijd noch de plaats om iemand te onderschatten. Die gast zijn handen waren gebonden, maar als hij ook maar iets afwist van *martial arts*, dan kon hij nog steeds een gevoelige trap uitdelen. Of een kopstoot. Je kon je elke dag in de sportschool in het zweet werken en anabolen spuiten tot het testosteron je neusgaten uit kwam druipen; een goede, welgemikte kopstoot en het licht ging onherroepelijk uit.

De vierde sleutel paste. Buiten stond een donkerkleurige Mercedes 190 van minstens vijftien jaar oud geparkeerd, op nog geen twee meter van het armoedige bordes.

'*Ton voiture?*'

De jongen knikte, duidelijk met tegenzin.

Hij keek naar het kenteken. Het eindigde op 75 en was dus in Parijs geregistreerd. Het leek hem zinvol de oude Mec mee te nemen. De Laguna stond drie blokken verderop en het was een tricky onderneming, met een geboeide kerel over straat lopen als vanuit elke portiek een wanhopige junk in je nek kon springen. Hij had nog geen politie gezien, maar mochten die ineens actief gaan worden in deze buurt dan werd hij ook liever niet gespot.

Bovendien kostte het minder tijd als hij deze auto meenam. Want wat er hierna ook gebeurde, het moest snel gaan. Hij moest bij Thomas zien te komen voor de anderen erachter kwamen dat een van hen ontbrak.

Maier sloot de deur achter zich, greep de jongen bij zijn kraag en duwde hem voor zich uit van het bordes af. Beneden aangekomen slingerde hij hem in de richting van de Mercedes. De jongen bleef achter de auto staan en draaide zich schokkerig naar hem om. Hij keek hem niet aan, maar staarde naar een punt op de bestrating, net voor zijn schoenen.

Maier probeerde de autosleutel die aan de sleutelbos hing. De achterklep van de Mercedes ging zonder protest open.

Het volgende moment haalde Maier uit. Met een doffe kreet klapte de jongen dubbel en ging kreunend neer. Bleef kokhalzend op de grond liggen, met opgetrokken knieën.

Maier stak zijn Glock weg en keek naar de straat. Nog steeds niemand. Daarna trok hij opnieuw een tie-rib uit zijn rugzak, bond de enkels bij elkaar en gebruikte een tweede strip om de benen net boven de knieën vast te zetten. Hij tilde de menselijke bundel op en legde hem in de achterbak. Haalde vervolgens een rol zilverkleurige isolatietape uit zijn zijzak, scheurde er een flink stuk af en plakte dat over zijn mond, van oor tot oor. Nadat hij er zich van had vergewist dat de neusgaten vrij waren, gooide hij de klep dicht en liep gehaast naar het rooster dat nog steeds voor de put op het straatwerk lag.

Hij zakte op zijn knieën. Iets in hem zei dat het verstandig was om het raam terug op zijn plaats te schroeven. Maar zijn hart bonkte en pompte achter zijn ribbenkast en hij wilde hier weg. Langer blijven rondhangen was de goden verzoeken.

Hij legde het rooster op zijn plaats en liep terug naar de Mercedes. Zijn eerste zorg was nu informatie uit die Fransoos te trekken. En snel.

Hij startte de diesel en reed het terrein af.

19

Het was doodstil in Susans appartement. Na een korte nacht waarin ze geen oog had dichtgedaan, had ze zich met een kop thee op de bank genesteld en een boek opengeslagen. Ze zag de letters, herkende de woorden en haar hersenen vormden werktuiglijk de zinnen. Maar van de laatste twintig pagina's was alleen heel vaag de strekking blijven hangen.

De crematie was over twee dagen. Alles wat er te regelen viel was nu zo'n beetje op de rit gezet. Het werd een bescheiden dienst in het plaatselijke crematorium. Geen bloemen, geen toestanden. Ze had niet de moeite genomen om kaarten te versturen. Ze had er gewoon de energie niet voor. Eigenlijk had ze min of meer haar kop in het zand gestoken. Zo voelde haar hoofd ook aan. Maar kop in het zand of niet, waar ze niet onderuit kwam was de hele rompslomp met betrekking tot het huis. De erfenis.

Het huis was hypotheekvrij. Dat was het al geweest toen haar vader het erfde van zijn ouders. Rijkswaterstaat was bereid een behoorlijke som te betalen voor het kapitale vrijstaande huis en de dertienhonderd vierkante meter grond waar het op stond. In betere toestand dan het nu verkeerde zou het op de vrije markt waarschijnlijk de helft meer hebben opgebracht. Het was typisch zo'n huis waarin, na grondige renovatie, een prestigieus advocatenkantoor niet zou misstaan.

De rijksambtenaar met wie ze die middag had gesproken, had zijn uiterste best gedaan om zijn blijdschap en opluchting niet al te veel in zijn stem door te laten klinken. Er was immers iemand voor gestorven.

Negenhonderdduizend euro. De staat eiste daar zo'n twintig procent van op – legale diefstal onder de noemer successierecht. De helft van wat er overbleef was voor haar, de andere helft voor Sabine. Die zou haar geluk niet op kunnen.

Susan ervoer niet de euforische gemoedstoestand die anderen zouden hebben als ze een fortuin in de schoot geworpen kregen. Een goed gevoel was wel het laatste wat momenteel op haar van toepassing was.

Haar vaders laatste woorden lieten haar niet los. Misschien was het niet meer dan ijlen geweest, hechtte ze er te veel waarde aan. Hij had spijt, had hij gezegd. Het had te maken met haar moeder. Wat zou hij daarmee bedoeld hebben?

Ze had de erfenis graag ingeruild voor die wetenschap.

'Bedankt, pa,' zei ze hardop, 'dat ik me dat voor de rest van mijn leven moet afvragen.'

Als er iemand was die ze daarover wilde spreken, was het Sil. Ze had in de afgelopen dagen meer dan eens de neiging onderdrukt om hem op te bellen, maar steeds als ze de hoorn opnam, spookte het beeld door haar heen van Sil en Sven, die zich schuilhielden voor een stel gewapende griezels, terwijl er uit het speakertje van Sils Nokia een elektronische versie van *Nothing else matters* tetterde. Ze wist wel dat Sil te professioneel was om zijn gsm aan te laten staan. Maar toch. Een telefoontje zou hem hoe dan ook afleiden van waar hij mee bezig was.

Ze klapte het boek dicht en trok haar knieën op. Staarde naar de uitvergrote foto van het strand in Hurghada, die boven de secretaire hing. Vocht tegen het hopeloze, jankerige gevoel dat in golven op kwam zetten.

Sil was weg. Mogelijk zou ze hem nooit meer zien.

Ze had altijd geweten dat er een dag zou komen dat hij zou weggaan. Niet omdat hij niet om haar gaf, of zelfs van haar hield, zoals hij het verwoordde. Ze was ervan overtuigd dat hij dat zelf geloofde. Dat het geloof en de overtuiging zo sterk waren dat hij voor haar wilde *zorgen*, een van de zeldzame conservatieve trekken die ze in hem had ontdekt. Maar ondanks dat was er altijd die onuitgesproken angst geweest dat er een moment zou komen waarop hij als een jachthond, die tijdens een boswandeling de geur van wild opsnoof, van het gebaande pad zou afdwalen en gaandeweg zijn baas en huis vergat. Uiteindelijk blind zijn instincten zou volgen en enkel nog maar oog had voor dat spoor voor hem, dat verser werd en sterker, verleidelijker, krachtiger, tot de onvermijdelijke confrontatie volgde.

Seek and destroy.

En er bestond een kans dat de prooi zich niet als prooi gedroeg. Sneller was, slimmer. Dodelijker. Zodat ze in de dagen en weken nadat het angstige vermoeden tot een besef was geworden, alleen maar kon gissen naar de plaats waar zijn laatste confrontatie was geweest: in een vergeten uithoek van de Rotterdamse haven, een morsige achterkamer in een café aan de Belgische kust.

Of op een onbekend adres in Parijs.

De kamer werd wazig van de tranen die haar ogen vulden. Ze veegde ze met een boos gebaar weg en snoot haar neus in een stuk keukenpapier. Zat vervolgens apathisch voor zich uit te staren.

Ze had over de halve wereld gereisd. Had een appartement gekocht. Een léven opgebouwd. Zinvolle dingen gedaan. Met volle teugen genoten, er alles uitgehaald, elke dag volop geleefd.

Toch?

Dat mensen om haar heen een andere weg kozen, en ze geleidelijk de sociale ankerpunten uit haar leven was verloren, was een logische prijs voor een opwindend, ongeregeld leven dat zich versnipperde over alle lengte- en breedtegraden van de aardbol.

Alleen-zijn had ze nooit als een punt ervaren, integendeel. Misschien als verdedigingsmechanisme: hecht je aan mensen en ze gaan van je weg.

Net als haar moeder.

Net als Sil.

Huilde ze nu echt? Het leek er wel op.

Ze haalde driftig haar mouw over haar gezicht en snoof diep. Dit was niet goed. Dit was pure zelfdestructie.

Misschien was het maar het beste om op te houden met denken. Gewoon maar dingen te gaan doen.

Er was meer dan genoeg te doen.

Ze moest het huis leegruimen. Ze had geen idee wat er allemaal lag, stond en hing in dat huis. Ze wilde het in elk geval niet daar laten tot er een sloophamer doorheen werd gehaald. In gedachten zag ze de buurtbewoners al tussen de puinhopen scharrelen, als meeuwen op een vuilnisbelt. Hoe ze de met liefde in elkaar geknutselde asbakken van klei van de lagere school met VOOR MAMA erop over hun schouder zouden weggooien. De oude fotoalbums bekeken. Dagboeken meenamen om ze thuis met rode oortjes te lezen. Zich vrolijk zouden maken over de rotzooi die de contactgestoorde kunstenaar en zijn twee dochters in een paar decennia hadden verzameld. Wat er in huize Staal te zien en te beleven was geweest, dat ging niemand wat aan.

Het ging werkelijk *niemand* wat aan.

Dus had ze niet Sils 06-nummer gebeld, maar een containerbedrijf uit de Gouden Gids.

Morgenochtend vroeg werd een open vuilcontainer in de achtertuin van het huis geplaatst, en zou ze een begin maken met alles uit te zoeken. Maar vooral weg te gooien. Het zou helpen om haar hoofd wat leger te maken. Afleiding om niet na te hoeven denken. Niet te hoeven denken aan Sil. De dood van haar vader. Of aan haar moeder. Dat laatste was nog het meest onwaarschijnlijk.

Ze zag er als een berg tegenop.

20

'Dat kun je niet maken, man!' Svens stem sloeg over en galmde door de kale badkamer.

Voor hen, op de witte tegels, lag de blonde jongen in een vreemde houding. Zijn handen achter zijn rug gebonden. Het zweet parelde op zijn gezicht. De tape was een halfuur geleden door Maier onzacht van zijn gezicht getrokken, maar hij had zijn mond amper opengedaan. Leek in shock van angst. De enige informatie die er met veel pijn en moeite uit was getrokken, was zijn naam, Thierry. Voor de rest had hij niets meer gezegd en alleen maar verdwaasd voor zich uit gestaard. Zich afgesloten.

Maier was zelf eens in zo'n situatie geweest. Hij had net als deze jongen geen krimp gegeven. Maar één ding was zeker: als die Thierry iets wist – en daarvan was hij overtuigd – dan zou hij gaan praten.

Maier ging zijdelings op de wc-deksel zitten en nam een sigaret uit een pakje Camel. Stak de sigaret aan en inhaleerde diep. 'Als hij niks weet,' zei hij, terwijl hij demonstratief de demper op de Glock draaide, 'dan is hij niets waard. Zeg hem dat maar.'

Sven keek van de jongen naar Maier en weer terug. 'Ga je hem vermóórden? Jezus! Misschien was hij daar wel aan het inbreken of zo, hij hoeft er niet eens iets van te weten. Sil, je schiet hem toch niet echt neer, zeg me dat het een geintje is!'

'Hij was erbij vanmiddag,' zei Maier duizend keer rustiger dan hij zich voelde. 'Hij weet het. Als hij ons wijst waar we moeten wezen, blijft hij leven. Anders maak ik het hier nog af. Dan zitten we onze tijd te verdoen.'

Sven stond te trillen en zijn handen waren drijfnat van de spanning. 'Ik kan dit niet Sil, ik…'

Maier ontplofte bijna. 'Wil je godverdomme je zoon terug of niet? Als hij niet snel met iets komt, dan zul je Thomas nooit meer terugzien! Die hoop stront daar kan je vertellen waar je zoontje wordt vastgehouden, maar die hondenkop houdt zijn godvergeten smoelwerk dicht. Denk even helder na, man. Zég het hem!'

Sven opende zijn mond om iets tegen te werpen, maar leek zich te bedenken. Hij draaide zich om. Ging op zijn hurken voor de jongen zitten. 'Mijn vriend wil je vermoorden,' zei hij in het Frans.

De jongen reageerde door zich dichter in de hoek te drukken. Alsof hij door de muur heen kon kruipen, als hij het maar hard genoeg probeerde.

'Alleen als je kunt zeggen waar je vrienden mijn zoon vasthouden, heb je een kans. Hier kan ik niets voor je doen, *rien*, maar als je praat, probeer ik je te helpen, oké?'

De jongen reageerde niet. Bleef naar een denkbeeldig punt op de grond staren alsof hij doofstom was.

Sven keek paniekerig op naar Maier, die nog een trek van zijn sigaret nam, de Glock nonchalant in zijn rechterhand, leunend op zijn knie. Er was geen enkele emotie van zijn gezicht af te lezen.

Er viel een onbehaaglijke stilte, onderbroken door de snelle ademhaling van de jongen. Het was warm en broeierig in de kleine badkamer. De wanden zaten vol condens van hun zwe-terige lichamen en de spiegel boven de wastafel was beslagen. Maier nam Sven zwijgend op. Die keek naar hem terug alsof hij iets zag wat zojuist uit de hel was komen kruipen. Vanmiddag in het fabrieksgebouw met Thomas op zijn netvlies was de dierenarts nog de bloeddorst in eigen persoon geweest. Hij zou een heel leger met zijn blote handen hebben omgebracht, of in elk geval een fanatieke poging daartoe hebben gedaan, als hem dat zijn zoon had kunnen teruggeven. Maar nu de vijand een gezicht had, een wel heel menselijk gezicht, doodsbang en zwaar ademend op de badkamervloer, was er van die moord-lust weinig meer over.

Niet dat het hem verbaasde. Maier had eens een autobiogra-fisch boek gelezen van een militair die op het slagveld een stervende, om zijn moeder roepende vijand in zijn armen had gehouden en getroost, totdat die aan zijn verwondingen was bezweken. Plotselinge uitbarstingen van empathie overkwa-men ook grote, stoere kerels die al heel wat hadden meege-maakt – een categorie mannen waar Sven beslist niet onder viel. Dus kwamen Svens bezorgdheid over de blonde jongen op de badkamervloer en het afgrijzen over zijn koele houding niet uit de lucht vallen. Ook al betrof het hier een gestoorde zak die kinderen ontvoerde – of er in elk geval bij betrokken was – het was een mens. Uiteindelijk waren ze dat allemaal. Wat ze ook op hun kerfstok hadden.

Maar voor empathie was het hier noch de tijd, noch de plaats. Iemand moest zijn hoofd erbij houden.

Maier deed een uiterste poging om alle gevoel uit te schake-len. Alle gevoel behalve kwaadheid, agressie en haat, die hij richtte op de jongen die als een zenboeddhist naar de witte te-gels op de grond zat te staren. Volledig in trance.

Het lukte.

'Op deze manier gaat het nog uren duren. Of dagen,' zei hij tegen Sven, terwijl hij zijn peuk achteloos in de wasbak naast hem mikte.

Sven keek hem verwilderd aan. Vraagtekens op zijn gezicht. 'Zeg maar tegen die kutfransoos dat ik hem beu ben,' zei Maier, en hij beende naar de woonkamer. 'Ik heb het met hem gehad.'

Nog geen twintig seconden later kwam hij terug in de badkamer, begeleid door een muur van herrie, afkomstig van de tv in de woonkamer. Een registratie van een liveconcert van Phil Collins. Maier had het volume op volle sterkte opengezet. *Something Happened On The Way To Heaven.*

De jongen zat nog steeds in dezelfde houding.

Maier negeerde Svens paniekerige blik. Richtte de Glock laag bij de grond en haalde in één beweging de trekker over. De gedempte knal viel vrijwel weg tegen het geschetter van schuiftrompetten. Het juichende publiek overstemde het geschreeuw dat volgde. Er stroomde bloed over de witte tegels, dat in dunne stromen zijn weg door de ondiepe voegen vond. De jongen maakte ongecontroleerde bewegingen met zijn been.

'Je hebt in zijn voet geschoten!' schreeuwde Sven.

Maier hoorde het niet. Hij stond stijf van de adrenaline. Hij sprong naar voren. Trok de onderkaak van de jongen naar beneden. Ramde de monding van de zware demper in zijn keel.

Het drong maar half tot hem door dat Sven met bijna heel zijn gewicht op zijn rug hing en 'Niet doen, niet doen!' schreeuwde.

'Laatste kans,' brulde Maier boven de muziek uit. 'Zeg het hem, Sven! Ik schiet die kutkop van zijn romp als hij zijn bek niet opentrekt!'

Sven schreeuwde onverstaanbare woorden.

Na enkele seconden die eeuwen leken te duren, maakte de jongen een korte, bijna onmerkbare knikbeweging.

Maier trok de demper uit zijn mond en deed een stap naar achteren.

De jongen hoestte en trok met zijn been. Zijn blonde lokken kleefden aan zijn huid. Er liepen straaltjes vocht langs zijn voorhoofd en jukbeenderen.

'St. Maure,' zei hij schor. 'Il est à St. Maure.'

Sven boog zich naar hem toe en stelde hem de ene na de andere vraag. Kreeg vlot antwoord, althans zo kwam het Maier voor.

De muziek teisterde zijn oren. 'How many times can I say I'm sorry,' zong een vrouwenkoor vol overgave.

Sven draaide zijn hoofd in Maiers richting. 'Thomas wordt vastgehouden in een boerderij, even buiten St. Maure, een gehucht onder Tours. Het ligt langs de weg naar Bordeaux, een uur of twee, drie rijden van hier. Hij kan het ons wijzen.'

Maier verstond het amper. 'Pak de kaart,' zei hij afgemeten.

Sven staarde hem wezenloos aan.

'De kaart van Frankrijk, en iets om mee te schrijven! ... En zet die kloteherrie uit.'

Sven verdween naar de woonkamer. De muziek verstomde prompt. Kort erna kwam hij terug met een wegenkaart van Frankrijk.

Maier spreidde het ding uit over de badkamervloer. Zijn vinger gleed over het papier, trok een denkbeeldige lijn vanuit Parijs, en vond een plaats die Tours heette. 'Hier ergens?'

'Ja, daar nog wat onder. Ik... ik ken de weg daar wel een beetje,' zei Sven.

'Toevallig het zevenendertigste departement?'

'Ja.'

'Noteer alles, adres, alles wat hij weet. Dan gaan we.'

'En... en,' stotterde Sven, terwijl hij naar de jongen keek. Die had duidelijk pijn. 'Wat doen we met hem?'

'Hij gaat mee. Voor de zekerheid. Lap zijn voet op, ik wil niet dat hij is doodgebloed tegen de tijd dat ik aanvullende vragen voor hem heb.'

Sven verdween opnieuw, alsof de duivel hem op de hielen zat. Kwam terug met een koffertje en ging op zijn knieën bij de jongen zitten. Toen hij de bebloede schoen uit wilde doen, schreeuwde de jongen opnieuw.

'Zeg hem dat hij zijn bek houdt,' zei Maier, en hij trok zich terug in de woonkamer.

Terwijl hij zijn schoenen, bivakmuts, laptop en andere spullen bij elkaar griste, hoorde hij een gedempt gekreun uit de badkamer komen. Sven zou hem vast wel morfine geven. Hij sleepte een halve apotheek in die koffer van hem mee. Op Maiers verzoek zelfs een infuuszak met glucosewater. Voor het geval dat.

Pas toen hij alles had verzameld, ging hij op bed zitten met zijn gezicht in zijn handen. Zijn neusgaten vulden zich met de weeë, zoete geur die uit de badkamer kwam en door het bloed werd veroorzaakt, en zich vermengde met de scherpe kruitgeur die in zijn neusgaten prikte.

Hij hield zichzelf voor dat dat het was, waarvan hij zijn maag voelde draaien. Die geur. De drukkende hitte. De smog. Het slaaptekort. Het bedompte appartement. Maar hij wist dat het onzin was.

Hij had zich in tijden niet zo smerig gevoeld.

Hij liep naar het raam en zette het open. Een koele ochtendbries streek over zijn bezwete gezicht. Het was al bijna licht. De hemel verbleekte tot een roze tint. Autogeraas uit de richting van de Périphérique, in de verte. De buitenwijk begon langzaam tot leven te komen.

Hij haalde diep adem. En nog eens.

In de afgelopen jaren was hij meer dan eens mensen tegengekomen die het heerlijk vonden om informatie uit iemand te trekken, die helemaal opleefden als ze een slachtoffer hoorden schreeuwen en zagen lijden. Stelletje krankzinnige idioten.

Hij had die jongen geen pijn willen doen.

Er was weinig lol aan om een gastje van een jaar of twintig, want veel ouder was hij niet, vastgebonden en wel zo bang te maken dat hij bakzeil haalde en zijn maten verlinkte. Nee, trots op zichzelf was hij niet. En dat het hele toneelspel, de *one-man-act*, hem makkelijker was afgegaan dan hij van zichzelf vermoedde, verontrustte hem. Hoe was die uitspraak ook alweer, in die zwaar aangezette, consequent twee stops onderbelichte film met Nicholas Cage? Het was zoiets als: '*If you want to change the devil, the devil changes you.*'

Weer hoorde hij gekerm uit de badkamer komen, en sussende woorden van Sven.

De gedachte die zich nu aan hem opdrong maakte niet dat hij zich beter ging voelen. Hij voelde zich nog misselijker worden bij het vooruitzicht van wat hem te doen stond als ze Thomas eenmaal uit handen van dat tuig hadden.

Losse eindjes waren levensgevaarlijk. Alsof je TNT op je lijf had zitten, en de lange lont die achter je aan sleepte maar liet branden. Hoe lang de lont ook was, en hoe hard je ook rende, zigzagde en sprong, er kwam onherroepelijk een moment dat het laatste eindje doorbrandde en je de dodelijke rekening van je nalatigheid gepresenteerd kreeg.

Brandende lontjes, ook al smeulden ze maar een beetje, moesten worden uitgetrapt.

En sporen gewist.

Daar besloot hij zich op te concentreren. Niet te ver vooruitdenken.

First things first.

Hij keek op zijn Seiko. Het was kwart over zes in de ochtend. Nog voor negenen konden ze bij de boerderij zijn waar die Thierry het over had. Maar niet zonder de boel hier op te ruimen.

Zodra Sven klaar was, zou hij de badkamer dweilen. Alles zo veel mogelijk schoonmaken. Er moest een gat in een van de vloertegels zitten, op de plaats waar de kogel zich in de vloer had geboord.

Dat was van later zorg.

Hij liep naar de keuken om chloor en een dweil te zoeken, zijn opspelende maag negerend.

21

Ze hadden ruim tweeënhalf uur gereden, bij het vroege ochtendlicht, in een glooiend landschap vol korenakkers. Daartussen loofbossen, en uitgestrekte velden met uitgebloeide, sombere zonnebloemen die hun dorre hoofden lieten hangen.

Maier zag alleen maar donkergroene en beige vlakken, met een dreigende grijze wolkenlucht erboven.

Thierry lag vastgebonden met tie-ribs, opgekruld in de achterbak van zijn eigen Mercedes. Onderging nu waarschijnlijk de meest beangstigende en oncomfortabele rit van zijn bedenkelijke korte leven.

Een halfuur geleden was Maier gestopt en had de achterklep geopend. Enerzijds omdat hij er niet zeker van was of Thierry voldoende zuurstof kreeg. Anderzijds om aanvullende informatie te krijgen.

De jongen, nat van het zweet en met een kundig verbonden voet waar elke labrador retriever trots op zou zijn geweest, had in hakkelend Frans nog eens aan Sven uitgelegd waar ze moesten zijn. Verteld wat ze er konden aantreffen en informatie gegeven over beveiliging – die er volgens hem niet was – en bewapening. Daarna was Thierry weer opgesloten in zijn krappe cel en hadden ze de rit vervolgd.

Maier keek in de achteruitkijkspiegel. Sven volgde hen met de zwarte Laguna op nog geen dertig meter afstand.

Het einddoel was een dorp dat Sainte-Maure de Touraine heette, vierduizend koppen telde en midden in een agrarische en zacht glooiende landstreek lag. Maier reed net het roodomrande bord voorbij waarop de naam van het dorp stond. De weg doorsneed in een vrijwel rechte lijn het dorp, dat bestond uit vlak op elkaar gebouwde, gestuukte huizen met louvreluiken op de verdiepingen. Er was een restaurantje en een dorpshotel en er stond een groot bord langs de weg dat verwees naar een supermarkt, INTERMARCHÉ, een paar honderd meter van de hoofdweg vandaan. Er waren op dit vroege uur nog maar weinig mensen op de been.

Maier reed alweer het dorp uit. Het herkenningspunt waar Thierry het over had gehad, de vogelverschrikker, was onmogelijk over het hoofd te zien. Het naar schatting acht meter hoge gevaarte was opgebouwd uit strobalen en -rollen, en werd bij elkaar gehouden met zwart landbouwplastic en touwen. Op een witte doek die eromheen gespannen was, stond met zwarte verf een of ander boerenspektakel aangekondigd, aan het einde van de maand. De pop stond eenzaam midden in een graanveld naar hem te grijnzen, aan de linkerzijde van de weg.

Het kon niet missen. Nu moest hij de eerste weg links inslaan. Ze waren nu echt dichtbij. Maier voelde de spanning toenemen.

Hij was gewend om acties goed voor te bereiden. Op het obsessieve af. Hij had er altijd voor gezorgd dat hij meer, veel meer, van het doelwit en de directe omgeving wist dan strikt noodzakelijk. Nu wist hij feitelijk niets. Niet meer dan hetgeen Thierry hem had verteld: een boerderij aan het eind van een doodlopende weg. Er zouden twee mannen zijn, een van rond de vijfendertig en eentje van een jaar of vijf ouder, beiden bewapend met vuistvuurwapens. De oudere vent reed in een Renault 21. De ander had een wit bestelbusje waarvan Thierry het merk niet wist.

Maier keek in de verte, in de hoop een glimp op te kunnen vangen van het huis, maar de opwaartse glooiing van het veld ontnam hem het zicht. Hij remde af en stuurde naar links. Sven volgde op heel korte afstand. De asfaltweg maakte een lichte buiging en liep wat omhoog. Op het hoogste punt werd de weg smaller en ging het asfalt abrupt over in een hobbelig weggetje dat die naam niet eens mocht dragen; niet meer dan een karrenspoor in de lichtbruine klei, met een strook verschraald geel gras in het midden. Links en rechts van het spoor nog meer vergeeld gras, lage braamstruiken die volhingen met zwarte vruchten, en daarachter, links en rechts, landbouwgrond met stoppels. De zonnebloemen waren hier al gerooid.

Het kwam Maier goed uit dat het hier blijkbaar al zo'n lange periode droog was. Op deze keiharde, droge ondergrond die al breuken en scheuren vertoonde, zouden noch de autobanden noch zijn schoenzolen enige sporen van betekenis achterlaten.

Even verderop, aan de rechterkant van het spoor, lag een klein bos ingebed tussen de stoppelvelden. Hij stuurde de Mercedes het veld in, hield het bos aan zijn linkerhand en reed verder naar achteren, tot hij achter het bos uitkwam en de auto vanaf het karrenspoor niet meer te zien kon zijn.

De oude Mercedes bokte toen Maier hem dwars over een uitgehard spoor van dikke tractorbanden stuurde. Hij reed stapvoets een stuk door, en vond een inham onder een paar dicht bebladerde bomen. Er lagen enorme bundels met gebonden takkenbossen, en boomstammen met rode merktekens op de zaagvlakken. Hij parkeerde de zwarte auto achter een van de metershoge stapels takken, draaide de contactsleutel om en stapte uit. Achter hem stopte Sven, die zijn voorbeeld volgde en met een gezicht waar de spanning van afknalde, naar hem toe liep.

Maier keek fronsend naar de stofwolken die de Mercedes en de Laguna hadden veroorzaakt. Hij kon alleen maar hopen dat die niemand zouden alarmeren.

'Wat nu?' zei Sven. Hij zag er verhit uit en om dat te onderstrepen veegde hij het zweet met zijn mouw van zijn voorhoofd.

'Ik pak eerst mijn spullen. Dan moeten we iets verzinnen om de auto's wat minder zichtbaar te maken.'

Sven keek om zich heen. 'Hier komt niemand.'

'Dat kun je nooit weten.'

Maier haalde zijn rugzak uit de achterbak van de Laguna en legde die in de berm. Greep vervolgens met twee handen wat bundels takken en zette die schuin tegen de auto's aan. Sven volgde zijn voorbeeld. Ze werkten een poos zwijgend door en liepen toen een eind het veld in om het eindresultaat van een afstand te bekijken.

Sven wierp een blik op de auto's, keek daarna naar het glooiende land achter hen. 'En als er een boer komt? Het ziet eruit als twee auto's die bedekt zijn met takken.'

Maier haalde zijn schouders op. 'Beter dan dit wordt het niet. Van een grotere afstand valt het in elk geval niet op, dus zal niemand de noodzaak voelen eens dichterbij te komen kijken.'

'Wat gaan we nu doen?'

'Als onze nieuwe vriend gelijk heeft, dan kan de boerderij niet ver meer zijn. Als jij hier blijft om hem in de peiling te houden, ga ik er een kijkje nemen.'

'Ik ga met je mee.'

Maier schudde zijn hoofd. 'Nee, Sven. Sorry. Ik heb geen

idee hoe alert die jongens zijn. Dus doe me een lol, blijf hier. Trek zo nu en dan de achterklep open zodat die gast frisse lucht krijgt, maar maak hem niet los en ga niet met hem zitten ouwehoeren over zijn moeder en bloedjes van kinderen en zo. Als hij begint te schreeuwen plak je zijn mond af met isolatietape, goed?'

Sven knikte.

Maier liep terug naar de bosrand, greep de rugzak van de grond en haalde er een rol tape uit. Gooide die in een boog naar Sven, die hem onhandig opving.

Hij keerde zijn rug naar Sven en verdween in het gebladerte. Gaf zichzelf een paar minuten om bij de rugzak neer te hurken en er wat spullen uit te halen. Hij had zijn camouflagebroek nog aan, wat handig was in het bos, en een zwarte coltrui en zwarte canvas gympen.

In de auto had hij even met de mogelijkheid gespeeld om de toerist uit te gaan hangen. De plaatselijke bevolking zou geen argwaan koesteren tegen een vent die met een verrekijker, in een korte broek en een hawaïshirt de lucht stond af te turen naar vliegende beestjes. Hij zou daarmee in elk geval minder opvallen dan in de outfit die hij nu droeg. Zodra je met een bivakmuts over je hoofd en in camouflagekleding rondliep, kon je het gevoeglijk vergeten om vriendelijk naar voorbijgangers te zwaaien alsof er geen vuiltje aan de lucht was.

Hij had het idee laten rijpen op de weg naar St. Maure. Uiteindelijk had hij het verworpen. Geen tijd voor verkleedpartijen.

Hij trok de bivakmuts over zijn hoofd. Deed zijn handschoenen aan. Gespte de holster om en trok er een dun katoenen jack over aan. Hij haalde de Glock tevoorschijn en trok de slede terug, zodat de eerste patroon in de kamer schoof, en het pistool op scherp stond. Stak het toen in de holster.

Er zaten nog veertien patronen in het magazijn. Hij rekende veiligheidshalve op twaalf. De metalen veer die spanning op de patronen moest houden, zodat ze tijdens een vuurgevecht in een razend tempo omhooggestuwd werden, kon onbetrouwbaar worden als een patroonmagazijn jarenlang afgevuld weggelegd was. Daarvan kon de veer lam raken, waardoor de laatste – en soms ook de een na laatste – patroon niet goed meer naar boven werd gestuwd. Nogal lastig als je op veertien patronen rekent.

Hij wist niets over de historie van dit wapen en had geen tijd gehad om het te leren kennen. Dus ging hij er veiligheidshalve van uit dat de magazijnveer het zwaar te verduren had gehad.

Twaalf patronen. Het schoot door hem heen dat als dat niet voldoende was, hij tot over zijn oren in de stront zat en die paar extra patronen hem waarschijnlijk ook niet meer konden redden.

Thierry's mes verdween in de zijzak van zijn camouflagebroek.

Hij draaide zich om en liep naar de bosrand, in de richting van het karrenspoor, liet zich op zijn buik zakken en tijgerde het laatste stuk. Volgens Thierry was er geen beveiliging en zat er nooit niemand op de uitkijk. Erg veel waarde hechtte hij niet aan die verklaring.

Hij nam het zekere voor het onzekere en bleef laag bij de grond, waar hij aan het oog werd onttrokken door de struiken en de lage bosbegroeiing. Het ging hem goed af. Hij hijgde niet eens. Wat hem wel zorgen baarde was het geluid dat de verplaatsing van zijn negentig kilo massa voortbracht. Door de aanhoudende droogte lag de bosgrond bezaaid met te vroeg gevallen bladeren en gortdroge dunne takjes. Hij liet een spoor van vernieling achter. Er kon in zijn plaats net zo goed een colonne olifanten door het bosje stiefelen.

Een ander euvel was zijn donkere kleding. Zolang hij in het bos bleef, werkte het in zijn voordeel, maar in het open veld zouden de camouflagebroek en zijn zwarte bivakmuts en trui te veel afsteken. Er zat weinig anders op dan zo lang mogelijk in de beschutting van de struiken te blijven.

Hij bleef een poos parallel aan het karrenspoor tijgeren, een meter of vier van de weg af, tot hij bij de uiterste rand van het bosje kwam en zicht kreeg op het glooiende stoppelveld. Het was er volkomen verlaten. De boeren hier hadden zo veel grond dat ze geen hekken of een andere vorm van afzetting gebruikten. Wel lag er een greppel, zo'n twee meter van het karrenspoor af, kurkdroog en een meter of anderhalf diep.

Hij trok zich naar de greppel toe en liet zich erin zakken. Een paar vogels stoven kwetterend op toen hij met een plof neerkwam.

Hij begon te lopen, gebukt en vlot. Na een meter of dertig stopte hij, ging zitten, trok de bivakmuts van zijn hoofd en propte het ding in de zijzak van zijn broek. Zijn haar was al even zwart als zijn bivakmuts, maar omdat hij er net voor vertrek de tondeuse in had gezet, scheen de huidkleur door en die gaf hier een betere schutkleur.

Vóór hem maakte het karrenspoor een buiging naar links. Aan de overzijde van het spoor was de begroeiing hoger en dichter. Struiken, een paar bomen. Nog steeds geen spoor van bebouwing. Hij kroop naar voren en trok zich omhoog. Spitste zijn oren, maar hoorde niets anders dan gefluit van vogels en het geluid van verkeer op de snelweg, die een kilometer of drie westelijk lag. Hij keek naar links en naar rechts. Kwam uit de greppel tevoorschijn, trok een sprintje over het karrenspoor en verdween in de struiken aan de overkant. Hij bleef een paar honderd meter lang parallel aan het karrenspoor kruipen.

Door de bladeren begonnen zich nu zandkleurige, hoekige

contouren af te tekenen. Langzaam, nog alerter dan hij toch al was, sloop hij door de struiken in die richting, zich nog meer bewust van het gekraak en geknisper van de takjes en bladeren.

Het was een boerderij met bijgebouwen, uitgevoerd in dezelfde stijl als andere boerderijen in deze streek. Gestuukte muren, met dikke blokken van zandsteen langs de kozijnen en op de hoeken. Donkergrijze daken van plakken leisteen.

Vanuit hier kon hij niet alles overzien. Een belangrijk deel van de – vanuit zijn positie gezien – in omgekeerde, slordige L-vorm neergeplante gebouwen werd aan het zicht onttrokken door een grote schuur aan de overkant van het karrenspoor, die de lange poot van de L vormde.

De schuur lag niet verder dan een meter of zes van hem af. In het midden zat een opening waarin waarschijnlijk ooit eens twee flinke schuurdeuren hadden gezeten.

Hij bleef een minuut of tien tussen de begroeiing liggen. Nam de omgeving in zich op. Niets dan vogelgeluiden, het tsjirpen van krekels en gezoem van insecten. In de verte raasde het verkeer over de snelweg. Geluid dat hier erg ver droeg.

Het kwam hem voor dat er niemand was. Maar dat kon schijn zijn.

Hij veerde op en liep snel naar de overkant van de weg. Drukte zich tegen de muur van de schuur en liep zijdelings naar de opening. Keek om de hoek. Het gebouw was een meter of twintig lang en niet meer dan zes meter diep, onder een flauwe hoek en nonchalant tegen het woonhuis aan gebouwd. Op de grond lag beton, of iets wat erop leek. Zo'n vijf meter boven hem zag hij de onderzijde van de plakken leisteen, die op een balkenconstructie met kriskras aangebrachte latten en grillige boomstammetjes rustten. Grote bielzen staken dwars door de muren van het gebouw heen. In de tegenoverliggende muur, op exact dezelfde hoogte als aan deze zijde, zat een groot gat. Hij vermoedde dat dit gebouw tegenwoordig als een soort overdekte toegangspoort dienstdeed, omdat hij geen weg had gezien die om het gebouw heen liep.

Hij verdween in de schuur. Drukte zich meteen tegen de wand en liet zich op zijn hurken zakken. Zwaluwen schoten onder de dakspanten vandaan en vlogen via de opening de vrijheid tegemoet.

De schuur was leeg, op wat rotzooi na. Maier zag een oude koelkast, een tractor, houten kratten, jerrycans en wat kapotte tuinstoelen. Geen zichtbare camera's of bewegingsmelders.

Hij overbrugde de zes meter naar de overzijde en drukte zich daar opnieuw tegen de wand. Kreeg vanuit daar zicht op het erf.

Voor de boerenwoning, nog geen tien meter van hem verwijderd, stond een donkergrijze Renault 21 geparkeerd.

22

'Shít, wat een kast!' Reno stond naast Susan op de ronde oprijlaan in de voortuin van de woning en keek zijn ogen uit.

Het twee verdiepingen hoge herenhuis rees grotesk op uit
de parkachtige tuin met stokoude bomen.

Susan keek naar haar ouderlijk huis alsof ze het voor het
eerst zag. Het bordes voor de bewerkte donkerrode voordeur,
de grote, hoge ramen met stenen ornamenten erboven. Alles
was jammerlijk verwaarloosd. De ronde oprijlaan was overwoekerd. De ramen waren bijna ondoorzichtig geworden van
het vuil dat zich er jarenlang, laag over laag, op vastgezet had.
De verf was afgebladderd. De dakgoot hing scheef. Er ontbra-
ken dakpannen.

Feitelijk stond het huis langzaam in te storten.

Dat ontging Reno volledig.

'Ben jij hier opgegroeid, joh? Waren jullie zó rijk, San?'

'Mijn vader heeft het geërfd,' zei ze kortaf. 'Van zijn ouders,
mijn opa en oma.'

Reno liep achter haar aan langs de rechterpui naar de achterzijde en keek bewonderend om zich heen.

Achter het huis stond een gele, metalen vuilcontainer tussen het onkruid op het gazon. Ze keek met een schuin oog naar
het atelier, rechts achter in de tuin. Het houten gebouw was

deels overwoekerd door haagwinde. De honderden witte, kelkvormige bloemen gaven de donkergroene schuur een bijna idyllisch uiterlijk.

Bijna.

Het atelier wilde ze als laatste doen.

'Nou, daar gaan we,' zei ze, om zichzelf moed in te spreken, terwijl ze de houten veranda op stapte en de deur van de keuken openmaakte. Het hout veerde zacht mee onder haar gympen.

De sfeer in de keuken was het beste vergelijkbaar met een graftombe. Er was in al die jaren werkelijk niets veranderd. Op een plank boven het aanrecht stonden flessen shampoo, bleekmiddel en bijenwas onder een dikke laag stof. Het leek wel of het huis al tien jaar leegstond.

Reno zei niets. Keek om zich heen.

Susan zuchtte. 'Laten we maar boven beginnen, dan kunnen we van daaruit naar beneden werken.'

'Best.'

Via de woonkeuken kwamen ze in een schemerige gang terecht. Aan het hoge plafond hing een kroonluchter. Een groengebloemde loper in het midden. Schouderhoge lambrisering. Het weinige licht kwam door het smalle glas in de voordeur. Ze liepen zwijgend de trap op.

Ze had in dit huis meer tijd doorgebracht dan in welk huis of op welke plek ter wereld ook. Maar het was zo lang geleden, dat ze zich een indringer voelde. Dit was haar huis niet. Dit was het huis van haar vader. En haar vaders lichaam zou morgenochtend voor altijd verdwijnen in een op 800 graden Celsius voorverwarmde oven van het plaatselijke crematorium.

'Lekker sfeertje hangt hier,' fluisterde Reno.

'Ja, knus hè?'

Langs de trap hingen geborduurde schilderijen met Laura

Ashley-taferelen: kinderen op een hobbelpaard, een meisje met pijpenkrullen op een schommel. Een van de weinige dingen van haar moeder die waren overgebleven. Geran Staal had na haar verdwijning alles wat aan haar herinnerde weggegooid. Jeanny had de schilderijen zelf geborduurd. Waarschijnlijk was haar vader dat ontgaan.

Zoals hem zoveel was ontgaan.

Boven aangekomen was het nog donkerder dan beneden. Er waren geen ramen op de overloop. De verdieping rustte op houten balken en ook hier veerde de vloer onder hun voetstappen. Haar hand gleed langs de muur en vond de lichtschakelaar. Het licht deed het niet.

Ze maakte een van de deuren open en liep naar binnen. Het plafond in de slaapkamer van haar ouders was bijna drieënhalve meter hoog en het zonlicht werd gefilterd door oude, gemêleerd bruine vitrage.

Hoe lang was ze hier niet meer geweest? Jaren.

Leegte en vergankelijkheid waren alom vertegenwoordigd in dit huis. Hoe had haar vader het hier in hemelsnaam kunnen uithouden? Hoe ongelooflijk wrang moest het geweest zijn om elke ochtend op te staan in een huis dat zo vol was van herinneringen, dat de lijfelijke afwezigheid van diegenen die het eens hadden gevuld nog vele malen pijnlijker moest zijn dan zij zich ooit zou kunnen voorstellen?

Bijna voelde ze zich schuldig dat ze het bezoeken van haar vader steeds had uitgesteld. Hem vrijwel nooit had gebeld. Hem in zijn sop had laten gaarkoken. Hem min of meer had behandeld alsof hij al dood was.

Hij heeft het er zelf naar gemaakt, Susan, schoot het door haar heen. Hij heeft iedereen het huis uit gejaagd. Kwel jezelf niet zo.

Ze deed de kastdeuren open en begon werktuiglijk kleding

op bed te leggen. Het moest zo snel mogelijk leeg zijn, het hele huis. Reno trok een vuilniszak van de rol die hij bij zich droeg en begon het textiel in de zak te stoppen.

Zwijgend werkten ze door, kamer voor kamer. Reno liep steeds naar beneden, gooide de zakken kleding in de hal, die al behoorlijk vol begon te raken. Dingen die echt niets meer waard waren kwamen in de vuilcontainer terecht. Oude kleerhangers, scheerzeep van dertig jaar oud, kammen, een kapotte spiegel, spreien met psychedelische kleuren en motieven. Er kwam geen einde aan de lange rij van rotzooi die tientallen jaren een plaats en functie had gehad en nu in de container verdween.

In een ruimte op de begane grond was een boekenkast vol oude boeken. Reno gleed met zijn vingertoppen over de ruggen. 'Goh. Jouw ouders hadden een hoop boeken.'

Susan reageerde niet.

'Kijk hier joh, het lijkt wel een bibliotheek.'

'Die boeken zijn van mijn vader... Wáren van mijn vader,' verbeterde ze zich snel.

'Wat ga je ermee doen?'

'Weggooien.'

'Is dat niet zonde?'

'Hij was de enige die ze las. Ik zou niet weten wat ik ermee moet.'

Reno nam een dik boek uit de kast en sloeg het stof eraf. 'Hier, een boek van Karl May, da's toch die schrijver van die cowboyboeken?'

'Karl Marx.' Ze trok een lege bananendoos bij haar voeten en begon de oude boeken er in stapels in te leggen. 'Marx, de grondlegger van het communisme.'

'O. Was je vader communist?'

'In hart en nieren.'

Tegen elven werd er op de voordeur geklopt. Susan haastte zich naar beneden. De deur klemde en ze moest behoorlijk veel kracht zetten om hem open te krijgen. Op de oprijlaan stond een appelgroene meubelbak en op het bordes twee mannen van middelbare leeftijd, met T-shirts aan in dezelfde kleur als hun kleine vrachtauto. STICHTING TWEEDE KANS stond erop gedrukt.

Met zijn vieren werkten ze eerst de zakken kleding naar buiten. Daarna de bedden, gedemonteerde kledingkasten, nachtkastjes, lampen, het bankstel. De meubelstukken verdwenen een voor een in de compacte vrachtwagen, kundig vastgezet met sjortouwen, tegen beschadigen beveiligd met dekens. De mannen floten deuntjes en ze waren vrolijk. Ze maakten grapjes. Op de een of andere manier verjoeg de bedrijvigheid de somberheid in het huis. Typisch, dacht Susan, hoe een huis door de jaren heen de sfeer aannam van de mensen die er woonden. Als iemand het zou opknappen, als er leven zou zijn, kinderen, vrienden, dan kon dit een geweldig huis worden, een huis waar je graag naartoe ging. Een thuis. Zo was het ooit geweest, lang geleden, voor haar moeder verdween.

Maar zo zou het nooit meer worden.

De bovenverdieping was leeg. De mannen namen nog een fauteuil en wat kleden mee uit de woonkamer. Ze beloofden later op de dag terug te komen voor de rest.

Susan sloot de voordeur. Ze was moe. Het was erg warm, minstens vijfentwintig graden. Ze vond Reno met een blik bier in de schaduw op de veranda achter het huis. Zijn soldatenkistjes stonden voor hem in het hoge gras en hij rolde behendig een shagje met zijn benige vingers.

Ze ging naast hem zitten met een fles cola.

Susan wist hoe inspannend het was voor Reno om praktisch bezig te zijn. Reno was een gevoelsmens. Hij kon uren voor zich uit zitten dromen, tokkelen op zijn gitaar, componeren. De armen uit de mouwen steken was een ver-van-mijn-bed-show voor hem. Daarom waardeerde ze het des te meer dat hij was meegegaan. Bovendien zag hij het huis met heel andere ogen. Deelde hij niet haar verleden. Het hielp om niet al te emotioneel te worden.

'Het valt alles mee,' zei ze, terwijl ze de tuin in keek. 'Misschien is het vanavond al een heel eind leeg.'

Reno bromde iets. Speelde met het blikje tussen gestrekte vingers. Het shagje stak tussen zijn wijs- en middelvinger en verspreidde een zwaar, zoet aroma. 'Is het hier altijd zo geweest, San?'

'Niet altijd. Het is nu misschien moeilijk om je voor te stellen, maar toen mijn moeder er nog was, waren er hier altijd wel mensen. Joost weet waar ze allemaal vandaan kwamen en waar mijn ouders ze hadden opgeduikeld. En mijn vader had twee goede vrienden, die hingen hier zo onderhand dag en nacht rond.'

'Zie je die nog weleens?'

Ze nam een slok van haar cola. 'Na de verdwijning van mijn moeder was het hele sociale leven hier zo'n beetje over.'

'Heb je je weleens afgevraagd wat er met haar is gebeurd?' vroeg Reno voorzichtig.

Ze keek peinzend over het gazon. 'Heel vaak.' Weer dacht ze aan wat haar vader had gezegd. Dat hij ergens spijt van had. Het ijlen van een stervende man die droom en werkelijkheid niet kon onderscheiden? Of een laatste poging om boete te doen? 'Maar ik zal het waarschijnlijk nooit weten,' ging ze verder. 'Dus is het een beetje masochistisch om te proberen het te achterhalen. Denk ik.'

'Denk je echt?'

Susan luisterde niet meer. Haar gedachten gingen jaren

terug in de tijd. 'Vooral 's zomers was het hier leuk. We hadden zelfs een zwembad.'

Reno keek haar aan. 'Joh?'

Ze knikte in de richting van de container. 'Daarachter. Een oud zwembad, met groene tegels en oude beelden. Die zijn nu overwoekerd. Of weg. Ik zie er geen een meer.'

Reno sprong op. 'Even kijken.'

Ze stond op van de veranda en liep achter hem aan. Het onkruid was de strijd met het gazon aangegaan en de brandnetels waren aan de winnende hand. Ze ontweek ze nauwlettend.

Het zwembad was een meter of acht lang en de helft breed. Er was niet veel meer van over. Het zicht op de bodem werd weggenomen door een vuisthoge laag regenwater, groen van de algen.

'Hier zwommen we vroeger,' zei ze zacht. 'We gingen nooit naar een openbaar zwembad.'

'Moet gezellig geweest zijn,' zei Reno goedmoedig.

'Ja, dat was het.'

'Is dat je vaders atelier?' vroeg Reno, terwijl hij op de groene schuur wees.

'Ja.'

'Mag ik er eens kijken?'

'Ga je gang.'

Susan zag hoe Reno met zijn lange benen door het onkruid stapte en in de richting van de schuur verdween. Ze stak haar handen in haar broekzakken en liep doelloos door de tuin. Draaide zich om en keek naar het huis. Het was moeilijk te bevatten dat het er binnenkort niet meer zou staan. Ze had haar camera mee moeten nemen. Laatste foto's van het huis moeten maken.

Misschien morgen.

'San! Kom es kijken!'

Ze keek op en liep naar de schuur. Het volgende moment zakte haar voet weg in de zachte, losse aarde. Ze struikelde en viel op één knie. Ze stond op. Sloeg het losse zand van haar spijkerbroek. Keek naar de plaats waar ze was gestruikeld. Haar voetafdruk stond diep in de grond afgetekend. Ze zette een stap naar achteren. Keek nog eens goed. Dit was vreemd. De hele tuin was overwoekerd. Overal groeide onkruid en op plaatsen waar de zon amper kwam was de aarde hard en begroeid met alg en een laag mos. Behalve hier.

Ze zakte op haar knieën en woelde met haar handen door de losse grond. De aarde was vochtig en bleef kleven aan haar handen. Er lagen stukken plantenwortels, bleek en dun, door de aarde verspreid, en houtachtige wortelstokken met gerafelde uiteinden. Langs de randen van de omgewoelde grond waren geknakte brandnetels en vernielde bladeren zichtbaar.

'Gaat het?' klonk het achter haar. Het drong nauwelijks tot haar door. Ze zat te kijken naar het stuk grond en probeerde te bevatten wat dit betekende.

'Hier is heel kort geleden nog iemand aan het graven geweest,' merkte Reno op.

'Daar lijkt het wel op.'

'Waarom zou iemand hier nu graven?' zei Reno, terwijl hij rondkeek. 'Had je vader een hond?'

Ze schudde haar hoofd. 'Hij haatte honden.'

Susan stond op. Op het langste punt was de omgewoelde grond een meter of twee lang. Op het breedste punt ruim een meter breed. Een merkwaardige vorm. Ze zette haar Adidas naast haar voetafdruk. Ook daar onderging ze niet de minste weerstand. De grond was los en zacht.

'Hier is iets weggehaald.' Ze merkte amper dat haar stem trilde. 'Pas geleden. Hier heeft iets onder gelegen.'

Ze zakte weer op haar knieën. Zat versteend naar de omgewoelde aarde te kijken.

Ik heb er zo'n spijt van... Ze mogen het niet vinden.

De inktzwarte puzzelstukken die op hun plek vielen vormden een beeld dat zo gruwelijk was dat het haar geest verdoofde.

Koud zweet brak haar uit.

'Susan?' klonk Reno's stem achter haar. 'Wat is er?'

'Ik moet iets doen,' zei ze, zonder op te kijken.

'Wat?'

'Ik wil weten wat hier is gebeurd. Ik moet het weten.'

Reno keek van de omgewoelde aarde naar Susan. 'Wat hier gebeurd is...?'

Susan beet op haar onderlip. Haar vingertoppen woelden door de aarde. 'Ik weet niet meer wat ik moet denken.'

'San, het kan van alles zijn, joh. Kom op. Het is een stuk grond met los zand.'

'Dit is vers, Reno.'

'Misschien heeft je vader hier wel wat rotzooi begraven. Of wilde hij een perkje aanleggen.' Hij keek om zich heen. 'Toegegeven dat het geen voor de hand liggende plek is.'

'Ik moet die oude vrienden van mijn vader gaan opzoeken. Ik heb ze niet meer gezien sinds mijn moeder verdween. Terwijl ze hier vrijwel dagelijks over de vloer kwamen. Misschien... misschien weten ze meer.'

Reno zweeg.

'Want... wat als het wáár is? Als mijn moeder destijds...' Haar stem stokte. 'Dat hij haar weg heeft gehaald,' ging ze fluisterend verder, 'vanwege de onteigening. En dat hij daar hartklachten van heeft gekregen, van de stress?'

Reno keek haar verbouwereerd aan. 'Het kan,' zei hij alleen maar.

'Ja. Het kan. En ik wil gaan uitzoeken of het zo is.'

'Wie waren die vrienden van je vader?'

Ze stond op en sloeg het zand van haar broek. 'Walter Elias en Roger… Roger nog iets.'

23

Maier lag in een ongemakkelijke positie, met zijn bovenlichaam in een enorme braamstruik die aan de rand van het erf groeide, recht tegenover de voordeur van het woonhuis. Het was vier minuten over halftwaalf in de ochtend. Hij was ruim anderhalf uur bezig geweest met de verkenning van het gebouwencomplex. Door het gebladerte keek hij omhoog. Tussen de dreigende wolken waren nu blauwe stukken zichtbaar en het leek erop dat het noodweer, of in elk geval de regenbui die hij had verwacht, uitbleef. De zon begon behoorlijk te branden. De warmte was zelfs in de donkere schaduw onder de boomkruinen voelbaar.

Hij keek geconcentreerd naar het huis aan de overzijde van het erf en probeerde zich aan de hand van wat er vanaf hier zichtbaar was, een driedimensionaal beeld te vormen van wat hij binnen kon verwachten. In het midden van de geel gestuukte woning zat een deur met een donkerbruin gebeitste, grillige biels erboven. De deur was eens wit geweest maar nu afgebladderd, waardoor het kale hout voor een deel blootlag. Links ervan zaten twee slecht onderhouden ramen met witte kozijnen in vakverdeling en rechts ervan zat slechts één raam. Alle drie hadden ze dezelfde afmeting, ongeveer een ruime meter hoog en zo'n zeventig centimeter breed. Hij vermoedde dat de keuken aan de linkerzijde zat en rechts de woonkamer. Er was een verdieping, getuige de dakkapel die rechts boven de voordeur zat, maar veel kamers kon het huis alles bij elkaar niet bevatten. Aangezien het pand over de volle breedte nog geen vijf meter diep was, zou hem een ellenlange zoektocht naar Thomas bespaard blijven.

Als Thomas tenminste in dat huis *was*.

In de twintig minuten dat hij hier lag en een betrekkelijk weerloze maaltijd vormde voor massa's ziedende muggen die om zijn hoofd zoemden, had hij een plan bedacht, of iets wat daarvoor door moest gaan. Dat hij naar binnen moest, was heel waarschijnlijk.

Maar hij zou niet alleen gaan.

Een extra paar ogen en vuurkracht waren welkom. Want hoe hij het ook bekeek, er was geen mogelijkheid om er ongezien, en vooral ook geruisloos, binnen te komen. Rondom het huis lag scherp grind, dat knerpte zodra je er een voet op zette. Via het dak van de schuur proberen binnen te komen, zou evengoed te veel kabaal maken – de plakken leisteen die op het dak lagen hingen vast aan dunne spijkertjes. En veel vertrouwen in de nonchalante, nogal chaotisch aandoende dakconstructie van de schuur had hij niet. Binnensluipen was geen optie.

Ze moesten het hebben van de verrassing.

Als Sven hier net zo snel zijn pistool kon trekken – en belangrijker: bereid was het te gebruiken – zoals hij gisteren in Parijs had laten zien, dan kon hij wat hem betreft hier zijn gang gaan. Een probleem vormde Svens nervositeit. Niets was gevaarlijker dan een ongetrainde vent die tot het uiterste gespannen rondliep met zijn vinger rond een trekkerbeugel, in een omgeving waar zomaar weerloze mensen konden opduiken. Zelfs getrainde politiemensen wilden in zo'n situatie van extreme druk weleens in een reflex schieten op alles wat bewoog. Het was niet eens zo'n theoretische gedachte dat Sven bij wijze van spreken zijn eigen zoon omver zou knallen, alleen maar omdat hij op de toppen van zijn zenuwen liep.

Hij zou het er zo meteen met Sven over hebben. Hem op het hart drukken om eerst te denken, dan pas te handelen. Om zijn reactiesnelheid iets te vertragen zou hij Sven verzoeken om zijn wijsvinger bij de inval langs de trekkerbeugel te houden in plaats van hem op de trekker leggen.

Maier keek onafgebroken naar het huis, dat nu deels in de schaduw lag van een grote walnootboom die er links van stond. De Renault was niet van zijn plek geweest. Hij had geen geluid van binnen opgevangen. Geen radio, geen stemmen, geen ramen die opengingen. Niets.

Hij begon zich onderhand af te vragen of er wel iemand was, daarbinnen. Of de vogels niet allang gevlogen waren, en ze de auto hier hadden achtergelaten. Maar daar zouden ze snel genoeg achterkomen.

Het werd tijd om terug te gaan en Sven mee op sleeptouw te nemen.

Hij werkte zich behoedzaam op zijn ellebogen en tenen terug uit de braamstruik. De lange takken met hun scherpe doornen vormden geen probleem zolang hij stil bleef liggen, maar nu hij hier vandaan wilde, leken ze zich ineens wel erg aan hem te hechten. De doornen grepen zich vast in zijn kleding. Schuurden langs zijn gezicht en handen. Hij haalde ze een voor een los van de stof van zijn kleding, om er meteen weer twintig nieuwe voor in de plaats te krijgen. Het makkelijkste zou zijn om zich gewoon los te rukken, maar dat zou te veel beroering geven. Een wiebelende braamstruik was iets wat iedereen die een toevallige blik naar buiten wierp, zou opmerken.

In stilte vervloekte hij de struiken en werkte zich stug een weg naar achteren. Negeerde zo goed en zo kwaad als het ging de diepe schrammen die de doornen trokken in de onbedekte delen van zijn lichaam.

De voordeur ging open.

In een reflex drukte hij zich plat tegen de grond. Bleef dood-stil liggen en hield zijn adem in.

Er verscheen een kerel in de deuropening. Donker, achter-overgekamd, dun haar, een buikje, hooguit één meter vijfen-zestig lang, misschien zelfs nog kleiner. Hij leek een jaar of veertig, maar kon evengoed tien jaar ouder zijn. Waar hij zich niet in kon vergissen was dat dit de man was die Thomas had opgehaald in Parijs. De chauffeur van de Renault 21. Hij droeg nog dezelfde grijze pantalon die slecht om zijn korte benen paste, en een wit overhemd. Persoonlijke hygiëne stond niet boven aan zijn prioriteitenlijst, of hij moest een koffer vol hebben met dezelfde outfits. Drie voor de prijs van twee bij Monoprix, de Franse Hema.

De man stond nu op het erf voor de deuropening en knip-perde met zijn ogen tegen het felle zonlicht. Gaapte. Krabde ongegeneerd in zijn kruis en kwam vervolgens zijn richting in gelopen.

Zonder zijn blik van de man af te wenden, gleed Maiers hand langzaam naar de Glock, die in de holster onder zijn jas zat op-geborgen. De doornen schuurden langs zijn handen. Hij be-woog uiterst langzaam. Was alert.

De man bleef staan op het midden van het erf, de zon schit-terde op zijn onbehaarde kruin. Hij keek verveeld om zich heen, en greep toen in zijn broekzak. Maier trok de Glock en hield het wapen recht voor zich in twee handen, gespannen wachtend op wat er ging gebeuren.

Het was een mobieltje.

De man toetste een nummer in en hield het ding aan zijn

oor. Hij bleek snel contact te krijgen en begon in rap Frans te praten, zwierige, lange zinnen waar geen punt of komma in te ontdekken viel. De man knikte, schudde zijn hoofd, gebaarde. Het kwam Maier voor alsof hij zich ergens druk over maakte.

Was de verdwijning van Thierry opgemerkt? Was het telefoontje bedoeld om Thomas opnieuw te verplaatsen? Kreeg die kerel nu opdracht er een einde aan te maken?

...of was dat al gebeurd?

Het volgende moment stopte de man de gsm weer weg. Maakte aanstalten om terug naar het huis te lopen. Vanuit de doornige beschutting zag Maier hem aarzelen. Hij voelde hoe alle bloed uit zijn gezicht trok toen de man zich omdraaide en recht op hem af kwam lopen. Op nog geen meter afstand bleef hij staan, aan de rand van het erf, en ritste zijn broek open. Maier vergat te ademen. Er zat een brok in zijn keel, maar hij durfde niet te slikken.

Een gele straal kletterde naast hem neer, en vond in microriviertjes een weg over de uitgedroogde kleigrond. Vanuit zijn lage positie kreeg hij niet meer van de man mee dan zijn voeten – gestoken in een stel ouderwetse, zwarte hereninstappers met een goudkleurige gesp – en de slecht passende broek, waarvan de zomen naar binnen waren geslagen.

Maier bewoog zich niet. Hield zich stil. Werd één met de grond waarop hij lag. De schutkleuren van de zwarte bivakmuts, trui en handschoenen en de camouflagebroek werkten hier in de harde schaduw in zijn voordeel. De man zou tijd nodig hebben zijn ogen te laten wennen aan de overgang van het bijna verblindende zonlicht op het erf naar de donkere schaduwrand. Hopelijk was zijn blaas leeg voor die tijd. Maier was misschien niet snel zichtbaar, maar de kerel stond zo dichtbij dat elke minuscule beweging hem zou verraden.

Hij probeerde omhoog te kijken zonder zijn hoofd te bewegen. Draaide zijn oogbollen zo ver mogelijk naar boven. Maar hoe hij zich ook inspande, het beeld bleef wazig. Zijn oogspieren protesteerden hevig. Hij kreeg er schele hoofdpijn van.

De man stond griezelig dichtbij. Hij kon hem bijna aanraken als hij zijn arm zou strekken. Hij kon alleen maar hopen dat die kerel naar een punt ergens in de verte stond te turen.

Het waren de langste seconden uit zijn leven. Alle vezels in zijn lichaam stonden op scherp. De adrenaline joeg door zijn aderen. De Glock voelde glad en zwaar in zijn hand. Hij kromde zijn wijsvinger uiterst langzaam om de trekkerbeugel. Wist dat hij niet kón schieten, niet zolang hij niet wist of deze man hier alleen was, maar het vertrouwde, koele metaal van de pistoolgreep in zijn hand gaf hem op de een of andere manier het geruste gevoel meer greep op de situatie te hebben.

De seconden tikten traag voorbij. De wereld was ineens heel klein. Rode bosmieren zochten voor zijn ogen een veilig heenkomen voor wat voor hen een overstroming moest zijn. Ze krioelden kriskras door elkaar over de harde klei. Klommen over takjes en bladeren. Liepen over zijn hand en de loop van de Glock, die op de grond rustte.

De urinestraal druppelde na. Maier hoorde hoe de rits werd dichtgetrokken. De man bleef staan.

Hij voelde zijn nekharen overeind gaan.

Het bleef te stil.

Het voelde niet goed. Er was iets helemaal mis.

Langzaam, uiterst langzaam, draaide hij zijn hoofd naar boven. Haalde schokkerig adem, probeerde het geluidloos te doen. Hij kreeg zicht op de knieën. Keek verder omhoog. Langzaam, geleidelijk. Losse panden van het overhemd hingen gekreukeld over de grijze broek.

De plotselinge beweging activeerde zijn instinct. Hij rolde zich bliksemsnel op zijn zij. Een twintig centimeter lang mes schoot rakelings langs zijn gezicht. Hij voelde de luchtverplaatsing langs zijn wang. Hij wilde zich verder weg laten rollen, maar werd tegengehouden door de taaie braamstruik, de doornige takken omstrengelden hem. Hij zat muurvast. Hij reageerde in een flits.

Zonder demper veroorzaakten de schoten een enorme herrie, ze moesten verdomme op het marktplein in St. Maure nog te horen zijn.

De man zakte in elkaar. Maakte een dramatische val naar opzij en bleef hangen in de braamstruik. Bewoog niet meer. Een rode vlek in het midden van zijn witte overhemd breidde zich in rap tempo uit.

Maier trok zich los uit de braamstruik en stormde naar de voordeur. In de gang was het donker en koel. Een enorm contrast met buiten, waar de zon schitterde op het grind. Hij zag alleen vlekken voor zijn ogen. Hij dook op zijn hurken, hield de Glock in twee handen voor zich uit. Luisterde. Bleef zitten als een standbeeld, leunend tegen de deurpost, wachtte tot zijn ogen weer functioneerden.

Even, een milliseconde die een eeuwigheid leek te duren, flitste het waanzinnige beeld door zijn hoofd van Thomas, op schoot getrokken door zijn cipier, een mes tegen zijn kleine hals gedrukt, een hand over zijn mond. Zijn belager, luisterend naar zijn voetstappen. Zijn ademhaling.

Een koude hand greep om zijn hart.

Waar?

Zijn gehoor, aangescherpt door de concentratie, ving niets van betekenis op. De vlekken losten op. Tegenover hem lag een vaste trap naar de verdieping. Links daarvan een deur, die openstond. Bij zijn rechterschouder een die gesloten was. Naast de trap, recht voor hem, was een smalle gang naar achteren, en daar was weer een deur. Hij sprong op. Zijn hart pompte als een bezetene in zijn borstkas.

Hij deed een stap richting de linkerdeur, keek door de opening. Het was een woonkeuken met een keukenblok achterin, mosgroen met houten grepen, onder een klein raam. Hij dook op zijn hurken en trapte de deur verder open. Hield de Glock in één hand vast. Draaide zijn lichaam een halve slag, om een kleiner doelwit te vormen.

Afgezien van een eetkamertafel van eikenhout met twee overvolle asbakken, een monsterlijk paardenschilderij uit de jaren zeventig en een enorme schouw in de tegenoverliggende muur, bijna net zo breed als de kamer diep, was het er leeg.

Hij draaide zich om, hield de Glock voor zich uit, overbrugde de twee meter door de gang naar de tegenoverliggende deur en duwde de klink naar beneden. Gaf er een zetje tegen. Dook in elkaar. Een gewoonte die hij zichzelf eigen had gemaakt was dat hij bij voorkeur laag bij de grond bleef. Mocht er iemand achter de deur staan met een wapen in de aanslag, wat voor wapen dan ook, dan verwachtte die dat de insluiper rechtop lopend binnenkwam – niet kruipend of tijgerend. De verwarring kon in zijn voordeel werken.

De deur ging krakend open. Het licht van buiten scheen door het raam aan de voorzijde op de terracotta tegels. Er stond een lage televisiekast in de hoek, van hetzelfde boereneiken als de eetkamertafel in de andere ruimte. Een knullig gehaakt, vergeeld kleedje erop.

Hij slikte en luisterde. Hoorde niets.

Razendsnel werkte hij zich op zijn buik naar voren. Er stond een groen bankstel dat zijn beste tijd een jaar of dertig terug had gehad. Zelfde gehaakte kleedjes op de rug- en armleuningen als op de televisiekast.

Grootmoeders huisje.

Waar is verdomme Thomas?

Hij sprong op en rende door het smalle gangetje langs de trap naar achteren. Duwde de klink naar beneden, trok de deur open. Een toilet. Leeg. Met toenemende ongerustheid rende hij de trap op. De treden kraakten en knakten onder zijn gewicht. Hij bekommerde zich geen moment meer om de herrie die hij maakte. Mocht er iemand zijn, dan was die door de schoten toch allang gealarmeerd.

Hij vloekte binnensmonds. Er waren andere manieren geweest dan te schieten. Dat hij een mes bij zich had en ondanks zijn ongemakkelijke positie de veel kleinere man op die manier te grazen had kunnen nemen, desnoods met zijn blote handen, was echter geen seconde bij hem opgekomen. Hij stapelde fout op fout.

Shit, shit, shit!

De trap maakte een draai naar boven. De overloop was amper een vierkante meter groot. Twee deuren: één links, één rechts.

Zonder een seconde te aarzelen opende hij de linkerdeur. Het bleek een badkamer te zijn. Een kleine muurhagedis maakte zich uit de voeten over de donkerbruin gedessineerde tegels in de richting van het licht. Verdween in de sponning van het raam.

Hij duwde de deur verder open. Kroop naar voren en keek om de hoek. Een bad, een douchecel met een lichtblauw, plastic gordijn.

Leeg.

Hij trok zich terug. Hijgde als een dampig paard. Begon nu echt gealarmeerd te raken. Laatste deur.

De bakelieten greep op de bruine hoogglans deur haakte. De verleiding was groot om naar binnen te stormen, maar dit soort fouten werden al genoeg gemaakt, met dodelijke afloop. Hij kroop naar voren op zijn ellebogen en de tenen van zijn gympen. Op de grond lag groengeknoopte vloerbedekking, dezelfde als in het halletje. De zware, bruine gordijnen aan de achterzijde van de kamer waren dichtgetrokken. In de schemer zag hij een tweepersoonsbed staan. Beslapen. Witte lakens lagen opgefrommeld half over het bed en over de vloer. Twee witte, kitscherige nachtkastjes met een goudkleurig werkje erin stonden aan weerszijden.

Niemand.

Dat kón niet.

Hij moest iets over het hoofd hebben gezien.

Hij sprong op en stapte de overloop op. Keek naar boven. Half doorgezakte, vergeelde gipsplaten die waren vastgezet met bruingeschilderde latjes. Geen luik, geen trap: geen zolder. Maar dat had hij buiten al gezien. Alle muren hier liepen schuin, het dak zat hier direct boven.

Kelder.

Hij denderde de trap af. Duwde de deur aan de rechterzijde met zijn schouder open en stormde naar het keukenblokje. Rechts daarvan zat een kleine, bruine deur. Hij had zojuist nog gedacht dat het een deur van een inbouwkast was, maar het kon ook een toegang tot de kelder zijn. Maier probeerde de klink, die gewillig omlaag schoot, maar de deur ging niet open. Onder de zwarte, doffe bakelieten greep zat een sleutelgat.

Hardop vloekend keek hij om zich heen, op zoek naar een haak waar sleutels aan hingen. Die bleek er niet te zijn. Hij trok de laden in het keukenblok open. Trok er vaatdoeken en borstels uit, rommelde door de bestekla, tilde die op. Geen sleutel.

In een vlaag van onmacht en frustratie draaide hij zijn lichaam, zette zich af. Trapte met alle kracht die hij kon mobiliseren tegen de deur, net naast het slot. De deur rammelde in zijn voegen en kraakte. Er ontstond een scheur in een J-vorm, die parallel liep aan de sponning. Hij ademde diep in, trok zijn been zijdelings op en trapte nogmaals, nu harder en meer naar rechts. Negeerde de brandende pijn die door zijn heup schoot. Nu werd er een boogvormige scheur zichtbaar, rondom de deurklink. Hij trapte nog een keer, schreeuwde erbij.

Het hout versplinterde.

Hijgend trapte hij de loszittende stukken hout weg. Daarachter was het aardedonker.

Er kon iemand zijn.

Met de Glock in twee handen voor zich uit drukte hij zich tegen het lage aanrecht. Wachtte. Draaide zijn hoofd iets om naar binnen te kunnen kijken. Niets dan duisternis.

Langzaam begonnen zijn ogen te wennen. Er was een trapje naar beneden. Hij keek om zich heen. Luisterde of hij iets van buiten hoorde. Motorgeluid of wat dan ook. Niets. De Monoprix-man was hartstikke dood, van hem hoefde hij geen verrassingen te verwachten. Maar er kon elk moment een tweede man komen.

Als die niet hierbeneden zat.

Met Thomas.

Hij boog zijn hoofd voor het lage plafond en roffelde het kleine, houten trapje af. Eenmaal beneden zag hij geen hand voor ogen. Hij vervloekte zichzelf opnieuw. De Maglite lag in zijn rugtas, in de braamstruik.

Onder de zolen van zijn gympen was een hobbelig, maar hard oppervlak. Hij schuifelde vooruit, voelde met zijn handpalmen over de muur, die leek te bestaan uit slordig gestapelde, grove natuursteen. Langzaam schuifelde hij terug in de richting van de trap. Liet zijn hand langs de muur glijden. Er moest ergens een lichtknop zijn.

Hij liep het gammele keldertrapje op. In de muur, direct naast de deuropening, zat een lichtknop. Die zette hij om. Het volgende moment knipte er onder in de kelder een licht aan.

Hij denderde de trap weer af. De ruimte was nauwelijks vijf bij vijf meter en in het midden hing een peertje aan het plafond, dat nu een gelig licht verspreidde. Op de vloer lagen oude, gebakken tegels, schots en scheef, van een bruinoranje tint. Langs de wanden stonden houten stellingen met blikken en weckpotten. Aan de vergeelde etiketten en de spinnenwebben te zien, stonden die er al een hele poos.

Zijn aandacht werd getrokken door een deur, links naast het trapje. Die zag er relatief nieuw uit. De deur bleek van metaal te zijn. Sloot perfect aan op de sponning. Er zat geen klink aan, wel een cilinderslot.

Een cel?

Hij keek snel om zich heen, maar kon opnieuw geen sleutel ontdekken. Hij duwde tegen de deur, legde zijn handen erop, maar het metaal gaf geen centimeter mee. Keek vervolgens tussen de weckpotten en schoof ze een voor een van hun plaats. Twee potten kletterden op de ruwe vloer en spatten uiteen. De geur van bedorven vruchten walmde hem tegemoet. Geen sleutel.

Hij had wel een idee wie die zou kunnen hebben.

Hij draaide zich om en nam het trapje met drie treden tegelijk. Stoof door de keuken, langs de eetkamertafel de gang in en bleef bij de deuropening staan. De zon straalde fel, donkere vlekken dansten voor zijn ogen.

Terwijl hij zijn ogen de tijd gaf te wennen aan het licht, luisterde hij. Er was nog steeds een mogelijkheid dat er iemand zou komen. Thierry had gezegd dat er twee mensen zouden zijn, twee auto's, maar hij had alleen maar de Renault 21 zien staan, en de kerel die daarbij hoorde – de Monoprix-man. Als daarbeneden geen tweede vent was, dan zou die dus nog kunnen komen. Het zou wel erg penibel worden als die juist nu het erf op kwam rijden.

Hij overbrugde het erf in een paar tellen en hurkte neer bij de dode man, wiens bovenlichaam nog steeds werd ondersteund door de braamstruiken. Zijn onderkaak hing een beetje open, zag hij, en zijn ogen waren halfgesloten, alsof hij in dromenland was. De grauwe huid en grillige donkerrode vlek op zijn overhemd, ter hoogte van het middenrif, gaven een overduidelijke indicatie dat deze man beslist niet sliep.

De groene strontvliegen hadden hem al gevonden. Ze zoemden nijdig toen Maier hem aan zijn benen van de struiken vandaan trok. Gejaagd keek hij om zich heen en luisterde weer. Niets dan het geluid van gonzende vliegen en het monotone geraas van de snelweg in de verte.

Hij sjorde het lijk over het erf heen, de gang in, en liet het met een plof op het terracotta vallen. Maier hijgde van inspanning en merkte dat hij zweette. Het was buiten minstens dertig graden. Hierbinnen was het betrekkelijk koel.

Hij viel op zijn knieën en begon de broekzakken te doorzoeken. De vliegen zoemden wild rond zijn hoofd. Hij vond een pakje kauwgom en een autosleutel met het Renault-logo. Een mobieltje. Hij trok de man op zijn zij. Het overhemd was aan de achterzijde vrijwel helemaal donkerrood en er zat een gat in ter grootte van een pingpongbal. De .45 was dwars door zacht weefsel gegaan, rollend en kantelend, en had op zijn moordende tocht naar buiten een enorme ravage aangericht.

Maier wierp een snelle blik naar buiten. Er liep een rood sleepspoor over het stoepje voor de voordeur, en er kleefde bloed op de drempel.

Het was een puinhoop.

Laat er alsjeblieft niemand komen.

Niet nu.

Hij rolde het lijk verder om. Ineens stootte het een buikklank uit, een lage zucht. Maier trok zijn handen terug alsof hij stroom kreeg. De man rolde als in slow motion vanzelf weer terug op zijn rug. Zijn mond hing nu wagenwijd open, de onderkaak rustte op zijn borst. Een stel grijze ogen keek niets- ziend vanonder halfgesloten oogleden naar het plafond.

Deze gast is morsdood, zei Maier tegen zichzelf. Hij kan geen geluid meer maken.

Hij overwon zijn weerzin, trok zijn handschoen uit en legde twee vingers tegen de hals. Baardstoppels schuurden langs zijn vingertoppen. De huid voelde nog warm aan, maar er was geen hartslag voelbaar.

Maier schudde zijn hoofd. Mogelijk had deze kerel nog wat lucht in zijn longen gehad. Door het gesjouw en de veranderde lichaamspositie had die kunnen ontsnappen. Zoiets moest het zijn. 'Een gewone, biologische reactie, Maier, ontsnappende gassen, niets aan de hand,' fluisterde hij zacht, om zichzelf moed in te spreken.

Het leek verdomme net echt.

Hij blokte de emoties zo goed en zo kwaad als het ging weg, maar wachtte even met een verdere inspectie. Dit was verre van prettig. Het was niet zijn eerste lijk. Maar wennen deed het nooit. Zeker niet in een beperkte ruimte als deze, die het bij- na een intiem samenzijn maakte, terwijl alle vezels in zijn li- chaam juist schreeuwden om ervandoor te gaan.

Hoe korter hij hier was, hoe beter.

Hij hurkte en begon de andere broekzak te doorzoeken. Een sleutelbos. Hij sprong op met de sleutels in zijn hand en rende terug naar de kelder, langs de oude weckpotten, naar de meta- len deur.

Een van de sleutels paste. De zware metalen deur opende zonder ook maar te piepen.

Het volgende moment stond hij als aan de grond genageld.

24

'Heb je hier weleens over nagedacht?' Reno keek Susan aan en opende zijn ogen zo wijd dat hij eruitzag als een slechte imitatie van iemand met de ziekte van Graves. 'Wat voor kleur is dit? Mijn ogen?'

'Bruin.'

Reno liet zich terugvallen in de fauteuil. 'Dat bedoel ik nou.'

Susan bladerde door het telefoonboek van Den Bosch. 'Wat?'

Hij spreidde zijn vingers. 'Ogen zijn wit. Alleen de *irissen* zijn gekleurd. Toch zegt iedereen dat hij blauwe *ogen* heeft, of bruine. Eigenlijk...'

'Reno?'

'Ja?'

'Ik zou er geen actiegroep voor oprichten.'

Geen Elias.

In heel de stad niet.

Ze zocht verder in omliggende plaatsen.

'Heb je bier in huis?' hoorde ze Reno vragen.

'Kijk zelf maar even, in de koelkast.'

Susan stond op en liep naar haar werkkamer. Startte de pc op. De telefoongids op internet had de mogelijkheid om op provincie te zoeken. Dat zou meer opschieten.

Als Walter Elias tenminste nog in Nederland woonde.

Reno verscheen in de deuropening. 'Je hebt geen bier meer,' was zijn klacht. Toen ze niet reageerde kwam hij achter haar staan. 'Ga je nou half Nederland afzoeken naar die ene vriend van je vader?'

'Heel Nederland. En België erbij, als het moet.'

'Hij kan wel geëmigreerd zijn. Of dood. Of een geheim nummer hebben.'

Ze negeerde hem en boog zich naar de monitor. In Drenthe zat een uitzendbureau met die naam. In Flevoland waren zes Eliassen, maar geen met de voorletter 'W'. De achternaam was beter vertegenwoordigd in Noord-Brabant en in de vier grote steden in het westen. Er waren adviesbureaus met die naam, meesters in de rechten, architecten en schoenenwinkels.

Tien minuten later had ze alle provincies doorgenomen en meer dan tweehonderd mensen geteld met de achternaam Elias. Ze trok een blocnote naar zich toe en besloot degenen met de voorletter 'W' als eerste te bellen.

Ze draaide haar gezicht naar Reno toe. 'Als je wilt, kun je wat te eten gaan halen of zo. Broodjes, melk. Neem mijn portemonnee maar mee.'

'Bier?'

'Ja, haal ook maar bier.'

25

De ondergrondse ruimte baadde in een zee van licht, afkomstig van tl-bakken. De ruimte was een meter of tien diep en half zo breed. Links en rechts stonden metalen werktafels, zoals in een moderne restaurantkeuken, en in het midden waren metalen stellingen van zo'n zestig centimeter breed, tot aan het plafond. De hele ruimte was wit betegeld. Het rook er naar een of ander schoonmaakmiddel en zag er uiterst efficiënt en hypermodern uit. Het was duidelijk dat deze ruimte later, veel later dan het huis zelf, was gebouwd.

Een laboratorium? Een *illegaal* laboratorium?

Hij keek een moment naar de kelderruimte achter zich. Donker, stoffig, vuil en oud. Perfect in stijl met de rest van het huis. Keek weer voor zich. Het contrast was bizar.

Werd hier XTC gemaakt?

Het was in elk geval duidelijk dat dit hele huis, de boerderij, een dekmantel was. Hier onder de grond gebeurde het. Dit was een van de honderden oude boerderijen in de verre omtrek. Wie verwachtte nou midden in een agrarisch gebied een modern laboratorium?

Even vergat hij Thomas, het lijk in de gang en het feit dat hij haast moest maken.

Hij nam de vier witbetegelde treden naar beneden en bekeek de flesjes en potten die op de stellingen stonden. Er zat vloeistof in, en op de etiketten stonden codes. Codes die hij met geen mogelijkheid kon ontcijferen. Sven misschien wel. Die had een medische opleiding gedaan.

Van later zorg.

Thomas.

De enige ruimtes waar hij nog niet goed gekeken had, waren de schuren rechts van het huis, en de half vervallen graanschuur.

Hij duwde de deur achter zich dicht. Liet de sleutels in zijn zak glijden. In de gang werd hij geconfronteerd met de dode man en een massa vliegen die in hem een nieuwe voedselbron voor hun kroost zagen. Hij opende de deur van de salon en sjorde het lichaam weg uit de gang. Het overhemd, kleverig van het deels gestolde bloed, was nu opgestroopt tot onder zijn oksels en ontblootte een zwartbehaarde buik met roodbruine bloedvlekken op een bleke huid.

Maier sloot de deur achter zich en liep naar buiten. Aan de sleutelbos zat een voordeursleutel. Hij deed de voordeur op slot en liep naar de schuren. Daar bleef hij staan luisteren. Hij hoorde niets dan de inmiddels vertrouwde geluiden van krekels, vogels en vliegen – en dat van de snelweg. Er was hier verder gewoonweg niemand.

Nog een minuut of tien bracht hij door in de schuren. Zocht naar luiken in de grond, onopvallende deuren. Trok oude voederkisten open, vond een legerkist uit de Tweede Wereldoorlog die vol zat met mottige dekens, maar geen kind. Keek in een oude koelkast, heel voorzichtig, ongerust over wat hij mogelijk aan zou treffen – de aanblik van een dode man was al verre van een feest, die van een dood kind zou hem uit zijn slaap kunnen houden. Daar was hij vrijwel zeker van.

Thomas was hier niet.

Het werd tijd om terug te gaan naar Sven en hun nieuwe blonde vriend. Die Thierry wist meer dan hij had losgelaten. Er moest meer informatie uit hem worden getrokken.

Hij liep door de schuur, bleef voor de zekerheid nog even wachten bij de opening en wierp een blik op het karrenspoor rechts, dat werd geflankeerd door braamstruiken en bomen. Niets dan een van warmte trillende lucht en getsjirp. Verdomme, wat was het warm. Hij begon er nu echt last van te krijgen. Het rugpand van zijn coltrui was doorweekt en de col, vochtig van het zweet, begon te jeuken.

Hij liep naar de overkant van het karrenspoor en dook de begroeiing in. Het leek overbodig, maar hij wilde elke vorm van contact uitsluiten. Na zich zo'n vijfhonderd meter door het struikgewas te hebben gewerkt, kwam hij bij de greppel uit. Daar trok hij zijn bivakmuts af. Echt een opluchting was het niet. Het was snikheet en hij voelde het vocht langs zijn ruggengraat naar beneden druipen.

Hij begon gebukt te lopen over de harde, onregelmatige ondergrond. Bij de bosrand dook hij de struiken weer in en liep uiteindelijk rechtop naar de auto's.

Hij probeerde een glimp van Sven op te vangen, maar zag hem niet staan. Misschien was de dierenarts gaan zitten, of lag hij te slapen in de auto. Het was een lange nacht geweest, ook voor Sven.

Maier voelde het zelf ook. Hij snakte naar een flinke pot sterke koffie.

Bij de plek aangekomen waar de auto's verborgen stonden, verdween zijn vermoeidheid op slag.

Het was alsof een ijskoude hand zijn maag omklemde.

Sven zat tegen het achterwiel van de Laguna aan, zijn ogen gesloten. Zijn linkerhand lag op zijn rechterbovenarm. Bloed. In Svens blik streden schuldbesef en totale paniek om voorrang.

Maiers ogen schoten van links naar rechts. De takken waren van de achterkant van de Mercedes gehaald en de kofferbak stond wagenwijd open.

'Waar is Thierry, verdomme?' siste hij, Svens toestand volstrekt negerend.

Sven knikte naar de bosrand en stamelde: 'S... sorry...' Het volgende moment kneep de hand zijn maag af.

Aan de rand van het bos, op nog geen vijf meter van Sven vandaan, stond Thierry. Hij hield Svens Beretta in een bevende hand op Maier gericht. Maier had een seconde nodig om de situatie tot zich door te laten dringen. Zijn keel was op slag zo droog als de klei waar zijn schoenzolen op rustten. Zijn verbazing maakte al snel plaats voor woede.

Thierry bewoog niet, keek hem alleen maar aan met een triomfantelijke gloed in zijn ogen. Het leek erop dat die terecht was.

Maier dacht aan de Glock, in de holster onder zijn jas. Vervloekte zichzelf dat hij die daar had laten zitten. Dat hij met dichtgeritste jas als de eerste de beste sukkel naar de auto's was gekuierd, alsof hij terugkwam van een zondagochtendwandeling. Niet hier dezelfde voorzorgsmaatregelen had genomen als bij de boerderij. Hij kon er niet over uit dat hij deze situatie niet had voorzien.

Hij had vertrouwd op Sven. Vertrouwd op iemand anders.

Een onvergeeflijke fout.

Hij keek strak terug naar Thierry. De zelfvoldane grijns die hij op zijn engelengezicht had getoverd, liep behoorlijk uit de pas met zijn trillende hand. Thierry was angstig, nerveus.

Maier maande zijn hersenen tot activiteit. Thierry had gezegd dat er twee mannen zouden zijn, daar in die boerderij. Hij had er maar één aangetroffen. De reden dat de tweede kerel niet op was komen dagen, was mogelijk omdat Thierry hem had gewaarschuwd – met de mobiele telefoon van Sven, bijvoorbeeld.

Hij gunde zich een korte blik op Sven en keek weer naar Thierry, die nog steeds aan de bosrand stond en maar geen besluit leek te kunnen nemen over hoe het nu verder moest.

'Heeft hij gebeld?' vroeg Maier.

'W... wat?'

'*Ta guelle!* – Smoel houden!' schreeuwde Thierry, en hij deed een stap naar voren.

Maier probeerde Thierry te negeren. Het was te belangrijk: was het één man, hier en nu, of een complete, strak georganiseerde XTC-bende die op de hoogte was van hun bezoek?

Essentiële informatie.

Hij nam de gok.

'Sven, antwoord! Heeft hij een telefoontje gepleegd? Heeft ie gebeld?'

'Nee,' zei Sven. Zijn stem klonk zwak.

'*Ta gueule, enculé!*'

Maier boog zijn hoofd een beetje. In dit soort situaties kon je beter niet proberen al te intelligent over te komen. Dat was alleen in Amerikaanse actiefilms geoorloofd. In werkelijkheid werden mensen met een vinger aan de trekker daar behoorlijk zenuwachtig van. Geïrriteerd.

En dan was de trekker zomaar overgehaald.

Even bleef hij staan. Verzekerde zich ervan dat het combatmes van Thierry in de rechterzijzak van zijn broek zat. Bewoog zijn been bijna onzichtbaar en voelde het zware staal heen en weer schuiven.

Hij tilde langzaam zijn armen op. De handpalmen naar Thierry gekeerd. Voelde een spier in zijn wang trillen.

Thierry stond druk te gebaren met zijn vrije hand en riep hem van alles en nog wat toe. Zijn nervositeit zette zich om in een woordenstroom waar geen eind aan kwam. Hij sprak zo snel dat Maier er maar een paar woorden van meekreeg. Onvoldoende om het te begrijpen.

Vanuit zijn ooghoeken zag hij Sven. Die zat nog steeds tegen het wiel van de Laguna. Keek hem verslagen aan, zijn gezicht rood van de verzengende hitte en de angst, glanzend van het zweet.

'Hij is pissig,' zei Sven zacht, toen Thierry's woordenstroom eindelijk leek uitgeput. 'Dat je hem in zijn voet hebt geschoten. Dat gaat hij ook bij jou doen, zegt hij. En –'

'Laat maar zitten,' onderbrak Maier hem, zonder zijn blik van Thierry af te wenden. 'Ik kan het wel invullen.'

Terwijl hij zijn blik fixeerde op de felblauwe ogen van zijn opponent, werkten zijn hersenen op volle toeren. Uit de brij van mogelijkheden en onmogelijkheden ontstond één alles-overheersende gedachte, die dreunde als een mantra door zijn geest: hij moest voorkomen dat Thierry de touwtjes in handen bleef houden.

Koste wat het kost.

Want anders zouden ze het niet overleven. Sven niet, hijzelf niet. En Thomas al zeker niet, waar ze hem ook vasthielden.

Dit zou smerig worden. Heel smerig.

Thierry riep iets, het klonk als een commando, maar hij verstond het niet.

'Je moet je wapen naar hem toe gooien,' vertaalde Sven.

'Leid hem af.' Maier sprak de woorden hard uit, als een vloek. Alsof hij zijn vriend afblafte. Bleef onderwijl Thierry onbewogen aankijken, en voorkwam daarmee dat die kon raden wat hij zei.

Om Thierry's aandacht af te leiden van Sven, ritste hij uiterst traag de rits van zijn jas open. Haalde de jaspanden langzaam van elkaar, zodat de Glock in de holster zichtbaar werd.

Bewoog zijn hand traag naar de pistoolgreep. Pakte het wapen met duim en wijsvinger vast, alsof het een bewijsstuk was op een plaats delict. Trok het wapen geleidelijk uit de holster. Bleef Thierry aankijken. Wierp toen de Glock van zich af in het zand. Hij zette zich schrap. Thierry zou nu schieten. Daar was hij vrijwel zeker van. Nog een seconde en hij was een deel van zijn voet kwijt. Plotseling werd de stilte doorbroken door een afschuwelijke schreeuw. Een oerkreet die uiting gaf aan pijn, woede en onmacht.

Sven!

Met ware doodsverachting viel Sven de blonde man aan. Schreeuwend als een dolle stier. Twee handen klauwden zich rond Thierry's pols, klemvast en verbeten. De loop van de Beretta wees omhoog, schokte van links naar rechts. Een schot bleef uit.

In de twee seconden die Maier nodig had om bij de worstelende mannen te komen, diepte hij het mes op en knipte het open. Hij liep Thierry bijna van zijn sokken in de derde seconde. Trok hem in één beweging naar zich toe. Klemde het blonde hoofd muurvast tussen zijn linkerarm en borst, in een ijzeren omhelzing. Thierry begon te krijsen als slachtvee, hoog, ijl en waanzinnig, toen het twaalf centimeter lange, glad en vlijmscherp gepolijste staal tot aan het zware kunststoffen heft in zijn onderbuik verdween. Het staal ondervond niet de minste weerstand. Gleed moeiteloos door de taaie huid. Sneed zich een verwoestende weg door zacht orgaanvlees.

Maier dacht niet meer aan de Beretta. Niet aan Sven. Niet aan Thomas. In zijn hoofd was een nieuwe, allesoverheersende gedachte ontstaan. Een die alle andere wegdrukte: *maak het af.*

Hij trok Thierry dichter naar zich toe, rukte aan het heft,

draaide het rond. Stak opnieuw toe. Warm vocht vloeide over zijn handschoen en langs zijn ontblote pols. Hij voelde hoe het lichaam in zijn dodelijke omhelzing schokte en sidderde. In een roes ging het door hem heen dat de schade die nu werd aangericht, onherstelbaar was. Fataal.

Het gillen was opgehouden. Er kwam geen enkele weerstand meer.

Hij trok het mes terug en liet het lichaam los. Deed een stap naar achteren. Trilde over zijn hele lijf en hijgde. Kreeg maar half mee dat Sven naast hem kwam staan. Met de Beretta werkeloos in zijn hand ademloos stond toe te kijken. Zijn mond open, zijn blik vol walging.

Thierry zakte in elkaar met bebloede vuisten op zijn maagstreek. Stortte schoksgewijs voorover, bloed ophoestend. Het kleurde donkerpaars op zijn jeans. Zijn gezicht zakte neer op de uitgeharde klei. Het lichaam schokte na. Er trok een rilling doorheen.

Maier keek toe hoe Thierry's lichaam een laatste stuiptrekking maakte, en vervolgens ophield met leven.

Toen werd alles stil.

Alsof de wereld zijn adem inhield.

Geen vogels. Geen autogeraas. Geen krekels.

Alleen een lichte bries, die als een onzichtbare wijsvinger aan een blonde haarlok van Thierry trok.

Ze stonden als versteend, niet in staat om iets te doen of te zeggen.

'Was… was dat nou nodig?' verbrak Sven de stilte.

'Ik kon niet schieten, te veel geluid.'

Brandende lontjes moeten worden uitgetrapt.

'Ik had zijn pistool vast. We waren met zijn tweeën. Hij kon geen kant –'

'Sven?'

'Ja?'

'Hij moet hier weg.'

Sven knikte. 'Ja, ja,' zei hij verward, alsof hij niet echt luisterde. 'Ik weet het.' Stopte werktuiglijk de Beretta achter zijn broekband. Kon zijn blik niet lostrekken van de afgeslachte man, die geknield voor hem in het stoppelveld lag.

'Hoe kwam hij los?' vroeg Maier. Hij boog voorover om Thierry onder zijn oksels vast te grijpen.

De jongen woog nog geen zeventig kilo, maar het lichaam leek zoveel zwaarder. Maier voelde zijn maag opspelen. Hij sleepte Thierry naar de beschutting van de bosrand en onderdrukte de misselijkheid die in volle hevigheid kwam opzetten. Hij kon zich niet herinneren zich ooit zo smerig te hebben gevoeld. Zijn handschoenen en polsen zaten onder het bloed.

Hij keek naar Sven, omdat die nog geen antwoord had gegeven. Sven stond nog steeds onbeweeglijk op het veld, zijn blik gericht op de met bloed doordrenkte grond voor hem.

'Sven?'

Geen reactie. Maier liep naar hem toe. Hield zijn hoofd scheef om zijn buurman in zijn ogen te kunnen kijken. Sven staarde wezenloos voor zich uit. Maier verwachtte dat hij elk moment in huilen zou uitbarsten. Dat gebeurde niet. Er was zojuist iets geknapt in Sven. De gevoelslijn naar emotie leek weggesneden.

Shock.

'Hij... Hij moest plassen,' hakkelde Sven ineens. Bleef naar de grond kijken. 'Ik kon kiezen: hem losmaken, of hem helpen. Dus toen heb ik de Beretta doorgeladen en die plastic strip doorgesneden. Maar ik dacht er te laat bij na dat ik geen nieuwe strips—'

'Tie-ribs.'

'...tie-ribs had. Die zaten in jouw rugzak.'

Maier keek peinzend naar het bleke gezicht van zijn vriend. Sven leek plotseling dertig jaar ouder.

Sven keek op. Zijn blik dwaalde af naar de bosrand en bleef rusten op Thierry. Langzaam verhardde zijn uitdrukking. 'Hij is degene die Thomas ontvoerd heeft,' zei hij ineens. 'Die Valerie half afgewurgd heeft, waardoor ze flauwviel. En hij vond het leuk ook, zei hij. Hij zei ook dat...' Sven schudde zijn hoofd. Kon de woorden niet uitspreken. Hij veegde met de muis van zijn handen niet-bestaand stof uit zijn ogen.

Maier wist uit ervaring dat wat er op zijn netvlies te zien was, met geen mogelijkheid weg te wrijven was. Nooit meer.

Sven moest ermee leren leven, of hij zou er gek van worden.

'Hij doet helemaal niets meer,' zei Maier. 'Help me hem in de achterbak te leggen.' Zijn blik dwaalde af in de richting van de boerderij. 'We zien later wel wat we met hem doen.'

Ze hadden zich opgefrist, zo goed en zo kwaad als het ging. Terwijl Sven een douche had genomen in de oude badkamer, had Maier op de uitkijk gestaan achter het raam in de keuken, de Glock doorgeladen. Daarna had Sven hem afgelost.

Het had lang geduurd eer het water in de wasbak niet meer rood en roze kleurde van het bloed dat hij uit zijn kleding en handschoenen had gespoeld. Nadat hij zichzelf en zijn kleding had gewassen, had Maier het stoepje voor de deur, de drempel en de terracotta tegels in de hal schoon geschrobd.

Nu stonden ze samen in de keuken. Svens arm bungelde in een provisorische mitella, gemaakt van een laken dat hij in een linnenkast had gevonden. Maier droeg zijn zwarte coltrui, die nog vochtig was van het chloorrijke kraanwater. Hij onderdrukte een rilling. Door de natte kleding en het gebrek aan zonlicht achter de dikke muren van het huis was zijn lichaam afgekoeld.

Maier voelde zich op een vreemde manier verslagen. Het leek of alle troeven waren uitgespeeld.

'Kunnen we iets met die gsm's?' vroeg Sven met een knik naar de twee identieke Franse Alcatel-mobieltjes die naast elkaar op de eiken eetkamertafel lagen.

Maier schudde zijn hoofd. 'Ik heb al gekeken. Er staan geen telefoonnummers in opgeslagen.'

'Laatst gekozen nummer proberen?'

'Kan averechts werken. Ik weet niet of ze een code hanteren.'

Toen Sven hem verward aankeek verduidelijkte hij: 'Elkaar op een bepaalde manier aanspreken.'

Sven zweette en veegde zijn voorhoofd en wangen droog met de mouw van zijn blauwe Replay-shirt. 'We kunnen het toch proberen?'

'Nee. Te link.'

'Wat dan?'

'Hier blijven tot iemand zich meldt. Er zal toch een keer iemand poolshoogte komen nemen, omdat ze niets meer van Thierry en die andere gast horen.'

'Is er geen andere manier?'

'Weet jij er één?' antwoordde Maier. Op hetzelfde moment dacht hij aan het laboratorium. 'Er is hier in de kelder een soort laboratorium, of zo. Misschien dat jij er wijs uit kunt worden.'

Sven zei niets.

'Sven?'

'Wat... wat voor laboratorium?'

'Ik hoopte dat jij dat wist.'

Sven liep achter Maier aan het trapje af. Maier gebruikte de sleutel en opende de deur. Het licht brandde nog steeds. Hij keek over zijn schouder omhoog. Bewegingsmelder.

Opnieuw trof hem het contrast met de rest van het huis. Het was hier fris en het rook naar chloor, terwijl de rest van het huis muf rook, naar vijftig jaar oude vloerbedekking.

'Nou?' vroeg Maier. 'Wat denk je?'

Sven nam aarzelend de betegelde treden, liep naar de metalen stellingen in het midden. Bekeek de etiketten en de vloeistoffen. Schoof potten van links naar rechts. Draaide ze rond. 'Geen idee,' zei hij afwezig.

'Die codes, zijn dat geen scheikundige afkortingen of zo?'

Sven schudde zijn hoofd langzaam. Bleef de potten heen en weer schuiven. Leek in gedachten verzonken. 'Nee. Niet dat ik weet. Niets wat… wat ik ken.'

Onder de tl-lampen zag Sven er dodelijk vermoeid uit. Sven had pijn, besefte Maier. Hij was verward, overstuur. Was vandaag beschoten, getuige geweest van een moord en nog steeds in het ongewisse over zijn zoontje. Hij had iets te veel meegemaakt voor een normaal mens. Zijn vriend stond als een zombie op zijn benen te tollen, met een holle blik in zijn ogen. Het was waarschijnlijk onmogelijk voor hem om helder te denken.

Tegelijkertijd drong het tot Maier door dat hijzelf er waarschijnlijk niet veel beter uitzag. Het was bijna drie uur in de middag en de vermoeidheid sloeg genadeloos toe. De beruchte adrenalinedip. Tijd voor een time-out. Uit ervaring wist hij dat je moest eten en slapen als je de kans kreeg. Er kon zomaar iets gebeuren waardoor de invulling van de eerste levensbehoeften nog een aantal uren – of langer – moest worden opgeschort. Buiten dat was nadenken met een lege maag hem nooit goed afgegaan.

'Laat maar zitten.' Maier liep terug naar de kelder. 'Eerst eens kijken of hier ergens koffie is. En iets te eten.'

Zwijgend liepen ze de keldertrap weer op. Sven ging aan de eiken tafel zitten, als een rusteloze patiënt in een wachtkamer.

Maier doorzocht de keukenkastjes. Wierp steeds een blik naar buiten. De lucht boven het pad zinderde van de hitte, maar het was en bleef verlaten. Hij besefte dat daar elk moment verandering in kon komen. Ze konden het zich niet veroorloven om wat slaap te pakken.

Rechts van een keukengeiser vond hij een pak rijst. Hij bekeek het etiket op een blik dat ernaast stond. Het kwam hem voor als iets vlezigs, hachee in saus of zo. Iets wat op echt eten leek. Het was verleidelijk. Maar voor koken was er te weinig rust.

In een van de kastjes vond hij oploskoffie en in een onderkastje een metalen pan met butsen. De bodem was zwartgeblakerd. Hij deed de kraan open. Er stond weinig druk op en het water kwam er met horten en stoten uit.

Daarna trok hij de koelkast open. Er lag een stuk geitenkaas in, een halfleeg blik olijven, een pot met iets yoghurtachtigs en een glazen fles met vruchtensap. Ook lagen er twee witte, zoete broodjes in een plastic zak.

Hij controleerde de datum op elke verpakking. Allemaal recent. 'Olijven, kaas?' zei hij tegen Sven, terwijl hij twee borden pakte en tegelijkertijd naar buiten keek.

Sven had zijn koffer inmiddels opengeslagen op een stoel naast hem. Keek er peinzend in. Leek niet echt te luisteren. 'Ik heb een probleem,' zei hij.

'Nee, je bént verdomme een probleem,' reageerde Maier.

Hij kon zijn tong wel afbijten toen Svens blik de zijne ontmoette en besefte dat hij zijn frustratie op Sven afreageerde. Dat was menselijk. Maar niet fair. Sven had hem enorm teleurgesteld, maar kwamen teleurstellingen niet altijd voort uit te hoge verwachtingen?

Ondanks zijn aanvankelijke twijfels had hij verwacht – gehoopt was misschien een beter woord – dat Sven hem zou aanvullen: twee kunnen meer dan één. Dat was een foute gedachtegang geweest. En dat was Sven niet aan te rekenen.

Normaal gesproken zou hij dat hebben gesignaleerd, en bijgesteld. Dat dat nu niet zo was, kwam omdat er op een dieper psychologisch niveau meer aan de hand was. Er hing een onrustig spanningsveld om de dierenarts heen, net zo springerig en onberekenbaar als Sven zelf. Het knalde door zijn denkpatroon, haalde alles overhoop. Sven zond tegenstrijdige signalen uit. Dat was vanaf dag één al zo geweest. Nu pas gaf hij het aan zichzelf toe, of misschien zag hij het nu pas helder: Svens aanwezigheid werkte op zijn zenuwen.

'Sorry, Sven.' Hij draaide zich weer naar hem toe. 'Dat neem ik terug.'

Sven stak zijn goede hand op. 'Je hebt gelijk. Ik ben een eikel geweest. Ik… ik ben niet in de wieg gelegd voor dit soort dingen.'

'Wie wel?' zei Maier sussend.

Daar moest het bij blijven. Niet bekvechten, niet meer aan ergeren. Gewoon Sven naar huis sturen, met een of andere kutsmoes, voordat er een onomkeerbaar drama plaats zou vinden. Want dat zou hij zichzelf wel aanrekenen. Omdat hij het nu wist.

Het water kookte. Maier vond twee mokken, spoelde ze onder de sputterende kraan om en schudde er een aanzienlijke hoeveelheid oploskoffie in. Goot het dampende water erop. Het rook niet eens naar koffie. Maar als het meezat, bevatte het voldoende cafeïne en dat zou helpen om zijn gedachten op een rij te krijgen. Hij was gewoon moe. Lichamelijk en geestelijk.

'Wat is het probleem?'

'Ik heb spullen nodig,' zei Sven. 'Ik heb alles opgebruikt voor die jongen.'

'Wat mis je?'

'Zo'n beetje alles. Hechtdraad. Ik had twee van die kant-en-klare verpakkingen hechtdraad-met-naald meegenomen.' Hij grinnikte zuur. 'Weet je, toen ik die inpakte dacht ik nog dat dat *over the top* was... Dat we die helemaal niet nodig zouden hebben. Ze zijn opgegaan aan Thierry. En morfine. Het doet gewoon pijn, man. Het voelt alsof er een heel leger ratten in mijn arm zit te bijten. En... en gewoon, verdomme, gewoon verbánd. Het is op. Ik heb te weinig meegenomen. Stom.'

'Je kunt niet alles voorzien.'

Sven keek hem aan. 'Als ik had geweten wat voor vent die Thierry was, had ik zoutzuur over hem heen gegoten. Ik heb die voet van hem verdomme een vijfsterrenbehandeling gegeven.'

'Je bent er het type niet voor. Wees blij.'

'Misschien ben ik dat na vandaag wel geworden.' Sven siste en trok zijn gezicht in een grimas.

Maier haalde olijven uit het blik, brak de kaas in stukken en legde alles op een gebarsten ontbijtbord. Zette het op tafel, samen met een mok oploskoffie. Sven viel er meteen op aan.

'Ik heb ook antibiotica nodig,' zei Sven met volle mond. 'Het kan gaan ontsteken. Dit zijn tricky wonden. Ik wil mijn arm niet kwijt.'

Maier ging tegenover hem zitten en nam om en om een hap geitenkaas en brood. Sven had gelijk. Wie wist hoe lang ze hier nog zaten. Een onbehandelde schotwond kon vreselijk gaan ontsteken. Dan hadden ze een probleem erbij.

'En waar denk je dat spul te vinden? Een ziekenhuis of huisarts lijkt me geen optie.'

'Ik heb hier in de buurt een vriend gehad, toen ik hier werkte. Ook een dierenarts, met een praktijk. Daar zouden we eventueel langs kunnen gaan.'

Maier schudde zijn hoofd. 'Uitgesloten.'

'Ik kan ernaartoe gaan alsof ik in mijn eentje een paar dagen op vakantie ben. Ik ben gescheiden. Het is hoogseizoen. Het barst van de vakantiegangers.'

'Vakantiegangers met een schotwond?'

Maier keek naar de mitella, waar al wat rode vlekken doorheen schemerden. Over een uur of wat zouden die vlekjes samen één grote vlek vormen. De wond moest worden gehecht.

'Een aanvaring met een stroper?' probeerde Sven.

Soms kon Sven helder en heel snel denken. Er werd wat afgejaagd in Frankrijk. Jachtongelukken waren hier schering en inslag, zeker na de lunch, als de jagers met een halve liter wijn achter hun kiezen door het bos slopen.

Maar er zaten een paar zwakke punten in het verhaal. 'Hij zal je mogelijk de politie laten bellen,' zei Maier. 'Om aangifte te doen. En hij zal zich afvragen waarom je niet naar een regulier ziekenhuis gaat.'

'Daar verzin ik wel wat op.'

'Als je dat pas gaat bedenken als hij je erom vraagt, is het te laat.'

'In een ziekenhuis houden ze je een dag,' zei Sven snel. 'Die tijd heb ik niet. Ik kan hem zeggen dat ik haast heb, of niet verzekerd ben. Of —'

'Iets geflikt heb wat niet door de beugel kan. Dat is namelijk zijn eerste gedachte als hij ook maar een beetje kan nadenken.'

'Dat moet dan maar. Ik zie hem toch nooit meer. Ik ga mijn spullen halen, betaal hem ervoor en verdwijn. Als ik niks doe, klopt mijn arm morgen alsof er iemand met een voorhamer op beukt.' Sven trok een ongelukkig gezicht. 'En dan ben ik mijn arm kwijt.'

'Waar zit die vent?'

'Poitiers. Redelijk in de buurt.'

'Kun je rijden?'

Sven keek hem niet-begrijpend aan. 'Je bedoelt... dat ik alleen naar die vent rij?'

'Er moet iemand hier blijven.'

Dat was ook zo. Maar het leek Maier tegelijkertijd meer dan prettig om een moment van rust te hebben. Na te kunnen denken over de volgende stap, zonder Sven die in zijn nek hijgde. En ondoordachte, volstrekt onvoorspelbare dingen deed.

'Hoe lang is dat rijden, Poitiers?'

'Eh... niet ver,' zei Sven. 'Binnendoor nog geen drie kwartier, schat ik.'

'En je denkt dat je die afstand wel redt?'

'Als het moet, ja.'

'Ga dan. Doe wat je moet doen. Neem de Laguna mee. Maar Sven, luister: je kunt hier niet zomaar naartoe komen rijden als je terugkomt.'

'Nee, dat begrijp ik. Zal ik je bellen?'

'Mijn gsm staat af. Stuur me een sms als je bij de rotonde bent.'

'De rotonde?'

'De rotonde bij dat restaurant, daar waar je van de snelweg af gaat naar St. Maure. Ik zal over anderhalf uur beginnen om elk kwartier op berichten te controleren. Blijf in elk geval daar tot ik je heb teruggebeld.'

Sven knikte.

'Kijk uit je doppen. Die andere kerel waar Thierry het over had, kan onderweg zijn. Je kunt hem tegenkomen als je hier zo meteen het erf af loopt, maar ook als je terugkomt.'

Sven stond op om weg te gaan. Liep naar de deur en draaide zich toen om naar Maier. 'Ik heb een fout gemaakt, vanmiddag. En gisteren ook. En ik begrijp hoe je nu over me denkt. Dat heb ik helemaal aan mezelf te wijten. Maar geloof me dat ik snel bijleer. Die fouten maak ik echt niet meer. Ik heb alleen wat morfine nodig, hechtmateriaal, antibiotica en verband. Meer niet. Het kan met een uurtje of wat geregeld zijn. Geloof me als ik zeg dat ik geen fouten meer maak.'

Maier opende zijn mond om wat te zeggen maar het volgende moment klonk een indringende zoemtoon. Ze keken elkaar aan.

'We hebben een beller,' fluisterde Maier, en hij nam het zwarte mobieltje van de Monoprix-man van tafel. Keek op het schermpje. APPEL stond er te lezen.

'Appel?' dacht Maier hardop.

'*Appèl*. Oproep,' verklaarde Sven. 'Degene die belt heeft een geheim nummer.'

De gsm bleef zoemen.

'Ik neem hem aan.' Sven strekte zijn arm al uit.

Maier gaf de telefoon niet af. Het mobieltje zoemde weer.

'Geef nou!' zei Sven. 'Geloof me, het komt goed.'

Aarzelend overhandigde Maier de gsm. Sven drukte op de beantwoorden-toets, hield het apparaatje aan zijn oor en luisterde.

'*D'accord*,' zei hij alleen maar. Verbrak toen de verbinding en keek Maier nerveus aan. 'Hij zei dat hij onderweg was.'

'Wie?'

'Geen idee. Een vent.'

'Waar is hij nu?'

'Dat zei hij niet.'

Ze kwamen razendsnel in actie. Sven legde zijn Beretta op tafel. Probeerde het wapen door te laden met één hand. Dat lukte niet.

Maier nam het van hem over en gaf het wapen terug. 'Jij gaat naar boven. Het raam in de slaapkamer, links, kijkt uit op het pad. Jij bent mijn ogen, hoor je me? Mijn ogen. Je schiet niet! Brief door wat je ziet. Zorg dat niemand jou kan zien. En praat zacht.'

Sven keek hem opgewonden aan. 'Zou je... denk je dat...'

Maier haalde zijn schouders op. 'Het kan.'

Sven wilde weglopen, maar Maier greep zijn schouder vast. 'Verkloot het niet.'

Een fractie van een seconde kruisten hun blikken elkaar. Een blik van verstandhouding. Een belofte. Het stond in Svens ogen te lezen.

Terwijl Maier hem de trap op hoorde rennen, greep hij naar zijn rugzak. Voor iedereen zou het vrij duidelijk zijn dat Sven achter deze actie zat, want hij was de enige logische link met Thomas.

Sil Maier niet. Ze wisten niet eens wie hij was. En dat wilde hij graag zo houden.

Hij trok de bivakmuts over zijn hoofd en nam positie in de gang, naast de voordeur. Draaide de demper op de loop van de Glock en bleef staan. Zijn rug tegen de muur, zijn wapen in zijn rechterhand.

Hoeveel mensen zouden er zijn? Eén kerel, zoals Thierry had gezegd? Of meer? Er zat geen glas in de voordeur, hij moest enkel en alleen afgaan op informatie die Sven hem vanuit de slaapkamer boven zou toespelen. Dat hij opnieuw op hem moest vertrouwen maakte het moeilijk om zich te concentreren. Er was te veel dat verkeerd kon gaan.

Hij wierp een blik op de deur. Die zat nog steeds op slot. Was dat goed? Was dat logisch?

Hij diepte de sleutelbos van de Monoprix-man uit de zak van zijn broek op en haalde de deur van het slot. Liet hem wel gesloten. In de tijd dat hij met criminelen te maken had, was hij vaak deuren tegengekomen die niet op slot zaten, maar nooit had er een wagenwijd opengestaan.

'Witte bestelbus,' klonk Svens stem gedempt van boven.

Nu hoorde hij het ook. Geronk van een dieselmotor. Grind

knarste onder autobanden. Tegelijkertijd hoorde hij voetstappen op de houten verdiepingsvloer. Ze dreunden door het hele huis en brachten de plafonnière boven hem tot trillen. Sven rende naar de voorzijde. Maier hoorde hem tot stilstand komen boven de woonkeuken. Hij was nu bij het kleine raam in de dakkapel van de badkamer, dat uitzicht bood op het erf.

Maier hield zich stil. Kon alleen maar hopen dat Sven geen onwijze dingen deed. Dat hij zich gedeisd hield. Dat hij...

'Eén man,' kwam het van boven. 'Hij stapt uit.'

'Stil nu.'

Hij hoorde het grind knerpen. Stilte. Daarna ging het knerpen door. Piepen en kraken, gevolgd door een metalige bonk. Een geluid als van een zijdeur, die toegang verschafte tot een laadbak.

'Thomas,' hoorde hij boven fluisteren.

Hij kon zich levendig voorstellen hoe Sven erbij stond. De uitdrukking op zijn gezicht. Blokte die gedachte meteen weg. Concentreerde zich op de geluiden buiten.

Aarzelende voetstappen.

De tijd leek stil te staan terwijl Maier probeerde door de deur heen te kijken door zijn gehoor aan te scherpen. Hij moest in actie komen als die kerel hier naar binnen liep. Hij wist wat hij moest doen. Hij had het eerder gedaan. Onder een enorme druk. Maar nog niet half zo'n druk als nu. Deze keer was de vijand niet alleen. Hij had een kind bij zich. Er mocht niets misgaan.

Maier hoorde niets meer. Achter de voordeur heerste volledige stilte.

Even schoot het door hem heen dat het de man misschien vreemd voorkwam dat zijn maatje hem niet begroette, hem niet tegemoet kwam lopen, of tenminste de deur voor hem opendeed. Maier had geen idee hoe die gasten gewend waren met elkaar om te gaan. Hoe dik of juist niet ze met elkaar waren. Er was geen tijd geweest om hen te schaduwen. Dat kon hem nu opbreken.

Maar het was te laat om bedenkingen te hebben.

Hij hoorde opnieuw voetstappen op het grind, weifelend. Hij verstevigde zijn greep om de Glock. Drukte zich dichter tegen de wand.

Keek koortsachtig naar de deurknop.

Er gebeurde niets.

Hij wist het nu zeker. Die kerel was een ander onthaal gewend. Stond daarbuiten te twijfelen wat hij moest doen. Anders was hij nu al binnen geweest.

Het volgende moment klonk er een enorm kabaal van de verdieping. Het duurde even voor het tot zijn overspannen zintuigen doordrong dat het water was. Vallend water. Sven trok het toilet door. Dat had hij goed aangevoeld. Ongelooflijk scherp en snel gehandeld. Toiletbezoek was een legitieme reden om je collega niet tegemoet te lopen.

'Olivier?' klonk het aarzelend van buiten.

Maier kneep zijn ogen dicht. Shit!

'*La porte est ouverte,*' was Svens snelle antwoord, gedempt van boven.

Maier opende zijn ogen en slikte. Leunde met zijn achterhoofd tegen het behang. Dit was link. Gewaagd. Erg gewaagd.

De deur ging naar binnen toe open. Zonlicht viel op de tegels in de gang en op de bruine trap. Maier drukte zich verder naar achteren en hield de Glock nu in twee handen voor zich. De man zou zijn aanwezigheid kunnen vóélen als hij erop gespitst was. Daarom moest het snel gebeuren. Voordat deze kerel ook maar besefte dat er iets niet in orde was.

Maier opende zijn mond. Zoog lucht naar binnen. Was supergeconcentreerd. Het eerste dat hij zag was een deken: eenzelfde grijze paardendeken als die hij gezien had in Parijs.

De man had de grijze bundel met twee armen vast en stapte naar binnen, zijn lichaam was nog steeds aan het zicht onttrokken door de voordeur. '*Olivier, ça va?*'

Nú!

Maier sprong naar voren. Hetzelfde moment werd de deur met kracht tegen hem aan getrapt en verloor hij zijn evenwicht. Hij zakte op de vloer.

Voetstappen verwijderden zich in rap tempo over het erf.

Maier vloekte. Zijn schouder had een flinke dreun opgelopen en de rechterkant van zijn gezicht voelde doof. Hij kroop razendsnel naar voren, de Glock in twee handen voor zich uit.

De man had een normaal postuur. Hij droeg een jeans met een strak, geel T-shirt, bijna fluorescerend in de felle zon. De paardendeken viel open en het blonde hoofd van Thomas schudde wild heen en weer over de schouder van de man.

Maier richtte, legde zijn wijsvinger op de trekker. Hij klemde zijn kiezen op elkaar. Weifelde.

Hij kon niet schieten.

Niet zolang hij Thomas kon raken.

De man rende naar een witte Citroën-bestelbus die midden op het erf stond. Hij draaide zich om, had Thomas nog met één arm vast. Met de andere trok hij een vuurwapen achter zijn broekband vandaan en richtte het zonder ook maar een moment zijn pas in te houden.

Maier kromp in elkaar. Voelde het volgende moment een luchtverplaatsing langs zijn gezicht gaan. Daarna pas een harde knal, die door de heuvels galmde. Nog één. Een kogel sloeg dwars door het hout van de trap achter hem.

Hij reageerde instinctief. Richtte en haalde de trekker over. Twee keer achter elkaar. De .45 ACP's uit de Glock knalden door het dikke gelagerde glas van de voorruit. De ruit spatte uit elkaar in een waterval van duizenden stompe stukjes glas. Eén kogel sloeg een gat in de hoofdsteun van de bestuurderszitting. De man dook in elkaar op de grond, rolde naar de zijkant weg en sleurde Thomas met zich mee. De paardendeken viel in het stof.

Maier zag de man wegduiken achter de wielkast van de auto, en ineens weer tevoorschijn komen. De motorkap als steun gebruiken. Opnieuw richten. Maier draaide zijn lichaam intuitief een slag om een smaller doelwit te vormen. Akelig dicht naast hem sloeg een kogel een gat in de dikke muur.

Tegelijkertijd strekte hij zijn arm en vuurde twee keer achter elkaar. De man verdween uit het zicht.

Toen was het stil.

'Je hebt hem geraakt,' schreeuwde Sven van boven. 'Fuck, je hebt hem geraakt!'

Sven kwam de trap af gerend, met drie, vier treden tegelijk, sprong over Maier heen en rende het erf op.

Maier sprong op. Holde, met de Glock nog steeds klemvast in zijn vuist, naar de auto.

'Thomas!' hoorde hij Sven roepen. 'Thomas!'

Maier haastte zich naar de bestelwagen. Liep eromheen.

Sven zat op zijn knieën bij zijn zoon. Een meter van hem af lag de man in het gele T-shirt, waar zich nu donkere vlekken op aftekenden. Maier boog zich over de man heen. Er zat een klein, rond gat net onder zijn oogkas. Hij trok het hoofd naar achteren en legde zijn vingers in de hals van de man, zocht naar zijn slagader.

Niets.

Het vuurwapen lag naast de voorband van de auto. Maier graaide het pistool van de grond en stopte het weg. Fouilleerde de dode man. Trok vervolgens het portier open en checkte de ruimtes onder de stoelen en het handschoenenvak. Niets van betekenis.

Daarna richtte hij zich tot Sven.

Die leek in trance te zijn. Tranen vulden zijn ogen. 'Thomas, Thomas, Thomas,' fluisterde hij, onophoudelijk.

Hij hield zijn zoontje in één arm tegen zich aan gedrukt. Toen pas drong het tot Maier door dat Thomas niet reageerde. Zo slap was als een lappenpop. Het kind bungelde in Svens arm. Zijn mond hing half open. Zijn ogen gesloten. Het was een afschuwelijk gezicht.

Maiers ogen schoten over het kind heen. Scanden het kleine lichaampje af, op zoek naar beschadigingen.

Hij kon niets ontdekken.

Maier keek toe hoe Sven langzaam tot zijn positieven leek te komen. Ergens diep in hem flakkerde de arts wakker, die het overnam van de bezorgde vader die zijn kind alleen maar wilde vasthouden.

Sven droeg het kind over het erf het huis in.

Maier weifelde. Keek om zich heen. Keek vervolgens naar de dode man op het erf. Volgde Sven daarna naar binnen.

Sven legde zijn zoontje op de eetkamertafel. Hij tilde de oogleden op. Een voor een. Legde zijn oor op de borst. Voelde aan het polsje. Opende de mond. En al die tijd stroomden tranen over Svens wangen. Geluidloos.

Maier trok zijn bivakmuts af. Bleef schuin achter Sven staan. Het kleine kind op de tafel. Zijn vader, die zijn levensfuncties controleerde. Keer op keer. Hij kon zich niet herinneren eerder iets gezien te hebben wat zo aangrijpend en hartverscheurend was.

'Slaapmiddel,' zei Sven snikkend. 'Dat moet het zijn. Dat móét het zijn…'

Lucht ontsnapte uit Maiers mond.

'Ik denk dat ze hem onder zeil houden,' voegde Sven eraan toe. 'De hufters. De vuile hufters.' Hij boog zich over zijn zoon heen, alsof zijn lichaam hem kon beschermen tegen alle kwaad van buitenaf. Als een pantser van liefde. Sven omarmde het kleine, slapende lichaam. Wreef over de blonde krullen, kuste zijn zoons vochtige voorhoofd.

Maier stond alweer bij het keukenraam naar de toegangs- weg te kijken. 'We moeten hier weg,' zei hij kortaf. 'Kom.'

26

'U spreekt met het huis van Elias.'

Susan klemde twee handen om de hoorn. Een huis kon niet spreken. Het moest een huishoudster of een oppas zijn. 'U spreekt met Susan Staal. Is Walter misschien thuis?'

'Waar gaat het over?'

Susan ging rechtop zitten. Het eerste telefoontje waarin min of meer bevestigend gereageerd werd op de voornaam Walter. 'Mijn vader, Geran Staal,' zei ze, 'is onlangs overleden, en aangezien hij en mijn vader vroeger bevriend zijn geweest, dacht ik dat hij dat wel wilde weten.'

'Dat spijt me zeer. Ik zal het aan hem doorgeven.'

Misschien was deze vrouw toch meer dan een huishoudster. Of wilde ze graag die indruk wekken. 'Ik wil het hem graag zelf vertellen.'

Het bleef even stil aan de andere kant van de lijn. 'Momentje,' klonk het uiteindelijk.

Susan hoorde gedempt geroezemoes. De vrouw hield haar hand tegen de hoorn.

'Walter Elias.'

'Goedemiddag, u spreekt met Susan Staal, de dochter van Geran Staal.' Susan wachtte met opzet even voor ze doorging.

De man reageerde niet.

'U kwam vroeger veel bij ons thuis als ik me niet vergis.'

'Sorry, ik weet niet wie u bent. Ik denk dat u de verkeerde persoon voor u heeft.'

Trilde zijn stem? Aarzelde hij? Of dacht ze dat alleen maar?

'U bent toch bevriend geweest met mijn vader, Geran Staal?'

'Nee, sorry, mevrouw. Ik ken geen Geran Staal. Het spijt me voor u.'

'Even, voor mijn informatie: u heeft in de jaren tachtig toch in Den Bosch gewoond?'

Weer een paar seconden stilte. 'Ja, die informatie is correct, mevrouw. Maar ik heb uw vader niet gekend. Nogmaals, het spijt me.'

'Sorry dat ik u heb lastiggevallen. Ik heb waarschijnlijk de verkeerde voor.'

Ze hing op. Staarde voor zich uit.

Kon het zijn dat ze een verkeerde Walter Elias had gesproken? Ze schudde haar hoofd. Zijn stem kwam haar bekend voor. Hij had toegegeven in Den Bosch gewoond te hebben. Dit moest gewoonweg de oude vriend van haar vader zijn.

Ze beet op haar onderlip. Misschien was juist dit moment, deze aanleiding, een perfect begin om voor eens en altijd orde op zaken te stellen. Ze had niets te verliezen.

Helemaal niets.

Haar wijsvinger gleed over haar blocnote en bleef rusten bij het huisadres van Walter Elias.

27

Maier stuurde de Laguna de A10 op, in de richting van Parijs. Ze lieten Poitiers achter zich, waar Sven zijn oude vriend had willen opzoeken. De praktijk bleek er nog te zijn, inclusief de assistente die er werkzaam was geweest in de periode dat Sven hier gewoond en gewerkt had. Benoît zelf bleek echter niet meer in de Franse studentenstad te werken. Volgens de assistente had de dierenarts zich een jaar geleden ingekocht in een groepspraktijk in het stadje Le Chesnay, dat op een steenworp afstand van Parijs lag, ten oosten van de hoofdstad.

Daar waren ze nu naar onderweg.

Als het aan Maier had gelegen dan waren ze nu in één ruk doorgereden naar Nederland. Elke minuut die hij nog in Frankrijk doorbracht, was er wat hem betreft één te veel. Vanaf Poitiers was het zeven, acht uur rijden naar huis.

Maar volgens Sven was dat niet verantwoord. Hij had behoorlijk wat bloed verloren, wat hem op zich geen zorgen baarde. Daarvan was hij alleen maar wat licht in zijn hoofd. De wond zelf, daar maakte hij zich wel druk om. Buiten dat het simpelweg zeer deed, zag die er niet echt fris uit. Sven was bang voor infecties, maar vooral voor een dreigende amputatie. Als het een beetje tegenzat, dan zou het daarop uitdraaien. Elk uur telde. Hij wilde het risico niet nemen, hij wilde zijn arm niet kwijt.

Maier kon hem moeilijk ongelijk geven.

Terwijl ze van de dierenartspraktijk in de richting van de snelweg waren gereden, waren ze in het westen van Poitiers langs een immense Mr. Bricolage gekomen. Maier was de parkeerplaats op gereden. Door de gebeurtenissen van de afgelopen dag was het hem bijna ontschoten dat de kapotte tegel in Jacks safe house nog moest worden vervangen. Het leek een onbeduidend detail, zeker na wat ze vandaag voor hun kiezen hadden gehad. Maar details waren belangrijk. Een kogelgat in een badkamervloer zou vraagtekens oproepen. Jaren later nog. Hij kon zich geen vraagtekens veroorloven.

Maier had de benodigde materialen aangeschaft en vervolgens in zijn geheugen staan spitten terwijl hij de verschillende soorten vloertegels had bekeken, die langs een wand waren uitgestald. Van de maat was hij redelijk zeker, maar de Franse bouwmarkt kende ten minste twaalf verschillende tinten wit en evenveel verschillende structuren. Uiteindelijk had hij van elke tegel die hem in de verte ook maar deed denken aan die in Jacks appartement, een doosje meegenomen. En dan nog had hij er geen vertrouwen in dat de juiste tegel erbij zat.

Hoe dan ook, er stond nog het een en ander op het schema voor ze naar huis konden. Maier had zich erop ingesteld dat ze laat thuis zouden zijn. Mogelijk pas ver na middernacht.

Hij keek in zijn binnenspiegel. Sven had zijn ogen halfdicht, lag te dommelen, zijn blonde hoofd tegen de hoofdsteun geleund. Thomas hield hij in de paardendeken tegen zich aan geklemd.

'Is Thomas nog niet wakker?'

Sven opende zijn ogen en boog zich over zijn zoontje heen. 'Nee. Ik heb geen idee wat ze hem hebben gegeven. Maar het werkt verrekte lang.'

'Weet je zeker dat het een slaapmiddel is?'

'Ik weet niets zeker. Maar wat zou het anders moeten zijn?'

Hoge, opmerkelijk gevormde gebouwen van staal en glas rezen aan de rechterzijde van de snelweg op, geflankeerd door gebouwen van goedkope hotelketens. FUTUROSCOPE stond er op borden langs de weg.

'Heb je al nagedacht over hoe het nu verder moet?' vroeg Maier.

'Als hij nog niet wakker is tegen de tijd dat we thuis zijn, neem ik hem mee naar een ziekenhuis. Ik heb weinig keus, denk ik.'

'Nee, ik bedoel waar je Thomas onderbrengt. En wie er bij hem blijft. Jij of Valerie.'

'Misschien dat ik hem voorlopig bij mij thuis hou.'

Maier zweeg. Hij had in het verleden geleerd dat je pas rustig kon gaan slapen als de stekker uit de organisatie was getrokken: de baas, de man of vrouw die achter de knoppen zat. Daarvan raakte een club stuurloos, viel die uit elkaar. En dan waren ze jou al snel vergeten.

In gedachten ging hij de drie mannen langs. Ze hadden geen van allen een professionele indruk gemaakt. Hij moest zich sterk vergissen als een van hen een leider was. Dus moest er iemand boven hen staan, en die iemand zou het hier niet bij laten zitten.

Er was nog geen reden om tevreden achterover te leunen.

'Die gasten laten je niet met rust, Sven. Niet zolang de reden van de ontvoering nog bestaat. Als ze hun huiswerk hebben gedaan, weten ze waar je woont. En komen ze hem vroeg of laat bij je oppikken. Of komen ze om Valerie.' Maier pauzeerde even om zijn woorden meer kracht bij te zetten. 'Je moet druk op Walter zetten.'

Maier gunde zich een korte blik in de achteruitkijkspiegel en probeerde Svens reactie te peilen. Die zat peinzend naar buiten te kijken. Er dropen zweetdruppels langs zijn gezicht, terwijl de airconditioning in de auto overuren draaide.

'Waarom?' vroeg Sven onzeker. Ontweek oogcontact.

'Omdat dit hele verhaal niet klopt, Sven. Daarom.'

Sven zweeg. Maier zag hem zichtbaar slikken.

'Ik kan dit niet aan Walter vertellen,' zei hij uiteindelijk. 'Hij zal willen weten hoe we Thomas bij die lui hebben weggehaald. En als hij lucht krijgt van wat er hier gebeurd is, hang ik. En jij erbij. Hij is strafrechter. Dat zijn van die fatsoensridders, weet je wel. Theoretici. Dan kunnen we als dank voor het redden van een kind nog een jaartje of vijftien in een Franse gevangenis gaan zitten. Alleen maar omdat dat in zijn wetboekjes staat.'

'Hoe verklaar jij dan bij Walter de wonderlijke terugkeer van Thomas? Dat een goede fee hem op een nacht bij je thuis heeft gebracht?'

'Ik weet het nog niet. Ik verzin wel iets.'

'Lul niet, Nielsen!'

Hij wist het nu zeker. Van het begin af aan had hij al een vaag vermoeden gehad dat er iets niet klopte. Dat Sven meer wist dan hij vertelde. Het was zijn houding, zijn nervositeit. Tegenstrijdige reacties. In het begin had Maier dat gevoel nog gebagatelliseerd, omdat nervositeit een normale menselijke reactie was in de gegeven situatie. Maar het vermoeden was juist alleen maar sterker geworden.

Maier had vaak genoeg te maken gehad met drugsorganisaties om te weten dat hij daar nu niet tegenover stond. Dit was een zootje ongeregeld. Een haastig bij elkaar geharkt groepje foute types. Er was geen beveiliging geweest, een slechte bewapening, geen honden. In feite had hij zo naar binnen kunnen kuieren. Het contrast met de strakke, bijna militaristisch georganiseerde en bikkelharde drugsscene was te groot.

Dat betekende dat iemand een loopje nam met de waarheid. Sven, of Elias. En als zijn intuïtie hem niet in de steek liet, was het Walter Elias beslist niet. De dierenarts had net zelf een puzzelstuk op zijn plek gelegd: strafrechters waren theoretici. Ze hadden niet voor niets jarenlang wetjes bestudeerd en in hun kop gestampt. De letter van de wet was zo'n beetje heilig voor zulke gasten, en om zo te kunnen denken en functioneren moest je een bepaalde hersenstructuur hebben. Daar week je niet zomaar van af. Of het nu verstandig was of niet, een archetypische rechter zou nooit en te nimmer zwichten voor criminelen en zich op deze manier de mond laten snoeren. Dat kwam gewoonweg niet in zulke mensen op.

Als Walter hier enige weet van had, dan zou hij aan touwtjes getrokken hebben. Wettelijke touwtjes. Strafrechters hadden dagelijks te maken met openbare aanklagers, politiecommissarissen. Het zou hem niet verbazen als Elias zulke mensen in zijn vriendenkring had. Hij zou hen op de dag van de ontvoering allemaal hebben opgetrommeld, met de snelheid van het licht.

In dat geval zouden Sven en hij hier niet eens zijn geweest.

Er klopte geen zak van dit hele verhaal. Nu de grootste druk van de ketel was en hij weer enigszins helder kon denken, was het objectief gezien ook allemaal té toevallig geweest: het adres in Parijs was meteen prijs, het zevenendertigste departement waar Sven had gewerkt, de weg kende... Het werd hem met de minuut duidelijker dat er meer aan de hand was, en dat Sven essentiële informatie achterhield.

'Ga je me nog eens vertellen wat hier aan de hand is, of blijf je vasthouden aan je onzinverhaal?'

Via de binnenspiegel keek hij Sven recht in de ogen. Die keek even verschrikt terug en wendde toen zijn gezicht weer af naar buiten.

Het bleef minutenlang stil in de auto. Ze passeerden een vrachtwagen met oplegger. De wielen van de Laguna raasden over het asfalt. Ze reden honderdveertig kilometer per uur en het landschap schoot aan hen voorbij.

'Je hebt me hierin betrokken. Ik wil weten waar ik tegenover sta.'

Stilte.

Van ingehouden woede begon Maier onbewust harder te rijden. In de verte doemde een *aire* op. Maier stuurde de Laguna naar de afslag. Reed langs geparkeerde auto's en caravans verder het parkeerterrein op, tot hij in een gedeelte aankwam waar alleen vrachtwagens stonden en waar het betrekkelijk rustig was. Hij schakelde de motor uit en draaide zich om naar Sven.

'Nou?'

Alle kleur was uit Svens gezicht getrokken. Zijn huid was witter dan het shirt dat hij droeg en er verschenen rode vlekken in zijn nek.

Het volgende moment begon er iets te bewegen onder de grijze paardendeken. Sven boog zich meteen over Thomas heen. Het kind keek verschrikt om zich heen. Knipperde met zijn ogen. Sloot ze weer.

'Thomas.' Sven trok de jongen tegen zich aan. 'Thomas, ben je wakker? Thomas, ik ben het, papa. Papa is bij je.'

Twee armpjes kwamen uit de deken tevoorschijn. Klampten zich aan Sven vast. 'Ik wil naar mama,' klonk het timide.

'We gaan naar mama toe, lieverd, we gaan naar mama.'

Maier keek zwijgend toe. Sven had zijn goede arm om zijn kind heen geslagen. De tranen stroomden over zijn bleke wangen. Hij bleef zijn zoon maar toefluisteren dat alles goed zou komen. Dat zijn vader bij hem was. Dat ze onderweg naar huis waren.

Maiers woede begon langzaam weg te zakken.

Wat het ook was waarom Sven tegen hem had gelogen, het kon wachten.

28

Miguel zat in een internetcafé in het zuiden van Parijs en logde in op zijn account. Dat deed hij elke maandag, woensdag en vrijdag, 's avonds om halfnegen. Dan bracht hij verslag uit, zelfs als er niets te melden viel. Hij staarde naar het scherm, maar op zijn netvlies zag hij iets heel anders dan de openings-pagina van Wanadoo.

Een bloedbad. Minder was het niet, wat hij nog geen vier uur geleden aangetroffen had in St. Maure. In Colombia had hij voor het laatst zulke taferelen gezien. En als hij eerlijk was: in Colombia was het erger geweest. Veel erger. In zijn thuis-land was het de laatste jaren, waarin alleen nog chaos heerste, de gewoonte om mensen in stukken te hakken nadat ze de keel was doorgesneden.

Zijn mensen waren nog één geheel toen hij hen aantrof.

Maar ze waren al net zo dood.

Toen niemand had gereageerd op zijn telefoontjes, had hij meteen geweten dat er stront aan de knikker was. Thierry wil-de zijn gsm weleens uit hebben staan, iets waar Miguel zich enorm aan stoorde. Maar Alain en Olivier antwoordden steeds prompt. Dus was het buitengewoon vreemd dat ze niet opna-men. Een afwijking in de procedure.

Hij was meteen in de auto gesprongen.

Anderhalve kilometer van de boerderij trof hij de Mercedes 190 van Thierry aan. Geparkeerd achter een bosje. Iedere burger zou er zo zijn langs gelopen, maar de onnatuurlijke schittering van metaal en glas was zijn geoefend oog niet ontgaan. In de achterbak van de Mercedes lag Thierry. Of dat wat er van hem over was. Zijn romp was een bruine, plakkerige troep van aangekoekt bloed. De ontbinding was al in gang gezet. De hitte in de achterbak zou daaraan hebben bijgedragen. De stank was niet te harden.

Even, heel even maar, schoot een plausibele verklaring door zijn brein: Alain en Olivier waren Thierry beu geweest en ze hadden hem te grazen genomen. Miguel zou er niet van hebben staan kijken. Thierry had zich niet bepaald populair gemaakt bij zijn compagnons.

Maar dat idee strookte voor geen meter met de vindplaats. Ze zouden nooit zo oerstom zijn geweest om een auto met lijk ergens buiten het terrein te parkeren.

Met een omtrekkende beweging, en nog veel alerter dan hij toch al was, benaderde hij de boerderij. Onderweg kwam hij sporen tegen. Hij had jarenlang in het oerwoud gewerkt en geleerd dat de natuur boekdelen kon spreken, als je er maar oog voor had. Als je maar wist waar je op moest letten: gebroken takjes en dunne, buigzame twijgjes die achter sterkere twijgen en takken haakten, allemaal in dezelfde richting. Onduidelijke sporen en voetafdrukken in de bodem. Minuscuul kleine draadjes zwarte katoen. Ze fluisterden hem toe dat nog niet zo lang geleden iemand dezelfde weg door het struikgewas had genomen.

Bij het huis was hij minstens zo voorzichtig te werk gegaan. Tergend langzaam, gespitst op elk geluid en elke beweging, had hij de directe omgeving van de boerderij uitgekamd. Op het erf stonden het bestelbusje van Alain, met een volledig verwoeste voorruit, en de Renault van Olivier. Na een korte blik op de auto's wist hij eigenlijk al dat hun eigenaars er niet meer in zouden rijden.

Dat vermoeden werd versterkt door de patroonhulzen waarmee het erf bezaaid lag. En bloed. Vage sleepsporen over het erf naar de voordeur. Hij had nog meer ontdekt. In een braamstruik had iemand zich het een langere tijd gemakkelijk gemaakt. Dat werd hem stilzwijgend verteld door platgedrukte bladeren en takken, en talloze kleine zwarte draadjes die om de doornen van de braamstruik gewikkeld zaten. Het was dezelfde stof als die hij eerder was tegengekomen.

Via de onderaardse gang, die onder een dikke laag stro in een van de stallen begon en uitkwam in het laboratorium, was hij binnengekomen. Het laboratorium leek ongeschonden. Er was niets weg. Mogelijk was het niet ontdekt. Een kapotgevallen weckpot in de kelder deed hem zijn wenkbrauwen fronsen. Zou een van hen dat gedaan hebben? Bij Olivier was het ondenkbaar dat hij scherven en rotzooi liet liggen. Het huis van zijn oudtante lag hem na aan het hart. Tijdens de bouw van het laboratorium had hij steeds geveegd en gestofzuigd, alle meubelen afgedekt met dekens. Bang dat er iets vuil werd. Olivier zou een kapotte weckpot opruimen. Een worsteling? Miguel zocht naar sporen maar kon niets vinden wat daarop wees: geen bloed, er was niets verschoven.

De geur van de dood kwam hem tegemoet zodra hij vanuit de kelder de keuken in stapte. Alain lag in de hal. In zijn gezicht geschoten. Olivier lag een ruimte verder, in de salon, languit voor de tv-kast op zijn rug. Zijn armen boven zijn hoofd uitgestrekt alsof zijn favoriete voetbalclub een doelpunt had gemaakt. De voltreffer zat in zijn buik.

Het kind was nergens te bekennen. Hij wist wat dat betekende. De hele operatie was naar zijn mallemoer.

Nog ruim een uur was hij zoet geweest met het wegwerken van de stoffelijke resten van zijn kompanen. Hij had de Mercedes opgepikt, in een schuur geparkeerd en de schuurdeuren afgesloten.

Even had hij met de gedachte gespeeld om het laboratorium volledig te ontruimen, het huis te doordrenken met diesel en benzine uit de jerrycans in de schuur, en de boel in de hens te steken. Het laboratorium was dan misschien wel niet ontdekt, de dekmantel was geen zak meer waard. Het was echter niet aan hem om dat te beslissen.

Miguel keek peinzend naar het computerscherm en nam een slok van de slappe koffie. Het plastic bekertje was zo dun dat het opbolde van het hete vocht. Hij keek naar links. Een Arabisch uitziende jongen van een jaar of zestien speelde online een game en ging er helemaal in op. Rechts van hem zat een donkere, jonge vrouw in een dun bloemenjurkje. Ze was bezig een bericht in te typen en fronste erbij.

Dat was wat hij nu ook moest doen. Een bericht intypen. Maar hij had moeite de woorden te vinden. In welke taal hij het ook zou proberen over te brengen, het kwam op hetzelfde neer: ze hadden het verkloot. Nee, erger nog: *hij* had het verkloot.

Het lag nog vers in zijn geheugen hoe ontzet zijn baas had gereageerd toen bleek dat hij het kind bij zijn moeder had weggehaald. Miguel had die reactie niet begrepen. Zijn baas had hem opgedragen de druk op die Sven Nielsen stevig op te voeren. Hoe hij dat deed, mocht hij zelf bedenken, zolang er maar geen doden bij vielen. In Colombia werden elke dag gemiddeld zeven mensen ontvoerd. Tussen de twee- en drieduizend per jaar. Mannen, vrouwen, kinderen, journalisten, hulpverleners – arm of rijk. Het was een effectieve methode om je zin door te drijven. Mensen deden alles om hun dierba-

215

ren terug te krijgen. Svens enige zoon weghalen leek hem de meest voor de hand liggende optie. Door de reactie van zijn baas had hij begrepen dat hij een blunder had begaan. In Europa was elke individuele ontvoering nog wereldnieuws. Zéker die van een kind. Zijn baas had hem via e-mail opgedragen om het jongetje direct terug te brengen. Maar het was er niet meer toen hij in St. Maure aankwam. Iemand was hem voor geweest. Hoe dan ook. Hij had de operatie schromelijk onderschat. Hij stond er nu alleen voor. Uiteindelijk logde hij in op zijn Hotmail-account en tikte een bericht in. Hij hield het kort en vroeg uitdrukkelijk om instructies. Formuleerde zijn bericht zodanig dat, mocht de e-mail verkeerd worden bezorgd, de ontvanger er geen touw aan vast kon knopen.

Hij verzond het bericht en kuierde naar de koffieautomaat. Zijn baas zou hem ofwel prompt antwoorden, of in elk geval nog voor tien uur. Met een verse plastic beker vol hete koffie schoof hij weer achter de computer en doodde de tijd met rondsurfen.

Zijn blik dwaalde zo nu en dan af naar de benen van de donkere vrouw naast hem. Ze had ze over elkaar geslagen en de korte jurk ontblootte haar gladgeschoren kuiten. Miguel ondernam geen poging om oogcontact te maken. Dat was zinloos. Met kartelige littekens die van je mondhoeken naar je oren lopen, was je een monster. Een wandelende *creep show*. Dus neukte hij tegenwoordig alleen nog vrouwen die te stoned of te dronken waren om te beseffen wat ze deden. Of zo lelijk dat ze met alles wat een erectie kreeg genoegen namen. De vrouw naast hem zag er niet stoned of dronken uit. Lelijk was ze ook al niet.

En hij had nu iets anders te doen.

Hij richtte zijn aandacht weer op zijn computerscherm. Geen reactie. Hopelijk reageerde de baas vanavond nog. Hij logde uit en ging naar buiten.

29

In de linkerbuitenspiegel zag hij Sven aan komen lopen. Zijn arm zat in een nieuwe mitella en hij had een plastic tasje met spullen in zijn linkerhand. Een meter of tien achter hem stond een man in een witte jas op de straathoek. Hij stak zijn hand op naar Sven bij wijze van afscheid. Sven overbrugde de laatste paar meters naar de auto en ging achterin zitten.

'Was dat nou nodig, dat hij je uitgeleide deed?' vroeg Maier.

'Sorry. Ik had er geen erg in. Hij liep gewoon achter me aan.'

Maier duwde op de startknop rechts van het stuur. De motor kwam braaf tot leven. Hij stuurde de Laguna van de stoeprand weg, een brede laan op. Links en rechts stonden bloembakken. Le Chesnay was een mooie stad en het stadsbestuur deed zo te zien zijn best om dat zo te houden, maar het ging aan Maier voorbij.

Thomas kroop op zijn vaders schoot en klemde zich aan hem vast.

'Alles goed?'

'Ja. Er zit geen kogel in. Er is alleen spierweefsel beschadigd. Maar er is veel vuil in de wond gekomen. Hij heeft het schoongespoeld en gehecht.'

'Heeft hij het je moeilijk gemaakt?'

Sven aarzelde. 'Hij slikte het verhaal van de jager, maar hij vond het vreemd dat ik niet naar een ziekenhuis was gegaan. Het… het viel eerlijk gezegd niet mee om weg te komen. Volgens Benoît was het onverantwoord dat ik naar Nederland wilde rijden in deze toestand. Hij wilde dat ik bleef slapen. Hij had verdomme al de telefoon in zijn hand om zijn vrouw te vragen een bed voor me op te maken. Ik had bedrust nodig, zei hij. Ik heb hem moeten verzekeren dat ik in Parijs kon blijven slapen, dat ik dat ook ging doen… Kunnen we niet gewoon in Jacks appartement overnachten? En morgenvroeg vertrekken?'

'Je krijgt alle rust van de wereld. Over een uurtje of zes, zeven.'

'Maar—'

'Je hebt je morfine, schoon verband, je antibiotica. Ik moet zo nog even die tegel regelen, dan brengen we de auto terug en kun je bijna de hele weg naar huis slapen. Als je je ogen opendoet, zijn we in Nederland.'

Nog voor ze de Parijse rondweg hadden bereikt, liep het verkeer vast. De Laguna werd ingesloten door vrachtverkeer en personenwagens, touringcars. Motoren zigzagden er stapvoets tussendoor. Volgens de file-informatie op de radio was dit nog maar het begin.

Maier sloeg uit frustratie op zijn stuur. 'Fuck!'

'Sil?' klonk het vanaf de achterbank. 'Ik voel me niet goed.'

Maier keek kort naar achteren. Svens huid zag wit en hij transpireerde vreselijk. Hij zag eruit alsof hij elk moment kon flauwvallen.

'Ik moet slapen. Ik wil een bed. Geloof me, ik word hondsberoerd van dat optrekken en remmen.'

Een snelle blik op zijn horloge leerde Maier dat het halftien was. Er wachtte hem nog een karwei in Jacks safe house. Dat hoefde op zich niet veel langer dan een halfuur in beslag te nemen, gesteld dat een van de tegels die hij vanmiddag bij Mr. Bricolage in Poitiers had gekocht, identiek was aan die op de badkamervloer. Daarna moest de Laguna nog worden ingeleverd bij Hertz. Een taak voor Sven; hij wilde zelf buiten het bereik van de bewakingscamera's op de luchthaven blijven. Maar Sven zag lijkbleek, was doodmoe en gestrest. Het zou nog weleens problemen kunnen opleveren om de dierenarts in deze toestand het hectische Charles de Gaulle op te jagen. Hij kon tegen iemand aan rijden, flauwvallen bij de balie. Alles was mogelijk.

Maier wilde het liefst naar huis, al werd het diep in de nacht. Maar in deze omstandigheden was het misschien niet zo'n verkeerd idee om in Parijs te overnachten. Een nacht goed doorslapen in Jacks appartement, zodat ze morgenvroeg redelijk fit op pad konden.

'Oké,' zei hij, terwijl hij Svens vermoeide blik in de achteruitkijkspiegel ving. 'Jij je zin.'

30

Susan stond voor een twee meter hoog hekwerk dat de voortuin van Walter Elias' huis afscheidde van het trottoir. Het hek
was gesloten. Een eenzame lantaarnpaal wierp een zacht licht
op de perfect aangelegde tuin en de met kinderkopjes bestrate
oprit. Daarachter, nog geen dertig meter van haar af, stond het
herenhuis.

Walter Elias herinnerde ze zich als een arme student, iemand die op latere leeftijd was gaan studeren en met allerlei
simpele baantjes in zijn onderhoud had voorzien. Wat hij stu-
deerde was ze vergeten, maar aan het huis en de entourage te
zien was het geen wijsbegeerte geweest.

Weer sloeg de twijfel toe. Beging ze geen vergissing? Stond
ze hier aan de poort bij de verkeerde Walter Elias?

Ze schudde die gedachte van zich af. Daar zou ze snel genoeg
achterkomen. Ook al had de tijd de details in haar herinnering
doen vervagen, bepaalde kenmerken waren haar bijgebleven.
De Walter die zij had gekend, was extreem lang en mager geweest. Mocht er straks een heetgebakerd klein mannetje naar
buiten stormen, dan werd het pas tijd om zich zorgen te gaan
maken.

En ze deed in wezen niets verkeerd.

Je mocht bij mensen aanbellen. Ook al was het midden in de
nacht.

Rechts van de toegangspoort stond een zuil met een moderne intercom. Ze stapte naar voren en drukte op de verlichte bel. Hield hem ingedrukt. Ze rilde van de spanning. Na een minuut of wat ging een licht aan op de eerste verdieping. Ze haalde haar vinger van de bel. Even later viel een rechthoekig licht op de oprit naast het huis en prompt hoorde ze een krakerige stem door de intercom.

'Wat is er aan de hand?'

Ze boog zich naar voren. 'Walter Elias?'

Er volgden enkele seconden stilte. 'Ja, dat ben ik. Wie is daar? Wat is er aan de hand?'

'Susan Staal. Ik heb u vanmiddag gebeld. Ik wil u spreken.'

'Nú...?'

Stilte.

'Méns,' riep hij ineens uit. 'Ga weg, voor ik de politie bel.'

'Ik ga niet weg totdat ik met u heb gesproken.'

Weer een moment stilte. 'U spreekt nu met mij.'

'Onder vier ogen.'

'Waar gaat het over?' klonk het nauwelijks verstaanbaar door de intercom.

'Over mijn moeder.'

'Ik ga nu de politie bellen. Dit is te gek voor woorden.' Het klonk niet overtuigend.

'Doe dat,' zei Susan kortaf. De optie dat Walter Elias de politie zou bellen was er een waar ze rekening mee had gehouden. En het maakte haar niet uit. Ze arresteerden haar maar, als ze het niet laten konden. Zodra ze vrijkwam, zou ze hier weer terugkomen. Net zolang tot ze antwoorden had.

Het hek begon te kraken. Onwillekeurig deinsde ze terug. De poort opende zich automatisch en er ging een buitenlamp aan bij de voordeur. Gespannen liep ze de oprit op.

Een man in een groene badjas en grijs, door de slaap platgedrukt haar, maakte de voordeur open.

Het was twintig jaar geleden dat ze Walter Elias had gezien, maar hij was het. Onmiskenbaar. In zijn blik zag ze eenzelfde soort herkenning.

'Kom binnen,' zei hij.

Hij ging haar voor door een gang die naar een kamer leidde aan de achterzijde van het huis. Op het parket lag een groot Perzisch tapijt in blauw- en ivoortinten en tegen de wand stond een antieke klok. Een boekenkast, plafondhoog, domineerde de muur achter een Engels bureau.

'Ga zitten.' Walter maakte een uitnodigend gebaar naar een kleine Chesterfield-fauteuil bij het bureau.

'Ik blijf liever staan.' Haar stem trilde.

'Ook goed.'

Walter nam plaats in zijn fauteuil achter het bureau. Het gevlamd rode leer van de Chesterfield kraakte. 'Wat wilde je weten?'

'Mijn vader is afgelopen week overleden. Hij heeft voor hij stierf iets gezegd over mijn moeder.'

Walters pupillen leken zich iets te verwijden. Misschien was dat schijn.

'Ik heb het idee dat ze niet meer leeft,' ging ze verder. 'En dat jij me daar meer over kunt vertellen. Ik ga niet weg voor je me verteld hebt wat je weet.'

Walter schoof een vulpen voor zich uit op het vloeiblad. Hij wierp een barrière op. Een symbolische grens: tot hier en niet verder.

Hij keek haar niet aan.

'Je weet het,' zei ze. 'Je weet wat er gebeurd is.'

'Sommige dingen kun je beter niet weten,' reageerde hij kortaf.

'Dat is niet aan jou om te beoordelen,' zei ze, strijdlustig. 'Ik heb er recht op.'

Ze zwegen allebei. Het getik van de staande klok was het enige geluid in de werkkamer.

Walter keek Susan aan. Bewoog zijn onderkaak, alsof hij op iets zat te kauwen.

Susan klapte bijna uit elkaar van frustratie. 'Vertel me wat je weet.'

Hij schudde zijn hoofd. 'Het is al zo lang geleden, laat het rusten.'

Dus toch.

'Nee.'

Ze zette een stap in zijn richting en bleef voor zijn bureau staan. Haar hand gleed in haar zak en greep de stungun vast. Ze had thuis de gebruiksaanwijzing zorgvuldig bestudeerd. Het ding kon 750.000 volt genereren. Ze had zich op de weg naar Tilburg wel tien keer voorgesteld hoe ze die allemaal, zonder aarzelen, door Walter Elias' lichaam zou drijven als hij het waagde een toneelstuk op te voeren.

Nu was ze daar niet meer zo zeker van.

Misschien kwam dat door Walters houding. De man tegenover haar kwam niet vijandig of arrogant over. Hij straalde eerder een vorm van triestheid uit. Gelatenheid.

Dat bevreemdde haar.

'Als...' begon ze. 'Als mijn vader haar vermoord heeft, dan heb ik daar vrede mee. Hij is er niet meer. Hij is overleden. Als dat is gebeurd, dan kan ik het tenminste een plaats geven.'

Walter keek verbaasd op. 'Is dat wat je denkt? Susan, je vader kuste de grond waar je moeder op liep. Hij zou haar nooit iets hebben kunnen aandoen, nooit.'

Haar onderlip trilde. Haar vaders opvliegendheid en zijn dominantie hadden een schaduw geworpen over haar jeugd. Als kind had ze van hem gehouden, zoals elk kind onvoorwaardelijk van zijn ouders hield. Maar de angst voor zijn driftbuien en de pijn die zijn botte woorden en gevoelsarmte had-den veroorzaakt, hadden die liefde langzaam maar zeker doen afnemen. Zo ver dat ze hem inmiddels als een moordenaar was gaan zien. De moordenaar van haar moeder.

Had ze hem zo verkeerd ingeschat?

Ze trilde over haar hele lichaam. In een uiterste poging niet te gaan huilen begon een mondhoek te trekken. 'Wie heeft het dan gedaan?' fluisterde ze. 'Vertel het me. Ik ben geen veertien meer. Ik kan het hebben. Wie heeft mijn moeder vermoord?'

Walter ademde diep in. Leunde achterover in zijn fauteuil. Wreef door zijn grijze haar en keek om zich heen, alsof hij een uitvlucht zocht. Ineens keek hij haar recht aan.

'Je moeder, Susan,' zei hij, elk woord zorgvuldig afwegend, 'is niet dood.'

31

De wind trok aan Miguels jack toen hij de brandtrap aan de zijkant van de acht verdiepingen tellende woonkazerne beklom.
De trap kraakte onder zijn gewicht. De wind had op deze hoogte vrij spel. Nog veel hoger, ver boven hem in de donkere hemel, waren vannacht geen sterren te zien. Een dicht wolkendek joeg woest door de lucht en reflecteerde zwak het oranje
schijnsel van de miljoenen lichten in de Franse hoofdstad. De
wind draaide. Rukte aan zijn zwarte haar. Er kon elk moment
onweer losbarsten. Hij wierp een korte blik naar beneden. Twintig meter boven
straatniveau was alles zo klein, zo onbeduidend. Auto's klein
als dinky toys reden af en aan door de brede hoofdstraat aan de
voorzijde van het gebouw. Brandende straatlantaarns vormden gele stippellijnen tussen de donkere, rechthoekige panden. Geluid uit de stad drong hierboven vrijwel niet meer
door.

Hij stond nu op het hoogste punt van de brandtrap die zig-
zagsgewijs langs het gebouw liep. Miguel legde de langwerpige
kunststofkoffer voorzichtig neer. Die was zo lang dat hij een
stuk over het plateau stak. Hij legde zijn hoofd in zijn nek. Het
platte dak van het kantoorgebouw lag er nog eens vier meter
boven.

Hij hurkte en haalde een tien meter lang klimtouw uit zijn rugzak, en nog een tweede, korter touw dat hij op de koffer legde. Hij rolde de lange lijn uit tot de helft en maakte er een zware ankerhaak aan vast. Dit was geen karwei dat je even snel tussendoor kon doen. Een slordig gelegde knoop betekende het verschil tussen leven en dood.

Hij ging staan. Het lastigste kwam nu. Houvast krijgen daarboven. Hij slingerde een ankerhaak met een ruime boog naar boven. Het metalen voorwerp slingerde omhoog. Meters touw volgden zwieberend. Te laag. De haak sloeg met een felle *kíing* tegen de muur en kwam even snel weer naar beneden. Hij mikte nogmaals, nu krachtiger. Volgde de haak met haviksogen en dácht hem zo'n beetje over de rand van het dak. De drietand verdween over de dakrand. Voorzichtig trok hij aan de lijn. Grip. Daarna trok hij de lijn strak. Trok harder. De lijn gaf niet meer mee. Hij nam hem in twee handen en ging er met zijn volle gewicht aan hangen. Het hield.

Uit zijn rugzak haalde hij een borstgordel en trok die over zijn jack aan. Rolde het klimtouw verder uit en bevestigde de karabiner aan de nylon gordel. Een beetje onderlegde bergbeklimmer zou er een rolberoerte van krijgen, maar Miguel had zo zijn eigen methode en die werkte al twintig jaar prima. Aan de kunststofkoffer bij zijn voeten zaten twee karabiners. Daar haalde hij de tweede lijn door, waarvan hij het eind om zijn pols bond.

Hij zette zich schrap en trok zich met beide armen omhoog. Zette zich met zijn voeten af tegen het gebouw. Terwijl de wind aanwakkerde, liep hij als een volleerd alpinist tegen de steile wand van het kantoorgebouw omhoog. Zijn gehandschoende handen in een ijzeren greep om de lijn. Stap voor stap. Greep voor greep.

Hij was er bijna. Hij hoorde het metaal van de haak onder

zijn gewicht schuren langs het steen. Verbeten werkte hij zijn ellebogen over de rand. Zwierde zijn rechterbeen erover. Liet zich over de brede, opstaande dakrand rollen en dook op zijn hurken. Haalde de lijn naar binnen, rolde hem op en stopte hem terug in zijn rugzak. Nu trok hij de knoop uit de lijn om zijn pols en ging met zijn bovenlichaam op de rand van het gebouw liggen. Dit was precisiewerk. Langzaam haalde hij de koffer binnen, daarbij zorgvuldig erop lettend dat het één meter dertig lange voorwerp niet tegen de muur stootte. Dat zou een kleine ramp betekenen. Voorzichtig haalde hij de koffer binnen en maakte het touw los. Stopte het bij de rest in zijn rugzak. Nu had hij alle tijd van de wereld.

Niemand kon hem hier zien, zolang hij bij de dakrand wegbleef. Hij liep voorovergebogen over de geasfalteerde gravellaag naar de achterzijde van het gebouw. Zette daar de rugzak naast zich neer, tegen de dakrand die zo'n tachtig centimeter boven het dak uitstak, als een brede, betonnen reling. Hij maakte het zichzelf gemakkelijk, ging zitten met de dakrand als rugsteun. Nam een ontbijttreep uit het voorvak van zijn rugzak en at hem met smaak op. Spoelde de smaak weer weg met de inhoud van een plastic kwartliterflesje Perrier. Verveeld keek hij naar de hemel, waar de wolken zich opstapelden en zich groepeerden, alsmaar in beweging waren.

Op deze hoogte leek het of het gebouw langzaam meedeinde met de wind. Waarschijnlijk deed het dat ook, al merkte je daarbinnen nooit iets van. De wikkel en de lege fles verdwenen in het voorvak van de rugzak.

Hij richtte zijn aandacht op de koffer en maakte hem voorzichtig open. De Tsjechische CZ 700 Sniper Subsonic glansde zacht. Het ding had een totale lengte van één meter eenentwintig, woog bijna zeven kilo en het patroonmagazijn bood plaats aan tien .308 Winchester subsonic-patronen. Hij haalde het zwart gecoate scherpschuttergeweer voorzichtig uit zijn vervoerskoffer. De richtkijker, een Schmidt & Bender P/M 11, stond exact afgesteld. De kleinste verstoring kon het ding ontzetten. Opvallend aan het wapen was de diameter van de loop. Groter dan die van de gewone CZ 700. De reden voor die loopdikte was geluiddemping: dit was een van de weinige scherpschuttergeweren waarbij je geen gehoorbescherming nodig had. Zeker als de regen met bakken uit de hemel stortte en de wind om de gebouwen gierde, zou niemand ook maar het flauwste vermoeden hebben waar het schot vandaan was gekomen. Het maakte de Tsjechische sniper tot een ideaal langeafstandswapen voor drukbevolkte gebieden.

Met recht een sluipmoordenaar.

Hij zette de tweepoot die de kolf steunde op de rand van het dak. Greep het afgevulde patroonmagazijn uit de koffer en klikte het op zijn plaats. Duwde de grendelknop omhoog en trok hem naar zich toe. Duwde daarna de grendel naar voren, zodat de eerste patroon vanuit het magazijn in de loop werd geschoven. De veiligheidspal liet hij voorlopig nog vergrendeld.

Hij tuurde door de richtkijker. Die werkte als een verrekijker en gaf een opmerkelijk helder en gedetailleerd beeld van de omgeving.

Het richtkruis in het vizier lichtte zacht op toen hij de richtkijker langzaam neerwaarts langs het appartementencomplex liet glijden. Er stonden maar een paar auto's geparkeerd achter het hek van het residentiële appartementencomplex.

Eén ervan was een zwarte Renault Laguna.

32

Hij moest gaan slapen. Elke spier in zijn lichaam was verzuurd en schreeuwde om rust. Om de een of andere reden kon hij de slaap niet vatten. Maier stond in de slaapkamer en keek neer op de twee slapende mensen. Sven lag op zijn rug in het metalen tweepersoonsbed, één arm in mitella boven het laken. De andere lag in een beschermende kromming om het hoofd van zijn zoon. Met een volledig ontspannen gezicht leek Sven jaren jonger. Alle druk en spanning waren eruit verdwenen, de huid glad getrokken en verzacht in de wetenschap dat zijn zoon veilig was.

Thomas hield een punt van het laken tegen zijn gezicht aan gedrukt. Eén mollig handje rustte op die van zijn vader. Het blonde haar verward, een rustige oppervlakkige ademhaling.

Zwijgend stond hij aan het voeteneind te kijken.

Onschuld. Geborgenheid. Liefde.

Even voelde hij een steek van jaloezie.

Hij was ook zo'n jongetje geweest. Maar een vader die zoveel om hem gaf als Sven om Thomas, had hij nooit gehad. Wegwerpvaders wel, tientallen. Geen van hen was lang genoeg gebleven om iets van betekenis achter te laten. Wat ze meebrachten was een fantasieloos knuffeldier, haastig gekocht bij een tankstation, samen met een bos bloemen voor zijn moeder.

Als afkoopsom of entreebewijs, voor die paar uur dat ze een leegte in haar vulden, voor ze verdwenen om nooit meer terug te komen. Om een nog veel grotere leegte achter te laten.

Het tankstation aan het begin van hun wijk moest een gevoelige omzetdaling hebben gehad toen zijn moeder stierf. Hij wierp een laatste blik op de slapende peuter en liep naar de badkamer. Het licht flikkerde langzaam aan. Hij keek naar het gat dat de .45 in de vloer had geslagen. Het was amper vierentwintig uur geleden, maar er leken wel weken tussen te liggen. Hij dacht het kruit nog te ruiken. Het bloed.

Hij draaide zich om naar de spiegel en keek naar zijn gezicht. Lijntjes rond zijn ogen, grauwe wallen eronder. Een waas van een baard. Hoekige, donkere wenkbrauwen met een stel ogen die hem zo intens aankeken dat hij niets anders kon doen dan gebiologeerd terugstaren.

Het gezicht van een moordenaar.

Terugdenkend aan de confrontatie met Thierry in St. Maure, en ploegend in zijn geheugen, vond hij een korte, allesoverheersende adrenalinekick. Een vorm van opwinding, een roes. Toen Thierry eenmaal als een afgeslacht dier op de harde kleigrond lag: walging.

Daarna had zijn ratio het overgenomen. Nu hij eraan terugdacht zo snel en efficiënt dat hij er zelf van schrok.

Hij had geen keus gehad, hield hij zichzelf voor. Het had toch moeten gebeuren, vroeg of laat.

Dat maakte het niet minder smerig.

Doden had niets heroïsch. Het had helemaal niets.

Dat was dan zijn drive. Zijn ding. Dat waar hij goed in was.

Thomas was gered. Maar was het daarom begonnen? Nee. Het had niets van doen met Thomas. Svens zoon was een kapstok geweest. Een alibi om zijn geweten te sussen.

Dat was hij vanaf het begin geweest.

Toen Sven bij hem kwam voor hulp, had hij hem kunnen overreden alsnog naar de politie te gaan. Sven kon geestelijk niet tegen hem op. Hij had hem zo kunnen manipuleren dat hij nog dezelfde dag een rechercheur in de arm had genomen. Maar hij had het niet gedaan. Omdat hij het diep in zijn hart helemaal niet *wilde*. Omdat hij met heel zijn wezen stond te popelen om het uiterste van zijn lichaam en geest te vergen. Terug te keren naar de hel die hij tien maanden geleden nog ternauwernood had kunnen ontvluchten.

Wat dreef hem hier in 's hemelsnaam toe? Was hij mentaal gestoord? Een nieuw soort seriemoordenaar, die voor de verandering nu eens geen vrouwen om zeep hielp en jurken maakte van hun huiden, of door stemmen ingegeven boodschappen in maagdelijk bloed op muren kalkte, maar gewoon kerels afknalde die aan de verkeerde kant van het pad liepen?

Was dat sec gezien niet waar hij ook liep, aan de verkeerde kant?

En wie maakte dat eigenlijk uit, waar die scheidslijn ergens lag? Hijzelf, gedreven door een drang die hij niet kon onderdrukken, maar met voldoende intelligentie om zijn daden te rationaliseren – en er voor zichzelf mee weg te komen? Of de wet, ook maar opgesteld door feilbare mensen? *God?* Een onfeilbare god, het antwoord op alle vragen waarvoor nog geen antwoorden beschikbaar waren?

Waarom had hij niet voldoende aan Susan? Verdomme, ze hadden samen álles.

Maar alles was blijkbaar niet goed genoeg voor Sil Maier.

Waar liggen je prioriteiten?

Het antwoord was nog nooit zo makkelijk geweest. Hij was hier, in een onpersoonlijk appartement in Frankrijk, met drie verse moorden op zijn geweten. Niet in Den Bosch, bij Susan, thuis, terwijl ze hem keihard nodig had.

Wat hem nu, op dit moment, het meest schrik aanjoeg, was dat hij nu pas aan haar dacht. Het was in de afgelopen dagen niet eens in hem opgekomen om Susan te bellen. Te vragen hoe het met haar ging, en met haar vader. Of gewoon, om te zeggen dat hij leefde. Een simpel telefoontje om in elk geval een van haar zorgen weg te nemen.

Het was verdomme niet één verrotte seconde in hem opgekomen.

Je hoefde geen superpsycholoog te zijn om te begrijpen wat dat betekende. Maar het was nog nooit zo moeilijk geweest om het daadwerkelijk in te zien.

Susan had gevoelens in hem wakker gemaakt waarvan hij het bestaan niet had gekend. Maar zelfs haar zachtaardige, intelligente persoonlijkheid en sensuele lichaam konden niet de destructieve drang kalmeren die in hem raasde. Die kwam vanuit een donkere hoek in zijn geest waar zij geen greep op had.

En hijzelf evenmin.

Waarom?

Misschien, bedacht hij, wilde hij wel te veel doorgronden. Overal zaten grenzen aan. Ook aan zijn eigen rationele vermogen om te begrijpen wat hem dreef. De menselijke geest kon zichzelf nooit helemaal begrijpen, had hij eens horen zeggen. Zoals een doos zichzelf niet kan bevatten, een slang zichzelf niet kan opeten.

Dan was hij dus zinloos bezig om het te proberen.

Het raasde in zijn hoofd.

Prioriteiten. Keuzes. Die eeuwige klotekeuzes.

Hij deed de kraan open en hield zijn hoofd schuin onder het stromende water. Wreef met zijn handen over zijn gezicht. Schudde zijn hoofd als een natte hond en droogde zijn gezicht

met de voorkant van zijn shirt. Liep naar de woonkamer, diepte zijn gsm op uit de zak van zijn jack en toetste Susans mobiele
nummer in.

33

Vijf uur in de ochtend en nog steeds geen spoor van zonlicht op de snelweg. Susans Vitara stuiterde alle kanten op. De regen geselde het dunne kunststofdak en zwiepte tegen de ramen, de ruitenwissers konden de aanvoer van regenwater niet aan. Het vijftien jaar oude chassis schudde en kreunde.

Susan had de radio aangezet, maar of er gepraat werd of muziek gedraaid, ze kon het niet zeggen. De donkere snelweg was als een lappendeken met kuilen vol water waar de banden van de kleine terreinwagen maar zo nu en dan grip op kregen. De twee rechterrijstroken waren voor de Japanse terreinwagen onbegaanbaar door spoorvorming. Vrachtwagens die daar reden, wierpen zulke hoge waterfonteinen op dat inhalen op een poging tot zelfmoord begon te lijken. Het was een dodemansrit waar ze al haar reflexen voor nodig had.

Susan tuurde tussen de nattigheid door naar de rode achterlichten van het andere wegverkeer. Twintig minuten geleden was ze Antwerpen gepasseerd. Ze keek op de snelheidsmeter: 70 kilometer per uur.

Na Gent nam de regenbui in hevigheid af. De hemel bleekte op in groentinten, maar de zon verschool zich nog steeds achter een dik wolkendek. Susan gaapte. Haar rug en ledematen voelden verkrampt.

Ze reed door in een roes. Probeerde zich beelden voor de geest te halen van de laatste keer dat ze in Wales was geweest. Dat was nog geen vier jaar geleden geweest. Ze had opdracht gekregen om een reportage te maken van een agrarische show, en die had nog geen veertig kilometer van haar moeders woonplaats gelegen. Dat wist ze nu.

Mijn moeder woont in Wales.

Waaróm in godsnaam?

'Dat moet je aan Jeanny zelf vragen,' had Walter gezegd toen ze het hem vroeg. 'Ik ga hiermee al ver buiten mijn boekje.' Hij was in een vreemde, sombere stemming geweest.

Wales. Ze hadden er nooit een vakantie doorgebracht. Er geen familie of vrienden wonen. Ze kon zich niets uit haar jeugd herinneren wat ook maar in de verste verte met Wales te maken had. Ze ploegde in haar geheugen. Die buitenlanders die kwamen en gingen, waar kwamen die vandaan? Duitsland. Voor zover ze kon nagaan alleen maar Duitsers. Niemand uit Wales.

Om kwart over zeven was het alweer een uur licht, en volgde ze bij Calais de borden TUNNEL SOUS LA MANCHE om zich in te laten schepen in de trein die automobilisten naar de andere kant van het kanaal bracht. Het regende nog steeds.

Ze stopte bij een van de loketten. Een Franse lokettiste vroeg haar hoe lang haar verblijf ging duren. Een dag? Vijf dagen? Het had consequenties voor het tarief. Ze moest haar het antwoord schuldig blijven. Uiteindelijk betaalde ze voor een enkele reis.

Op de aanwijzingen van mannen in felgele overjassen en met walkietalkies reed ze via de zijkant de buik van een metaalkleurige trein in. Binnen reed ze door het krappe, lichtgekleurde binnenste van de met tl's verlichte wagons, en kwam achter een Belgische Volvo tot stilstand. Ze zette het contact uit, duwde de versnelling in z'n één en leunde achterover.

In de kale trein was niets te doen. De meeste mensen bleven dan ook in hun auto's, of liepen er verveeld langs; slenterden wat heen en weer om hun spieren los te maken. Een enkeling was op zoek naar toiletten.

Ze rekte zich uit, trok haar voeten onder zich op de zitting en vouwde de wegenkaart open. Vanaf Folkestone leidde de M20 naar Londen. Ten zuidwesten van de hoofdstad moest ze uit een wirwar van mogelijkheden de M4 naar het westen kiezen. Uit ervaring wist ze dat de altijd overvolle Londense ringweg je humeur danig op de proef kon stellen. Nu, begin augustus, kon het meezitten. Veel Britten lagen aan de Spaanse stranden of hielden vakantie in Franse *gîtes*. Mogelijk was het vanaf Folkestone niet meer dan een uurtje of drie rijden naar de Welshe grens.

De trein maakte een zoemend geluid en zette zich in beweging. Al snel dook de tunnel een behoorlijk eind naar beneden. Ze voelde het aan het drukverschil in haar oren. Door de ramen van de coupé bestond het uitzicht uit het grijze binnenste van de tunnel, negenendertig kilometer lang en veertig meter diep onder de bodem van de Noordzee. Niet bepaald een *room with a view*. Ze hadden de ramen in de cabines net zo goed weg kunnen laten. Of een groep graffiti-artiesten de tijd van hun leven kunnen geven. Per dag reisden meer dan achttienduizend reizigers via de Eurotunnel naar Engeland of Frankrijk, las ze in een folder. Zesenhalf miljoen mensen per jaar. Maar toch. Het bleef een beangstigende gedachte om in een buizenstelsel, ver onder de zeebodem, in een treincoupé te zitten.

Ze diepte haar Nokia op uit haar zak. Een melding dat iemand geprobeerd had haar te bereiken. NUMMER GEBLOKKEERD stond er in het schermpje te lezen. Iemand met een geheim nummer.

Sil?

Ze riep het tijdstip op. Vijf over vier vannacht. Nog geen vier uur geleden. Ze schoot rechtop in haar stoel. Ze had niets gehoord. Helemaal niets. Haar duim gleed over de toetsen van de gsm.

Terugbellen?

Nee.

Ze schakelde de trilfunctie in en stopte het ding in haar broekzak.

34

Miguel lag bewegingsloos op het dak. Zijn zwarte spijkerbroek kleefde aan zijn benen en zijn gympen en sokken waren drijfnat. Gevoel in zijn knieën had hij niet meer, door het urenlange stilzitten. Zijn littekens jeukten als de hel, maar hij gunde zich geen moment van onoplettendheid.

De rubberen kolfplaat van de Tsjechische sniper rustte tegen zijn schouder. Zijn wimpers raakten het glas van de richtkijker. Die was onafgebroken gericht op de hoofduitgang van het appartementencomplex. Met zijn linkeroog keek hij zo nu en dan naar het raam op de eerste verdieping. Zojuist had iemand de luxaflex opengetrokken, maar hij kon nog steeds niet zien wat er binnen gebeurde. Het was wel een voorteken. Het kon niet lang meer gaan duren, dacht hij, of ze kwamen naar buiten.

Hij dacht terug aan de e-mail die zijn baas hem gisteravond om vijf voor halftien had gestuurd. Miguel was even verbaasd geweest over zijn reactie. De tijd van spelen was blijkbaar over. Ook zijn baas begon nu in te zien dat elegante methoden zelden effectief waren. De e-mail liet niets aan duidelijkheid te wensen over: schakel Sven Nielsen uit. Mogelijk was er een tweede man bij de dierenarts; hij bestuurde een zwarte Renault Laguna. Die mocht het evengoed niet overleven.

Het kind moest ongedeerd blijven. Koste wat het kost. Miguel had gisteren twee uur rondgereden langs de westelijke Périphérique. Had de parkeerplaatsen van alle duurdere appartementencomplexen uitgekamd. Net toen hij zich zorgen begon te maken of hij het doelwit überhaupt zou vinden, was hij deze straat in gereden.

De locatie voldeed aan de summiere beschrijving. Een zwarte Renault Laguna. Het kenteken klopte.

Zijn baas kon gerust zijn.

In de afgelopen uren had Miguel zijn strategie bepaald. Een hoofdschot was direct dodelijk. Opnieuw aanleggen en richten kostte hem enkele seconden. Voor nummer twee in de gaten kreeg wat er gebeurde, was hij al aan de beurt. Met voldoende schootsveld was het echt secondewerk.

De handicap zat hem in het kind. Het werd waarschijnlijk gedragen en dat betekende dat hij weinig speelruimte had. Een halve millimeter beweging hierboven kon daarbeneden al snel een afwijking van tien centimeter geven.

Dit moest goed gaan. Hij moest zijn waarde bewijzen. Aan zijn baas laten zien dat het inhuren van Miguel García Lopez een uitstekende keus was geweest.

Erg gelukkig was de baas niet met hem, de afgelopen tijd. Met de ontvoering van het kind was hij compleet over de rooie gegaan. Nu zijn drie mannen uitgeschakeld bleken, was het feest compleet.

Miguel probeerde er niet aan te denken. Hij moest kalm zijn voor een zuiver schot. De trillingen van zijn lichaam moesten worden teruggebracht tot het absolute minimum. Hij moest zijn adem inhouden voor en tijdens het schot, en de trekker aantikken tussen twee hartslagen in, het moment dat een lichaam vrijwel niet bewoog.

Miguel concentreerde zich op zijn ademhaling. Ademde

regelmatig en heel rustig in en uit. Bracht zijn lichaam in een staat van ontspanning die het normaal gesproken alleen tijdens de slaap zou hebben. Langzaam maar zeker vernauwde zijn wereld zich tot dat wat hij door de richtkijker zag. Een wereld die bestond uit een dubbele glazen schuifdeur, waar zijn twee doelwitten doorheen zouden komen.

One shot, one kill.

Kabaal op de straat beneden rukte hem uit zijn hypnotische toestand. Beroering.

Onwillig rukte hij zijn blik los van de richtkijker en keek naar beneden. Vijfentwintig meter lager stond een geel bedrijfsbusje geparkeerd met de portieren open. Een vrachtwagen met aanhanger was bezig de parkeerplaats op te rijden. De aanhanger was felblauw en de metalen constructie die erop werd vervoerd, kwam hem voor als een mobiele kraan. Twee mannen in gele werkkleding, vermoedelijk de bestuurder en bijrijder van het busje, stonden aanwijzingen te geven aan de chauffeur van de vrachtwagen. Het was een drukte van belang daarbeneden. Gebiologeerd bleef hij kijken.

Een van de werklui keek langs de voorgevel omhoog. Miguel trok zijn hoofd terug.

Wat ze hier ook kwamen doen, die werklui moesten hierboven zijn. Een kraan was om op hoogte te komen. Misschien werd hier een antenne geïnstalleerd, voor een gsm-steunpunt. Wat dan ook.

Hij moest hier weg.

Binnensmonds vloekend en tierend begon hij de CZ op te bergen. Tegelijkertijd hoorde hij een scharend geluid. Hij draaide zijn hoofd in de richting van waar het vandaan kwam. Midden op het dak stond een vierkant bouwwerk. Aan de achterzijde ervan zat een metalen deur, die vanuit het flatgebouw toegang bood tot het dak.

Miguel bleef stokstijf zitten, een moment besluiteloos. Vanachter het bouwwerk kwam een man in een gele overall tevoorschijn. Die leek druk in gesprek te zijn met iemand buiten zijn gezichtsveld. De man keek niet in zijn richting, zette alleen twee zware gereedschapskoffers neer en verdween weer.

Miguel rende gebogen naar de trap. Liet de kunststofkoffer aan een touw zakken naar het hoogste plateau van de brandtrap. Gleed er zelf achteraan. Hij gromde binnensmonds. Oponthoud, hield hij zichzelf voor. Uitstel. De missie hoefde niet afgeblazen te worden.

Tijd voor plan B.

Subtieler. Maar zeker zo effectief.

35

Maier was vroeg op. Om zes uur werd hij uit zichzelf wakker. Hij liep naar de badkamer, nam een douche en zette koffie. Sven en Thomas lagen nog steeds te slapen. Nadat hij koffie had gedronken begon hij zich meer mens te voelen. Hij liep naar de gang en nam de plastic tas van Mr. Bricolage uit Poitiers mee naar de badkamer.

Hij ging op zijn knieën bij de stukgeslagen tegel zitten en begon met een beitel en een hamer het voegwerk rond de tegel uit te tikken. Het maakte een behoorlijk kabaal en hij hoopte maar dat er niemand in de aanpalende appartementen was die hij uit zijn slaap haalde. Hij deed de kapotte stukken in de plastic tas en peuterde met de scherpe punt van de beitel de platgeslagen kogel uit het beton. Smeerde lijm op de ondergrond en legde er een van de nieuwe tegels in. De kleur week zo weinig af dat je alleen verschil zag als je het wist. Het ontlokte hem een glimlach.

Hij stond op, maakte voegmiddel aan en smeerde de ruimte tussen de tegels vol. Gebruikte een natte doek met afwasmiddel om het teveel aan voegmiddel weg te strijken. Stond op en bekeek zijn werk. Voordat ze over een uurtje of wat weg zouden rijden, zou hij de tegel nog eens met een droge doek schoonpoetsen. Het voegmiddel kon in een iets lichtere of donkere tint opdrogen dan de rest, maar het leek hem sterk dat het aandacht zou trekken. Het moest afdoende zijn.

Geen sporen meer.

Hij liep terug naar de hal, zette de tas bij de voordeur en liep naar de woonkamer. Keek rond in de witte, dertig vierkante meter grote ruimte. Jack had niets te veel gezegd toen hij zijn appartement nogal leeg noemde. Grijs laminaat op de vloer, witte wanden en plafond. Een leren tweezitsbank en een wit kubustafeltje waar hij vannacht dankbaar zijn voeten op had laten rusten. Tegen de lange wand stond op een lage witte tafel van MDF een tv. De verlichting was de sluitpost geweest: een peertje van honderd watt aan het plafond. Er hing niet eens een schilderij, er lag geen kleed op de vloer, niets. Het was zo kaal dat elk geluid resoneerde. Een onpersoonlijk doorgangs-appartement.

Hij liep door naar de slaapkamer. Thomas was inmiddels wakker geworden en keek hem met grote ogen aan. Sven sliep nog.

'Hallo Thomas,' zei hij vriendelijk. 'Wil je wat eten?'

Het kind kroop angstig naar zijn vader toe.

'Ik lust wel iets,' hoorde hij Sven mompelen. Sven rekte zich uit. 'Hoe laat is het?'

'Kwart over zeven. Ik heb de spullen al gepakt.'

Sven wierp de lakens van zich af en sloeg een arm om Thomas heen. Die keek Maier nog steeds argwanend aan. Sven streek Thomas door zijn haar. In het ochtendlicht had het dezelfde paarlemoeren glans als dat van zijn vader.

Sven rekte zich nog eens uit met één arm, aangespannen buikspieren boven zijn boxershort. Hij glimlachte, een geluk-zalige glimlach. De dierenarts zag eruit alsof hij elk moment een rondedans kon gaan maken en *A brand new day* kon gaan zingen. Zijn dag was goed begonnen, besefte Maier. Uitstekend zelfs. Thomas ongedeerd, goed geslapen, en de morfine zou ook wel bijdragen aan een gelukzalig gevoel.

De mitella zag er schoon uit. Geen vers bloed.

'Ik heb nog een verhaal van je te goed,' zei Maier, in de wetenschap dat hij Svens goede bui hiermee in één klap verziekte.

Sven liet zich er niet door uit het veld slaan. Hij grinnikte alleen. 'Ik vertel je alles. Shit, het maakt me allemaal geen zak meer uit. Ik voel me goed.'

'Dat is je aan te zien.'

Maier liep de woonkamer in, langs de bank naar het raam, en trok de luxaflex open. Hij keek naar de parkeerplaats. De Laguna stond er nog. Weer een meevaller.

Hij hoorde geschuifel achter zich.

Sven zette zijn zoon op de grond voor de tv en gaf hem een broodje met jam uit een gesealde verpakking. Hij zapte langs de kanalen. Zodra hij Thomas zag reageren op een tekenfilm, legde hij de afstandsbediening weg en liep naar de keuken.

Toen Maier de keuken in liep, was Sven koffie voor zichzelf aan het inschenken. Tegenover het aanrecht stond een kleine, vierkante tafel met een groengespikkeld blad en twee buisframen keukenstoelen. Sven ging zitten.

Maier stond tegen het aanrecht geleund en greep met zijn handen zijn bovenarmen vast. Hij wilde Sven geen centimeter ruimte meer geven. Al stortte het gebouw hier ter plekke in: Sven moest met zijn verhaal komen. Nu.

'Ik luister,' zei hij alleen maar.

'Je had gelijk,' zei Sven na een korte stilte. Hij nam een slok van zijn koffie. 'Met wat je zei, gisteren. Walter weet van niets. Die denkt dat Thomas bij mij logeert. Vakantie houdt. Meteen nadat ze Thomas hadden ontvoerd, hebben ze me gebeld en ben ik als een speer naar Valerie gereden. Ze was in alle staten.

Ik heb haar op mijn knieën gesmeekt om niets tegen Walter te zeggen, omdat die zeker de politie zou bellen. Hij kent een hoop mensen… hij zou zich door haar niet laten tegenhouden, en al zeker niet door mij. Als er politie bij geroepen was, had Thomas nu niet meer geleefd. Dat heb ik haar gezegd. Dat hielp.' Maier stak een Camel filter op en inhaleerde diep. Bleef Sven aankijken.

'Ik heb haar gesmeekt me een week te geven,' ging Sven verder. 'Ik heb haar gezworen dat ik het zou oplossen, dat ik het recht zou strijken. Ze gaat… ze gaat door een hel. Ik heb haar gevraagd naar de stacaravan van haar ouders te gaan en daar te blijven tot ik zou bellen. Want ze was zo overstuur dat Walter tien tegen één iets gemerkt zou hebben als ze was thuisgebleven. Ze heeft hem verteld dat ze met haar vriendin naar Portugal ging… Last minute. Ze belde hem op waar ik bij zat. Ik heb op haar ingepraat als Brugman om haar zover te krijgen. Ze wilde eerst niet luisteren. De doorslag was voor haar dat het uit de hand zou lopen als de politie zich ermee zou bemoeien. Dat geloof ik nog steeds, dat het dan uit de hand was gelopen.'

Maier bleef Sven strak aankijken. 'Dus kwam je naar mij.'

Sven wreef over zijn mond. Streek daarna door zijn haar. 'Ik… ik schaam me kapot. Ik heb er geloof ik een zootje van gemaakt.'

'Ga verder,' probeerde Maier Sven naar de kern terug te brengen.

Sven sprak verder tegen het tafelblad. 'Toen ik hier nog werkte kwam ik veel op de renbaan, vlak bij Poitiers. Routine-onderzoeken, entingen, dat soort dingen. Daar leerde ik Alain Lardin kennen. Aardige vent. Althans, dat leek toen zo. Hij was van mijn leeftijd, erg kundig. Had een poos bij een farmaceut gewerkt, waar hij veel had geleerd over het ontwikkelen van vaccins en zo. Daarmee is hij later doorgegaan, in zijn vrije tijd. Hij had een klein lab ingericht op zijn zolderkamer. Hij was ervan overtuigd dat hij op een dag een of andere superformule zou ontwikkelen die hem stinkend rijk zou maken. Ik geloof dat het hem gelukt zou zijn. Hij was heel creatief. Maar hij was ook wispelturig. Hij dronk graag. Gebruikte weleens cocaïne of andere zooi en dan wist hij helemaal niet meer wat hij deed.'

'Klinkt als een fijn type.'

Sven haalde vergoelijkend zijn goede schouder op. 'Alain was heel serieus met zijn werk bezig. Maar daarbuiten sloeg hij los. Ik kende nog niet zoveel mensen toen ik hier pas werkte. Hij wel. Van de bakker tot de plaatselijke penoze, hij ging met iedereen om. Alain vroeg me weleens mee om wat te gaan drinken op een vrijdagavond. Samen achter de vrouwen aan. Je kent het wel. Nou ja, als we een nacht doorhaalden was het altijd dolle pret. Hij deed dingen die écht niet konden en haalde zijn schouders erover op. Ergens mocht ik dat wel. Het was een aparte vent. Je kon met hem lachen. Hoe dan ook, we raakten min of meer bevriend.'

Het begon Maier in de verte te dagen waar dit heen ging.

'Nou ja,' ging Sven verder. 'Ik ben op een gegeven moment teruggegaan naar Nederland, startte mijn praktijk op. En dat was allemaal minder lucratief dan ik het me had voorgesteld. Mensen denken altijd dat je als dierenarts zoveel verdient, maar tegen de tijd dat je je pand en apparatuur hebt afbetaald, of in elk geval een beetje financiële armslag krijgt, kun je weer van voren af aan beginnen met investeren. De nieuwe technieken zijn niet meer bij te benen. Vroeger stuurde je bloedmonsters naar een laboratorium. Tegenwoordig ben je een sukkel als je zelf geen bloedwaarden kunt testen. Of geen computersysteem hebt. En het houdt nooit op. Geloof me, scha-

ren, scalpels, alles waar 'MED' voor staat op een bestellijst, kost
een godsvermogen. Het is een bodemloze put.' Sven zette zijn
mok terug op het formica tafelblad. Hij zuchtte diep. 'Het ging
niet goed. Het ging helemaal niet goed. Ik werkte me een slag
in de rondte. Deed dag- en nachtdiensten, werkte alle week-
enden. Verdomme, ze konden me midden in de nacht bellen
dat een kat een dwarse scheet had gelaten en ik zat al in de
auto.'
'Hoe reageerde Valerie daarop?'
Sven keek Maier verbaasd aan. 'Dat was nu juist het probleem. Zonder Valerie had ik het waarschijnlijk goed kunnen
bolwerken. Ze gaf geld uit dat we niet hadden. Mijn schuld. Ik
liet haar in de waan. Valerie heeft nooit geweten hoe slecht we
ervoor stonden. Ik stopte mijn kop in het zand en overtuigde
mezelf ervan dat het de week erop beter zou worden, of anders
de maand erop. Ik dichtte het ene gat met het andere, maar er
kwamen er steeds meer. Een financieel kraterlandschap, ik
kreeg het niet meer bijgebeend. Toen Valerie zwanger werd,
was ik blij. Maar tegelijkertijd was ik bang dat we het helemaal
niet meer zouden trekken. Valerie liet een binnenhuisarchi-
tect komen om de babykamer te ontwerpen en in te richten...
Ik stevende recht op een faillissement af en ik kon het haar
niet vertellen. Ik kon het gewoon niet. Dus ik ging nog meer
werk aannemen. Ook buiten de regio, ik deed alles om wat bij
te verdienen.'
'En toen belde Alain Lardin,' zei Maier.
Sven keek op. 'Nee, hij stond op een dag bij me op de stoep.'
Er trok een schaduw over zijn gezicht. 'Hij was bezig met de
ontwikkeling van een nieuw soort middel. Doping voor renpaarden. *Tunen* noemen we dat, zoals een auto opvoeren, weet
je wel. Niet traceerbaar, zei hij, bloedmonsters zouden flui-
tend door de dopingcontrole komen. En het werkte, volgens

hem. Het krikte de spierkracht op, en verminderde de graad van verzuring in de spieren. Een supermiddel. Ik stond er wat sceptisch tegenover. De halve sportwereld zit te wachten op zulk spul. Iedereen met een beetje biologische en scheikundige achtergrond die wat extra wil verdienen zit te klooien met hormonen en weet ik wat, in de hoop hét middel te produceren.'

'Gaat er zo veel prijzengeld in om, in paardensport?'

'Er zijn races waarbij de winnaar vijfhonderdduizend euro handje contantje opstrijkt. Dan loont het de moeite om zulke risico's te nemen. Niet in Nederland, trouwens. Bij ons stelt paardenrennen als sport geen zak voor, er gaat ook nauwelijks geld in om, vergeleken bij landen als Frankrijk en Italië. Als je nog verder kijkt, in de vs en in Australië bijvoorbeeld, is de populariteit ongekend, om nog maar niet te spreken van Azië. Stel je de voetbalgekte in Nederland en Engeland voor, en je bent nog niet in de buurt van wat de paardenrennen betekenen voor de gemiddelde Chinees. Er gaat ongelooflijk veel geld in om.'

Maier bromde iets. Hij had onlangs nog een televisiedocumentaire gezien over het renpaardengebeuren in China en Hongkong. Hele gezinnen vergokten pa's modale loon op de renbaan. Gokken als onderdeel van een cultuur.

'Maar,' ging Sven verder, 'het prijzengeld is nog maar een schijntje vergeleken bij de verdiensten uit het wedden. Zeker als het paard dat wint een outsider is, een dat nog niet echt opvallend gepresteerd heeft, dan heb je al snel een keer of veertig je inleg terug. Zet vijf mille in en tel uit je winst. Laat een paar anderen hetzelfde doen met jouw geld, en je loopt binnen. Daar komt het dekgeld nog bij. Als een jonge hengst zichzelf *in the picture* loopt, dan komt er vraag naar zijn sperma. Dat gaat de halve wereld over.' Sven nam een slok van zijn inmiddels afgekoelde koffie. 'Dus zijn de winsten enorm. Daarom is iedereen op zoek naar een middel dat een superpaard creëert. Je kunt er werkelijk stinkend rijk mee worden.'

'Zijn er paardenboeren die dat willens en wetens doen, hun paarden drogeren?'

Sven keek op. 'Maak je een geintje? Je kunt beter vragen of er zijn die het níét doen. Alain zag het grote geld al binnenstromen. En ik begon door zijn enthousiasme ook te geloven dat als ik mee zou doen, al mijn geldzorgen voorbij zouden zijn.'

'Maar het ging anders,' stelde Maier vast.

'Het was allemaal nog in een experimenteel stadium. Het grote probleem is, zoals altijd, het testen. Er zijn middelen bekend waar het ene paard fantastisch op loopt, en het andere dood van neervalt. Je weet nooit van tevoren met welke categorie je te maken hebt. Er zijn ook middelen die een hele poos prima werken, en dan ineens problemen gaan geven. Die de maagwand langzaam wegvreten, of op het neurologisch systeem inwerken of iets anders met het beest doen wat hem op een dag fataal wordt. Zoek maar een renstaleigenaar die zijn paarden laat inspuiten met een middel waarvan je zelf nog niet eens weet of het überhaupt werkt. Het kan schade aanrichten, of uiteindelijk toch, als je een cc'tje extra toedient, ineens wél in het bloed traceerbaar zijn. Dat doen ze niet. Die paarden zijn kostbaar. Daar is enorm veel in geïnvesteerd. Die gaan ze echt niet voor jouw experimenten ter beschikking stellen.'

'Dus hij testte het zonder de eigenaren ervan op de hoogte te stellen.'

'Ja. Dat was wat hij deed. Hij heeft het een poos gedaan en het leek goed spul te zijn. Hij bracht het in met een maagsonde, via de neus. Een heel gedoe, tijdrovend, en hij moest het ongezien doen. Inmiddels had hij een geldschieter gevonden die er wel brood in zag. Die hem financieel steunde zodat het op grotere schaal getest kon gaan worden. Zoals hij het voor deed komen was het vrijwel risicoloos. Ik had het geld nodig. En ik dacht op een gegeven moment: hé, ik ben opgeleid voor dierenarts, niet voor heilige. Dus probeerde ik eerst binnen te komen bij de grotere stallen, maar daar kreeg ik geen voet tussen de deur. Die hebben hun eigen mensen. Maar er zijn wel particulieren die voor de lol een of meer renpaarden hebben. Gewoon, omdat ze het leuk vinden om in de vip-room op Duindigt de Derby te kunnen volgen, in plaats van tussen het klootjesvolk op de tribune. Of gewoon omdat ze iets met die sport hebben of te veel thrillers van Dick Francis hebben gelezen.'

Er begon Maier iets te dagen. 'Walter Elias?'

Sven keek ineens schuldbewust. 'In feite heb ik twee renpaarden van Walter behandeld zonder dat hij dat ooit heeft geweten. En niet alleen die van hem.' Hij richtte zijn aandacht weer op het tafelblad. 'Het spul werkte. Hoe Alain het voor elkaar heeft gekregen weet ik niet, maar die knollen gingen als de wind, en ze zijn elke dopingcontrole gepasseerd zonder problemen. Ze bleven gezond. En ik kreeg tweeduizend euro per maand handje contantje, alleen maar om paarden te behandelen, mijn bevindingen te noteren en ze aan Alain door te spelen. Het was een win-winsituatie. Van dat geld ging Valerie winkelen. Daar gingen we van op vakantie. Ik kon steeds meer gaten dichten van de reguliere klanten.'

'Hoe kwam dat spul bij jou? Ik neem aan dat ze illegaal spul niet zomaar opsturen.'

Sven keek even weg. 'Ik haalde het één keer in de maand op. In Parijs.'

'In die oude kazerne, of waar het voor door moest gaan,' gromde Maier.

Sven knikte en sloot een seconde zijn ogen. 'Sorry.' Zijn

stem klonk zwak. 'Het was mijn enige aanknopingspunt. Ik hoopte dat de distributie nog steeds via daar liep. Alain was verhuisd en ik had geen idee waar hij uithing. We spraken elkaar alleen nog daar.'

Maier drukte zijn sigaret nijdig uit in de spoelbak. Hij zag Sven nog voor zich op de Périphérique, stuntelend met de wegenkaart, en later in de hoofdstad, met Susans stratenplan van Parijs. In werkelijkheid wist hij de weg blindelings te vinden. Hij was er al zo vaak geweest. Maandelijks.

Svens nervositeit had van het begin af aan een dubbele bodem gehad.

'Wat is er misgegaan?'

'Nadat ik het spul een dik jaar had gebruikt, werd een van de paarden ziek. Ik werd 's nachts gebeld door de eigenaar. Maar ik was er te laat bij. Ik heb bloed- en weefselmonsters genomen, en ze thuis onder de microscoop gelegd. De cellen waren volledig gedegenereerd. Ik had nog nooit zoiets gezien.'

'Wat deed de eigenaar?'

'Niets, hij heeft hem af laten voeren en er is verder geen onderzoek geweest.'

'Want dierenarts Sven Nielsen zei dat sectie niet nodig was.' Sven trok zijn gezicht in een grimas. 'Ja, ik heb moeten lullen als Brugman. Ik was als de dood dat het uitkwam.'

'En ondertussen was je geen dierenarts meer die dieren op de been hielp, maar die ze langzaam dood "behandelde"?'

'Dat wist ik toen nog niet.'

'Maar je wist voor je ermee begon wel dat die kans bestond.' Sven huiverde. 'Ja. Dat is niet recht te praten. Ik was helemaal niet trots meer op mezelf. Helemaal niet meer.'

Maier stak een nieuwe sigaret op. 'Want het bleef niet bij dat ene paard.'

'Het tweede volgde nog geen maand later,' zei Sven gelaten.

'Ik dacht dat ik gek werd. Weer monsters genomen, zelfde beeld. Ik deed geen oog meer dicht 's nachts. Bang dat er een telefoontje kwam over het volgende zieke of dode paard. Want er zou vast wel een keer iemand zijn vraagtekens bij zetten, iemand die erop stond dat de doodsoorzaak door een externe expert zou worden vastgesteld. En wat je dan over je afroept, dat wil je niet weten... Toen wist ik dat ze met dat spul moesten stoppen. Ik wilde ermee kappen.'

'Maar Alain wist van geen ophouden.'

Sven grinnikte vreugdeloos. 'Alain dacht dat als het middel korter dan een jaar werd toegediend, er geen vuiltje aan de lucht was. Een jaar om te rennen, één seizoen, is vaak al voldoende. Maar ik had er geen vertrouwen meer in. Ik heb dat tweede paard dood zien gaan, en het was geen feest. Het zijn van die enorme beesten. Er gaat ineens zoveel tegelijk dood. Dat is een drama om naar te moeten kijken, geloof me.'

'Vooral omdat jij wist dat jij het beest feitelijk had vermoord.'

Sven keek naar een punt op de muur. 'Zijn eigenaar stond naast me te janken. Hij vroeg me iets te doen, wat dan ook, om hem weer op de been te krijgen. Wat het ook kostte. En ik stond even hard mee te grienen, maar om een heel andere reden. Ik zag mijn hele wereld instorten. Ik voelde mee met dat beest en zijn eigenaar, maar verdomme, ik was zo bang dat het aan het licht zou komen.'

Hij keek Maier opeens recht aan. 'Geloof me dat die particulieren echt om hun paarden geven. En dat had ik verdomme ook moeten doen. Toen ik daar stond te grienen bij dat stervende paard, en die vent me aan mijn schouders stond te trekken, realiseerde ik me eigenlijk pas dat ik zwaar van de rails was geschoten. Dingen te ver had doorgedreven.'

'Toen pas,' zei Maier.

'Ja... Toen pas.'

Sven begon zijn mok heen en weer te schuiven over het tafelblad.

De stereotiepe bewegingen deden Maier terugdenken aan het ondergrondse laboratorium. In St. Maure had Sven op eenzelfde manier met potten staan schuiven. Daar hadden dus grondstoffen in gezeten voor een illegaal dopingmiddel. Of misschien wel eindproducten. In elk geval producten die Sven erg goed kende. Maier had hem gevraagd of hij wist wat erin zat, en Sven had daar ontwijkend op gereageerd. Die extra stress en druk van dat moment vonden in zijn toch al overspannen geest een uitweg in stereotiepe bewegingen, als van een autist.

Maier volgde de bewegingen van de koffiemok over het tafelblad en de trillende vingers die de mok omklemden.

'Maar ze waren er niet blij mee, begrijp ik,' zei Maier. 'Dat je eruit wilde stappen.'

'Nee,' zei Sven. Keek verbaasd naar de mok en hield abrupt zijn handen stil. 'Ik was een maand terug voor het laatst in Parijs. Heb de monsters overhandigd en tegen Alain gezegd dat ik er geen trek meer in had. Dat het een heilloze weg was. Dat hij er ook mee moest stoppen. Maar hij ging helemaal door het lint. Het werd me wel duidelijk dat hij er tot over zijn oren in zat. Die vent die hem financieel had geholpen, wilde zijn investering dubbel en dwars terug hebben.'

'Wie was dat?'

'Geen idee. Eerlijk. Hij heeft het ook nooit willen zeggen. Begrijpelijk. Weet je, toen ik daar de laatste keer was en Alain tegen me uitviel, dacht ik aan Valerie, die bij me weg was. Aan Thomas, die me ontzegd werd. En ik zag mezelf daar staan. Een dierenarts die zijn ziel aan de duivel had verkocht. Ik moest met mezelf in het reine komen. Hoe kon ik mijn klanten nog onder ogen komen? Mijn zoon later? Er knapte iets. Dus ik heb hem gezegd dat ik stopte, wat er ook gebeurde, en dat ik ging melden waar ze mee bezig waren. Ik ben geen verrader Sil, geloof me. Maar ik wilde schoon schip maken.'

'En toen?'

'Diezelfde avond kreeg ik een telefoontje in de praktijk. Iemand die ik niet kende zei in gebroken Frans dat mijn zoontje wat zou overkomen als ik zou gaan praten. En hij zei ook dat ik moest doorgaan met dat spul toedienen. Ze wilden percentages hebben. Ze wilden verdomme weten hoeveel paarden er doodgingen als je dat spul bleef gebruiken... En ik, stomme zak die ik ben, zei dat hij aan het gas kon. Dat ik geen aangifte zou doen, omdat me dat mijn eigen praktijk zou kosten, maar dat ik beslist niet verderging met paarden afmaken. Dat ze dat spul in hun eigen reet konden stoppen, maar dat ik er niet meer om kwam in Parijs. Dus ik ben een maand later niet naar het distributiepunt geweest. Ik ben daarna nog een keer gebeld, waarin ik gewaarschuwd werd mee te werken. Ik heb de hoorn op de haak gedonderd. Drie weken later is Thomas ontvoerd.'

'Hoe wist je dat?'

'Diezelfde vent belde me om me dat te vertellen. Ik ben als een speer naar Tilburg gereden. Valerie zat apathisch bij de voordeur, ze had nog geen contact met Walter opgenomen. Ze was helemaal van de kaart.'

Sven keek naar Maier op. Een moment was er een connectie, zoals die er was geweest in de keuken in St. Maure. Heel even, en daarna verdween die weer.

'Wil je niet weten waarom ik tegen je heb gelogen?'

Maier schudde zijn hoofd. 'Nee. Ik denk dat ik dat wel weet.'

Hij voelde feilloos aan waar de kronkel zat. Op de een of andere manier kon hij het Sven niet eens kwalijk nemen. Over zijn financiële problemen, die zich naar hij begreep jarenlang hadden voortgesleept, had de dierenarts niet eens zijn eigen vrouw ingelicht. In dit geval was de schaamte nog vele malen erger. Sven was diep gezonken. Dat had hij zelf ook wel begrepen. Daar kwam bij dat Sven, toen hij hem hierin betrok, nog niet kon weten wat hij aan hem had. In hoeverre hij te vertrouwen was. Sven wist tot op de dag van vandaag nog steeds niet het fijne over het hoe en waarom van de schotwond waaraan hij hem had geopereerd. Wel had hij een partner in hem ontdekt. Een partner die wellicht niet te beroerd was om zijn handen vuil te maken.

Dus had hij een visje uitgegooid. Een probeersel, om te kijken of hij toehapte. Een test om zijn reactie te peilen. Door Walter, een strafrechter nota bene, erbij te halen, had Sven de hele zaak een andere, meer legitieme draai gegeven en de schuldvraag afgewenteld.

Toen de machine eenmaal op gang was gekomen, zat er voor Sven weinig anders meer op dan aan zijn verhaal vast te houden.

Het paste perfect in Svens bizarre structuur van denken. Het kwam hem als een wonder voor dat iemand met zo'n chaotische karakterstructuur een medische opleiding had kunnen voltooien. Sven moest wel hoogbegaafd zijn. En mogelijk tegelijkertijd aan een of andere aan autisme verwante afwijking lijden waar de wetenschap nog geen naam en overeenstemmende symptomen voor had bedacht. Misschien ook wel nooit zou bedenken.

Volstrekte rechttoe rechtaan mensen bestonden niet. Sven leek desondanks op het eerste gezicht in dat profiel te passen: gezellig, open, nuchter, humoristisch. En misschien was hij dat ook wel. Maar op dieper emotioneel niveau zat er absoluut een knoop, gecompenseerd door ruim voldoende intelligentie om die in het dagelijkse leven opvallend goed te maskeren. Het verklaarde veel. Het verklaarde de persoon Sven. Ineens had hij met hem te doen.

Maier blies bedachtzaam rook uit. 'Heb je enig idee wie dat was, die je belde?'

'Nee. Echt geen idee. Niet iemand die ik ken, dat weet ik zeker. Ik kon het accent ook niet thuisbrengen.'

'Wie waren er nog meer bij als je dat spul ging halen?'

'Niemand. Alleen Alain. Maar ik weet dat er meer mensen bij betrokken waren. Alain sprak vaak in de wij-vorm.'

Maier had genoeg gehoord. 'Als jij met Thomas naar huis rijdt met de Kangoo, dan huur ik de Laguna nog een week of wat langer.'

'Waarom?'

'Ik ga eens langs bij Alain Lardin.'

'Dat kan niet.'

'Je weet waar hij heeft gewoond. Dat is een uitgangspunt.'

'Je hebt hem doodgeschoten op het erf van de boerderij.'

Maier trok een wenkbrauw op. Zweeg een moment.

'Nog meer vrienden van je gezien, daar?'

Sven schudde zijn hoofd. 'Die andere twee ken ik niet.' Daarna keek hij Maier recht aan. 'Ze houden er niet mee op, hè. Ze gaan nu door, denk je niet? Is het niet allemaal juist nog erger geworden?'

Maier keek langs Sven de woonkamer in. Thomas had zijn broodje verkruimeld over het laminaat en keek glazig naar de tv.

'Nee. We hebben Thomas terug en zij zijn drie mensen kwijt. Maar ze zullen mogelijk bereid zijn om nog een paar stappen verder te gaan. Het blijft sowieso bloedlink zolang we niet eens weten wie die geldschieter is. Tegenover wie we staan.'

Tegenover wie ík sta, dacht hij in stilte. Sven was als partner afgeschreven. Dat zou hij hem later nog wel duidelijk maken. Sven moest maar ergens in een vakantiehuisje in Duitsland of elders onderduiken met Thomas. Valerie zou er verstandig aan doen erbij te gaan zitten. Bij gebrek aan een kind konden ze besluiten Svens ex-vrouw aan de tand te voelen.

'Heb je Valerie over mij verteld?' vroeg hij ineens. Keek Sven scherp aan.

'Nee,' zei Sven resoluut. 'Echt niet.'

Maier keek hem onderzoekend aan. Sven had al zoveel gelogen. Het was moeilijk hem nu ineens te geloven. 'Ik vraag het je nog één keer en dan wil ik een eerlijk antwoord. Het is belangrijk: wat heb je tegen Valerie over mij gezegd?'

'Ik heb niets gezegd.'

'Dus Valerie denkt dat je het alleen regelt?'

Svens reactie neigde naar verontwaardiging. 'Ze weet niets. Niet of ik alleen ben of verdomme een heel fucking A-team op poten heb gezet. Ze weet niks, van de hele klerezooi niet. Alleen dat ze een week in die caravan moest gaan zitten en dat ik de boel recht zou strijken.'

Iets in Maier zei dat Sven de waarheid sprak.

'Heb je Valerie al gebeld?'

'Nee.'

'Doe dat nu meteen, voor ze gaat flippen en bij het eerste het beste politiebureau alsnog haar hart uitstort.'

36

Susan reed op de M20, een kilometer of twintig voor Londen. In de vier jaar dat ze niet op de Britse eilanden was geweest, was ze vergeten hoezeer Britten verschilden van de Europeanen van het vasteland. In talloze tv-series leken Britten – afgezien van hun zelfspot – gewone Europeanen. Maar dat was slechts schijn.

Ze kon zich herinneren een onderzoek te hebben gelezen waarin tachtig procent van de Britse vrouwen verklaarde liever hun man buiten de deur te zetten dan de hond. Ze dacht uit eerdere bezoeken te hebben begrepen waar de voorliefde voor honden vandaan kwam. Het zwak van hun mannen voor de plaatselijke pub en de grapjes over *she at home* zouden er vast een belangrijke bijdrage aan leveren.

Het was niet de enige eigenaardigheid. Links rijden, andere valuta, afwijkende stopcontacten en voltages, mijlen in plaats van kilometers. De Britten leken elke mogelijkheid aan te grijpen om zich van de rest van Europa te distantiëren. Ze had het bij eerdere bezoeken opgemerkt en was het weer vergeten. Het kwam allemaal weer terug zodra ze door een luid claxonnerende kerel in een Vauxhall bijna van de weg gedrukt werd – in de rest van Europa heette dat merk Opel.

Ze masseerde haar slapen. Het kloppende gevoel in haar

hoofd, loodzware oogleden en het aan misselijkheid grenzende gedraai van haar maag spraken boekdelen. Ze snakte naar een kop koffie. Uiteindelijk kwam er een mogelijkheid om de snelweg te verlaten. Sommige dingen hadden de Britten uitstekend voor elkaar. De faciliteiten voor snelwegreizigers bijvoorbeeld, hadden zich samengevoegd in grote winkelcentra waar je kon slapen, winkelen, gokken en tanken. Ze liep een overdekt winkelcentrum in, pinde geld bij de automaat en sloot aan in een lange rij bij Costa, een koffie-*take-away*. Koffie werd geschonken in grote plastic bekers met een deksel en door het merendeel van de klanten opgedronken in de auto, een gewoonte die ze kende uit de States. De bekers waren enorm. De kleinste maat bevatte nog voldoende zwart vocht om twintig woestijnratten in te verzuipen. Ze liet de beker afvullen met cappuccino en griste een gesuikerde donut uit een mandje naast de kassa. Meer dan dat kon ze waarschijnlijk toch niet binnenhouden. Haar maag was van streek van de zenuwen en het tekort aan slaap.

Terwijl ze tegen de stroom in langs moeders met kinderwagens en mannen in zakenkostuums naar de uitgang liep, begon haar Nokia te trillen. Ze liet de koffie bijna uit haar hand vallen in de haast de gsm uit haar jaszak op te diepen.

'Susan?'

De koffiebeker viel op de bestrating.

'Sil?'

'Hoe is het met je vader?'

'Hij is dood.'

Even bleef het stil. 'Dus toch.'

'Ja. Ik was erbij.' Ze kende hem goed genoeg om te weten dat hij er niet uitgebreid op in wilde gaan. Niet telefonisch. Dus vroeg ze: 'Waar ben je nu?'

'In Parijs.'

'Hoe is het met Thomas?'

'Sven en Thomas zijn hier bij me. We vertrekken zo. Ik ben over een uur of vijf bij je.'

'Ik ben niet thuis. Ik zit in Engeland.'

Even was het stil. 'Foto-opdracht?'

'Nee, eh...'

Een oudere man liep langs Susan. Hij keek nadrukkelijk naar de koffiebeker voor haar voeten en wierp haar een geërgerde blik toe voor hij doorliep.

'Ik ben met Reno in het huis van mijn vader geweest om het op te ruimen, en...' Haar adem stokte. Ze herinnerde zich nu pas het vreemde gat in de tuin van haar ouderlijk huis. Daar was het allemaal om begonnen. Ze had er niet meer bij stilgestaan. 'Ik moest ineens denken aan twee oude vrienden van mijn vader,' ging ze verder, 'die niet meer bij ons thuis kwamen na de verdwijning van mijn moeder. Eén van hen heb ik opgespoord. Vannacht ben ik bij hem langs geweest, en –'

'Vannácht?'

Ze deed net of ze het niet hoorde. '...hij zei dat mijn moeder leefde. Hij gaf me na enig aandringen haar adres. Volgens hem woont ze in Wales. Ik ben meteen doorgereden, want ik had anders toch geen oog dichtgedaan. Ik zit nu vlak onder Londen.'

'Heeft hij gezegd waarom?'

'Nee, dat moest ik haar zelf vragen. Het is zo onwerkelijk allemaal.'

'Ik was graag bij je geweest.'

'Maar dat gaat niet?'

Het bleef een moment stil. 'Het ligt niet zo eenvoudig,' zei hij uiteindelijk. Ze hoorde een korte aarzeling in zijn stem. 'Ik kan er niet over praten over de telefoon. Ik beloof je dat ik je bel en naar je toe kom, zodra ik kan.'

'Kan ik je bellen?'

Weer een aarzeling. 'Ik bel jou. Als ik thuis ben, en alles rustig is.'

'Ja, dat is goed,' hoorde ze zichzelf zeggen. Ze deed haar uiterste best om de teleurstelling niet door te laten klinken in haar stem. 'Reno logeert trouwens bij ons. Hij is uit huis gezet.'

'Hij loopt me niet in de weg. Ik ga er nu vandoor. Ik bel je vanavond.'

'Ik hou van je.'

'Ik ook van jou. Pas op jezelf.'

37

'Je hebt wát gezegd? Ongelooflijk stomme zak!' Roger sprong op en greep Walter bij zijn kraag. Duwde hem hardhandig in de Chesterfield. Bleef voor hem staan.

Walter wendde zijn hoofd af, alsof zijn oude vriend hem elk moment neer kon slaan. Dat was niet denkbeeldig. 'Die meid was ten einde raad,' prevelde hij. 'Wat moest ik verdorie?'

'Wat dacht je van het bos in sturen!'

'Als... Als ze Jeanny vindt, dan zal die wel wat verzinnen,' probeerde Walter. 'Die begrijpt wel dat ze haar mond moet houden. Dat doet ze al twintig jaar.'

'Uit eigenbelang.'

'Dan zal ze het nu ook doen.'

Roger schikte zijn dasspeld en ging op Walters bureau zitten. Sloeg zijn benen over elkaar en keek Walter uitdrukkingsloos aan. 'Hoe kun je daar zo zeker van zijn? Als ze oog in oog staat met haar dochter, kan ze misschien weleens besluiten om haar hart uit te storten. Wat weet jij van vrouwen?'

'Een moord verjaart na achttien jaar,' zei Walter snel. 'Ze gaat het echt niet uit zichzelf aangeven, daar heeft ze geen reden toe. En... en misschien nemen ze het in verband met die verjaring niet eens in behandeling.'

'Ik denk anders dat justitie wel degelijk wil luisteren naar wat ze te vertellen heeft, Wally. We hebben het hier niet over een vrouw die haar man met een koekenpan de hersens heeft ingeslagen. Hier is meer mee gemoeid. Veel daarvan kan Jeanny ze ook vertellen. En dan komen ze vanzelf bij jou terecht. En bij mij.'

Ze zwegen beiden.

'Hoe kwam die meid eigenlijk hier?' verbrak Roger de stilte.

'Ik weet het niet. Ze belde me op, en geloof me dat ik heb gedaan alsof ze de verkeerde voor had. Maar ze stond vannacht bij me op de stoep.'

'Geran?'

Walter ging rechtop zitten in een poging zijn waardigheid terug te vinden. Probeerde achterover te leunen, maar dan nog moest hij naar Roger opkijken. 'Mogelijk. Misschien wilde hij op de valreep schoon schip maken.'

'Je hebt geen idee wat je over je hebt afgeroepen,' zei Roger, die al niet meer luisterde en opnieuw kwaad begon te worden. 'Kijk nog maar eens goed om je heen, Wally. Naar alles wat je hebt opgebouwd. Volgende week halen ze hier de boel ondersteboven.'

'Wat moest ik dan?' zei Walter ineens strijdbaar. 'Als ik niets had gezegd dan was ze verder gaan zoeken. Dan was ze naar de politie gegaan met haar vermoedens. Of erger nog: naar een of ander televisieprogramma, met het risico dat ik hier op een kwade dag een misdaadjournalist op de stoep vind met een cameraploeg.'

'Je had me meteen moeten bellen toen ze hier was,' zei Roger. Zijn stem klonk kil. 'Haar hier moeten houden.'

'En dan?'

Rogers reptielenogen keken hem uitdrukkingsloos aan. 'Ze zijn het niet waard. Je had beter moeten weten...' Ineens graaide hij onder zijn jas. Haalde een zilverkleurig pistool te-voorschijn en zette het zonder aarzeling tegen Walters voor-hoofd. 'Genoeg gekletst, nu. Waar woont ze? Waar woont Jean-ny?'

Walter klemde zijn kaken op elkaar en kneep zijn ogen stijf dicht.

'Die griet is onderweg naar haar moeder, toch Wally? Ze is er linea recta naartoe gegaan, want jij hebt haar verteld waar ze Jeanny kan vinden. Dat heb je altijd al geweten. Jij was haar lie-veling, toch? Wat Geran en ik nooit bij haar hebben klaar-gespeeld, wist jij te bereiken, met je schlemielige gedrag. Ze hield van Geran, maar jij was haar vriend aan wie ze alles ver-telde. Heeft ze je vaak geschreven hoe het met haar ging? Heb je haar geld toegestopt?'

Walter voelde spetters speeksel op zijn gezicht terechtko-men. 'Nee, nee, echt niet.'

'Vertel op. Waar woont ze nu?'

'Ik weet het niet. Echt niet, ik—'

'Je bent roekeloos, Wally.' Roger schoof de veiligheidspal van zijn plaats. Zorgde ervoor dat Walter dat hoorde. 'Ik geef je drie seconden. Eén...'

'Wales!' stootte Walter uit. 'Ze woont in Wales.'

38

Ten noordwesten van Bristol leidde de M4 over een tolbrug, de Severn Bridge. Het imponerende bouwwerk verbond Zuid-Engeland met Wales. Susan ving een glimp op van de brede inham uit zee. Het was eb. Stukken zanderige rivierbodem waren zichtbaar tussen ondiepe waterstromen.

Aan de overzijde betaalde ze vierenhalve pond voor de overtocht en heette een groot bord haar welkom in Wales.

En Wales was mooi, zelfs gezien vanaf de snelweg, die zelden de schoonheid van het achterliggende land prijsgeeft. Het hele land leek groen te zijn, groen in alle tinten, van het felle grasgroen van de weilanden tot het diepe, donkere groen van de bossen tegen de heuvelruggen, waarvan de boomtoppen op grotere hoogte aan broccolivelden deden denken.

Ze reed langs de havenstad Newport en keek met tussenpozen op de wegenkaart, die naast haar op de passagiersstoel lag opengeslagen.

Op alle verkeersborden werden Welshe termen en plaatsnamen vertaald in het Engels. Hoewel Wales sinds 1536 behoorde tot het Verenigd Koninkrijk, waar ook Noord-Ierland en Schotland deel van uitmaakten, werd in Wales veel waarde gehecht aan de eigen taal en cultuur. In het chauvinistische noordelijke deel van Wales werd het Keltisch als eerste taal gedoceerd. Uit eerdere bezoeken wist ze dat het Welshe zuiden waar ze nu reed, minder nationalistisch was. Dat had een reden. Wales had veel armoede gekend. Mijnbouw, schapenteelt en het leger waren tot voor enkele decennia terug de weinige vormen van werkverschaffing. Dat was voordat de Londenaren het zuiden van Wales ontdekten als een relatief dichtbijgelegen vakantiestreek. Een ontsnappingsmogelijkheid op nog geen twee uur rijden van de Londense hectiek, met zijn grauwe huizenblokken en verkeersopstoppingen waar geen einde aan kwam. Het toerisme zorgde nu voor brood op de plank, dat makkelijker en vooral veiliger werd verdiend dan in vroege tijden. Dus spraken de mensen in het zuiden Engels, en waren de Engelse invloeden samen met de Londenaren langzaam maar zeker het land in getrokken om er te blijven.

Bij Newport nam ze de A 4042 naar Abergavenny, *Y Fenni* in het Welsh. Op de B-weg die pal noordwaarts liep, trof haar de schoonheid van het landschap opnieuw. Langs de weg lagen kilometerslange, eeuwenoude muren van gestapelde, onregelmatige grijze stenen en keien, *dry stone walls.* Ze glooiden mee met het landschap, markeerden opritten naar hoger gelegen boerderijen en scheidden weilanden af waarin schapen graasden.

Ze passeerde dorpen in grijze steen met boogbruggen, onderbroken door veel, heel veel vrolijke bloembakken met roze, gele en rode bloemen, en smaakvol geschilderde uithangborden van pubs en *taverns,* die allemaal GOOD FOOD beloofden. Hier en daar stonden huizen van rode baksteen, witte kozijnen en grijze daken van leisteen, en panden die in zachtroze en gele tinten waren geschilderd. Ze zagen eruit alsof ze elk moment bezocht konden worden door een fotograaf van *Homes & Gardens.* Zelfs op het erf van de meest armoedige boerderijen stonden bakken met bloemen: op de dry stone walls, op de erven en tegen de huizen aan, naast de voordeuren en op elke plek die zich ervoor leende. Het moest een fortuin kosten, schoot het door haar heen, om je huis en erf er steeds zo bij te hebben staan.

Bij Abergavenny ging ze de B-weg af. Het smalle asfalt waar ze nu op reed werd geflankeerd door enorme heggen, soms wel vier meter hoog, als in een doolhof. De *hedgerows* bestonden uit meidoornstruiken, haagbeuken en varens, waartussen zo nu en dan de ondergelegen muren zichtbaar waren. De uitlopers van de begroeiing schuurden aan weerszijden langs haar auto. Om de mijl was een inham waar auto's elkaar konden passeren.

Het briefje van Walter zat in haar hand geklemd. Bij een inham draaide ze haar stuur naar links en parkeerde de auto tegen de struiken aan. Lange groene stengels tikten op haar voorruit en schuurden over de lak.

Haar moeder zou ten westen van het gehucht Llanfrynach wonen. Ze was de plaatsnaam nog niet tegengekomen op de borden langs de weg – op elke kruising stonden er wel een paar, waarop in mijlen de afstanden werden aangegeven. Op de detailkaart van Groot-Brittannië, die ze jaren terug eens van een Engelse vrachtwagenchauffeur had gekregen, kon ze het dorp al wel zien liggen.

Ze reed verder en de struiken aan weerszijden van de weg verdwenen. In de verte lagen enorme heuvels met afgeronde toppen in alle schakeringen grijs, groen en paars. Hoog boven op de heuvels waren vage vuilwitte stipjes te zien. Het bleken schapen. Verder weg gelegen heuveltoppen werden aan het zicht onttrokken door een laag bewolking. Het kon elk moment gaan regenen. Susan rilde en zette de verwarming aan. Gisteren, in Nederland, was het nog dertig graden geweest. Hier in Wales kon het er niet meer dan veertien, vijftien zijn.

De smalle asfaltweg leidde over een wildrooster waar stroom op stond, een *cattle grid*. Het betekende dat ze een gebied in reed waar pony's en schapen losliepen. Paarden zag ze niet. Wel schapen, kortgeschoren voor de zomer en met rode en groene merktekens en cijfers op hun flanken. Ze holden voor de auto weg, zochten beschutting in de berm en keken haar kauwend na, met lange, kwispelende staarten.

De schapen waren niet de enige levende wezens in dit glooiende, kort afgegraasde gebied. Het was blijkbaar tevens in gebruik als militair oefenterrein. Een waarschuwingsbord gebood reizigers op de weg te blijven als een rode vlag was uitgestoken. Ze keek schuin omhoog en zag er een hoog in een mast wapperen. Met de donkergrijze wolkenhemel als achtergrond kwam het haar onheilspellend voor. Een paar kilometer verderop stegen donkere rookpluimen op.

Of het door de vlag kwam, de rook of de wetenschap dat ze steeds dichter bij haar moeders huis kwam, ze werd zenuwachtiger. Het was een vreemd soort onzekerheid, een mengeling tussen opwinding en angst. Ze had haar moeder twintig jaar niet gezien.

Zou ze haar nog wel herkennen? Zou ze haar überhaupt wel *willen* herkennen?

Ze zette de radio aan en draaide aan de knoppen tot ze de melancholieke gitaarklanken van U2 herkende. Een betere muzikale omlijsting dan 'The unforgettable fire' was er voor dit landschap waarschijnlijk niet gecomponeerd, zolang je niet naar de tekst luisterde. Dat deed ze niet.

Na een paar kilometer reed ze opnieuw over een wildrooster en liet het open terrein achter zich. Haar hart klopte in haar keel. Ze stopte in een inham langs de smalle asfaltweg. Keek door de vuile voorruit van de Vitara. Aan de rechterzijde van het weggetje stond een wit bord. 'B&B'.

Hier was het.

Ze zette de radio af en merkte dat haar handen vochtig waren. Schakelde de Vitara in z'n één. De kleine terreinwagen hobbelde gehoorzaam een onbestrate toegangsweg op, die schuin omhoogliep en aan het einde naar links afboog. Door een bomenrij werd langzaam maar zeker een huis zichtbaar. Een traditioneel Welsh huis, van grijze steen in onregelmatige vormen, met een grijs dak en witte kozijnen. Ook hier stonden bakken en potten met bloemen op het erf. Roze, paars en lila. Rechts van het huis, half verscholen in een klein bos dat in het verlengde van de oprit lag, stond een soort schuur met voordeuren en kleine ramen. Nog meer potten, nog meer bloemen. Een tuinbank hing aan metalen kettingen zacht heen en weer te schommelen in de wind. Het B&B-gedeelte, schoot het door haar heen. Ondanks het vakantieseizoen kon ze geen auto op het erf ontdekken.

Het leek er uitgestorven.

Ze draaide de contactsleutel om en stapte uit de auto. Achter een withouten hek, links van het huis, begon een zwart-witte border collie naar haar te blaffen. Ze keek om zich heen. Links van het hek, op dezelfde hoogte als het huis, was een open schuur van groen damwandprofiel. Er was niemand.

Ze liep naar het huis.

De hond blafte aan één stuk door, die was razend. Stuiterde als een pingpongbal op en neer. Schuim op zijn bek.

Susan onderdrukte een rilling. Er was een opstapje bij de voordeur. Haar ogen gleden langs het deurkozijn. Geen bel. Naast de deur hing een koperen scheepsbel met een touw. Ze slingerde het kort heen en weer, al leek het zinloos. De hond had haar komst al luid en duidelijk aangekondigd. Het diepe geklingel dreef de waakhond tot waanzin. Zijn stem sloeg over van nijd. Susan keek angstvallig naar het hek. Ze had geen hekel aan honden, maar deze werkte op haar zenuwen.

'*Quiet!*' De vrouwenstem kwam vanachter het huis.

De hond staakte het geblaf, legde zijn oren in zijn nek en liep, laag kwispelend, van het hek weg. Verdween uit het zicht. Susan liep naar het hek. Legde haar handen op de witgeverfde bovenrand, die smerig was van de hondenpoten. Op tien meter afstand, in het gras, wreef de collie zijn soepele lijf tegen een vrouw aan.

'*I'm so sorry,*' riep de vrouw haar verontschuldigend toe. '*But it's his job.*'

Susan stond als aan de grond genageld.

De vrouw was kleiner dan zij. Slank. Halflang bruin haar, met grijze strengen doortrokken, zat met een elastiekje op haar achterhoofd vastgebonden. Een ovaal gezicht met lachrimpels. Donkere, vriendelijke ogen met dunne wenkbrauwen en een rechte neus.

Ze kwam glimlachend op haar af en bleef zich onophoudelijk verontschuldigen in het Engels over de *naughty boy,* die haar hond blijkbaar was. Het klonk eerder als een aanmoediging dan een vermaning en de monoloog was niet aan Susan gericht. De hond kwispelde en piepte, cirkelde nerveus om zijn bazin.

De vrouw stond nu aan de andere kant van het hek. Nu pas keek ze Susan aan.

De bruine ogen ontmoetten de hare en lichtten een moment op. Vergrootten zich. Haar hoofd week terug, alsof ze beter kon focussen als ze meer afstand nam. Daarna sloeg ze een hand voor haar mond.

39

Maier hield Svens rode Kangoo op een rustige koerssnelheid van 110 kilometer per uur. Hij wierp een korte blik op de dierenarts en zijn zoontje. Thomas sliep. Het kind lag tegen zijn vader aan op de passagiersstoel. De kleine voetjes, gestoken in veterschoenen, bungelden boven de zitting in het luchtledige.

'Misschien is het goed als jij en Thomas met Valerie samen in die stacaravan gaan zitten.'

Sven keek hem aan. 'Denk je?'

'Ik verwacht dat ze verhaal willen halen.'

Sven trok een moeilijk gezicht. 'Valerie en ik samen in een stacaravan. Interessante gedachte... Ze schiet me af.'

Maier grinnikte. Drukte kauwgom uit een doordrukstrip en hield Sven de strip voor.

Sven schudde zijn hoofd. Keek ernstig voor zich uit. 'Als ze weet dat Thomas veilig is, dan is de kans honderd tegen één dat ze alsnog Walter inlicht. Dan heeft ze namelijk geen reden meer om zich koest te houden.'

'Ook niet als je daardoor in de problemen komt?'

Sven zuchtte diep. 'Valerie haat me. Nu helemaal. Ik kan het schudden.'

Maier zweeg. De dierenarts schetste een reëel beeld. Valerie zou zich huilend in de armen van haar nieuwe lover storten en er alles uit gooien wat ze wist. Haar ex-man zou in dat verslag niet al te best uit de verf komen.

'Verzin een verhaal,' zei Maier. 'Daar ben je goed in. Wat in jouw en in mijn hoofd zit, wat we hebben meegemaakt en gedaan, dat kun je wegzetten. Wissen zelfs. Kijk naar wat Valerie weet. Bezie het vanuit haar perspectief. Neem dat als uitgangspunt, als kaal skelet voor je nieuwe herinnering. Belicht je verhaal van alle kanten. Probeer je alle details van je nieuwe waarheid voor de geest te halen. De data, tijden. Alles. Maak het je eigen. En hou je bij dat verhaal. Dan heb je nog een kans dat je er zonder al te veel kleerscheuren uit springt.'

'Denk je?'

'Mensen kunnen niet in je hoofd kijken. Ook een rechercheur niet, mocht het zover komen.'

Zover zou het zeker komen. Maier wilde Sven rustig voorbereiden. Niet alleen omdat hij Sven wilde beschermen; Maier had enorm zijn best gedaan om buiten schot te blijven. Ze waren met Svens auto naar Frankrijk gegaan. Maier had zijn gezicht niet bij Hertz en op Charles de Gaulle laten zien. Geen bewakingscamera op een cruciale plek die hen samen had geregistreerd. Maar Sven kon doorslaan. Zijn naam noemen.

En dan was alles voor niets geweest.

Sven koos zijn woorden zorgvuldig. 'Wat zou een plausibele reden voor ontvoering kunnen zijn die mij buiten beeld houdt? Een reden waarom ik Valerie een week heb laten onderduiken, weg van Walter?' Hij wierp een korte, onzekere blik op Maier en vervolgde: 'Vergeet het. Ik ben de lul.'

Er roffelde een plaatselijke wolkbreuk over de voorruit van de Kangoo. Ze waren bijna bij de Belgische grens.

'Jij bent de fantast van ons tweeën,' zei Maier uiteindelijk. 'We hebben nog een uur of drie te gaan. Verzin iets.'

273

'Wat dan? Dat ik voor de lol twee vrienden opdracht heb gegeven om Thomas te ontvoeren? Mijn éígen kind getraumatiseerd heb? Om haar dwars te zitten? Zoiets...? Ik kan nog beter gewoon de waarheid vertellen.'

Maier keek zwijgend voor zich uit. Het Noord-Franse landschap zag eruit alsof er een grijsfilter werd voorgehouden. Een schilderij van Willink. Felgroene bossen met zilverige, bijna lichtgevende contouren. Witte koeien tegen een indrukwekkende horizon van vegen in alle tinten grijs.

De waarheid, schoot het door hem heen, hield moord in. Drievoudige moord. Alle drie gepleegd door Sil Maier.

'Nee,' zei hij uiteindelijk. 'Niet *de* waarheid. *Een* waarheid. Een *andere* waarheid.'

Een waarheid waar ik niet in voorkom, Sven.

'Zoals?'

Maier dacht na. Als Sven maar een béétje de waarheid zou vertellen, dan zou de recherche zich als een stel hongerige wolven op de renpaardenconnectie storten. Een team van rechercheurs dat hem werk uit handen nam. Dan kon hij naar Susan.

Daar had hij al die tijd al moeten zijn.

'Kende jij die vent, die Olivier?' vroeg hij.

'Alleen van gezicht. Hij was jockey in Poitiers.'

Een jockey. Het verklaarde het opmerkelijke postuur.

'En die blonde jongen?'

'Nooit eerder gezien.'

'Alain kende je vrij goed, toch?'

Sven knikte.

'Oké. Hier je nieuwe waarheid: je bent naar Parijs gegaan, naar die kazerne, omdat dat je enige aanknopingspunt was. Je bent er een paar dagen blijven rondhangen tot je Alain had onderschept. Alain is je oude vriend. Hij voelde met je mee.

Wist niet dat het kind dat ze vasthielden jouw zoontje was. En hij zorgde ervoor dat je Thomas terugkreeg, want hij vond het ook *over the top*. Heb je dat?'

Sven draaide zich een beetje naar hem toe. Eén en al oor.

'Je hebt Thomas vanochtend van hem overhandigd gekregen en de Laguna omgewisseld bij Hertz. Daarna ben je naar huis gereden.'

'En die lijken in St. Maure?'

'Je bent daar niet geweest, je kent die hele plaats niet. Wat er in St. Maure is gebeurd, heeft zich buiten je gezichtsveld afgespeeld. Dat gebeurt nu, nu je onderweg naar huis bent. Begrijp je? De recherche wil alleen maar dat dingen kloppen, dat een verhaal mooi rond in hun dossier past. En als ze die lijken ooit vinden, wat ik betwijfel, dan is de meest voor de hand liggende verklaring dat Alains baas pissig op hem was. Hem daarom heeft laten liquideren. Dat is niet zonder slag of stoot gegaan. Het is uit de hand gelopen, zoals dingen zo vaak uit de hand lopen. Een stel criminelen dat elkaar afslacht, *soit*. Dossier gesloten.'

'Zo simpel?'

'Jij was er niet bij. Daar gaat het om. Je hebt Thomas meegenomen uit Parijs en bent naar huis gereden. Klaar.'

Sven knikte opnieuw.

'En het zou me werkelijk verbazen,' ging Maier verder, 'als ze die lijken ooit vinden. De bovenbaas heeft er al lang voor gezorgd dat die geruimd zijn. Waarschijnlijk hebben ze het laboratorium ontmanteld en staat die boerderij nu af te fikken.'

Sven nam de tijd om het op zich in te laten werken. Daarna zei hij: 'Hoe sta ik er dan voor, in dit verhaal?'

'Je gaat niet vrijuit. Niet helemaal. Maar als je aan dit verhaal vasthoudt, kunnen ze je alleen pakken op het feit dat je paarden hebt "behandeld" met een illegaal middel. Misschien ko-

275

men ze erachter dat twee paarden daardoor zijn overleden. Ik weet niet of er in jullie vak een tuchtcommissie of zoiets bestaat, maar ik neem aan dat je je praktijk zult moeten sluiten. Maar wat je ook te wachten staat, het is altijd minder ingrijpend dan wanneer je het hele verhaal opbiecht.'

Ze reden de Belgische grens over.

Boven de snelweg zwoegden zware wolkenpartijen. Laag, als luchtschepen. De strorollen in de weilanden die op de heenweg nog goudgeel waren en dor en droog, waren nu bruin, doorweekt van de regen.

Maier wierp een korte blik op Sven. Hij was er nog niet echt gerust op dat Sven van de ernst doordrongen was. 'Laat hen hun tanden er maar op stukbijten,' drong hij aan. 'In jouw herinnering zitten geen moorden. Geen lijken, geen Olivier of Thierry en geen St. Maure. Je hebt je oude vriend in Parijs opgezocht, hij heeft je zoon ontzet, je hebt Thomas meegenomen, bent vanochtend naar Nederland gereden, klaar. Meer weet je niet. Zet die moorden uit je kop. Wis ze. Verzin een nieuwe waarheid. Waar heb je Alain ontmoet? Hoe is het gesprek verlopen? Waar heb je geslapen? Hoe laat sprak je hem weer en hoe ging de overdracht, waar was die? Waarom heb je je eigen auto niet meegenomen? Dat soort dingen gaan ze aan je vragen. Keer op keer, steeds in een andere vorm en volgorde, zodat je in de war kunt raken. En ze trekken elk zeikdingetje na. Dus heb je niet in een hotel geslapen, want dat is traceerbaar, en ook niet in Jacks safe house, want dan komen ze via Jack bij mij terecht.'

'Ik kan in de kazerne ingebroken hebben,' opperde Sven. 'Op zoek naar Thomas. En daar gebleven zijn, omdat ik geen ander aanknopingspunt had. En toen kwam Alain.'

'Prima. Borduur daarop verder. Maak een sluitend verhaal. Zet het voor jezelf op een rij. Bekijk het van alle kanten. En ver-

276

tel ze vooral over de anonieme geldschieter, dan hebben ze iets om zich in vast te bijten.'

Sven lichtte zijn arm een beetje omhoog. 'En dit? Hoe verklaar ik een schotwond?'

'Geen idee.'

Sven zweeg een moment. Daarna zei hij heel bedachtzaam: 'Ik ben met die schotwond bij Benoît Dechavanne in Le Chesnay geweest. Straks gaat de Franse politie naar hem. Wat kan ik aanvoeren om dat te verklaren? Jachtongeluk? Dat komt nu in een ander daglicht te staan, toch?'

'Het barst van de dierenartsen,' zei Maier. 'Waarom zouden ze juist bij die dierenarts in Le Chesnay vragen gaan stellen?'

'Hij was ook een vriend van Alain.'

De Kangoo slingerde. Maier trok het stuur weer recht. 'Je hebt je schotwond laten oplappen door iemand die omging met de vent die er medeverantwoordelijk voor is dat je zoontje is ontvoerd?'

'Benoît hoort er niet bij.'

Maier was nu ziedend. 'Hoe kun je dat nou weten?'

'Hij heeft geld, van huis uit. Benoît heeft geen geld nodig. Hij is meer een idealist, weet je. Gewoon, een aardige vent.'

'Net zo'n aardige vent als Alain?' Maier deed niet eens moeite zijn cynisme te verbergen. 'Waarom had hij zich ingekocht in die praktijk in Le Chesnay? Volgens jouw zeggen omdat hij dan meer met paarden kon werken. Toeval? Of ben ik nou paranoïde?'

Sven zweeg.

'Dacht het niet,' ging Maier verder. 'Die Benoît maakte het je moeilijk, toch? Hij wilde dat je daar bleef slapen? Niet naar huis ging?'

Maier keek even naar opzij. Sven zat naar zijn schoenen te staren.

'Die Benoît is fout, Sven. Hij wilde je daar houden, om een wit voetje bij zijn baas te halen. Toen dat niet lukte is hij mee naar buiten gelopen. En waarom? De auto, het kenteken. Kijken of je alleen was. Informatie.'

Maiers hersenen werkten op volle toeren. Heeft die Benoît me gezien? Stond hij er nog toen Sven in de Laguna stapte, zodat meteen duidelijk werd dat hij een chauffeur had – en dus een handlanger?

'Misschien gaan ze wel niet naar Benoît,' zei Sven. Zijn stem klonk benepen.

'Je hebt één voordeel,' zei Maier. 'Als Benoît bij dat clubje frisse jongens hoort, zal de recherche bij hem niet veel wijzer worden. Dan heeft hij je nooit gezien. En dat lijkt me nog het meest voor de hand liggend.'

Sven zuchtte diep en keek naar buiten. 'Wat een teringzooi.'

'Verzin maar vast een mooi, sluitend verhaal, Nielsen. Daar ben je wat mij betreft cum laude in geslaagd, in lulverhalen verzinnen. Ik heb je het skelet aangereikt, duw er zelf het vlees maar op.'

Maier kauwde wild op het platte stukje Sportlife. Hij snakte naar nicotine. Thomas sliep nog steeds. Nijdig trok hij het cellofaan van zijn laatste pakje Camel en stak een sigaret op. Sven durfde er niets van te zeggen. Hij voelde de nicotine in zijn bloedbaan komen, hoe zijn aderen in een reactie daarop tintelden, hoe zijn huid samentrok. Werd even licht in zijn hoofd. Kwam langzaam tot bedaren.

'Waar had je met Valerie afgesproken?' vroeg hij, nadat het zweverige gevoel was weggetrokken.

'Het Mercure in Den Bosch.'

'Oké. Aangezien je zelf niet kunt rijden, zal ik je ernaartoe brengen. Ik wacht buiten wel op je. Dan ga ik morgenvroeg naar Susan. Ik weet nog niet wanneer ik terugkom, maar beloof me één ding...'

Heel even keek hij Sven recht aan. 'Als ik terugkom uit Wales, wil ik geen arrestatieteam als ontvangstcomité.'

'Sil,' zei Sven bedachtzaam. 'Ik… weet waarom je zo denkt. Daar heb ik het denk ik zelf naar gemaakt. Dus misschien geloof je me niet als ik zeg dat ik je naam nooit zal noemen, maar dat maakt niet uit. Je komt er vanzelf wel achter. Wat je voor me gedaan hebt, dat zou niemand gedaan hebben. Niemand. Maar jij deed het gewoon wel. Dus mag ik je op zijn minst bedanken door mijn waffel te houden?'

Onwillekeurig dacht Maier terug aan de nacht, nu een maand of tien geleden, waarin Sven hem geopereerd had. 'Je hebt mijn leven gered, toen,' zei Maier. 'Dit is het minste wat ik kon terugdoen. We staan quitte.'

'Dat is niet te vergelijken. Je hebt je leven gewáágd voor Thomas. Om jou te opereren hoefde ik alleen maar over mijn beroepsethiek heen te stappen.' Sven grinnikte zuur. 'En die stond toch al niet hoog op mijn prioriteitenlijst… Ik kan veel gelogen hebben, aangeven zal ik je niet. Nooit.'

Maier slikte een sarcastische opmerking in. 'Ik geloof je,' zei hij alleen.

40

De keuken was klein en in antiek grenen uitgevoerd. Een laag plafond met grenen draagbalken en geelgestuukte muren. Welkom, sfeervol. Een scherp contrast met de sombere mintgroen betegelde jaren-dertigkeuken waar Susan haar moeder voor het laatst had gezien. Susan keek haar moeder aan. Die ontweek haar blik. Er waren in heel Europa waarschijnlijk geen honderd mensen bij elkaar te vinden die elkaar zoveel te vertellen hadden. Te verduidelijken. Uit te leggen.

Maar Jeanny had nog maar weinig losgelaten. Susan had verteld dat Geran niet meer leefde, en Jeanny had het afgedaan met: 'Je vader is altijd al een heethoofd geweest. Het is nog een wonder dat hij niet eerder problemen heeft gehad met zijn gezondheid.'

Veel meer had ze niet gezegd. De stilte begon pijnlijk te worden. Susan snoot haar neus in een papieren zakdoekje.

'Waarom ben je weggegaan?' vroeg ze, inmiddels voor de derde keer. Ze deed haar uiterste best er geen verwijtende ondertoon in te leggen. Het lukte maar half.

'Dit is moeilijk.'

'Moeilijk?' Susan sprong op. 'Ik heb mijn hele verrotte jeugd lang gedacht dat je dood was. En pas vannacht hoorde ik dat je leefde, van een vent die bij ons de deur platliep en die ik niet meer gezien heb sinds jij weg bent gegaan. Een vréémde vent weet waar jij woont! En jíj durft te zeggen...' Ze keek naar de vrouw die tegenover haar zat, onbeweeglijk op de keuken- stoel. Werd zich ineens bewust van haar woede-uitbarsting. 'Sorry,' bond ze in. 'Sorry, ik bedoel het niet zo.' Ze ging weer zitten.

'Jawel,' zei Jeanny. 'Je bedoelt het precies zo, en ik kan het je niet kwalijk nemen. Je hebt het temperament van je vader.'

'Dank je voor dit geweldige compliment.'

Jeanny streek met haar wijsvinger de tranen uit haar ogen. 'Sorry. Ik ben hier niet goed in.'

Susan wilde dat ze rustig kon blijven. Gewoon, verstandig kon praten. Het lukte niet. Ze beefde over haar hele lijf, ze was emotioneel, en ze was razend. 'Vertél het dan gewoon! Ik ben je dochter. Wat kan er nou in godsnaam zo belangrijk zijn dat jij de benen neemt en mijn hele jeugd verziekt?

Weet je wat papa was toen je weg was? Een wrák. Er kwam geen stom woord meer uit. Weet je hoe gezellig het is als je 's avonds alleen zit te eten? Dag in, dag uit? Week in week uit, jaar in jaar uit? Sabine was nog geen jaar later vertrokken en ik heb het verdomme allemaal alleen mogen uitzoeken in dat koude kúthuis. Heb je enig idee hoe het voelt als van alle kin- deren de ouders bij de uitreiking van hun diploma zijn, en jij in je eentje naar huis kunt fietsen, waar je vader half laveloos in zijn bed ligt? Pa zat in zijn eigen wereldje, hij liep als een geest door het huis te spoken. Er was geen contact mee te krij- gen. Er kwam niemand meer langs. Op de dag dat jij wegging, hield het leven gewoon óp!'

Jeanny begon te huilen.

Susan haalde diep adem. En nog een keer. 'Vind je dan niet dat ik op zijn minst mag weten waarom je ons hebt laten zitten?

Sabine en mij?' Haar stem trilde. 'Heb je enig idee hoe ongelooflijk in de steek gelaten ik me voelde?'

Nu stond Jeanny op van haar stoel en liep naar het aanrecht. Ze trok een paar vellen van de keukenrol en snoot haar neus. Bleef staan, met haar rug naar Susan toe. 'Susan... Geloof me dat ik toen geen alternatief zag. Dat was er gewoon niet. Toen ik vertrok was alles onzeker. Ik wilde jullie niet betrekken in mijn problemen. Sabine stond met één been in haar nieuwe leven, en jij kwam net van de lagere school. Als ik alleen wegging, dan hoefde er aan jullie leven niet veel te veranderen. Jij kon gewoon naar school blijven gaan. Een opleiding volgen.'

O, ja, dacht Susan, de opleiding, school. De speerpunten van haar opvoeding, altijd zacht ingefluisterd als haar vader het niet hoorde, omdat hij zijn zelfverkozen armoede van het kunstenaarschap koesterde. Susan had altijd geweten dat haar moeder er andere ideeën op nahield, andere dingen belangrijker vond dan haar man. Gepoetste schoenen en een goede opleiding, bijvoorbeeld. Zodat je een baan kon krijgen met een salaris waarvan je de kachel kon stoken.

Jeanny stond nog steeds met haar rug naar Susan toe.

'Wist papa dat je wegging?'

Jeanny snoof en wreef met het keukenpapier haar neus schoon. 'Ja.'

'De politie is bij ons geweest. Ze hebben een buurtonderzoek gedaan. Ze kwamen bijna elke dag. Het heeft in de krant gestaan. Hij heeft nooit iets losgelaten. Ik ben er jaren door achtervolgd. Op school zeiden ze dat papa jou had vermoord. Dat hij een rooie was en alle rooien niet te vertrouwen waren... Alsof het een misdaad was om communist te zijn. Ik wist verdomme niet eens wat dat inhield!'

Langzaam draaide Jeanny zich om. Haar gezicht was rood van het huilen, haar oogleden dik.

'Ik heb je gemist, mama,' zei Susan. 'Ik had je nodig. Je was er niet.'

Jeanny kwam langzaam naar de keukentafel gelopen. Ging behoedzaam op de stoel tegenover Susan zitten. Trok met haar nagel cirkels op het grenen blad. 'Je hebt gelijk,' zei ze zacht. 'Je hebt er recht op om het te weten.' Jeanny pakte haar handen vast. Kneep erin, wreef zenuwachtig met haar duimen over haar huid. 'Je weet nog dat we regelmatig kunstenaars over hadden, uit de DDR?'

Susan knikte. 'Van het uitwisselingsproject. Nadat jij weggegaan was, is er nooit meer iemand geweest. Terwijl ze voor papa kwamen.'

'Het uitwisselingsprogramma was een dekmantel. De mensen die bij ons kwamen, waren geen kunstenaars. We waren een safe house, Susan. We boden onderdak aan mensen die in opdracht van de Stasi, de *Staatssicherheitsdienst*, in het Westen informatie kwamen inwinnen.'

Susan had tijd nodig om dit op haar in te laten werken. Haar jeugd was onorthodox geweest. Pas later, toen ze gesprekken kreeg met anderen over hun kindertijd, had ze ten volle begrepen hoe vreemd en afwijkend die van haar was geweest. Ze had van alles verwacht. Maar dít...?

'Kunstenaars werden niet verdacht van spionage,' ging Jeanny verder. 'Ze kwamen openlijk naar het Westen, iedereen wist waar ze zaten, en ze hadden een goede reden om er te zijn. Het was dé dekmantel... En je vader wilde ze maar al te graag helpen.'

'Wat voor informatie wilden ze dan?'

'Van alles. Over bedrijven, chemie, politiek, wapens. Aan jouw generatie is dat voorbijgegaan. Vergeet niet dat er na de Tweede Wereldoorlog geen contact was tussen mensen in het Westen en achter het IJzeren Gordijn. Er was geen internet, er waren geen mobiele telefoons, de grenzen werden streng bewaakt en reizigers moesten nog bij elke grenspost hun paspoort tonen. Van vrij verkeer van Oost naar West en vice versa was helemaal geen sprake. De argwaan over en weer was groot, en zo ook de behoefte om meer van elkaars bezigheden te weten te komen. In '61 werd de Berlijnse Muur gebouwd, een jaar later was de Cuba-crisis. In '68 vielen de landen van het Warschaupact Tsjecho-Slowakije binnen. Ik was toen zwanger van jou, Sabine was bezig aan het eerste jaar van de lagere school. Het was een heksenketel, Susan, de wereld stond op scherp. De Amerikanen zaten in Vietnam, China was bezig met atoomproeven... het kon elk moment zwaar uit de hand lopen.' Ze zuchtte. Trok haar handen terug. 'Geran werd benaderd door een vriend van hem, die bij een chemisch concern werkte. Hij was op zijn beurt weer benaderd, of hij kunstenaars kende die communistisch gezind waren. Het was al snel duidelijk wat de bedoeling was. Ze zochten gastgezinnen, onder de officiële vlag van uitwisseling van kennis en ideeën onder kunstenaars uit het Oosten en het Westen. We hadden ruimte genoeg, ons huis lag een stuk van de weg met een bossingel eromheen, het gaf voldoende privacy. Het was perfect. Je vader liep weg met het communisme, dat weet je. Hij had nog steeds het idee dat de communisten op zouden rukken, en hij stond vooraan om ze binnen te halen. Hij zag het aanbod als een kans om vooruit te komen, om straks, als het zover was, een belangrijke positie te kunnen krijgen. Dus we stemden toe.'

Susan was met stomheid geslagen. 'Ik dacht... Nou ja, ik heb altijd gedacht dat je het niet met hem eens was.'

'Dat kwam later pas. Ik was nog jong toen. Verblind. Ik hield van je vader, met heel mijn ziel. Ik keek tegen hem op. Hij had uitgesproken ideeën en wist ze ook krachtig over te brengen. We discussieerden avonden lang, ik vond hem fascinerend.

Hij zag dingen helderder dan de meesten. Een van de dingen die hij me leerde was dat godsdienst een gereedschap was van wereldleiders, om hun volk koest te houden. Dat was een openbaring. Ik was katholiek opgevoed en had er nooit bij stilgestaan. Je vader zag dat soort dingen anders, hield ze tegen een ander licht. Dat trok me aan. Ik vertrouwde op zijn oordeel en ging blind mee in zijn beslissingen.'

Susan zweeg. Toen alle kinderen op school hun eerste communie deden, volgde ze hun vorderingen als toeschouwer. Voor haar geen cadeaus, geen ceremonie, geen feestjurk, geen feestdag. Niet het gevoel ergens bij te horen. Alles werd in huize Staal gereduceerd tot de harde kern. Kaal en zonder franje. Haar vader ging naar elke ouderavond en begon dan een discussie over het onderwijssysteem, totdat hij zo'n beetje alle onderwijzers tegen zich in het harnas had gejaagd. Het had zijn weerslag gehad op haar hele schooltijd. Susan Staal, dochter van die communist, die rare kunstenaar. Het had haar al vroeg een buitenbeentje gemaakt.

'Wat ging er fout?' vroeg Susan.

'In de praktijk kwam er weinig van zijn grote plannen. Van zijn nieuwe wereld met gelijke kansen voor iedereen. Toen Sabine werd geboren, bleek eigenlijk al dat hij niet van plan was me met haar verzorging te helpen. Hij had zijn beeldhouwwerk, zijn inspiratie. En later zijn gasten uit dat gewéldige Oostblok, met hun geweldige politieke denkbeelden. Alles kwam op mij neer, altijd. Hij werkte veel 's nachts. Als Sabine huilde, was alleen ik er om haar te troosten. Overdag lag hij te slapen. Jij werd geboren en er veranderde niets. Alles draaide om Geran, Geran en nog eens Geran. Hij ontwikkelde zich en ik zat vast tussen de katoenen luiers.'

'Je hoefde je fotografie niet op te geven.'

Jeanny trok een wenkbrauw op. 'Een werkende vrouw in de

jaren zestig en zeventig? De meeste vrouwen werden ontslagen als ze trouwden of zwanger werden. Kinderopvang was er niet, al zeker niet in de provincie. En je vader was niet van plan ook maar een poot uit te steken.' Jeanny zuchtte diep. 'Hij wilde me niet vrijlaten. Hij wilde een vrouw met een vrije geest, en verbande me naar het fornuis. Heel banaal. Burgerlijk. Het heeft me jaren gekost om te achterhalen dat het geen liefde was, wat je vader voor me voelde, maar bezitsdrang. Controledrang. Ik was zijn vogel in een kooi, waar hij naar kon kijken als hij daar zin in had.' Jeanny keek door het keukenraam naar buiten. 'Je vader was een theoreticus. Hij hield van lezen, discussiëren, en hij kletste iedereen onder tafel. Maar als het op praktische dingen aankwam, was hij nog een kind. De werkelijkheid, daar had hij geen vat op. Het heeft me jaren gekost om dat in te zien. We leefden nog in hetzelfde huis, maar we hadden samen weinig meer. Ik denk dat ik op het laatst niet eens meer van hem hield... Ik hield van de man die hij kón zijn, of die hij ooit geweest was, vanuit mijn naïeve perceptie.'

'Ben je weggegaan vanwege papa?' Susan aarzelde even. 'Sloeg hij je?'

Jeanny schudde haar hoofd. Haar mond vormde een 'nee'. 'Hij is gewoon zichzelf geweest en ik heb het laten gebeuren.' Jeanny zuchtte. Stond op. 'Ik ga thee zetten.'

Susan keek naar buiten en liet haar kin op haar vuist steunen. Ze probeerde zich de periode voor de geest te halen dat haar moeder nog thuis was. Dat was moeilijk, omdat ze zich steeds had gefixeerd op de periode dat haar moeder er niet meer was. Buiten dat haar vader er een potje van maakte op ouderavonden en ze weinig vriendinnen had gehad die van hun ouders bij haar thuis mochten komen, had ze een redelijk stabiele, liefdevolle jeugd gehad.

Haar moeder was zorgzaam geweest. Haar vader was inderdaad vaak afwezig, vooral geestelijk, maar dat had ze nooit als een probleem ervaren. Het was gewoon zo. Het werd pas een probleem toen haar moeder er niet meer was en Geran het niet voor elkaar kreeg om zelfs maar de schijn van een gezinsleven op te houden. Maar hoe ze ook in haar geheugen spitte, geen moment was het in haar opgekomen dat haar ouders een slecht huwelijk hadden. Natuurlijk hadden ze weleens ruzie, het knalde regelmatig, maar niet in zo'n mate dat het gezin eronder leed.

Nu bleek dat er zich heel wat had afgespeeld in huize Staal waar zij absoluut geen weet van had gehad. Die kerels die ze weleens aantrof op de bank in de serre, en met wie haar vader 's avonds laat urenlang zat te praten in zijn atelier, waren helemaal geen vrienden geweest. Zou Walter dit ook geweten hebben? En die andere vent? Die Roger? Waren die ook communistisch?

'*Here you are.*' Jeanny zette twee glazen thee op tafel. Schonk er melk in. Ging weer zitten. 'Ik hoop dat wat ik je nu ga vertellen, je niet al te veel schokt.'

Susan keek haar moeder onderzoekend aan. Was een en al oor.

'In de lente van '83 was ik gewoon opgebrand. Ik was het zat om overal alleen voor te staan en ik was mijn hele huwelijk met Geran meer dan beu. Ik denk dat we toen op een dieptepunt beland waren. Voor mezelf had ik al een plan getrokken. Want ik wist dat ik niet bij hem zou blijven. Alleen, ik had geen geld. Daarom wilde ik mijn fotografie weer oppakken, opdrachtgevers gaan zoeken en een reserve opbouwen waar Geran geen weet van had. Ik had het helemaal uitgestippeld. Sabine kende Michael toen al, het was een kwestie van maanden dat ze uitvloog. Jij was heel zelfstandig, als jong kind al. Je wilde graag iets voor jezelf opbouwen. Ik zag jou ook wel gaan als je acht-

tien was. Dus ik telde de dagen af, want dan kon ik ook weg...
De samenlevingsvorm die ik toentertijd met je vader had was
eerder vergelijkbaar met een wapenstilstand dan met een huwelijk.' Jeanny zuchtte diep. 'Beloof me dat je niet meteen
boos wordt, maar me uit laat praten.'
Susan knikte. Nu zou het komen. De aanleiding. Het antwoord op de vraag die haar al twintig jaar bezighield.
'Op een avond kwam Geran thuis met iemand die al vaker bij
ons was geweest. Een man uit Chemnitz. Halverwege de twintig. Hij was me al eerder opgevallen. Maar ik had er nooit iets
mee gedaan. Achteraf denk ik dat ik gewoon wanhopig was. Je
vader en ik...' Jeanny krabde zenuwachtig aan haar oor. 'Laten
we het erop houden dat ik iets miste. We hadden al tijden... Ik
bedoel...'
'Ik snap het wel,' zei Susan snel.
'Carl Ecke heette hij. Hij was bijzonder knap. Had een
prachtig stel ogen. Mooi lang, donker haar. Zoals hij naar me
keek... Ik voelde me voor het eerst in lange tijd weer een beetje
vrouw, niet alleen moeder en huissloof. Ik merkte dat het we-
derzijds was. Ik zal je de details besparen, maar op een avond
zou hij met Geran, Walter en Roger wat gaan drinken in de
stad. Op het laatste moment zei Carl dat hij zich niet lekker
voelde, en trok hij zich terug in het atelier. De rest besloot om
toch te gaan. Zonder hem. Ik heb gewacht tot ik hen niet meer
hoorde. Ben naar de trap gelopen, om te luisteren of jullie slie-
pen. Daarna ben ik naar het atelier gegaan.'
Susans mond hing nu bijna op haar knieën. Zat haar moeder
haar hier nu te vertellen dat ze een onenightstand had gehad?
In haar vaders atelier nota bene?
Jeanny keek naar buiten. 'Het probleem was dat je vader was
thuisgekomen en ik had het niet gehoord. Ze stonden er, zomaar ineens, alle drie. Ik dacht dat ik doodging. Geran vloog

Carl aan. Hij sloeg hem halfdood. Walter en Roger zijn tussenbeide gekomen en Carl ging ervandoor. Ik ben het huis in gevlucht, maar je vader kwam achter me aan en nam me mee naar de serre. Het leek wel een tribunaal. Roger zat in de stoel in de hoek een sigaar te roken. Onbeweeglijk. Walter stond er een beetje bleek bij te kijken. En je vader bleef maar razen en tieren. En net toen hij wat leek te bedaren, kwam Carl ineens via de veranda naar binnen gestormd. Hij had een revolver vast, liep ermee te zwaaien en dreigde Geran dood te schieten. Hij zag er vreselijk uit. Je vader had hem echt afgetuigd, en hij wilde bloed zien. Ze schreeuwden allemaal door elkaar en ik raakte in paniek. Ik... ik was niet van plan om...' Jeanny streek met haar handen over haar gezicht. Wachtte even voor ze verderging. 'Dat kattenbeeld dat je vader voor me maakte toen we gingen trouwen, ken je dat nog? Ik had graag een kat gehad, maar ik was er allergisch voor en toen heeft hij er een voor me gemaakt. Van graniet. Weet je dat nog?'

Susan wist het nog. Ze had het beeld afgelopen week niet in de container gegooid. Het lag in krantenpapier verpakt in een doos in het souterrain.

'Ik heb het van de kast gepakt,' ging Jeanny verder. 'Carl stond tussen mij en hen in. Met zijn rug naar me toe. Hij zou je vader neergeschoten hebben. Ik raakte in paniek.'

Haar ogen werden glazig en ze maakte een vage handbeweging naar haar slaap, herbeleefde het moment in haar gedachten. 'Hij bloedde niet eens,' zei ze zacht. 'We stonden als aan de grond genageld. Niemand zei iets. Walter riep op een gegeven moment dat we het moesten gaan aangeven. Roger zei dat dat niet kon; als bekend zou worden dat iemand van Staal een functionaris van de Stasi had vermoord, dan zouden we geen van allen de herfst halen. We waren niet de enigen die onderdak boden. En er waren meer mensen van de Stasi in Nederland. Het had ons de kop gekost. Letterlijk. Ook jullie liepen gevaar. Het was een regelrechte hel. We hebben uren opgezeten, gebrainstormd, van alles door elkaar geroepen. Ik had Carls lichaam bedekt met de beddensprei, omdat ik bang was dat jullie wakker zouden worden van het geschreeuw, naar beneden zouden komen en hem zouden zien liggen. Uiteindelijk hebben Geran en Roger hem op de veranda gelegd, uit het zicht. Toen kwam Roger met een oplossing die op dat moment de enige goede leek. Er liepen destijds wel vaker mensen over naar het Westen. Sportlui, wetenschappers, kunstenaars. Maar ook spionnen. Zodra ze de kans kregen, namen ze de benen. Roger zou contact opnemen met die lui en hun vertellen dat Carl was verdwenen. Overgelopen, zeg maar. Dat zouden ze pikken, als hij het overtuigend bracht. Hij opperde Carl in onze tuin te begraven. Ons huis was oud, het was toen al een gezichtsbepalend huis. Het zou misschien een monument worden. Niemand hoefde het te weten te komen, ook later niet. Walter zei nog dat Carl misschien pas over driehonderd jaar gevonden zou worden. Niet eerder. Er lag geen weg in de buurt, er was geen oprukkende woningbouw.'

'Jullie hebben hem achter het zwembad begraven,' onderbrak Susan haar moeder.

Jeanny keek verontrust op. 'Hoe weet je dat?'

Susan vertelde over de omgewoelde grond. Over Geran, die zich op zijn sterfbed drukker maakte over de onteigening van het huis en de grond dan over zijn eigen ziekte. En ze vertelde over de twee oude vrienden die ze had geprobeerd te vinden, en hoe ze uiteindelijk alleen Walter had weten te traceren. Ze sprak hardop haar gedachten uit, dat haar vader mogelijk de resten had weggewerkt en dat de spanning die daarmee gepaard was gegaan de reden was dat hij in het ziekenhuis was beland. Tegen de tijd dat ze alles eruit had gegooid, voelde haar keel droog en bonkte haar hoofd.

'Wat vreselijk dat je dit hebt moeten doormaken,' zei Jeanny zacht. Ze stond op en legde onwennig een arm om Susans schouders. 'Je bent spierwit. Je zult wel moe zijn.'

Moe was een understatement. De emoties hadden haar uitgeput. Daarbij had ze vannacht niet geslapen, urenlang gereisd, indrukken opgedaan.

'Kom,' zei Jeanny. 'Ga slapen. Morgen is er weer een dag.'

41

Maier zat in de laadbak van de Kangoo. Er hing een natte-hondenlucht, vermengd met ontsmettingsmiddel. De bak was ook al niet ontworpen voor zitcomfort, maar het leek hem nog minder comfortabel als Valerie of wie dan ook hem achter het stuur van Svens auto zag zitten. De signaalrode Renault viel behoorlijk op tussen de zilvergrijze leasebakken. Het was een komen en gaan op de parkeerplaats voor de McDrive bij Rosmalen, die vlak langs de A2 lag. Gezinnen in Volkswagens, tieners met navelpiercings en verliefde stelletjes.

De lucht zinderde. Zelfs nu, tegen tienen, was het nog een graad of achtentwintig. In de bak van de Kangoo moest het minstens twaalf graden warmer zijn. Het zweet liep langs zijn gezicht en zijn T-shirt plakte aan zijn rug. Hij nam zich voor om thuis eerst een douche te nemen.

Hij keek naar het Mercure Hotel. Het gebouw stond zo'n dertig meter verderop, vanuit zijn gezichtspunt in het verlengde van de McDonald's. Sven was ruim een uur geleden met Thomas uitgestapt, ernaartoe gelopen en via de overkapte ingang uit beeld verdwenen. Maier werkte een laatste beetje tonijnsalade naar binnen en liet zijn ogen over de ramen van het hotel dwalen. Daarbinnen ergens zat die chaoot zijn verhaal te doen, terwijl zijn ex-vrouw hem waarschijnlijk het vuur aan de schenen legde.

'Hou het kort,' had hij gezegd voor Sven uitstapte. 'Zo kort mogelijk. Hoe minder je zegt, hoe minder je jezelf in de nesten werkt.'

Hij keek op zijn horloge. Een uur was niet kort. Een uur was verdomme voldoende om Valerie de hele situatie in dertig verschillende versies uit de doeken te doen.

Toch maakte hij zich geen grote zorgen. Op de een of andere manier had hij het idee dat Sven deze keer geen zijsprongen zou maken. Hij had zijn ex-vrouw jarenlang voorgelogen. Deze ene keer kon er nog wel bij.

Wat hem wel lichtelijk verontrustte was dat hij in de loop van de achterliggende dagen op Sven gesteld was geraakt. Hij wist dat de dierenarts een poos opgesloten zou worden. Helemaal ongestraft kon deze hele toestand niet blijven. Valerie zou zo meteen haar hart uitstorten bij haar man, en dan was het over en sluiten voor Sven.

Hij zou hem gaan missen.

Naast hem op de houten vloer stond een grijze, kartonnen bekerhouder met twee lege flessen Spa blauw en een Big Mac-verpakking. Hij griste de verpakkingen bij elkaar, duwde alles in een papieren zak en propte die tot een stevige bal. Wreef met zijn mouw zijn voorhoofd en slapen droog. Keek weer naar voren.

Sven kwam eraan. Alleen. Nee, toch niet. Een roodharige vrouw liep achter hem, met Thomas op haar arm. Het moest Valerie zijn. Sven had niets te veel gezegd. Ze was inderdaad mooi. Niet het type vrouw waar hij warm voor liep, maar hij kon begrijpen wat Sven in haar zag. Of gezien had. Ze was slank, had lange benen en een fijn belijnd gezicht. Ze droeg een zwarte pantalon en haar rode omslagbloes vloekte met het oranje, krullende haar dat ze opgestoken droeg. Ze zag er niet echt uitgeslapen uit.

Sven kwam recht op hem afgelopen. Zijn gezicht stond zorgelijk en gespannen.

Toen een donkergroene Saab langs Sven reed, met Valerie achter het stuur, dook Maier dieper weg achter de rugleuning. Door de achterramen zag hij de Zweedse cabrio het parkeerterrein af rijden zonder snelheid te minderen. Zodra de auto weg was, werkte hij zich naar voren en nam plaats achter het stuur. Draaide meteen het raam open. De lauwe wind van buiten gaf amper verkoeling.

Sven trok het portier open en plofte naast hem neer. 'Ze pikte alles. Het hele verhaal.'

'Een lang verhaal. Je was ruim een uur binnen.'

'Ik ben bijna niet aan het woord geweest. Ze schold me de huid vol. Wat voor een lul ik was. Dat ik Thomas nooit meer mag zien, dat ik een crimineel ben, dat ze zich nooit met me in had moeten laten...' Sven zuchtte en keek somber voor zich uit. 'Ze wil politiebescherming. Ze belde Walter waar ik bij zat. Die zak heeft vast de commissaris al bij zich thuis zitten, en Joost mag weten wie nog meer. Misschien staan ze straks al bij me op de stoep.'

'Laatste vrije avond voor je, jongen.'

Sven draaide zijn hoofd naar Maier toe. 'Ik weet het. En ik heb me er al bij neergelegd. Weet je... het werd me net duidelijk dat ik Thomas waarschijnlijk niet meer te zien krijg. Als je me dit een maand geleden had gezegd was ik compleet doorgedraaid. Maar nu heb ik er vrede mee. Hij had dood kunnen zijn, door mijn schuld. Valerie heeft gelijk. Ik ben een lul. En een crimineel.'

Maier startte de Kangoo. Reed van de parkeerplaats af.

De echte schok zou bij Sven nog komen, als de adrenaline en de meeste stress uit zijn systeem waren en de realiteit weer vat op hem kreeg. Dan zou hij tot het besef komen dat hij geen praktijk meer had en zijn zoon niet kon zien opgroeien. Feite-lijk weer met lege handen stond. Opnieuw moest beginnen. En vervolgens finaal zou instorten. Natuurlijk had Sven het allemaal aan zichzelf te danken. Maar dat maakte het niet minder wrang. Het begon te schemeren en hij ontstak de verlichting.

Toen ze bij het stoplicht aan het einde van de weg kwamen vroeg Sven: 'Wil je nog even langs mijn praktijk rijden? Ik heb thuis niets liggen. Ik wil wat extra verband pakken en wat andere spullen.'

De korte rit die volgde werd in stilte afgelegd. Svens praktijk lag aan de rand van een woonwijk. Maier parkeerde de Renault schuin voor de praktijk, met twee banden op de stoep.

Sven liep links van het vrijstaande gebouw naar achteren.

Maier diepte zijn gsm uit zijn zak op en speelde met de gedachte om Susan te bellen. Besloot het uiteindelijk niet te doen, omdat Sven elk moment terug kon komen. Hij voelde zich moe en smerig. Zo vermoeid dat hij zich afvroeg of hij de douche nog wel zou redden voor hij ergens in huis in coma zou neerploffen. Hij zat er behoorlijk doorheen. Vannacht, in Parijs, had hij amper geslapen en de kilometers, het warme weer en de spanning eisten nu hun tol.

Morgenvroeg zou hij zich beter voelen. Opgeknapt, opgefrist en uitgeslapen. Hij verheugde zich erop om Susan op te zoeken, maar dat was het niet alleen. Na dagenlang in de verkoopsuccessen van Renault te hebben rond gehobbeld, kwam een lange rit op bochtige wegen met zijn Carrera 4S hem voor als een klein feest.

Hij rekte zich uit en voelde de vermoeidheid als een deken over zich heen vallen. Zijn ogen werden zwaar. Het zat erop. Dit hele gedoe was zijn probleem niet meer. Valerie en Thomas zouden onder politiebescherming komen. Sven zou vermoedelijk vanavond nog worden opgepakt, en hoe wrang dat ook was, daarmee was ook Svens eigen veiligheid voorlopig zeker gesteld.

In Svens verhaal zaten voldoende aanknopingspunten voor de recherche om uit te zoeken wie er achter die hormonentoestand zaten.

De hele kwestie kon al zijn opgelost voor hij en Susan terugkwamen uit Wales.

Langzaam dommelde hij in.

Het kon een minuut later zijn geweest, maar evengoed tien, dat hij vanuit zijn ooghoeken een schim registreerde die vanachter de praktijk naar voren kwam lopen. Zijn eerste gedachte was dat het Sven was, en zijn rechterhand reikte al automatisch naar de contactsleutel.

Sven leek haast te hebben.

Erge haast.

De kerel die rakelings voor de neus van de Kangoo langs rende en ineens abrupt stilhield voor een passerende vrachtwagen, met een gehandschoende hand steun zoekend op de motorkap, was Sven niet.

Maier schoot rechtop. Een donkere man, gedrongen lichaamsbouw, krullend haar in zijn nek en wanstaltige littekens in zijn gezicht. De man draaide zijn hoofd naar rechts. Terwijl de vrachtwagen met een hoop kabaal voorbij denderde, haakten hun blikken zich een fractie van een seconde in elkaar. Maiers vingers lagen als bevroren om de contactsleutel. Toen kwam de man in beweging en verdween aan de overzijde van de weg tussen een stel huizenblokken.

Het ging te snel om ook maar iets te doen.

Maier was klaarwakker. Duizenden alarmbellen galmden in zijn hoofd. In een reflex greep hij naar achteren en ritste zijn weekendtas open. Vond de Glock, trok de slede naar achteren en stak het wapen achter zijn broekband, tegen zijn onderrug. Stapte uit. Terwijl hij over de bestrate doorgang naar de achteringang van de dierenartspraktijk liep, zwol het onheilspellende gevoel in zijn buik aan.

Hij had mee naar binnen moeten gaan. Sven niet alleen moeten laten. Ze waren sneller dan hij verwacht had.

Hij had hen onderschat.

Fuck!

Achter de praktijk was een ommuurde binnenplaats. De achterdeur naar de praktijk stond op een kier.

Hij trok de Glock uit zijn broekband.

Zijn hart bonkte achter zijn ribben.

Het was helemaal mis. Hij voelde het. Hij *wist* het.

Met de zijkant van zijn schoen duwde hij de deur verder open. Hield de Glock voor zich uit. Dook meteen weg tegen de muur. Liet zich zakken. Er stonden een paar hoge, gele containers, kleine plastic vaatjes en bakken. Maier was hier vaak genoeg geweest om te weten waar die voor gebruikt werden. Dode dieren, medisch afval en allerlei troep die overbleef van operaties. Op een plank lagen handdoeken en verpakkingen met medicijnen. Hij overbrugde een paar meter over de betegelde vloer naar de volgende deur. Die was gesloten. Erachter was de operatiekamer, wist hij, een kleine ruimte met kasten, medicamenten en apparatuur langs de wanden en in het midden de hydraulische operatietafel.

Maier trok de mouw van zijn katoenen jack over zijn hand en drukte de klink naar beneden.

De geur die hem tegemoet walmde herkende hij uit duizenden. Die had hij beter leren kennen dan hem lief was. Er trok een rilling door hem heen. Hij wilde het niet zien.

Niet Sven. Niet hier.

Svens bovenlijf steunde zijdelings tegen een wandkast. Zijn witte Replay-shirt was vrijwel doorweekt met bloed. Het vocht glinsterde in het tl-licht. Zijn mond hing open en zijn halfgesloten ogen staarden glazig omhoog. In een donkerrode plas zat hij erbij als een wassen beeld uit een gruwelkabinet. Maier vergat te ademen.

Langzaam liep hij op de dierenarts af. Had de tegenwoordigheid van geest om de bloedspatten en vlekken op de vloer te ontwijken. Hij boog zich voorover. Nam Svens hoofd in zijn handen en tilde zijn kin behoedzaam van zijn borst. Sven voelde nog warm.

Er zat een gapende snee in zijn keel, een vrijwel rechte lijn, die een deel van het kraakbeen van zijn luchtpijp openlegde.

'Klotezooi,' mompelde hij. 'Verdomme, Sven.'

De aanblik van Sven sneed dwars door zijn ziel. Hij hapte naar adem. Hij wilde weg.

Nu.

Voorzichtig liep hij langs de bloedvlekken naar buiten. Stak de Glock achter zijn broekband. Hij leunde tegen de bakstenen muur en legde zijn hoofd in zijn nek. Probeerde zijn ademhaling onder controle te krijgen.

Adem in, adem uit.

De zwoele avondlucht kon de geur uit de operatiekamer niet verdrijven. Ergens van ver klonken stemmen. Lachen en praten. De geur van gegrild vlees vulde zijn neusgaten. Er zaten mensen te barbecueën.

Een heerlijke zomeravond.

Zijn handen trilden hevig en zijn maag begon zich samen te trekken. Hij ademde nog eens diep in. Sloot zijn ogen. Hij kon hier niet gaan staan kotsen.

Zijn braaksel zou eindigen in een plastic zak als bewijsstuk, en door een of andere laborant tot op moleculenniveau worden ontleed.

... adem uit. Adem in.

Hij slikte. Zuchtte. Snoof.

Wreef met zijn handen over zijn gezicht.

Zijn maag kwam tot rust, maar de misselijkheid bleef.

De laatste dagen met Sven trokken aan zijn geest voorbij. Sven op het terras in Parijs, met zonnebril en petje, vertellend over zijn hachelijke avontuur in het roze pluche. Sven met zijn zoon, zielsgelukkig, slapend in Jacks appartement. Sven, apathisch starend naar een dode Thierry. Hij probeerde de beelden weg te blokken, maar ze drongen zich aan hem op en werden op zijn netvlies afgespeeld als een versnelde film. Steeds opnieuw.

Hij kon het nauwelijks bevatten. Wilde het niet bevatten. Hij wilde vloeken, dingen kapot schoppen en zijn magazijn leegschieten, schreeuwen: 'Had mij genomen! Mij, verdomme! Niet hém, niet Sven!' In plaats daarvan kon hij alleen maar wezenloos voor zich uit staren. Bleef minutenlang zo staan.

Langzaam begonnen geluiden van de straat tot hem door te dringen. Er kwam een groepje tieners voorbij gefietst. Ze praatten luidruchtig en hun rijwielen maakten scharende en piepende geluiden en rammelden op de klinkers.

Een andere wereld.

Hij begon tot het besef te komen dat hij hier weg moest, ongezien en zonder een spoor achter te laten. Hij was verdachte nummer één. De bestelwagen stond met twee wielen op het trottoir geparkeerd en de sleutels zaten nog in het contact. De Kangoo zat vol met zijn DNA. Haar, huidschilfers, stof, vingerafdrukken. Te veel om schoon te maken. En elk klein klotevezeltje was er één te veel.

Er was maar één manier om te voorkomen dat de moord op Sven zijn vrienden in het blauw naar Susans voordeur bracht. Hij had het eerder gedaan, in een ander leven, onder andere omstandigheden.

En hij zou het nu weer doen.

Het moest donker zijn. Het was nu nog te schemerig, de zwarte rookwalmen zouden van mijlenver te zien zijn.

Het was niet het enige.

Morgenvroeg, of eerder, werd Sven gevonden. Er zou een buurtonderzoek volgen. Een rechercheur zou routinevragen komen stellen.

En hij wist te veel.

Als hij zichzelf niet snel tot de orde riep, konden ze dat morgen in zijn ogen lezen.

Die vent die net wegrende, de aanblik van Sven in de operatiekamer, Olivier, Alain en Thierry, St. Maure, Jacks safe house: alles moest van de biologische harde schijf in quarantaine worden gezet, en plaatsmaken voor een nieuwe waarheid.

Een waarheid waarin Sven niet voorkwam.

Hij keek naar de hemel, die nu alle schakeringen donkerblauw leek te hebben, met rode vegen van de ondergaande zon. Over een halfuur was het donker en kon hij ongezien in de Kangoo wegrijden.

Hij liet zich op de grond zakken en bleef stil zitten, op de harde bestrating. Wachten tot het donker was.

42

Skipper cirkelde als een roofdier om een groep schapen, die hem angstvallig in de gaten hielden. Ze maakten abrupte, schokkerige bewegingen en bonkten tegen elkaar aan. De herdershond hypnotiseerde ze met zijn stekende, gele ogen. '*Come here*,' riep Jeanny. Skipper reageerde prompt. Stoof op Jeanny af, bleef om haar heen trippelen en hield zijn hoofd laag. Keek schuw naar haar op, alsof hij elke dag werd afgetuigd.

Susan sprong over een smalle waterstroom die door de vallei liep. Het gras was kort afgegraasd, als een tapijt, en de ondergrond veerde zacht. Overal lagen uitgeharde schapenkeutels. Het waaide en Susan wenste dat ze een fatsoenlijke jas had meegenomen. In de rest van Europa mocht er een hittegolf zijn, hier in Zuid-Wales was daar weinig van te merken.

'Je hebt me niet verteld hoe je hier terecht bent gekomen,' zei ze, toen Jeanny weer naast haar liep.

Vanochtend hadden ze koffie gedronken, brood gegeten en het over van alles en nog wat gehad, behalve over de directe aanleiding van Jeanny's vertrek uit Nederland.

'Kijk om je heen.' Jeanny maakte een weids gebaar met haar arm. 'Ziet dit er niet uit als een paradijs? Heuvels, weiden, bomengroepen, hagen, mooie boerderijtjes, aardige mensen en dieren. Alsof je in een ansichtkaart stapt. Dat was wat me trok. Het droombeeld. Als je je identiteit moet verliezen, je verleden moet vergeten, dan maar in zo'n land. In een paradijs.'

Het was geen antwoord op haar vraag. Susan kon moeilijk inschatten of haar moeder een rookgordijn opwierp, of haar vraag niet had begrepen. Ze liet het maar even zo. Na een goede nachtrust voelde ze geen enkele behoefte meer de zaak te forceren.

'Ik kwam hiernaartoe met dat droombeeld voor ogen,' zei Jeanny. Ze stak haar handen in de zakken van haar waxcoat. 'Maar ik kwam er al snel achter dat het hier hetzelfde is als in Nederland, of waar dan ook. Alleen het uitzicht is anders. Die mooie omgeving kan dat lege gevoel vanbinnen niet goedmaken. Niet eens compenseren. Dat het hier mooi is, went. Je ziet het na verloop van tijd niet meer.'

Skipper stoof er opnieuw vandoor en terroriseerde een groepje schapen dat een stuk verder heuvelopwaarts liep. Jeanny zag het niet.

'Als ik één ding heb geleerd in de afgelopen jaren,' vervolgde ze, 'dan is het dat je dingen waar je geen vat op hebt, het beste maar van je af kunt laten glijden. Dat gaat alleen als je jezelf als toeschouwer ziet. Niet als participant. Je laat mensen tot in het voorportaal' – ze wees naar haar hoofd – 'hier zo, komen, maar niet hier.' Jeanny legde haar vlakke hand op haar borst. 'Als je dat eenmaal kunt, dan raakt niets je meer. Het wordt er een stuk makkelijker op.'

Susan nam haar moeder zwijgend op. In tegenstelling tot bij Sabine had Jeanny's Nederlands niet te lijden gehad van een Engelstalige leefomgeving. Haar moeder gooide weleens Engelse woorden door een zin, maar haar uitspraak was nog dezelfde. Inclusief de zacht uitgesproken 'g'. Maar ook al sprak ze hetzelfde als twintig jaar geleden, er was wel degelijk iets wezenlijks veranderd. Haar vader was na haar vertrek een kluizenaar geworden. Zijn vrouw had onafhankelijk van hem dezelfde weg gekozen. 'Ik moest wel,' ging ze verder. 'Jeanny Staal is dood. Zo voelde het en zo voelt het nog. Hier heet ik Jane Morris. Ik heb geen dochters, geen man en geen leven in Nederland gehad. Op het moment dat je beseft dat je dat allemaal moet loslaten, dat je niet meer terug kunt, voelt het echt als doodgaan. Geloof me. Ik heb hier leren begrijpen waarom sommige mensen die een fout hebben begaan, ervoor kiezen zich aan te geven in plaats van op de vlucht te slaan.'

Susan luisterde aandachtig. Liet haar moeders woorden op haar inwerken. Ze had nog steeds geen antwoord op haar vraag gekregen. 'Waarom ben je uiteindelijk weggegaan?' vroeg ze voorzichtig. 'Als die... die vriend was overgelopen, dan stond jij daar toch min of meer buiten?'

Jeanny's gezicht vormde een wrange grijns. 'Nadat Roger en Geran Carl hadden begraven, kon ik geen nacht meer doorslapen. Ik ging de tuin niet meer in. Er lag een lijk, waar niemand van wist, behalve je vader en ik, en Walter en Roger. Jij speelde daar weleens. Zat er met die vriendin van je... hoe heette ze ook alweer?'

'Melanie.'

'Melanie. Ik weet nog dat ik in de keuken stond en jullie zag praten aan de rand van het zwembad. Vlak bij Carl. Ik moest alle zeilen bijzetten om niet te gaan gillen. Ik ben de gang in gerend, en heb daar staan huilen.'

'En papa?' vroeg Susan. 'Hoe was hij eronder?'

'Hij liet geen moment onbenut om me eraan te herinneren dat alles mijn schuld was. Ik had jullie verraden, maar bovenal hém. En ik wist dat hij daarin niet milder zou worden. Het zou alleen maar verergeren.'

Susan kon zich levendig voorstellen hoe het gevoeld moest hebben. Een geheim meedragen was iets wat aan je kon vreten. Daar wist ze alles van. Het verschil was dat haar moeder bij niemand terecht had gekund. Jeanny had er niet enkel alleen voor gestaan, ze had ook nog tegenwerking gehad. Haar vader zou de druk op zijn overspelige vrouw langzaam maar zeker hebben opgevoerd, daarvan was ze overtuigd. Hij kon een verschrikking zijn als hij zijn gelijk wilde halen. Zou dat het zijn geweest? De reden dat ze was vertrokken?

Nee. Er was meer.

'Maar dat was het niet,' zei ze.

Jeanny keek op.

'De reden waarom je weg bent gegaan,' verduidelijkte Susan, nog steeds voorzichtig. 'Drie, vier jaar later zou ik op mezelf zijn gaan wonen. Je had kunnen wachten. Je wachtte al jaren.'

Jeanny onttrok zich aan Susans onderzoekende blik. 'Je hebt je vaders analytische geest.'

Susan hield haar adem in. Propte haar handen in haar zakken en balde ze tot vuisten.

'Het kwam door Roger,' zei Jeanny ineens.

'Roger?'

Jeanny's gezicht verstrakte. 'Hij was degene die in contact stond met de Stasi. Roger vulde zijn zakken met het heen en weer schuiven van mensen. Dat had ik toen nog niet door. Daar kwam ik pas later achter. Hij had hun verteld dat Carl er niet alleen vandoor was. Hij had míj met zich meegenomen. Daarmee tekende Roger min of meer mijn doodvonnis.'

'Wat voor reden had hij daarvoor? Ik dacht dat hij een vriend was?'

Jeanny snoof. 'Een vriend. Nee, dat is hij nooit geweest. Hij speelde met ons, Susan, hij bekeek ons zoals een wetenschapper zijn fruitvliegjes bestudeert. Ik heb ruim twintig jaar de tijd gehad om na te denken over zijn beweegredenen. De enige verklaring die ik kon bedenken, was dat Roger het deed, omdat hij het kon.'

De hond blafte kort. Hield zijn staart alert omhoog en keek in de richting van de boerderij. Het grijze, stenen huis was vanaf deze hoogte niet meer dan een vage vlek. Jeanny keek langs de hond naar het huis. Hield haar hand boven haar ogen. 'Verwacht je iemand?'

'Nee.'

Ze keken naar de hond, die zijn aandacht weer op de schapen richtte en laag kwispelend het pad de heuvel op vervolgde.

'Het zal wel een kat zijn geweest. Of de postbode.' Jeanny begon naar beneden te lopen.

Susan volgde haar, er zorgvuldig op lettend dat ze niet uitgleed over de gladde stukken rots die tussen het gras omhoogstaken. 'Roger moet toch geweten hebben hoe moeilijk het voor jou was. En voor ons.'

Nu keek Jeanny haar recht aan. 'Roger was verliefd op me. Of iets wat in zijn perceptie voor verliefdheid moest doorgaan. Hij maakte avances vanaf de eerste dag dat Geran hem mee naar huis nam. Op het eerste gezicht was hij een mooie man. Gebruind, goed verzorgd. Maar ik gruwelde van hem. Roger was net een slang. Je wist nooit wat hij dacht. Ik hield hem op afstand. Dat stak hem. Hoe meer ik probeerde hem van me af te houden, hoe fanatieker hij werd. Ik vond het op een gegeven moment knap bedreigend worden. Roger was iemand die geen afwijzing kon accepteren. Dat heb ik toen goed gevoeld. Maar dat gevoel heb ik steeds weggedrukt.'

'Waarom deed papa niets?'

'Hij zou hem hebben doodgeslagen, als hij het wist.'

'Je had het hem moeten vertellen.'

Jeanny negeerde Susans opmerking. Begon weer te lopen. 'Die avond, toen het allemaal uit de hand was gelopen met Carl, was Roger opmerkelijk stil. Ik denk nu, achteraf, dat er toen iets in hem geknapt was. Dat hij het niet kon verkroppen dat hij min of meer verloren had, gefaald. Zo zag Roger dingen. Zo zag hij mensen. Roger zag alles als een spel, en mensen als pionnen. Poppetjes die je kon verschuiven om je doel te bereiken. Ik denk dat hij die avond de enige was die nog helder kon nadenken. Roger heeft de hele situatie naar zijn hand gezet. Carl in onze tuin begraven, terwijl er duizend-en-een betere plaatsen te bedenken waren – daarmee voerde hij al een deel van zijn plan uit. Het zou een enorme druk leggen op de relatie tussen je vader en mij. Dat moest hij toen geweten hebben. En hij betrok Walter erbij. Walter was iemand die zich aangetrokken voelde tot onze manier van leven, je vaders ideeën en Rogers charisma. Maar in wezen was hij een heel onzeker iemand. Hij trok zich op aan je vader, aan Roger. Door Walter deelgenoot te maken, maakte hij hem medeplichtig. En dus monddood. Maar dat zag ik toen niet. Ik geloof niet dat iemand van ons dat toen zag. Het leek allemaal zo logisch, zoals hij het beargumenteerde. Tegen de tijd dat ik begon te beseffen waar Roger mee bezig was geweest, dat hij de hele situatie naar zijn hand had gezet, was het te laat. Ik kon geen kant op.'

'Hij heeft hoog spel gespeeld,' zei Susan. 'Je had ervoor kunnen kiezen hem aan te geven. Ik had dat waarschijnlijk wel gedaan. Ik denk dat ik liever de gevangenis in gedraaid was dan dat ik me had laten manipuleren.'

Jeanny keek haar dochter onbewogen aan. 'Het is logisch dat je dat denkt. Jij hebt geen kinderen. Als je vader en ik in de gevangenis waren beland, wat had er dan met jou moeten gebeuren? Je was minderjarig, je zou in een kindertehuis worden geplaatst. Met het risico dat de Stasi op een dag jou als voorbeeld zou stellen. Nu de Muur gevallen is, kom je de Stasi tegen als voetnoot in schoolboeken. Het is geschiedenis. Maar dat wisten we toen niet. Konden we ook niet weten. We zaten er middenin. De dreiging was heel reëel. Roger wist dat ik dat risico niet wilde nemen. Niet kón nemen, al zeker niet voor jou. Ik zou hem nooit aangeven, omdat ik daarmee mijn eigen gezin kapot zou maken.'

'Je bent voor mij gegaan,' zei Susan zacht.

Jeanny draaide zich naar haar om. 'Het was nooit zover gekomen als ik die misstap niet had begaan. Als ik die avond kon herbeleven, was ik niet naar het atelier gegaan. Dan was er niets gebeurd. Daar denk ik vaak aan.'

Susan had slechts vage herinneringen aan Roger. Ze kon hem zich amper voor de geest halen. 'Zoals je Roger beschrijft was het op een dag toch uit de hand gelopen.'

'Ik weet het niet.'

'Ik kan me bijna niet voorstellen dat papa dit heeft laten gebeuren. Hij moet razend zijn geweest.'

Jeanny grijnsde vreugdeloos. 'De Stasi was niet achterlijk. In feite waren ze behoorlijk paranoïde. Als Roger zomaar ineens zou verdwijnen, zo direct na Carl, zouden ze een paar mensen bij ons langs hebben gestuurd. Je vader was opvliegend, maar geen idioot.'

Susan onttrok zich aan de intens trieste blik van haar moeder. 'Het was dus pure wraakzucht,' zei ze zacht.

'Roger voelde zich gekwetst. Het was puur een uiting van machtsvertoon.'

'Hoe is het verdergegaan?'

'Nadat Roger me vertelde dat hij me min of meer vogelvrij had verklaard, gaf hij me een Brits paspoort. Ik sloeg het open en zag mijn eigen pasfoto. Hij had het allemaal gepland. Alles. Hij zette me af bij het veer in Vlissingen. Bij aankomst in Engeland werd ik opgehaald door een Engelse kerel die Roger als vriend beschouwde. Bij hem heb ik gewoond, bijna drie jaar, tot ik uiteindelijk kans zag om er weg te komen. Ik ben hier min of meer ondergedoken. Roger heeft me nog steeds niet gevonden.' Ze glimlachte vreugdeloos. 'Dat is mijn kleine overwinning.'

'Waarom ben je toen niet naar huis gekomen?'

'Angst. Ik was nog steeds bang dat mijn terugkomst gevolgen zou hebben.'

'In '89 is de Muur gevallen, Roger kon je toen toch niets meer maken?'

Jeanny keek naar de punten van haar laarzen. Ze hield haar pas wat in. 'Ik zat tv te kijken toen de Muur werd neergehaald. Ik weet nog dat ik de neiging had om mijn spullen te pakken en de eerste de beste boot naar Nederland te nemen. Maar ik... ik durfde niet meer. Ik bedoel, na al die tijd, wat moest ik doen? Zomaar ineens aanbellen en zeggen: nou meiden, hier ben ik dan weer?' Jeanny schudde met haar hoofd. 'Dat gíng toch niet, Susan. Jullie hadden dan willen weten hoe de vork in de steel zat. Dan had ik moeten vertellen dat ik jullie vader had verraden. Want dat is het toch, verraad? Verraad aan hem, aan mijn gezin? Ik had moeten vertellen dat er een man in onze tuin begraven ligt. Zie je het voor je? Hoe kon ik zoiets nu vertellen? Dat jullie moeder niet alleen overspelig was, maar tevens een moordenares?'

'Dat is onzin, je beschermde papa. Hij zou hem anders hebben doodgeschoten. En je had niet de intentie hem te vermoorden.'

'Maakt dat wat uit?'

Susan zweeg.

'Ik kon jullie nooit vertellen wat er werkelijk was gebeurd. Niet alleen voor mijzelf en voor jullie, maar ook voor je vader en voor Walter, die tegen wil en dank medeplichtig is geweest. Dus had ik jullie voor moeten liegen om mezelf, jullie en anderen in bescherming te nemen.' Jeanny hield haar pas in en keek Susan recht aan. 'Ik wilde niet liegen tegen mijn eigen kinderen. Dan bleef ik nog liever hier.'

'Je hebt het nu verteld.'

Jeanny keek haar onzeker aan.

'Ik denk dat je gelijk hebt,' ging Susan verder. 'Als je me dit had verteld toen ik negentien of twintig was, had ik er waarschijnlijk niet mee kunnen omgaan.'

'Nu wel?'

Susan haalde haar schouders op. 'Dingen lopen nu eenmaal zoals ze lopen. Je bent er weer, mam. Daar gaat het om. De rest is onbelangrijk.'

Jeanny hield haar pas in. 'Ik heb vannacht liggen nadenken. Ik... ik wil in Nederland komen wonen. Je beter leren kennen. Ik wil alles weten. Wat je hebt meegemaakt, wie je vriend is, je kennissen en vrienden ontmoeten, je huis zien. En ik wil naar de States, naar Sabine. Om haar dingen uit te leggen.'

Susan zweeg.

Jeanny vatte haar zwijgen als een afwijzing op. 'Ik begrijp dat je je eigen leven hebt opgebouwd. Dat dit tijd nodig heeft. Ik zal de deur niet bij je platlopen.'

Susan keek haar moeder zijdelings aan. 'Mam, voor mijn part trek je bij ons in, zolang je nog niets hebt. Maar hoe kun je je terugkomst verklaren? Je staat in Nederland te boek als vermist.'

'Ik heb een Brits paspoort. Ik ben zo gewend geraakt aan de naam Jane Morris dat ik er prima mee kan leven. Niemand hoeft te weten dat ik terug ben. Als jij en Sabine het maar weten.'

'Mensen zullen je herkennen.'

'Dat zijn details.'

'En Roger? Is hij ook een detail?'

'Over hem heb ik ook nagedacht. Hij heeft twintig jaar van mijn leven afgepakt. Ik heb mijn tijd uitgezeten. Ik ga hem opzoeken en hem duidelijk maken dat hij me met rust moet laten. Bovendien zal ik hem terugbetalen. Schadeloos stellen.'

'Terugbetalen?'

Jeanny glimlachte. 'Roger had me geparkeerd in Manchester. Henry, de oude man bij wie ik verbleef, was een scharrelaar die allerlei dingen voor Roger regelde. Hij voorzag hem bijvoorbeeld van valse paspoorten. Die had hij weer van een Indiër uit Londen. Dat wist ik, want ik zat er met mijn neus bovenop.'

Susan keek Jeanny niet-begrijpend aan.

'Ik had een nieuw paspoort van die vent gekocht. Achter Henry's rug om. Van geld dat Roger daar stalde.'

'Hoeveel kost zo'n vals paspoort?'

'Ik heb er tweehonderdvijftig Engelse ponden voor betaald.'

'En die wil je hem teruggeven?'

'Nee, ik ga hem vijftigduizend pond terugbrengen. Met rente.'

Susan bleef staan.

'Henry was slordig. Hij beheerde geld voor Roger. Ik heb er mijn huis mee gekocht. En met de B&B erbij had ik een bescheiden inkomen.'

Susan had zich nog niet verroerd. Roger leek haar iemand om rekening mee te houden. Jeanny was uit zijn gezichtsveld verdwenen, hem te slim af geweest. Daarover alleen al zou hij behoorlijk pissig zijn. Ze had hem bovendien beroofd van een flinke som geld. Hoe langer ze erover nadacht, hoe minder het idee haar aanstond dat Jeanny op eigen houtje naar die Roger toe zou gaan.

'Jij zal hem wel beter kennen,' zei Susan. 'Maar afgaande op wat hij jou en ons aangedaan heeft, lijkt hij me gevaarlijk.'

'Hij is ook ouder geworden. Mensen veranderen. Als je ouder wordt, dan word je milder.'

'Zelfs iemand als Roger?'

Ze haalde haar schouders op. 'In Nederland verjaren moorden. Daar kan hij me niet meer op pakken. De Stasi bestaat niet meer, de Muur is gevallen, de Koude Oorlog voorbij. Alles is voorbij. Het is verleden tijd. Hij krijgt zijn vijftigduizend pond met rente van me terug, en in ruil daarvoor laat hij me met rust. Roger vindt het leuk om mensen voor zijn karretje te spannen, om te manipuleren. Maar als hij iets nog veel interessanter vindt, dan is het geld. Dat heb ik in de periode dat ik bij Henry heb gewoond, wel geleerd. Roger is een *bastard,* maar hij is niet dom en dat zal hij niet zomaar zijn geworden... Hij zal voor het geld kiezen.'

Susan zei niets. Het leek haar nog steeds niet de juiste weg. Maar er was nog tijd genoeg om een andere constructie te bedenken. Een die minder confronterend was. Minder risicovol.

Ze waren bij het erf aangekomen. Voor de schuur stond een nieuw model Opel Corsa. Er zat niemand in. Skip stoof ineens naar de gastenverblijven en verdween uit het zicht. Ze hoorden hem fel blaffen.

'*Skip, here!*'

De zwart-witte border collie kwam schuldbewust aangerend en bleef om hen heen drentelen.

Vanachter het B&B-gebouw kwam een man aan gelopen. Hij droeg een zwarte spijkerbroek en een strak zwart T-shirt. Zijn zwarte haar was grijs aan de slapen en krulde in zijn dikke nek.

Skip gromde.

Toen de man dichterbij kwam, schrok Susan. Hij had een

verminkt gezicht. Er liepen kartelige littekens, dik, onregelmatig en bobbelig, vanuit zijn mondhoeken over zijn wangen. Eén mondhoek trok naar boven.

Susan dacht onwillekeurig terug aan die keer dat ze in Mexico even buiten de kust van Playa del Carmen had gesnorkeld. Ze was zo opgegaan in de koralen en het gevoel gewichtloos te zijn dat ze niet had gemerkt dat er al een tijdje geen vissen meer om haar heen zwommen. De barracuda leek er zomaar ineens te zijn. Zilver glinsterend in het gefilterde zonlicht, minstens één meter twintig lang. Gestroomlijnd en hard als een torpedo. Hij lag doodstil in het water, alsof er geen enkele stroming stond. Keek haar aan met één kil, uitdrukkingsloos oog. Barracuda's vielen zelden mensen aan. Toch was alleen de aanblik van de roofvis al voldoende om in paniek te raken. Ze had spartelend en proestend het wateroppervlak opgezocht, en de rest van haar verblijf de zee gemeden.

Deze man riep hetzelfde gevoel op. Er ging eenzelfde sinistere dreiging van hem uit.

Hij stond op drie meter afstand. Keek Jeanny en Susan aan. Hij glimlachte niet, maar de littekens bezorgden hem een permanente, sardonische grijns. 'Ik zie dat u een Bed & Breakfast heeft,' zei hij in gebroken Engels. Hij had een zware, donkere stem.

'*We're fully booked.* We zitten vol. Sorry,' zei Jeanny snel.

Nu glimlachte de man. Hij deed er althans een poging toe. Het ontblootte een rij boventanden met spleten. 'Dat weet u zeker?' Hij deed een stap naar voren.

Automatisch week Susan naar achteren. Instinctief wilde ze afstand houden. Tegelijkertijd klonk geratel vanaf de weg. Vanuit haar ooghoeken zag ze een grote groene tractor de oprit op rijden, puffend en ploffend, hobbelend langs de oude bomen en de grijze stenen muur.

De man keek om. Keek weer naar Jeanny en Susan. 'Sorry dat ik u heb gestoord,' zei hij, en hij liep naar de Corsa en stapte in. Startte de motor en begon te keren. Zodra de tractor op het erf verscheen en de weg naar de oprit vrij was, gaf hij gas en verdween.

'Zag je dat?' zei Jeanny. Haar stem trilde. 'Hij had handschoenen aan.'

Susan schudde haar hoofd. 'Nee. Niet gezien. Wat een...'

'Creep.'

De tractor was tot stilstand gekomen en er sprong een oudere man uit in een legergroene overall. Zijn smoezelige grijze pet had dezelfde kleur als zijn pretogen.

Jeanny liep op de man af en omhelsde hem. 'Je komt als geroepen, Howard.'

De man klopte Jeanny op de rug. 'Je weet het *beauty*, je hoeft maar te bellen.'

Jeanny's grijns werd breder. 'Het zou je dood worden.'

'Daag me niet uit, dame.'

Skip drentelde om de man heen en likte onderdanig zijn hand. 'Howard is de fokker van Skip,' verklaarde Jeanny.

Susan hoorde het niet. Ze keek naar de Corsa, die nu de weg op draaide en uit het zicht verdween.

43

'Mogen we u een paar vragen stellen?'

Maier kneep zijn ogen dicht tegen de felle zon. Twee zwarte silhouetten stonden bij de voordeur. Een ervan liet zijn legitimatiebewijs zien.

Recherche.

Het was nog geen tien uur in de ochtend. Ze lieten er geen gras over groeien. 'Waar gaat het over?'

'Uw buurman, Sven Nielsen, is vannacht dood aangetroffen. We hebben aanwijzingen dat het geen natuurlijke dood is geweest.'

Vannacht al.

Natuurlijk: Valerie, Walter, de rechter. Ze waren nog dezelfde avond in actie gekomen en hadden Sven niet thuis aangetroffen. Dus waren ze naar zijn praktijk gereden.

Hij had geluk gehad dat hij op tijd weg was.

Maier probeerde geschokt te kijken. 'Sven?'

'Mogen we binnenkomen?'

'Eh... ja, natuurlijk.'

Maier trok de deur verder open. Draaide zich om en liep naar de woonkamer. De gang stond vol met zwarte apparatuur waar YAMAHA op stond gedrukt, versterkers, haspels, elektriciteitssnoeren en houten kratten vol cd's. Reno had zijn hele hebben en houden bij Susan gestald. Maier had er gisteravond laat bij thuiskomst bijna zijn nek over gebroken. De rechercheurs liepen er zijdelings langs.

Het is een goed teken, hield Maier zichzelf voor. Dat ze nu pas aan zijn deur stonden, en niet meteen vannacht al, wees op een buurtonderzoek. Niet op een ondervraging.

Sven had woord gehouden.

De gedachte aan Sven veroorzaakte een wee gevoel in zijn maag. Hij blokte het resoluut weg.

Nieuwe waarheid, Maier.

In de woonkamer wees hij de twee rechercheurs naar de eetkamertafel. Hij keek zo geïnteresseerd en geschokt als het maar ging. 'Wat is er met Sven gebeurd?'

'Daar kunnen we geen mededelingen over doen, meneer. Het onderzoek is nog gaande. Zou u een paar vragen willen beantwoorden?'

Maier knikte.

'Wat is uw naam?'

'Silvester Maier.'

'Is dat uw volledige naam?'

'Ja.'

'Geboren te...?'

'München, Duitsland.'

De vragensteller keek op. Het was een oudere man, ergens begin zestig. Dik grijs haar, bril met een zwaar montuur. 'Heeft u de Nederlandse nationaliteit?'

'Ja. Ik ben op mijn achtste naar Nederland gekomen.'

'Wat is uw geboortedatum?'

'Acht december 1968.'

'Bent u de eigenaar van deze woning?'

Dat weten ze allang.

'Nee. Dat is mijn vriendin, Susan Staal.'

315

Het viel hem op dat één man de vragen stelde. De ander hield zich afzijdig en nam hem op.

De vragensteller en de observeerder.

'Is ze thuis?'

'Nee.'

'Verwacht u haar vandaag nog?'

'Nee. Ze is in Wales momenteel.'

'Waarom?'

Familiebezoek? Dat trokken ze na. Susans moeder was als vermist opgegeven. Hij moest het niet ingewikkelder maken dan het al was.

'Ze is ernaartoe om foto's te maken.'

De vragensteller keek weer op, als een schoolmeester, met gerimpeld voorhoofd en vermoeide, diepliggende ogen onder een stel borstelige wenkbrauwen.

'Dat is haar werk,' antwoordde Maier op de onuitgesproken vraag. 'Ze is fotografe.'

'Hoe lang is ze daar nu?'

Al honderd jaar, tweehonderd jaar.

'Een dag of drie.'

De vragensteller krabbelde iets in zijn schrijfblok. 'Hoe is ze naar Wales gegaan?'

'Met de auto.'

'Heeft ze de boot genomen, of de tunnel?'

Shit.

'Geen idee.'

'Dat heeft ze u niet verteld?'

'Nee.'

'Wanneer komt ze terug?'

'Dat weet ik niet. Ze zou me bellen. Waarschijnlijk eind deze week.'

Het ontging Maier niet hoe de rechercheurs een korte blik

van verstandhouding met elkaar wisselden. 'Heeft u een adres waar ze verblijft?'

Ik had haar moeten bellen.

'Nee.'

'Wat is haar geboortedatum en plaats?'

'Drie februari 1969, hier in Den Bosch.'

'Hoe lang woont u hier, meneer Maier?'

'Sinds vorig jaar november.'

'Volgens onze gegevens staat u niet op dit adres ingeschreven.'

'Dat moet ik nog doen.'

'Uw vorige adres?'

Maier gaf zijn oude adres in Zeist op.

'Hoe lang woont uw vriendin op dit adres?'

'Een jaar of zes, geloof ik.'

De vragensteller knikte. Krabbelde weer wat op het gelinieerde vel. De ander, ongeveer van dezelfde leeftijd, zat met zijn armen over elkaar. Nam hem op.

Een perfect op elkaar ingesteld duo. Zwaargewichten.

'Wonen er nog meer mensen op dit adres die niet staan ingeschreven?'

'Nee.'

Maier hoopte in stilte dat Reno in bed bleef liggen, waar hij hem vannacht bij thuiskomst luid snurkend had aangetroffen. Als ze Reno gingen ondervragen werd de uitkomst onvoorspelbaar. Reno kon bij tijden behoorlijk wazig uit de hoek komen.

'Wat is uw beroep?'

'Ik doe momenteel niets.'

Weer die onderwijzersblik. 'Werkloos?'

'Nee. Ik heb een bedrijf gehad in software. Dat heb ik verkocht.'

'U hoeft niet meer te werken?'

'Nee, inderdaad.'

Observeerder maakte nu zijn eerste geluid. Een soort gesnuif. De mannen keken elkaar aan alsof ze wilden zeggen: wat doen wij verkeerd?

'Waar was u gisteravond omstreeks halftien?'

Jezus, die pathologen-anatomen waren goed.

'Is het toen gebeurd?' vroeg Maier.

'Daar kunnen we geen mededelingen over doen. Het is voor ons belangrijk om te weten wat u deed rond dat tijdstip.'

'Hardlopen. Of thuis. Het zal erom spannen.'

'Alleen?'

'Ja.'

'Waar liep u?'

Ze kunnen niet in je hoofd kijken, als je geen toegang biedt.

Maier maakte een vage beweging naar het westen. 'Achter de stadswallen, in de polder.'

'Hoe lang bent u weggebleven?'

'Ik loop meestal anderhalf uur. Ik ben rond een uur of acht, halfnegen vertrokken dus ik zal zo rond halftien, tien uur thuisgekomen zijn.'

'Bent u iemand tegengekomen die u gesproken heeft en dat kan bevestigen?'

Dit begon op een verhoor te lijken. Ze waren zijn alibi aan het natrekken. 'Nee. Ik heb wel andere hardlopers gezien, maar niemand gesproken.'

'Ging u goed om met uw buurman?'

Maier haalde zijn schouders op. 'Gewoon, normaal.'

'Vertelt u mij maar wat u normaal vindt.'

'Hij kwam weleens koffie drinken. Was een aardige vent. Gewoon burencontact.'

Te glad!

Hij vervolgde: 'Ik kan niet geloven dat hij dood is…'

'Kwam de heer Nielsen vaak hier?'

Tricky. Sven was kind aan huis. Mogelijk wisten meer mensen dat.

'Regelmatig.'

'Wat vindt u regelmatig?'

Maier hief zijn handen op. 'Eén, twee keer in de week, zoiets. Hij bleef nooit lang.'

'Beschouwde u uw buurman als een vriend?'

Ja, gek genoeg. Ja. Sven was een vriend.

Maier schudde zijn hoofd. 'Nee. Meer als een kennis.'

'Heeft u dingen gezien die afwijken, in de afgelopen weken? Bezoekers bij uw buurman?'

'Nee.'

'Gedroeg hij zich anders dan anders?'

'Niet dat mij is opgevallen.'

'Auto's in deze straat die er normaal niet staan?'

'Er komen hier geen auto's van bezoekers. Iedereen heeft een parkeervergunning.'

'Stond de auto van uw buurman gisteren hier in de straat geparkeerd?'

'Nee. Niet toen ik wegging en niet toen ik terugkwam.'

'Heeft u mensen in de straat gezien die u niet kent, die hier niet thuishoren?'

'Nee, er was niemand.'

'Heeft u licht zien branden bij uw buurman gisteravond?'

'Toen ik terugkwam van lopen was het nog licht. Ik ben niet meer buiten geweest.'

'Hoe heeft u uw buurman leren kennen?'

'Hij woont hiernaast. Dan leer je iemand vanzelf kennen.'

'Dus u heeft hem in…' De vragensteller sloeg zijn blocnote een pagina terug. '… in november van het afgelopen jaar leren kennen?'

'Klopt.'

'Had u gezamenlijke interesses, ging u weleens samen op vakantie, of had u een gezamenlijke hobby?'

'Nee.'

'Heeft u uw buurman weleens ergens mee geholpen?'

Nou en of.

'Wat bedoelt u daarmee?' vroeg Maier. Een wedervraag stellen was de beste manier om tijd te genereren om over je eigen antwoord na te denken.

'Heeft u meegeholpen met schilderen,' antwoordde de vragensteller. 'Of met verbouwen, dat soort dingen?'

'Nee.' *Dat soort dingen niet.*

'Wanneer heeft u uw buurman voor het laatst gezien?'

Maier ademde diep in en draaide zijn ogen naar rechts en naar boven. Hij had veel boeken over lichaamstaal gelezen. En ze in praktijk gebracht. Deze stand hield 'denken' in.

'Ik denk vorige week of zo.'

'Kan het iets specifieker?'

Maier deed zijn best oprecht over te komen en gleed met zijn hand over zijn mond. Hief daarna zijn handen op. 'Pff. Ik heb geen idee. Vorige week maandag? Dinsdag? Zoiets. Wacht... Zaterdag. Vorige week zaterdag, 's ochtends.'

Vragensteller noteerde ijverig.

'Denkt u eens terug aan de laatste keer dat u uw buurman sprak. Weet u nog wat hij toen tegen u zei?'

Maier keek de man verbaasd aan en krabde aan zijn slaap. 'Hij was hier met zijn zoontje. Hij is gescheiden... wás gescheiden. Hij had het erover dat ze naar de Efteling gingen. En dat hij blij was dat hij het jochie eens in de twee weken een weekend kon hebben.'

'Dat was het?'

'Zo ongeveer.'

'Heeft u niets vreemds opgemerkt? Gedroeg uw buurman zich bijvoorbeeld nerveus?'

Maier schudde resoluut zijn hoofd. 'Nee, absoluut niet. Dan had ik dat moeten merken. Hij was juist opgetogen.'

'Weet u nog wat uw buurman aanhad, die zaterdag?'

Maier draaide zijn ogen weer op denkstand. 'Ik heb werkelijk geen idee. Gewoon, iets casuals. Denk ik.'

'Had hij een vriendin?'

'Niet dat ik weet.'

Ze verstonden hun vak. Maar ze leken geen aanknopingspunt te hebben. Mogelijk had Sven een dusdanige draai aan zijn nieuwe waarheid gegeven, dat er voor Valerie geen touw aan vast te knopen was.

Hij moest zo maar eens een hint gaan geven. Hen op het juiste spoor zetten.

'Als uw buurman hier frequent is, moet u dat soort dingen toch van hem weten?'

'Hij heeft er nooit iets over gezegd. Daar hadden we het nooit over.'

'Waar had u het dan wel over?'

'Dagelijkse dingen. We waren niet zo close. Hij had het weleens over zijn werk. Operaties die lastig waren. Dat hij erover dacht dat appartement van hem te kopen van de eigenaar. Grappige commercials op tv. Dat soort dingen.'

'Wat weet u van de dierenartspraktijk van uw buurman?'

'Weinig. Hij werd weleens gebeld op zijn mobiel als hij hier was, voor een spoedgeval.'

'Kwam dat vaak voor?'

'Wat bedoelt u?'

'Dat uw buurman weggeroepen werd?'

Ineens werd Maier alert. Deed zijn uiterste best om dat niet te laten blijken.

'Ik bedenk me opeens iets,' zei hij bedachtzaam. Liet met opzet een stilte vallen.

De mannen bogen zich een stukje naar voren.

'Hij heeft weleens een telefoontje gehad hier, waarvan hij van streek raakte. Het was een kort gesprek, maar het is me bijgebleven omdat hij ineens Frans begon te praten. Het had iets met paarden van doen.'

De aanwijzing had zijn uitwerking. Twee paar ogen sloegen zich als enterhaken in hem vast en probeerden hem binnenstebuiten te keren. Nu was het zaak terughoudend te zijn. Vaag te blijven. Want anders lieten ze hem vanaf vandaag geen seconde meer met rust.

'Kunt u daar wat specifieker in zijn?'

Maier hief nog eens zijn handen op. 'Ik kan het me niet precies herinneren. Mijn Frans is niet zo goed. Ik weet ook niet of het hier iets mee te maken heeft, maar... Ik weet nog dat ik me afvroeg waarom hij Frans sprak. Voor zover ik weet had hij geen Franse familie of vrienden. Dus maakte ik er een opmerking over. Ik vroeg waarover het ging. Gewoon, uit interesse. Hij antwoordde iets in de zin van dat ze de boom in konden en toen ik doorvroeg werd hij vaag.'

'Iets met paarden, zei u net?'

'Ja. Nogmaals, mijn Frans is niet goed, maar het woord *cheval* ken ik en dat heb ik hem tijdens dat gesprek vaker horen zeggen. Dat is me bijgebleven. Maar ik heb er niet op doorgevraagd.'

'Wanneer was dat?' vroeg de vragensteller snel.

'Ik denk... een week of twee terug. Maar pin me er niet op vast.'

'Was het 's avonds, 's middags?'

''s Avonds. Behoorlijk laat. Elf uur, of later. Zoiets.'

'Wat deed uw buurman na dat telefoontje?'

'Hij ging meteen weg.'

De rechercheurs keken elkaar een fractie van een seconde aan. De vragensteller richtte zich weer tot Maier. 'Had uw buurman het weleens over zijn klanten? Misschien ontevreden klanten?'

'Nee. Hij vertelde weleens wat, maar volgens mij was alles oké. Hij heeft althans nooit iets gezegd over een boze klant of zo.' Maier keek van de een naar de ander. 'Denken jullie dat? Dat hij misschien vermoord is door een klant of zo?'

De rechercheurs negeerden het. 'Is er iets wat u weet van uw buurman in relatie met Frankrijk? Ging hij er op vakantie? Had hij een tweede huis daar?'

'Niet dat ik weet.'

Dit was voldoende. Sven had jaren in Frankrijk gewerkt. Dat kon Valerie hun in elk geval vertellen. Zodra ze getraceerd hadden waar hij gewoond en gewerkt had, vielen ze met hun neus in de boter. Alain Lardin zou nu onderhand wel als vermist zijn opgegeven.

Conclusies mochten ze zelf trekken.

'Bent u er weleens geweest?' ging de vragensteller verder. 'In de praktijk van uw buurman?'

Gisteravond nog. Omstreeks halftien.

'Ja. Ik ben weleens met hem meegereden.' Dat moest afdoende zijn om eventuele DNA of vingerafdrukken in Svens praktijk te verklaren.

'Was dat met een speciale reden?'

'Zijn auto heeft een keer panne gehad. Toen heb ik hem naar zijn praktijk gebracht, en weer opgehaald.'

'Wanneer was dat?'

'Twee of drie weken geleden, zoiets.'

'Wanneer heeft u zijn auto voor het laatst gezien?'

Gisteravond om elf uur, op het terrein van de vuilstortplaats, ter-

323

wijl de vlammen uit de cabine sloegen. Jullie mensen zijn waarschijnlijk nu ter plaatse en vissen zijn Beretta tussen de troep vandaan.

'Geen idee. Ik denk... eergisteren of zo? Gisteren heb ik hem in elk geval niet gezien.'

'Probeert u nog eens goed na te denken. Het is belangrijk.'

'Ik zou u erg graag willen helpen, maar ik heb echt geen idee.'

De stille observeerder knikte naar de vragensteller en maakte aanstalten om weg te gaan.

'We zijn door onze vragen heen, meneer Maier. Bedankt voor uw medewerking. Wilt u het ons laten weten wanneer uw vriendin weer terug is? We willen ook haar graag een aantal vragen stellen.'

'Natuurlijk. Geen punt.'

De rechercheurs liepen naar de gang. Maier liep langs hen heen en opende de deur voor hen.

'Wij werken dit getuigenverhoor vandaag of morgen even uit,' zei de vragensteller. 'En dan komen we nog een keer langs voor de ondertekening. Bent u de komende dagen thuis?'

Nee, verdomme!

'Ja.'

'Moeten we een afspraak maken?'

'Het kan zijn dat ik ergens op een terras zit. Het is geen weer om de hele dag binnen rond te hangen.'

'Dan bellen we u van tevoren wel even.'

'Dat is prima.'

Maier sloot de deur achter de rechercheurs. Liep naar de wandtelefoon en keek op zijn Seiko. Twee minuten over elf. In Wales was het een uur vroeger. Susan zou nu onderhand wel op zijn.

Hij nam de hoorn van de haak en legde die abrupt weer neer.

Alles duidde op een routine-buurtonderzoek. Maar het kon evengoed een schlemielige ondervraging zijn geweest. Ze tapten tegenwoordig nogal vlot je vaste telefoonlijn af. En wat doet iemand die meer weet, en net een stel rechercheurs binnen heeft gehad?

Reno had een mobieltje.

Hij liep naar de slaapkamer. Reno lag dwars over het bed, het laken als een katoenen slang om zich heen gedraaid. Zijn kleding lag op een hoop op de grond. Onder andere omstandigheden had hij zich geërgerd. Nu kon hij hem wel omhelzen.

Maier trok Reno's kleding van de grond. Zijn gsm viel uit zijn broekzak. Hij liep terug naar de woonkamer en tikte Susans mobiele nummer in.

Ze antwoordde vrijwel direct. 'Hé, Reno.'

'Nee, Sil. Waar ben je?'

'Bij mijn moeder. Ze komt mee naar Nederland. Er is... Nou ja, ik vertel het nog wel. Het is een lang verhaal.'

'Dus jullie komen hierheen?'

'Dat is wel de bedoeling.'

'Wanneer?'

'Ze moet nog wat regelen voor de hond, waarschijnlijk morgen. Maar, eh...'

'Ja?'

'Is alles goed gegaan met...'

'Ja,' zei hij snel. 'Alles prima.'

'Je wilt niet weten hoe blij ik daarmee ben.'

Iets in haar stem zei hem dat ze niet zo blij en onbezorgd was als ze deed voorkomen.

Net als ikzelf.

'Je klinkt niet echt blij,' zei hij. 'Is het je tegengevallen?'

'Nee, dat niet, helemaal niet zelfs.'

Hij hoorde haar weifelen. Hij kende Susan goed genoeg om

te weten dat ze gespannen was. 'Wat is er dan?'

'Er was hier net een vent. Ik vond het een engerd. Maar hij is alweer weg, dus ik denk dat ik me heb drukgemaakt om niets.'

'Een bekende van je moeder?'

'Nee, ze had hem nog nooit gezien.'

'Wat was er zo eng aan hem?'

'Hij zag er niet uit. En hij had handschoenen aan. Er is niets gebeurd, maar...'

Maier hief zijn hoofd met een ruk op. 'Hándschoenen? Het is zomer.'

'Ja. Ik had het niet gezien, mijn moeder zei het.'

'Wat kwam die kerel doen?'

'Mijn moeder runt een Bed & Breakfast. Hij kwam op het bord af, zei dat hij een kamer zocht. Mijn moeder zei dat ze was volgeboekt.'

'Is dat zo?'

'Nee. Ze wilde gewoon dat hij wegging. Ik had het idee dat hij alleen maar vertrok omdat een vriend van mijn moeder het erf op kwam gereden.'

'Hoe zag die vent er precies uit?'

'Hij had zwart haar, en een beetje een getinte huidskleur. Niet echt blank, maar ook niet donker. En hij had vreemde lit-tekens in zijn gezicht.'

Maier slikte. Probeerde na te gaan of hij paranoïde aan het worden was, of dat er gewoon iets helemaal fout zat.

'Luister goed: donker type, zwart krullend haar tot in zijn nek, gedrongen, breed gezicht. Littekens, of ze opgeplakt zit-ten, over zijn wangen. Klinkt dit bekend?'

'Ja,' hoorde hij haar zeggen. 'Dat is hem. Hoe kan het dat...'

Maier stond inmiddels stijf van de adrenaline. 'Susan, ga alsjeblieft ergens zitten.'

'Ik zit al.'

Maier keek naar het plafond en haalde diep adem. Krabde over zijn schedel. Dit zou keihard bij haar aankomen en hij kon het onmogelijk verzachten. 'Sven is vermoord. Gisteren, in zijn praktijk.' Hij gaf Susan geen ruimte te reageren. 'Ik was buiten. Ik heb die gast die je beschrijft zien wegrennen. Hij keek me recht in mijn gezicht.'

Susan was stil.

'Wie is er daar nog meer bij jullie?'

'Niemand. Mijn moeder woont hier alleen.'

'En die vriend waar je het net over had?'

'Die is alweer weg.'

'Sluit de boel af,' ging hij verder. 'Ik kom nú meteen naar je toe. Hou hem buiten. Wat er ook gebeurt, laat die kerel niet binnen.'

'Hoe... Hoe is Sven vermoord?'

'Hij heeft hem de keel doorgesneden.'

Maier hoorde haar adem stokken. Na een korte pauze zei ze: 'En... Thomas?'

'Thomas is oké, die is bij zijn moeder.' Maier reikte naar een pen, die op de bovenrand van de lambrisering lag. Trok een blocnote naar zich toe. 'Heb je het adres voor me?'

Ze gaf het adres op en legde hem uit hoe hij er het makkelijkst kon komen.

'Ik hang nu op, beloof me dat je oplet. Ik ben zo snel mogelijk bij je.' Maier verbrak de verbinding en staarde een volle seconde verdwaasd voor zich uit.

Reno kwam gapend de woonkamer in gestommeld en zag hem door de deuropening in Susans werkkamer zitten. 'Hé, Sil,' zei hij, verbaasd en lijzig.

Maier stak afwezig zijn hand op. Startte Susans computer op en logde in op internet. Na tien minuten, waarin hij in een razend tempo de pagina's van drie grote vliegtuigmaatschappijen afzocht, trok hij uit frustratie bijna de monitor van het bureau. Vandaag geen rechtstreekse vlucht naar Cardiff of Newport. En met de auto duurde het te lang. Zeven uur, als niets tegenzat.

Hij duwde de bureaustoel onder zich vandaan en liep naar de slaapkamer.

Reno stond in de keuken en keek hem aandachtig na. Maier zag hem niet. In de la vond hij zijn oude palmtop, bladerde erin en vond het telefoonnummer van Frank Smit.

Frank had een importbedrijf in partijgoederen en een hele stoet winkels met graaibakken. Hij stroopte de halve wereld af naar handelswaar, bij voorkeur voorraden van failliete of bijna failliete bedrijven, die hij voor een habbekrats opkocht en vervolgens via zijn eigen winkels uitventte. Hij maakte er absurde winsten mee, maar ging ook regelmatig op zijn bek. Er stond Maier nog een verhaal bij over karrenvrachten vol kanariegele skeelers maat vijfenveertig, en patchwork-jassen van geitenleer met puntkragen uit Marokko. Frank was een vrije vogel, leunde enigszins tegen het malafide aan, en had, de laatste keer dat hij hem gesproken had, vier huizen verspreid over Europa en god wist hoeveel vriendinnen die hij voor zijn vrouw verborgen hield. Maar de reden dat hij Frank belde was dat hij zich kon herinneren dat Frank een vliegbrevet had. En een Cessna.

Hij toetste het mobiele nummer in.

'Frank Smit.'

'Frank. Met Sil Maier. Hoe is het?'

'Maier, verrek! Da's lang geleden. Wat doe jij tegenwoordig? Rentenieren in Zuid-Frankrijk?'

Hij had blijkbaar indruk gemaakt.

'Niet echt. Ik heb een klein bedrijf in eh... landbouwproducten. Frank, luister, ik zit met een urgent probleem en probeer het op te lossen. Ik moest aan jou denken.'

'Zeg het maar.'

'Ik kom er net achter dat ik vanmiddag een afspraak heb in Brecon, Wales.'

'Da's slordig.'

'Nogal. Als ik niet op tijd kom opdagen, dan kan ik een behoorlijke order mislopen. Ik ben een manier aan het zoeken om er *a.s.a.p.* naartoe te kunnen. Heb jij die Cessna nog?'

'Ja. Maar ik ben vandaag aan handen en voeten gebonden, man. Kun je die afspraak niet gewoon verzetten? Ik vlieg je met alle plezier, maar niet vandaag.'

'Ik moet er echt vanmiddag zijn. Het maakt me geen zak uit wat het moet kosten, Frank.'

Even bleef het stil aan de andere kant van de lijn.

'Heb je contanten?' vroeg Frank aarzelend.

Contanten. Franks uitdrukking voor zwart geld.

Frank had door hoe dringend zijn probleem was.

Waarschijnlijk was dat niet het enige wat Frank doorhad.

'Ik kan wel wat vrijmaken,' antwoordde hij.

'Brecon zei je?'

'Ja.'

'Ik bel je zo terug. Geef me je nummer.'

Maier aarzelde. Hij had geen idee wat Reno's telefoonnummer was en de vaste telefoonlijn durfde hij niet te gebruiken.

'Bel me terug op dit nummer, lukt dat?'

'Doe ik.'

Frank verbrak de verbinding.

De tijd verstreek. Vijf minuten. Tien minuten. Een kwartier.

Maier gebruikte de tijd om de sites van vliegtuigmaatschappijen die hij nog niet had bekeken, door te nemen. Ryan Air, British Airways, Easyjet, Transavia, geen van alle vlogen vandaag op Cardiff of kwamen er zelfs maar in de buurt. En de sites laadden zo tergend traag dat hij van frustratie tegen het scherm zat te vloeken.

De gsm begon te trillen.

'Sil? Man, ik heb een oplossing voor je. Ga naar Eindhoven Airport, op de Luchthavenweg. Als je de aankomst-en-vertrekhal aan je rechterhand houdt, sla je direct daarna rechtsaf richting het terrein van de luchtmacht. Bij de slagbomen rij je naar achteren, daar staat een clubgebouw van de Eindhovense Aeroclub. Vraag daar naar Eric Benders. Heb je dat?'

Maier krabbelde wat afkortingen op een vel papier. 'Ja.'

'Hij weet dat je komt, en heeft zijn vluchtplan al ingediend. Ik weet niet waar je mee bezig bent, en ik wil het ook niet weten, maar als je iemand zoekt die je zonder geouwehoer van A naar B brengt, is hij je man. Hij zit om geld verlegen. Zorg dat je contanten bij je hebt en hij zet zijn kist aan de grond op het marktplein in Bagdad.'

'Frank, bedankt. Ik sta bij je in het krijt.'

'Geen dank. Kom maar eens langs hier om die teringzooi in dat computersysteem op te schonen.'

'Doe ik.' Maier zette de gsm uit en liep naar de slaapkamer.

Vanuit zijn ooghoeken zag hij Reno staan met een fles bier in zijn handen; zijn idee van een snelontbijt met granen.

Maier hurkte neer bij de kledingkast en tikte een viercijferige code in. De kleine kluisdeur reageerde met een zachte klik. Hij griste er een paar bundels met briefjes van tweehonderd uit en sloot de kluis. Twijfelde even, en nam er toen nog een extra bundel uit. Het moest voldoende zijn.

Hij pakte zijn windjack van de stoel en ging naar buiten.

De deur van Svens appartement stond wagenwijd open en binnen hoorde hij mensen praten. Midden op straat stonden een politiebusje, en nog twee andere auto's die hij niet kende.

Hij liep het trapje in de portiek af en liep naar zijn auto. De Porsche stond te bakken in de zon. Het leer was gloeiend heet geworden. Zodra hij instapte brak het zweet hem uit. Hij startte de auto, zette de airco aan en opende de ramen en het dak. Kneep in zijn stuur. Zijn Glock lag in de rugzak, in een kluis op het centraal station. Samen met zijn bivakmuts, holster, patronen, de Franse Alcatel-mobieltjes. Er zat voldoende materiaal in die oude Nomad-rugzak om een team rechercheurs en een lab een week lang werk te verschaffen. Hij had het hele boeltje vannacht gedumpt, omdat hij half en half al wel recherchebezoek had verwacht.

Hoe ver zou hij zichzelf in de nesten werken als hij zijn vuurwapen zou ophalen en meenam op een internationale vlucht? De detectoren op Schiphol sloegen al op hol van een roestige paperclip in je jasvoering. Bij elke charter- of lijnvlucht zou hij ertussenuit gepikt worden. Maar hij betwijfelde of hij vandaag in de buurt zou komen van een detectiepoort. En of de Britse douane midden in het hoogseizoen vliegenthousiastelingen uit de Nederlandse provincie, die in eenmotorige vliegtuigjes een pretvlucht maakten en op onbeduidende vliegveldjes in *no man's land* landden, even zorgvuldig zou doorlichten.

Frank had begrepen dat het geen koosjere vlucht werd. Eric had zijn vlucht al gemeld.

Eric had geld nodig. Dus was Eric te koop.

En mogelijk bereid risico's te nemen.

Het kon schelen.

Hij zette de transmissie in z'n achteruit. Draaide de Carrera de smalle parkeerhaven uit en zette koers in de richting van het station.

44

In de brandende zon liepen mensen tussen marktkramen met gegrilde kip, lappen stof en serviesgoed. Achter dubbele beglazing, op de eerste etage van een historisch gebouw, stond een man. De bedrijvigheid op het marktplein ontging hem. Hij tikte met zijn vingertoppen op het gelakte eikenhout van de vensterbank, alsof hij een piano bespeelde, en was in gedachten verzonken.

Ergens in het zo veelbelovende proces was er iets fout gegaan, en vanaf dat moment was de wet van Murphy onverbiddelijk in werking getreden. Een opeenstapeling van slecht nieuws.

Misschien was het begonnen toen hij de Colombiaan opdracht had gegeven om druk te zetten op Nielsen, en de invulling daarvan aan de ervaren ex-commando had overgelaten. Miguel had het begrip 'druk zetten' te letterlijk genomen. En was vervolgens te laat in St. Maure geweest om zijn fout recht te zetten.

Dat had de dierenarts al gedaan. En hoe. Hij had Nielsen er niet toe in staat geacht, maar het was gebeurd.

Benoît had in zijn e-mail het vermoeden uitgesproken dat Nielsen in Frankrijk hulp had gehad. Hij had een chauffeur. Miguel kwam met eenzelfde melding; hij had bij vertrek uit de dierenartspraktijk een kerel achter het stuur van Nielsens auto gezien. Het moest dezelfde vent zijn.

Miguel moest maar zien hoe hij dat oploste, later.

Hoe dan ook, de puinhoop was compleet. Miguel had de sporen gewist in St. Maure, en de dierenartspraktijk ontdaan van bewijsmateriaal. Dat waren, voor zover hij kon nagaan, twee van de weinige dingen in dit hele proces die vlekkeloos waren verlopen. Dat kon hij van Nielsens dood niet zeggen. Het kon met geen mogelijkheid doorgaan voor zelfmoord.

Met geen mogelijkheid.

Gelukkig stond hijzelf buiten elke verdenking.

Hij trok zijn blik los van het raam en ging achter zijn bureau zitten. Dat lag vol met stapels papieren. Werk dat hij vandaag eigenlijk zou moeten doen.

Hij kwam er niet toe. Hij probeerde uit alle macht te begrijpen wat er aan de hand was. Hoe iets wat er zo veelbelovend uit had gezien, zo makkelijk ook, in een regelrechte hel had kunnen veranderen. Hoe het zover had kunnen komen.

Verdomme, hij had er tot dusver alleen nog maar geld in gepompt. Zijn reserves raakten op. Een investering van twee ton was in vlammen opgegaan. Maar dat was *peanuts* vergeleken bij de geldstroom die op gang zou komen als het spul op de markt kwam.

Daar klampte hij zich aan vast.

Hij moest op zoek naar andere mensen. Betrouwbare mensen. Een andere locatie. Maar voor de bouw van een nieuw lab was wederom geld nodig. Geld en mankracht. Tijd.

Hij kon weer helemaal van voren af aan beginnen.

En dan was er nog die toestand die zo'n beetje tegelijkertijd op was komen zetten. Alsof de duivel ermee speelde was een oud probleem ineens heel actueel geworden. Dichtbij gekomen.

Jeanny zou haar verhaal doen bij haar dochter. Dat was zo zeker als wat. Als aan het licht kwam wat twintig jaar geleden zo zorgvuldig ondergeschoffeld was, dan was het over en sluiten. Met alles.

Maar zover zou het niet komen.

Hij logde in op internet en zocht de site van Hotmail op. Vulde zijn e-mailadres en wachtwoord in.

Er was mail van Miguel. Vandaag verzonden, nog geen half-uur geleden. De man las de twee korte regels die Miguel hem vanuit een internetcafé had gestuurd.

Hij herlas ze. Voelde zich langzaam boos worden.

Nu dit weer.

Die tacovreter was te voorzichtig geworden na de rampen in Frankrijk en Den Bosch. Jeanny woonde aan de rand van een *National Park*. Er waren daar geen internetcafés. Dus als Miguel hem mailde, was hij niet eens in de buurt van Jeanny en Susan Staal. En daar had hij verdomme wel moeten zijn.

Hij boog zich over het toetsenbord, typte kwaad een instructie en klikte op verzenden. Hij verwijderde het binnengekomen bericht, wiste de geschiedenis en sloot de browser af.

Miguel zou het vanavond wel lezen. En als hij dat deed, was het te hopen dat het allemaal al achter de rug was.

45

'Dit wordt een probleem.'

Maier moest zijn hoofd bijna in zijn nek leggen om zijn ge-
sprekspartner recht aan te kunnen kijken. Eric Benders, zijn
persoonlijke piloot, was een boom van een vent. Kaalgescho-
ren hoofd en doordringende, diepliggende grijze ogen met
zware oogleden. Aan één hand droeg hij een zegelring.
Maier trok een wenkbrauw op. 'Probleem?'

'Je weet verrekte goed wat ik bedoel,' antwoordde Benders.
Wees met twee vingers losjes in de richting van het terras voor
het clubhuis van de Aeroclub. 'Die vent die daar staat, daar
moet je langs voor je ook maar naar een kist mag kijken, hiero.'
Hij haalde zijn schouders op. Een plaatselijke aardverschui-
ving. 'Maar je moet het zelf weten. Het is helemaal jouw feestje.'

Maier keek langs hem heen. Een man in een donkerblauw
marechaussee-uniform en met een foute zijscheiding stond
met een collega te praten. Hij droeg een apparaat aan zijn gordel. Een draagbare metaaldetector.

'Die gast is niet te omzeilen?'

De piloot stak hoofdschuddend een shagje aan met een
Zippo. Hield zijn hoofd scheef en klapte de messing aansteker
met één felle handbeweging dicht. 'Niet als ik je vlieg. Ze houden me hier in de peiling, begrijp je? Mijn vrachtjes ook. In

Wales wordt het al niet beter, neem het van me aan.'

'Ik denk dat ik het begrijp,' zei Maier bedachtzaam.

Tot zover het plan. 'Ik moet nog even iets uit mijn auto halen,' voegde hij eraan toe.

'Natuurlijk,' antwoordde Benders. Een mondhoek trok licht omhoog, bij wijze van glimlach. Het maakte hem niet sympathieker.

Binnensmonds vloekend liep Maier het clubhuis uit, terug naar de parkeerplaats. Opende de bagageruimte van de Carrera, keek om zich heen, trok de Glock achter zijn broekband vandaan en legde hem weg. Deed zijn rugzak open en haalde alles eruit wat een douanier of marechaussee van zijn apropos kon brengen. Mikte de spullen bij de Glock en gooide de klep nijdig dicht.

Geen vuurwapen, geen mes, en in plaats van een buigzaam, omkoopbaar type bleek zijn luchtchauffeur een Arische versie van King Kong te zijn – waarschijnlijk een met een strafblad. *Geweldig.*

Hij draaide zich om naar het gebouw en begon te lopen. De vliegclub lag verstopt tussen het terrein van de luchtmacht en de publieke terminals van Eindhoven Airport. Achter het houten clubgebouw rees een witte, uit damwandprofiel opgetrokken loods op. Kleine propellervliegtuigjes taxieden over de startbaan. In de verte, achter hoge hekwerken, stond een passagiersvliegtuig met joekels van turbines proef te draaien.

De lucht zinderde van de hitte.

Benders ving hem bij de entree op. 'Deze kant.'

In de loods kwam de marechaussee waar Benders hem op had gewezen, op hem af gelopen. Een collega voegde zich bij hem. 'Dit doen we standaard,' verontschuldigde de man zich. 'Dat wil Engeland.'

Zijn tas werd open geritst en zijn paspoort werd bekeken. De man met de foute zijscheiding haalde een metaaldetector langs zijn rug en buik, zij en benen.

Terwijl Maier gelaten de inspectie over zich heen liet komen, zag hij Benders naar een Cessna lopen. De wit met rode bovendekker had een propeller op de neus. De spanwijdte van de vleugels die boven de cabine liepen, was naar schatting een meter of tien. PH-BSX stond er met grote letters op de flank. Het gevleugelde logo van de club en een vrouwenafbeelding op het staartstuk deden hem denken aan vliegtuigen uit de Tweede Wereldoorlog. Dit vliegtuigje zag eruit alsof het niet al te lang daarna gebouwd was.

Benders bukte diep onder de linkervleugel, reikte in de cockpit en haalde er iets uit. 'Zwemvest.' Hij wierp hem een geel, plat pakket toe.

'Wat moet ik ermee?'

'Aantrekken. Voorschriften. Niet opblazen, anders passen we niet meer in die kist.'

Maier keek even naar het zwemvest. Trok het toen aan. 'Waarom niet meteen een parachute?' zei hij binnensmonds, en hij sjorde de band vast.

Benders lachte niet.

'In orde,' hoorde hij de marechaussee zeggen.

Benders nam Maiers rugzak van de grond en wierp die achteloos over de voorzittingen naar achteren. Maier bukte onder de rechtervleugel en ging in de stoel naast Benders zitten. De stoel was krap. In feite was de hele binnenruimte krap. Het instrumentenpaneel – vol met ronde, zwarte klokjes, draaiknoppen en hier en daar cryptische codes op plastic plakstrips – besloeg de volle breedte van het toestel, en dat kon niet veel meer dan een meter zijn. Hun schouders schuurden langs elkaar.

Hij keek naar achteren zonder zijn schouders te bewegen. Direct achter de twee voorstoelen waren nog twee verschoten bordeauxrode zitplaatsen, waar zijn rugzak op lag. Daarachter was nog een open, gestoffeerde bagageruimte van een halve meter diep. In zijn auto zat meer ruimte.

Benders hield hem een headset voor. Maier deed hem op.

Benders greep de twee opstaande handgrepen van het roer vast. Zijn enorme handen bedekten de handgrepen bijna volledig. De propeller kwam tot leven. Het kleine vliegtuigje schudde, bokte en begon vooruit te kruipen. Mensen in de loods liepen er achteloos langs.

Buiten taxiede Benders het toestel naar de startbaan. Even viel zijn norse piloot uit zijn rol. Maier zag zijn ogen glanzen, zijn mondhoeken kropen omhoog. '*Giddy-up go*,' riep Benders.

Dit was een man in zijn element.

De Cessna accelereerde, hotste en botste over de asfaltlaag en kwam kort voor het einde van de startbaan los van de grond. De herrie in de cabine was onbeschrijflijk.

Zo ook het gevoel in Maiers maag. De laatste keer dat hij een vergelijkbare sensatie had ondergaan, was in een achtbaan. Daarin had hij zich veiliger gevoeld.

De grondafstand werd groter. Nog geen vijf minuten later trok Benders de Cessna recht.

'Net of je kruipt, hè,' schetterde het door Maiers headset. 'Top van 275 kilometer per uur, maar hierboven lijkt het of je fietst. Ik hou een kruissnelheid van ruim tweehonderd aan, over een uurtje of drie landen we bij Brecon.' Benders pauzeerde even, en vervolgde met toegenomen enthousiasme in zijn stem: 'Dit is een niet-roken vlucht. Helaas wordt er op deze vlucht geen film vertoond. Wij vragen uw begrip voor dit ongemak.'

Maier keek voor zich uit. Er zat speling in de voorruit, viel hem op. Het kunststof kraakte vervaarlijk. Hij wierp een korte blik naar beneden. Eindhoven gleed onder hem door.

'Het vliegveld waar we landen, zit daar een Hertz of zo?' riep hij in de microfoon, zonder zijn blik van de stad af te wenden.

'*The middle of nowhere*, geen Hertz.'

'Ik heb vervoer nodig.'

'Dat regelen we wel,' klonk het krakend door de koptelefoon. 'Maak je geen zorgen. Ik ken daar wat mensen.'

46

Er hing een vreemde sfeer in de keuken. Op het grenen blad lag een jachtgeweer. Het verspreidde een geur van wapenolie. Susan keek van het vuurwapen naar haar moeder, die met haar rug naar haar toe aan het aanrecht appels stond te schillen, alsof er niets aan de hand was. In de koelkast stond deeg op te stijven.

Misschien, bedacht Susan, probeerde Jeanny in één dag twintig jaar goed te maken, en was appeltaart bakken een van de nog dringend in te halen moeder-en-kind-bezigheden, die ze ondanks de gespannen situatie wilde doorzetten.

'Was hij een goede vriend van je?' hoorde ze Jeanny vragen.

'Ja. Ik kende hem nog niet zo lang, maar Sven was iemand die snel vrienden maakte. Hij was heel behulpzaam en aardig. Hij was dierenarts.' Ze hoorde zichzelf de woorden uitspreken, maar voelde er vreemd genoeg weinig emotie bij. Dat Sven er niet meer was, kwam haar onwezenlijk voor. Ze had niet gehuild. Misschien kwam dat nog. Hier, ver weg van de bewoonde wereld in de Welshe bergen, leek haar leven in Nederland sowieso ver weg.

Zelfs Sil.

'Is hij overvallen of zo?'

'Ik weet het niet,' zei Susan. 'Dat heeft Sil niet gezegd.'

'*I don't get it.* Wat zou die man hier moeten? Op mijn erf? Ik kén je buurman niet eens.'

Susan haalde haar schouders op. Ze wilde niets liever dan haar moeder alles vertellen wat ze wist, maar hield zich in. Ze moest het eerst met Sil overleggen en dan nog vroeg ze zich af of ze er goed aan deed om haar moeder in vertrouwen te nemen. Dat Jeanny wel het achterste van haar tong had laten zien, zich kwetsbaar had opgesteld, en zij hier nu verstoppertje zat te spelen, gaf haar een onprettig gevoel.

'Ik ben geneigd om te zeggen dat je vriend zich vergist,' ging Jeanny verder. 'Maar ik kreeg ook de stuipen van die vent. Ik ben nog nooit zo blij geweest Howard te zien.'

'Howard heeft een oogje op je,' zei Susan, om het gesprek een andere wending te geven.

'Howard heeft een oogje op alle ongetrouwde vrouwen. Ik heb Skip van hem gehad. Hij vond dat een vrouw alleen een waakhond nodig had. Maar in werkelijkheid was het een excuus om me zo nu en dan op te kunnen zoeken. Sindsdien komt hij bijna elke week langs.'

'Is hij vervelend?'

'O, nee, helemaal niet,' zei Jeanny, terwijl ze gewelde rozijnen door de appelpartjes mengde. 'De mensen hier zijn nogal gesloten. Je merkt dat ze hechten aan hun eigen familie en vriendenkring.' Ze keek even op. 'Ze zijn wel vriendelijk hoor, ze zeggen je gedag en vragen of het goed met je gaat. Maar veel verder dan dat gaat het niet. Een muur van vriendelijkheid, noem ik het weleens. Howard is een prettige uitzondering. En ach... Het kwam me wel goed uit. Op een gegeven moment gaan mensen toch vraagtekens zetten bij je verleden.'

'En Howard dan?'

Ze glimlachte. 'Howard is een goede vriend. Hij helpt me met technische dingen hier, en ik help hem pups of lammetjes de fles te geven als de moeder niet voldoende melk heeft, of is overleden. Howard heeft daar het geduld niet voor.'

'Dat snap ik, maar vraagt hij dan niets over waar je vandaan komt? Wat heb je hem verteld?'

'Dat ik kinderloos weduwe ben en mijn leven lang al in Wales wilde wonen. Dat ik me hier thuis voel, en graag hier oud wil worden. Hij heeft er nooit op doorgevraagd. Er wonen hier wel meer mensen van buiten.'

Jeanny haalde de kom met deeg uit de koelkast. Veegde het aanrecht schoon en strooide er meel op. Legde het deeg op het aanrecht en begon de massa met een deegroller plat te maken.

Ineens drong zich een vraag aan Susan op waar ze eigenlijk nog steeds geen antwoord op had. 'Hoe kan Walter eigenlijk weten dat je hier woont?'

Jeanny keek om. 'Hij is mijn lijn met Nederland.' Haar mond vormde een glimlach. 'Walter vertelt me hoe het met jullie gaat.'

'Heb je altijd contact met hem gehouden?'

'Nee. Dat kwam pas later. Ik ging me steeds meer dingen afvragen. Of jullie het huis al uit waren, bijvoorbeeld. Wat jullie deden. Of Sabine inderdaad getrouwd was met Michael, en of jij een studie had afgerond. Of ik misschien... oma was geworden. Er ging geen dag voorbij dat ik daar niet aan dacht. Op een gegeven moment heb ik Walter opgespoord. En hem gebeld.'

'Waarom Walter? Waarom heb je niet gewoon contact met papa opgenomen?'

Jeanny schudde haar hoofd. 'Er was te veel kapotgemaakt. Dat was al zo voordat ik weg moest. Ik heb altijd goed met Walter kunnen opschieten. Hij was als een soort broer voor me. Hij wist wat er was gebeurd, en hij wist hoe ik me voelde.'

'We hebben hem niet meer gezien sinds toen.'

'Ik weet het. Het liep spaak tussen hem en je vader. Walter

heeft het hem nooit vergeven. Hij heeft altijd gezegd dat als Geran me meer aandacht had gegeven, zich voor me had opengesteld en me vrijer had gelaten, dat het dan nooit zover was gekomen... Maar ja, onzin natuurlijk. Het was gewoon mijn eigen schuld.'

'Heb je vaak contact met Walter?'

'Nee. Ik bel hem eens in de paar maanden op, en als ik niet bel doet hij dat wel. Hij heeft dingen voor me uitgezocht over jullie.'

'Wat heeft hij je verteld dan?'

'Sabine woont in Illinois, met Michael. In een dorpje vijfhonderd kilometer van Springfield. Ze hebben een boerderij daar, waar ze graan verbouwen. Een groot huis en personeel. En jij bent fotograaf geworden. Een goede.' Ze glimlachte. 'Ik heb een paar van je foto's. Wacht.'

Jeanny waste haar handen en liep de keuken uit. Ze kwam terug met een schoenendoos vol knipsels. Ze haalde de inhoud eruit en legde de stapels op de keukentafel. Beduimelde knipsels uit kranten en tijdschriften. Susan herkende elke foto. Wist waar ze die had gemaakt. Herinnerde zich de geuren, hoe het licht viel, de mensen die ze er had ontmoet. Hier lagen knipsels van jaren. Werk van jaren.

Terwijl ze de knipsels bekeek, ving haar gehoor geluid op van buiten. Het zware geronk van een motor, begeleid door Skippers geblaf.

Susan stond op en keek tussen de gordijnen door naar buiten.

Sil.

47

Een vrouw van middelbare leeftijd opende de voordeur en bekeek hem aandachtig. Susan stond achter haar. Ze droeg een spijkerbroek en een T-shirt en ze had haar haren in een staart zitten.

Maier keek van de vrouw naar Susan en weer terug. Jeanny was tengerder dan Susan, en zeker tien centimeter kleiner. Maar de gelijkenis was treffend. 'Kom gauw binnen,' zei Jeanny. Ze sloot de deur achter hem. Ze gaf hem een hand. Maier voelde veel pezen en botten. 'Jane Morris. Eh... Jeanny,' herstelde ze zich. 'Susans moeder.'

'Sil Maier.'

Hij wendde zich tot Susan. Jeanny wurmde zich langs hen en verdween in de aangrenzende ruimte.

Hij nam Susans gezicht in beide handen. 'Ik heb je gemist.'

Ze zweeg en beantwoordde zijn liefkozing niet. Hij streelde met zijn duimen over haar wangen. 'Is die vent nog geweest?'

Ze schudde haar hoofd.

'Ik was hier een uur geleden al.' Hij schudde zijn rugzak af. 'Ik had de motor een eind verderop gezet en ben te voet teruggelopen om te zien of ik iets kon ontdekken, maar er is me niets opgevallen. Die vent kan zich of goed verbergen, of hij is er inderdaad niet meer.'

'Waar staat je motor nu?'

'In de schuur.'

'Wat zou die man hier moeten, Sil?' Ze slikte. 'Wie is hij?'

'Ik weet het niet. Het is in elk geval iemand die eropuit is gestuurd. Iemand die hiervoor wordt betaald.'

'Hoe weet je dat?'

'Dat weet ik niet, dat denk ik. Alles wijst erop.'

'Een huurmoordenaar,' was haar conclusie.

'Daar lijkt het op.'

Hij kon niet goed peilen wat ze dacht. Wat er precies door haar heen ging. In de aangrenzende ruimte klonk een gedempte kuch.

'Wat heb je aan je moeder verteld?' zei hij uiteindelijk, omdat hij wist dat dit moment niet eeuwig ging duren en het straks, als hij naar binnen ging, lastig werd om nog iets onder vier ogen te bespreken.

'Weinig. Ik heb haar verteld dat je de moordenaar van Sven weg hebt zien lopen, en dat je vermoedde dat het dezelfde was als die vent die hier een kamer wilde huren. Verder niets. Dat leek me niet... verstandig. Nog niet.'

'Wat voor verhaal heeft ze?' zei hij, met een kort knikje in de richting van waar Susans moeder verdwenen was.

Susan probeerde in het kort samen te vatten wat Jeanny had verteld. Over de Stasi, over het safe-houseproject, over Carl Ecke, en de manier waarop Roger Wendel de situatie naar zijn hand had gezet. Het feit dat haar moeder geld van ene Henry had gestolen dat van Roger was, veel geld, dat ze een vals paspoort had geregeld en dat ze hier al jaren woonde onder een andere naam en zichzelf bedroop met de Bed & Breakfast. Zodra ze over Walter Elias begon, onderbrak Maier haar.

'Walter Elias?'

Ze knikte.

'Rechter?'

'Dat weet ik niet, maar het zou kunnen. Volgens mijn moeder was hij bezig met een rechtenstudie toen dit speelde... Hoezo?'

'Valerie is getrouwd met een man die Walter Elias heet, een rechter,' zei hij.

'Svens ex?'

Hij knikte. 'Sven beschreef hem als lang en mager.'

'Dat klopt. Ik ben bij hem geweest. Maar de link met Svens ex had ik niet gelegd. Niet eens bij stilgestaan.' Ze keek op. 'Dat is toevallig... Toch?'

Maier dacht even na. 'Dus je moeder heeft in elk geval één vijand. Roger Wendel, een man die twintig jaar geleden goed bevriend was met je vader en met Walter Elias. Vat ik dat goed samen?'

'Ja.'

'En ze wil die Wendel gaan opzoeken, zeg je?'

Ze knikte.

'Dat lijkt me niet wijs.'

'Dat leek het mij ook niet.'

Maier zweeg weer. Zijn maag rommelde luidruchtig.

'Heb je gegeten?'

Hij schudde zijn hoofd. 'Nog niet.'

'Mijn moeder heeft appeltaart gebakken.' Voor hij iets kon zeggen duwde ze de keukendeur open.

Maier volgde met tegenzin. De kleine hal leek hem comfortabel genoeg om er nog een uur of wat met Susan te blijven praten, haar vast te houden, haar geur te ruiken.

Hij kon alleen maar hopen dat hetzelfde voor Susan gold. Echt zeker was hij er niet van. Hij had een ander onthaal verwacht. Enthousiaster. De sfeervolle keuken hing vol met koperen en gietijzeren pannen die vooral een decoratieve functie leken te hebben. De geur van verse koffie vermengde zich met die van warme appeltaart. Als de situatie niet zo gespannen was geweest, zou het bijna gezellig zijn.

Zijn ogen werden al snel naar de keukentafel getrokken. Hij nam het oude jachtgeweer van het tafelblad en woog het in zijn hand. Het leek een antiek ding. Veel hout, bewerkt metaal. Hij bekeek het van dichtbij. William Powell & Son stond er in sierlijke letters in gegraveerd. De loop alleen al schatte hij in op een ruime vijfenzestig centimeter.

'Je hebt ervaring met jachtgeweren?' hoorde hij Jeanny zeggen.

'Niet veel,' zei hij naar waarheid. Het ontging hem niet hoe Jeanny hem nieuwsgierig opnam. Hij voelde zich er ongemakkelijk onder. Opgelaten bijna.

Hij was zich meer dan eens bewust van zijn uiterlijk, en de indruk die hij daarmee op onbekenden moest maken. Gemillimeterd haar, ongeschoren gezicht met wallen onder zijn ogen. Ingevallen wangen van het vele trainen en lopen. Sportschoolarmen die uit een vaal, zwart T-shirt staken. Een paar afgetrapte bergschoenen onder een legergroene, katoenen broek met zijzakken, die ook al behoorlijk aan het slijten was. En hij stonk naar benzine en uitlaatgassen. Die oude motor die Eric Benders voor hem had geregeld, lekte aan alle kanten.

Hij las afkeuring in Jeanny's ogen. Of misschien dacht hij dat alleen maar.

'Ga zitten,' zei Jeanny. 'Heb je al iets gegeten?'

Maier schudde zijn hoofd en forceerde een glimlach. 'Nee, en ik lust wel iets.' Hij nam plaats en legde het geweer op schoot. Duwde de grendelsleutel opzij en klapte het open. Twee grote patronen kwamen een paar centimeter uit de patroonkamers van de dubbele loop geschoven.

'Hagelpatronen,' zei Jeanny, terwijl ze een kop koffie en

taart voor hem neerzette. 'Ze jagen er hier mee op fazanten en zo.'

Fazanten. Elke fazant die op korte afstand door deze patronen werd geraakt, zou ter plekke degenereren tot een driedimensionale puzzel voor hoogbegaafde microchirurgen.

'Hoe kom je eraan?' vroeg hij.

'Het lag in dit huis toen ik het kocht. Ik heb geen idee hoe oud het is.'

Maier klapte de dubbelloops dicht en schoof de veiligheidspal op veilig. Legde het terug op tafel. Het was een uitstekend wapen. Nogal dodelijk binnen een afstand van tien, vijftien meter. Niet alleen voor fazanten.

'Heb je ermee gejaagd?'

Jeanny ging aan de kop van de tafel zitten. 'Ik? O, nee. Ik wist niet eens meer dat ik dat ding had, totdat jij belde.' Zacht voegde ze eraan toe: 'Ik heb me lang genoeg in een hoek laten zetten.'

Maier bromde iets.

'Wat gaan we doen?' vroeg Susan.

'Wachten.' Hij nam een hap van de taart. Die was nog warm.

'Ik heb weinig trek om als een lokvogel hier te blijven.'

'In Nederland ben je dat evengoed,' zei Maier. 'Als het diezelfde vent is, dan was hij gisteravond nog in Den Bosch. Het maakt niet uit. Zo'n kerel weet je te vinden. Hij is nu in Wales, dus als wij ook hier blijven, kost het minder tijd.'

En hou ik hem ver van Susans appartement, voegde hij er in stilte aan toe.

Terwijl Maier de taart verder opat, voelde hij hoe Jeanny hem opnam. Om zijn verschijning te compenseren probeerde hij een aardige en voorkomende indruk te maken, maar het wilde niet echt vlotten. Misschien omdat alleen een klein deel van zijn hersenen dat probeerde, terwijl de rest van zijn lichaam alleen wilde zijn met Susan. En misschien ook omdat hij onder de onderzoekende blik van Jeanny besefte dat hij ook in pak met stropdas, en met alle wil en vriendelijkheid van de wereld, gewoonweg geen ideale schoonzoon was.

'Het was erg lekker.' Hij schoof het bord demonstratief een stukje van zich af. 'Ik wil even gaan slapen, als dat kan.'

'Slapen? Het is vier uur in de middag.'

Hij keek Susan over de tafel aan. 'Kun je me vanavond om een uur of elf, twaalf wakker maken? Of eerder, als je vroeger naar bed wilt.'

Ze keek naar hem terug met een gezicht vol vraagtekens.

'Ik wil niet uitsluiten dat hij vannacht terugkomt,' verduidelijkte hij. 'Dan ben ik liever helder. Dus dan kan ik beter nu gaan slapen.' Hij schoof de stoel naar achteren en stond op. Keek naar het jachtgeweer en naar Jeanny.

Stond even in dubio. Het was haar wapen.

Maar hij had het liever zelf binnen handbereik.

'Ik wil het graag bij me houden, als je dat niet erg vindt.'

'Je doet maar,' zei Jeanny. 'Ik kan er sowieso niet mee omgaan. Ik heb er weleens mee geschoten, maar mijn schouder schoot bijna uit de kom van de terugslag.'

Maier grijnsde. Hij zag levendig voor zich hoe die tengere vrouw een schot had afgevuurd met dit jachtgeweer. Het moest een klap hebben gegeven.

'Je hebt alles op slot gedaan?' vroeg hij.

Jeanny knikte.

'Vind je het erg als ik de benedenverdieping naloop?'

'Ga je gang. Maar het is niet nodig.'

De keukenramen en voordeur had hij bij binnenkomst al gecheckt. Maier liep de keuken door, naar achteren, waar hij een woonkamer aantrof die wel wat leek op die van Susan. Grenen, veel geeltinten, en blauw. Hij controleerde de ramen.

Alles zat potdicht. Die gast kon hier niet binnenkomen zonder de boel te forceren en daarbij een hoop herrie te maken.

Via de woonkamer kwam hij in een soort hal. De achterdeur zat op slot. Recht voor hem was weer een deur. De bijkeuken. Er stond een mand met wasgoed op een wasmachine, en een opengeklapte strijkplank. Ineens hoorde hij iets achter zich. Hij draaide zich om.

Jeanny.

De gelijkenis met haar dochter was bijna griezelig. Even, een fractie van een seconde, had hij het idee dat hij hier in de toekomst keek. Susan, in de deuropening, over vijfentwintig jaar.

Er was een beroerder voorland te bedenken.

Maar in Jeanny's blik lag niet de warmte van haar dochter.

'Susan zei dat je een softwarebedrijf hebt gehad.' Jeanny vouwde haar armen over elkaar. 'Met vijftig werknemers.'

'Dat klopt.'

Ze keek hem onderzoekend aan. 'Nu niet meer.'

'Nee. Nu niet meer.'

Weer die onderzoekende blik.

Hij keek weg. Kreeg ineens behoefte aan een sigaret.

'Mij maak je niets wijs,' zei ze ineens, harder. 'Ik heb voldoende soldaten gezien om er een te herkennen.'

'Je hebt het mis.'

'Ik ga af op wat ik zie en hoor. Als je praat, zég je niets, je beweegt als een grote kat en je kijkt al net zo uit je ogen. Je hebt een lange reis achter de rug, niets gegeten of gedronken, en het eerste wat je hierbinnen in je handen neemt is een jachtgeweer, om te controleren of het geladen is... *Seen it, been there, have the T-shirt.*' Ze pauzeerde even en leek het volgende moment dwars door hem heen te kijken. 'Jij bent geen computerprogrammeur, Sil Maier.'

350

Het was te bizar voor woorden. Maier wilde zijn mond opendoen, een tegenwerping maken. Toch zei hij niets, omdat het zinloos was. Alles wat hij zou tegenwerpen, zou haar alleen maar sterken in haar gedachte.

'Wees goed voor mijn dochter,' zei ze, zacht. 'Verpest haar leven niet. Dat van mij is naar de kloten gegaan door mannen zoals jij.'

Verdomme, schoot het door hem heen.

Ze bleef staan, in de deuropening. Ze keken elkaar zwijgend aan.

'Dank je voor de goede zorgen,' verbrak ze de stilte. Maier meende een lichte spot in haar stem te herkennen.

Geruisloos verdween ze.

Hij bleef even staan wachten. Wreef over zijn arm.

Als je lang genoeg in de stront roert, Maier, dan ga je naar stront ruiken.

Hij wachtte tot hij Jeanny's voetstappen op de plankenvloer in de keuken hoorde en trok het gordijntje bij het raam dicht.

In de keuken greep hij het jachtgeweer van de tafel en knikte naar Jeanny. Ze deed of er niets was voorgevallen.

Susan stond op. 'Ik loop wel even met je mee,' hoorde hij haar zeggen.

Boven aan de trap was een ruime, vierkante hal. Er kwamen vier deuren op uit.

'Hier rechts.' Ze ging hem voor de badkamer in.

Hij herkende Susans toilettas en begon erin te rommelen, op zoek naar een tandenborstel.

De badkamer was typisch Brits: bloemenbehang, lichtgroen tapijt op de vloer en porseleinen prullen. Geen strak betegeld abattoirsfeertje, zoals gebruikelijk in Nederlandse badkamers. Het was een op en top vrouwelijke ruimte. Hij durfde zich amper te keren, bang het porselein van de plankjes te maaien.

Hij poetste zijn tanden, waste zijn handen en gooide water in zijn gezicht. Vermeed daarbij in de spiegel te kijken. Er waren vandaag al genoeg confrontaties geweest.

Susan stond al die tijd achter hem. Hij nam een handdoek van haar aan en veegde zijn gezicht droog.

'De slaapkamer is hier.' Ze ging hem voor over het zachtgroene tapijt in de hal.

Voor hij ging slapen wilde hij één ding weten: waar hij stond. Die zakelijke behandeling die hij in het afgelopen uur had moeten ondergaan – het wegblijven van een kleine aanraking, een knipoog, of alleen maar een korte blik van verstandhouding – maakte hem vreemd onzeker.

Susan maakte aanstalten om weg te lopen. Hij hield haar tegen. Duwde de deur met zijn voet achter zich dicht en drukte haar het volgende moment tegen de muur.

Hij wilde vragen hoe het was geweest, met haar vader. Sorry zeggen, of wat ze ook wilde horen, alles, als ze dat schild maar liet zakken.

Maar nu ze zo dicht bij hem stond en hij haar subtiele lichaamsgeur rook, nam iets anders het over.

'Ik heb je gemist,' zei hij, en hij streelde onder haar T-shirt, over de zachte huid langs haar ruggengraat. Zijn handen gleden over haar gespannen rugspieren, achter haar broekband, kneedden haar billen. Ze voelden koel en stevig en hij hield een fractie van een seconde zijn adem in.

'Ik ben bang,' zei ze zacht.

Hij begroef zijn gezicht in haar hals. Volgde met zijn tong de zachte huid van haar hals, tot aan haar oor. Er trok een huivering door haar heen. Hij voelde zijn bloed gonzen in zijn hoofd. Merkte dat hij op zijn benen stond te trillen.

'Je had dood kunnen zijn,' hoorde hij haar zeggen. 'Het lijkt wel of iedereen doodgaat. Mijn vader, Sven...'

'Sst... Niet denken.' Hij begroef zijn gezicht verder in haar hals, kuste de warme holte waar haar nek overging in haar schouder. 'Je ruikt lekker.'

'Sinds ik jou ken vallen er alleen nog maar doden. Ik heb nog nooit zoveel dode mensen...'

Hij deed net of hij haar niet hoorde. Ze rook fantastisch. Ze voelde fantastisch. Hij wilde haar.

Nu.

'Ontspan even,' fluisterde hij.

'Verdomme, Sil...'

Hij greep haar hoofd vast en streek zijn lippen over de hare. 'Zet het uit je hoofd. Voor nu. Voor even. Oké? Niet aan denken.'

Ze keek hem aan. Hij kon de gedachten achter die donkere ogen nog steeds niet peilen.

'Je bent een lul, Sil Maier,' zei ze onvast. 'Ik haat je.'

'Hou die gedachte vast.' Zijn hand verdween onder haar T-shirt, omvatte de volle zachtheid van een van haar borsten. Op het moment dat hij haar bh omhoog wilde schuiven, voelde hij een luchtverplaatsing, gevolgd door een felle, totaal onverwachte doffe pijn in zijn gezicht. Een doof gevoel in zijn neus. IJzersmaak in zijn mond. In een reflex greep hij haar armen vast en drukte haar hard tegen de muur.

'Waar slaat dit op?' hoorde hij zichzelf buiten adem zeggen.

Ze trilde en beefde en haar ogen schoten vuur. 'Sil Maier ten voeten uit, in zijn pure, verdomd egoïstische vorm. Eten wanneer je de kans krijgt, slapen wanneer je de kans krijgt en neuken wanneer je de kans krijgt. De drie basisregels van elke zwerfhond. Je hebt ze verdomme in het afgelopen halfuur alle drie in praktijk willen brengen.'

Hij bleef haar stevig vasthouden, wist zich niet goed raad met de situatie. Zijn neus begon dof te kloppen en zijn ogen traanden. Ze had hem goed geraakt.

'Voor het geval het nog niet in je opgekomen was,' ging ze verder, 'ik heb gevoel. Ik ben verdomme geen opblaaspop die je even uit de kast kunt rukken als je een zware zak hebt.'

Hij keek haar donker aan. Ze hing als een marionet tegen de muur, haar armen omhoog. Ze fixeerde hem met haar blik, hijgde en schokte van nijd. Dat zag hij liever dan die onnatuurlijke afstandelijkheid.

Veel liever.

'Sorry,' zei hij uiteindelijk. Hij verminderde de druk op haar armen. 'Je hebt gelijk. Dat was lomp.'

Ze richtte haar hoofd op. 'Sorry? Sorry voor wat? Voor die *move* van zonet? Voor Svens dood?' Het volume van haar stem zwakte af. 'Voor dat je er niet was toen mijn vader doodging, en ik zelf zijn huis heb moeten leeghalen, met Réno, godbetert? Sorry, Susan, dat ik me onmisbaar heb gemaakt en het je vervolgens allemaal lekker zelf laat uitzoeken?'

Hij keek haar gebiologeerd aan. Veel vrouwen deden er beter aan om niet kwaad te worden. Ze werden er niet mooier op, en dat gold ook voor de meeste mannen. Maar Susan was prachtig als de adrenaline door haar lijf gierde. Onweerstaanbaar. Haar ogen vlamden. Haar huid gloeide. Het was alsof alle oerkracht uit de aarde zich samenbalde in haar lichaam. Hij kon zijn ogen niet van haar afhouden. Voelde de spanning in zijn bekken toenemen.

'Ik haat mezelf,' zei ze, nu zacht, 'omdat ik zo ontzettend veel om je geef. Jij bent mijn karakterzwakte. Begrijp je dat? Dringt dat tot die botte hersens van je door, of heb je het vakje "begrip" ook afgesloten vandaag?'

Hij keek haar nog steeds ademloos aan. Niet in staat om ook maar iets te zeggen.

Het volgende moment trok ze zich los, greep zijn hoofd vast, likte langs zijn onderlip. 'Begrijp je dat? Lul die je er bent,' fluisterde ze.

Hij was opgewonden. Erg opgewonden. Het volgende moment greep hij haar vast, trok haar T-shirt omhoog.

'Klootzak.' Ze vlijde haar lichaam tegen hem aan. Gleed met haar handen langs zijn gezicht. Kuste zijn neus. 'Doet het zeer? Ik hoop het. Je hebt het verdiend.'

Hij wilde zeggen dat ze knettergestoord was, maar wist zich op tijd in te houden. Hij stond 4-0 achter.

Haar gladde tong gleed langs zijn lippen. Ze beet, net iets te hard.

Als antwoord greep hij haar billen vast. Perste zijn bekken tegen haar aan. Er was te veel kleding. Veel te veel. Ongeduldig trok hij haar T-shirt uit, schoof daarna haar bh omhoog. Hij boog zijn hoofd en nam haar borsten vast, alsof hij ze woog. Zoog op haar tepels, om en om, tot hij merkte dat ze zwaar op hem leunde en moeite had om op haar benen te blijven staan.

Hij tilde haar op en legde haar op bed. Het harde katoen van het dekbed knisperde. Ze gooide haar schoenen uit. Hij rukte ongeduldig aan haar jeans, trok het kledingstuk samen met haar slip over haar billen naar beneden. Begroef zijn gezicht tussen haar benen. Ze was vochtig en warm. Verwelkomend. Hij voelde haar vingers in de huid van zijn schedel graaien. Ze duwde haar bekken omhoog, kromde haar rug, als aanmoediging. Kreunde.

Hij probeerde helder te blijven, geluiden van buiten op te vangen, van beneden, van de trap. Maar hij kon zich niet losrukken van haar lichaam, haar geur, zijn hart dat wild in zijn borstkas bonkte en de allesoverheersende zaligheid van het moment.

Hij richtte zich op, legde zijn hand tussen haar benen. Gleed met zijn vingers over haar zachte vlees. Hun blikken kruisten elkaar.

Er viel ineens zoveel in haar ogen af te lezen. Verwijt, verdriet, lust, angst. En liefde.

Verbondenheid.

Meer hoefde hij niet te weten.

'Kom hier,' zei ze schor. 'Ik heb je gemist.'

Hij draaide zich op zijn zij, werkte zich uit zijn broek en sjorde het kledingstuk naar beneden, tot het als een vod aan zijn voeten belandde en hij het ongeduldig van zich af trapte, tegelijkertijd met zijn schoenen.

Hij trok haar boven op zich. 'Ik wil je zien.'

Ze ging schrijlings op hem zitten, liet zich over hem heen zakken. Schokkerig, met één sturende hand.

Terwijl hij haar in het gedempte licht van de dichtgetrokken gordijnen op en neer zag bewegen, haar borsten zacht heen en weer schommelend, vergat hij wie hij was.

De ontlading kwam te snel. Veel te snel.

Hij trok haar naar zich toe, klemde haar billen vast met twee handen en kwam schokkend, met een doffe kreun klaar, terwijl haar haren als een waaier over zijn gezicht vielen.

'Ik hou van je,' mompelde hij, toen hij de spanning in zijn bekken voelde wegebben. 'Ik hou van je.'

Hij maakte aanstalten om zich op te richten, maar ze klemde zich aan hem vast.

'Blijf in me. Hou me vast.'

Hij sloeg zijn armen om haar heen.

Even was het stil. Hij voelde haar adem langs zijn gezicht en kuste haar wang.

Er vielen warme druppels op zijn huid. Ze huilde, bijna geluidloos. Zout vocht gleed langs zijn oren naar het kussen.

Hij bleef haar kussen. Zacht. Op haar neus, haar voorhoofd. Wangen. Slaap. Streelde met zijn duim haar tranen weg.

Het huilen ging geleidelijk over in snikken.

'Wat is er aan de hand,' fluisterde ze. 'Wat gebeurt er allemaal?'

Hij kon er geen antwoord op geven. Er gebeurde veel. En afgezien van de afgelopen paar minuten was het meeste daarvan niet bepaald opwekkend.

'Waarom Sven? Het is niet eerlijk.'

Maier zweeg. Dit was Susan. Ze wilde gerechtigheid vinden. Samenhang zien. En die was er niet. Dingen gebeurden. Vandaag was je er nog, vol in het leven, morgen kon je dood zijn. Zomaar. Zonder reden. Kampbeulen werden stokoud in een haciënda in Argentinië, en kinderen en vrouwen liepen op een landmijn. Of tegen een auto waarvan de bestuurder te veel had gedronken. Een grillig regime, een val van een trap, een slopende ziekte, een verdwaalde kogel. Om in de willekeur van weggerukte levens een structuur te willen zien, een rode draad, of zelfs alleen maar een individuele reden, was onbegonnen werk. Gerechtigheid was de norm in Hollywood-films. In de echte wereld een unicum, stom toeval.

Shit happens.

'Hij wist dat hij risico liep,' zei hij uiteindelijk. 'Voor we naar Frankrijk gingen zei hij tegen me dat hij zijn leven voor zijn zoon wilde geven. En dat meende hij.'

'Maar hij wist toen niet dat...'

Hij legde zijn vinger op haar mond. Kuste haar. 'Nee, dat wist hij niet. Maar ook als hij het wel wist, had hij dezelfde keus gemaakt. Dat weet ik zeker. Jouw moeder heeft hetzelfde voor jou gedaan.'

Ze snoof zacht. 'Maar ze leeft in elk geval nog.'

'Denk er niet aan. Dat is zinloos. Het is gebeurd.'

'Ik wou dat ik er zo makkelijk overheen kon stappen.'

Hij duwde een vochtige streng haar achter haar oor. 'Ik stap er niet overheen. Ik realiseer me alleen dat het weinig zin heeft om er al te lang bij stil te staan.'

'Al te lang? Maier, het was gisteren...'

Gisteren.

Het leek wel een maand geleden.

'Heb je dan geen gevoel?'

Hij legde haar wang tegen zijn borst, maakte masserende bewegingen in haar nek. 'Je weet wel beter.'

'Ik ben geen supervrouw, oké?' mompelde ze tegen zijn borst. 'Vergeet wat ik thuis gezegd heb. Ik kan mijn gevoel niet aan- en uitzetten, zoals jij. Ik kán het gewoon niet.'

Hij bleef haar vasthouden. Streelde haar rug, haar hoofd, en merkte dat ze zich langzaam ontspande. Het snikken was opgehouden. Haar lichaam schokte zacht, maar haar ademhaling werd rustiger. Dieper.

Hij zuchtte. Bleef afwezig over haar haren strijken. Hij voelde zich loom worden, slaperig.

Gelukkig zijn is een neurologisch gestuurde momentopname.

Dit was zo'n moment.

48

Miguel lag bewegingsloos tussen twee keien. Hij had een net over zijn hoofd getrokken waarin hij onkruid en mos had verwerkt. Op afstand, en zelfs van dichtbij, ging hij op in het landschap. Hij had het jaren geleden geleerd.

Sommige dingen verleerde je nooit.

De observatiepost van vandaag lag op nog geen honderd meter van het huis, dat een meter of dertig heuvelafwaarts tegen de voet van de heuvel was gebouwd. Het zicht was prima. Door de richtkijker van zijn CZ 700, die hij had omwikkeld met jute om onnatuurlijke glinstering te voorkomen, was er weinig dat hem ontging. Niet dat er veel te zien was, daarbeneden. Sinds de oudere man gisteren in de namiddag was vertrokken, had hij daarbeneden geen levende ziel meer gezien.

Tot zo-even.

Een motorrijder, die inhield voor het huis, en vervolgens doorreed. Een uur of wat later was de man teruggekomen. Hij had zijn voertuig in de schuur bij het huis gezet en was naar binnen gegaan.

Miguel was akelig goed in gezichten onthouden. Hij wist meteen waar hij dat gezicht van kende. Hij had hem recht in zijn ogen gekeken op het moment dat hij wegvluchtte uit de dierenartspraktijk.

Op dat moment had hij weinig kunnen doen. Het wemelde van het verkeer, van de getuigen. Hij wist bovendien niet of de man een vuurwapen op schoot had liggen. Het zou pure kamikaze zijn geweest om dat risico te negeren.

Zijn blik richtte zich op de grijze boerderij in het dal onder hem. Het lag er vredig bij. Zijn baas had hem niet uitgelegd wie die twee vrouwen waren, in dat huis. Maar ze moesten op de een of andere manier te maken hebben met die Nielsen, of zijn helper.

Want wat zou die kerel hier anders komen doen?

Nadat de eerste verbazing was weggeëbd drong pas de ironie tot hem door. Dat die vent nu hier was, bespaarde hem een lastige zoektocht.

49

Hij had nu wel zo'n beetje door hoe het was om iemands bodyguard te zijn. Het was een klotebaan. De continue dreiging, het verantwoordelijkheidsgevoel en het idee dat het elk moment zwaar uit de klauwen kon lopen. Zenuwslopend. Als hij ooit door zijn reserves heen was, werd dit niet zijn nieuwe professie.

Er was niets gebeurd, die eerste nacht in Jeanny's huis. De tweede nacht al evenmin. Gisteren hadden ze de laatste blikken witte bonen van Heinz uit Jeanny's toch al niet overvloedige voorraadkast opgewarmd.

Er moest nodig wat worden ingekocht.

Ze liepen in het centrum van Brecon, waar de grijze en pastelkleurige gevels dicht op elkaar stonden en de straten zo nauw dat Sil Maier er claustrofobisch van werd. De trottoirs leken ontworpen te zijn voor Popeyes Olijfje en er waren heel wat meer mensen op de been dan waar de gemeente logistiek op was berekend. Hij keek om zich heen en ving flarden van gesprekken op. Toeristen, vooral Engelsen. Vissers. *Locals.*

Geen spoor van een kerel met een beroerd gehecht smoelwerk.

'Kom,' hoorde hij Jeanny zeggen. Ze duwde een zware deur open.

In de pub was het donker en rumoerig. Jeanny wilde ergens in het midden aan een ronde tafel gaan zitten, maar Maier pakte haar elleboog vast en leidde haar naar achteren. Hij schoof aan in een houten bank die tegen de muur stond. Vanaf hier kon hij het café overzien en had hij door de ramen een redelijk zicht op wat er zich buiten afspeelde. Jeanny en Susan namen tegenover hem plaats.

Maier nam de pub in zich op. Er zat een stel jonge kerels aan de bar die zich, aan hun taal en volume te horen, al behoorlijk vol hadden laten lopen. Veel mensen met boodschappentassen.

Hij keek op zijn Seiko. Halfdrie.

Hij keek weer naar buiten. Voelde zich slecht op zijn gemak. Er waren te veel mensen op de been.

Terwijl Jeanny zich van hen verwijderde om koffie te halen, en zich tussen de aangeschoten mannen door naar de bar bewoog, zei Susan ineens: 'Je maakt je te druk. Misschien is het niet diezelfde vent. Het was ook te toevallig om waar te zijn.'

Hij trok een wenkbrauw op.

'We kunnen moeilijk wekenlang zo doorgaan,' ging ze verder. 'Dit is geen leven.'

'Sven heeft ook geen leven meer.'

Hij keek weer naar buiten. Terug naar de bar. Jeanny had haar bestelling doorgegeven. De barkeeper zette drie koppen bij een espressoapparaat.

'Je moet ophouden jezelf verwijten te maken,' zei Susan. 'Volgens mij begin je zelf ook te twijfelen of het wel dezelfde man is.'

'Of ik twijfel doet er niet toe.'

'Dat doet er alles toe. Kom op. Je hebt in de schemer een vent weg zien rennen en een dag later duikt hij hier op. Althans, dat denk je. Hoe lang moeten we nog—'

362

'Niet lang,' onderbrak hij haar. Zijn stem klonk scherp, on-geduldig, en dat reflecteerde precies hoe hij zich voelde.

'Dat zeg je al twee dagen.'

Hij ving haar blik over de tafel. Hij herkende die blik. Zo keek ze naar Reno als hij een van zijn dwarse buien had.

Hij greep haar hand over de tafel. 'Ben ik onredelijk?'

'Ik weet het niet. Ik weet gewoonweg niet meer wat ik moet denken. Als die vent inderdaad is gestuurd, zoals jij denkt, waar wacht hij dan op? Twee dagen, Sil. Twee dagen, drie nach-ten.'

Terwijl hij naar woorden zocht om de ernst van de situatie tot haar te laten doordringen, welde er een nieuw idee in hem op. Susan had gelijk, in die zin dat hij die kerel diezelfde nacht nog bij Jeanny thuis had verwacht. Dat hij niet was gekomen, en de nachten erna ook niet, betekende iets. Hij analyseerde het. Liep alle invalshoeken na die hem te binnen schoten, en kwam tot een snelle conclusie. Snel, maar niet haastig en voor-barig, misschien omdat de uitkomst juist was.

Twee dagen was niets. Hij had regelmatig wekenlang ge-post. Dag in, dag uit, om een beter beeld te krijgen, een driedi-mensionaal beeld van wat hem te wachten stond. De routine van het doelwit, zijn gangen. Kreeg hij op vaste dagen en tijden bezoek, en van wie? Dat soort dingen deden ertoe. Een goede voorbereiding maakte verschil.

Als het inderdaad diezelfde vent was, dan was hij direct na de moord op Sven doorgereden naar Wales om hier 's middags te kunnen zijn, en had hij amper de tijd gehad om te slapen en de boel te verkennen. Die fout in zijn voorbereiding had zich meteen gewroken. Misschien was hij daardoor voorzichtiger geworden. Wilde hij zijn zaak beter voorbereiden. Zodat hij kon toeslaan op een moment dat hij zeker wist dat niemand hem in de weg zou lopen. Dat moment kon volgende week zijn.

Of volgende maand. Net zo lang als hij nodig had om het hele gebeuren bij Jeanny thuis in kaart te brengen.

Ineens werd hem alles duidelijk.

Hij kon niet begrijpen dat hij het niet eerder had gezien.

Jeanny kwam terug bij de tafel en zette twee koppen koffie neer. Liep terug om de derde te halen en schoof naast Susan in de bank.

'Je moet zo even geld voor me wisselen,' zei hij tegen Jeanny. Ze keek op.

'Er is hier toch wel een bank?' zei hij snel.

'Wales is geen ontwikkelingsland.'

Hij forceerde een glimlach. 'Mooi.'

Maier stond met een legergroene Hawke Black Watch Endurance van bijna tweehonderd Engelse ponden in zijn handen. Hij probeerde zich te herinneren hoe het zat met de aanduidingen op verrekijkers. Als hij het goed had dan stond het eerste cijfer voor de vergroting. Hoe hoger dat cijfer, hoe groter het object werd weergegeven. Dit was een 10 x 42. Hoger dan een standaardvergroting van zeven, dus moest het voldoende zijn voor zijn doel. De scherpte werd onder meer bepaald door het tweede getal, de diameter van de lens. Hoe groter de diameter, hoe meer licht er in de lens viel en hoe rustiger het beeld werd, zonder overdreven trillingen. Zo mogelijk nog belangrijker was de kwaliteit van de lenzen en de coating. Deze Hawke werd aanbevolen vanwege het speciale, groengecoate glas. De fabrikant bleek daar nogal opgetogen over, afgaande op de wervende kreten op de verpakking.

Maar al was een kijker nog zo geavanceerd, zo'n ding was net zo persoonlijk als een jas. Hij moest je passen.

Hij zette de kijker aan zijn ogen en stelde scherp, door de etalageruit heen, op een ingelijste menukaart aan de overkant van de winkelstraat. Het ontbijt met gebakken bonen en worst kwam op zeven pond. Hij mikte meer naar links, de straat in, stelde scherp op een kenteken. Het beeld bleef ook op deze afstand goed en vast. Weinig trilling, helder en zuiver.

Hij legde de kijker apart en richtte zich op de nachtkijkers. Er lagen er maar drie, maar dat was al meer dan waarop hij had gehoopt. In het verleden had hij zich in nachtkijkers verdiept, omdat hij van plan was geweest er een te kopen. Het belangrijkste wat daarvan was blijven hangen, was dat je er een moest hebben met ingebouwd infrarood. Tijdens zwaarbewolkte nachten en in afgesloten gebouwen zie je met een nachtkijker niet veel meer dan je blote oog toch al kan waarnemen. Ingebouwd infrarood werkt als een lichtbundel, zodat de plaatsen waar het licht op valt, in groene tinten voor je netvlies verschijnen. Het infrarode licht is met het blote oog niet waar te nemen, waardoor je zelf relatief onzichtbaar blijft.

Hij bekeek de verpakkingen. Er was er maar één met zo'n *illuminator*, van het merk Bushnell. De kijker gaf een blikveld van zeventig meter en een goed zicht tot ongeveer dertig meter voor je. Dat hield niet over. Met geavanceerdere, militaire apparatuur kon die reikwijdte honderden meters zijn. Dit was een huis-, tuin- en keukending, en de prijs was er dan ook naar. De kijker had één voordeel. Er zat een hoofdband bij, zodat hij zijn handen vrij had.

Hij controleerde of er batterijen bij zaten, legde beide kijkers op de toonbank en liep naar de achterkant van de zaak. Er stonden rekken op wieltjes. Ze hingen vol met grijs-groenbruin gevlekte camouflagekleding. Hij koos een waterafstotende broek met zijzakken en een jas van Deerhunter, griste een paar dikke sokken en een legergroene bivakmuts van een plank en legde alles op de toonbank naast de kijkers.

Achter de toonbank was een smalle vitrine, die werd uitgelicht door halogeenspots. Stofdeeltjes dansten glinsterend in de dunne lichtstralen. Op een ondergrond van groen fluweel lagen jachtmessen.

Zijn blik gleed langs de stalen lemmeten, de handvatten in hout, het bewerkte metaal. Onwillekeurig verscheen Sven op zijn netvlies, leunend tegen de kast in zijn operatiekamer. Daarna Thierry, op de harde grond in St. Maure.

Hij had een hekel aan messen gekregen.

De verkoper was een oudere man met dun, grijs haar en licht uitpuilende ogen. Hij had een sigaarstomp vast en keek hem uitdrukkingsloos aan. Hij schoof de vitrine open toen Maier een van de messen aanwees, stopte de stomp tussen zijn lippen, draaide het mes in een stuk papier en begon alles in te pakken in twee grote plastic tassen. De uitrusting kwam op ruim elfhonderd Engelse ponden.

Maier betaalde en liep naar buiten. Hij zette de tassen achter in Jeanny's Land Rover en stapte in. Susan wierp hem een zijdelingse blik toe.

'Vannacht,' zei hij. 'Als het meezit.'

Hij vertelde haar niet dat er in de winkel twee beveiligings-camera's hingen, en dat hij tien tegen één in de problemen zou komen als er binnenkort een lijk in de Usk zou dobberen.

Als hij zijn man tegen zou komen, en het liep uit de hand, dan diende zich alweer een nieuwe uitdaging aan. Hij probeerde er niet aan te denken.

First things first.

50

Het zat mee. De hemel was vrijwel onbewolkt. Een halvemaan legde de heuvels in een blauwige gloed.

Maier had Jeanny en Susan op het hart gedrukt de deuren en ramen gesloten te houden en dezelfde voorzorgsmaatregelen te treffen als in de afgelopen nachten. Zodra hij wegsloop, laag bij de grond en in de schaduw van het huis, schudde hij het gevoel van onbehagen van zich af. Hij hield zich voor dat ze veilig waren, daarbinnen. Alles zat potdicht. De hond lag in de gang. Het enige verschil was dat hij er niet was vannacht, als enige klaarwakker, zittend aan de keukentafel, met alleen het gezelschap van een pot sterke koffie en een sadistische klok die tweemaal zo langzaam liep als een reguliere. Nachtelijke uren waarin niets gebeurde en hij alle kans kreeg om zijn zonden te overdenken. Er door de stilte bijna toe geforceerd werd.

Hij was liever bezig.

Maier was nu halverwege de heuvel achter het huis, de dubbelloops in zijn rechterhand. Tijgerend, laag bij de grond, zo laag dat hij leek op te gaan in de omgeving. Het kort afgegraasde gras voelde vochtig onder zijn handen, net als de duizenden schapenkeutels die onmogelijk te ontwijken waren. Ze lagen overal, als confetti op straat na een feestdag. Zo nu en dan gleed hij over een stuk rots, werkte zich door een smalle waterloop, behoedzaam en lenig. Zijn huid voelde vochtig en de kleding klam. De jas en broek hielden geen zacht stromend water tegen, ook al was het nog geen centimeter diep. Even verderop stonden schapen. Ze merkten hem wel op, hij zag hun oren draaien, maar ze raakten niet in paniek en kwamen ook niet nieuwsgierig dichterbij.

Hij maakte zo veel mogelijk gebruik van natuurlijke dekking. Struiken, uitstekende stukken rots, de glooiing van de heuvelrug, stroompjes. Was er steeds op bedacht dat zijn man op hetzelfde idee gekomen kon zijn en zich hier ergens in de omgeving verdekt had opgesteld.

Hij moest alert blijven.

De illuminator was uitgeschakeld om de batterijen te sparen. Hij zag voldoende: de nachtkijker gaf een goed, helder beeld. Het fosfor waar het omgevingsbeeld op geprojecteerd werd, kleurde alles groen en zwart, alsof hij dikke, groene brillenglazen droeg op een zonovergoten dag. Het ding voelde in eerste instantie zwaar aan – het woog een halve kilo – maar de hoofdband wist het gewicht goed te verdelen. Hij was er vrij snel aan gewend geraakt.

Terwijl hij zigzaggend het hoogste punt van de heuvel opzocht, waarbij hij elke tien meter stil bleef liggen luisteren en behoedzaam honderdtachtig graden om zich heen keek, voelde hij zich langzaam in zijn element komen. Hij had zich nooit eerder zo één met de natuur gevoeld als hier, een uur na middernacht, op de koude Welshe rotsbodem.

In stilte hoopte hij op een confrontatie. Hij was er meer dan klaar voor. Twee dagen en drie nachten opgesloten zitten met zijn kersverse schoonmoeder was nog net te doen geweest. Het had niet veel langer moeten duren. Dat lag niet aan Jeanny zelf. Ze had haar zegje gedaan op de middag dat hij hier aankwam, eruit gegooid wat ze op haar lever had, en het daarbij gelaten –

368

de volgende ochtend had ze eieren met spek gebakken en zijn kleren gewassen. Op zich was dat sportief genoeg.

Maar hij bleef zich ongemakkelijk voelen in die situatie, waarin hij zich voor zijn gevoel niet vrijelijk kon uiten. Ze zaten gewoonweg te veel op elkaars lip en de hele situatie legde te veel druk. Geen beste voedingsbodem voor een goede verstandhouding.

Als hij zijn man wist te spotten en wat antwoorden uit hem kon trekken, konden ze verder. De moordenaar van Sven kon hem leiden naar degene die achter Svens dood zat, of in elk geval een stapje dichter bij de persoon die de lont had aangestoken die hij achter zich aan sleepte.

Mocht dat niet lukken, dan was er nog de optie om naar Frankrijk te gaan, naar Le Chesnay, om die oude vriend van Sven een bezoekje te brengen. Die had Alain gekend, en kon hem dus meer vertellen. Maar hij was niet vergeten hoe zwaar beroerd zijn Frans was. Hoewel hij zijn hersencellen vrij makkelijk kon mobiliseren als het echt moest; hij was geen door ruimtewezens ingestraalde John Travolta, die in *Phenomenon* in een halfuurtje een Portugees woordenboek inclusief grammatica uit zijn hoofd leerde.

Verre van dat.

En Sven was er niet meer om te tolken.

Die gedachte bracht hem terug naar zijn vrienden in het blauw, de vragensteller en de observeerder. Misschien had zijn hint met betrekking tot het telefoongesprek dat Sven zogenaamd gevoerd had, voldoende aanknopingspunten opgeleverd. En als dat zo was, dan zou hij zichzelf onnodig in de kijker werken als hij in Le Chesnay opdook. Sec gezien had hij daar niets te zoeken.

Hoe hij zijn plotselinge vertrek uit Den Bosch aan die twee rechercheurs moest verklaren, was iets waar hij zich later nog eens over ging buigen. Als er een later kwam, tenminste.

Hij drukte zich dichter tegen de grond, bleef stil liggen en concentreerde zich. Ruisen van de bomen, vijftig meter rechts van hem. Hoeven van een groep schapen en hun schokkerige flankademhaling, een meter of dertig heuvelafwaarts.

Zijn doel lag op twee uur, hemelsbreed zo'n tweehonderd meter van hem vandaan, een stuk heuvelopwaarts. Vanmiddag, voor hij was gaan slapen, had hij vanuit het huis de omgeving bestudeerd. Heuveltoppen, boomgroepen, rotsen, hoge heggen, muren van stapelstenen vol onkruid en greppels. Er waren veel locaties die als observatiepost konden dienen. Hij had een ruwe kaart getekend op een blocnote, en die specifieke plekken gemarkeerd met een kruis. De kaart zat nu in zijn hoofd. Vannacht ging hij zes plaatsen van dichtbij bekijken. Drie ervan lagen langs deze heuvelrug, aan de achterzijde van het huis.

De bomengroep die hij nu naderde, was de eerste locatie. Hij wilde hem vanaf de heuveltop benaderen, de minst logische invalshoek die hij kon bedenken, en daarom de beste. Mocht die kerel vanuit daar het huis in de gaten houden, dan kon hij hem straks van achteren op de schouder tikken.

Hij kwam weer in beweging. Schuivend op zijn buik, zich afzettend met zijn knieën en ellebogen, die hij gespreid hield om de afstand tot de bodem beperkt te houden, zijn kin niet veel verder dan een paar centimeter van de ondergrond. De kunstmatig groen oplichtende omgeving danste voor zijn ogen. Het was moeilijk om jezelf te blijven voorhouden dat dit de realiteit was, dat je niet naar een film keek. De stenen, het gras, de takken; alles was door de nachtkijker ondergedompeld in groen en zwart.

Hij was aangekomen bij de heuveltop. Bleef daar een paar meter onder. Een van de dingen die je hoorde te weten bij dit soort acties was dat je nooit, maar dan ook echt nooit een silhouet moest vormen tegen een achtergrond. Als je niet op mocht vallen, deed je er slim aan om ergens tussendoor te kijken, of ernaast. Erboven was fout. Het menselijk brein zat zo in elkaar dat omissies in het landschap, afwijkende vormen in natuurlijke glooiingen, meteen opvielen. Dat gold in sterke mate voor afwijkingen langs bovenlijnen. Hij had ook niets op de heuveltop te zoeken.

Er was geen vlag te planten.

Langzaam kroop hij verder, parallel aan de heuvelrug, tot de bomengroep links van hem lag, zo'n dertig meter lager.

De ademhaling van de schapen klonk nu getemperd, verder weg. De windkracht was licht toegenomen en voerde het geluid van zacht kabbelend water naar hem toe. Hij zag het sijpelen over de rotsen, een stroompje van amper twintig centimeter breed dat in groentinten naar beneden kronkelde, dwars door de bomengroep heen. Daar werd het beeld onzuiver.

Hij nam de tijd om de bomengroep te bekijken. De lijnen ervan, de contrasten. Onderin, aan de voet van de loofbomen, hadden zich een paar struiken geworteld. Te klein om een volwassen man te camoufleren. Maar dat zei op zich niet alles. Natuurlijke greppels en kuilen waren hier overal, en sommige waren meer dan een halve meter diep. Zijn man kon het hogerop hebben gezocht. Hoewel hij zelf liever in een kuil zou liggen, omdat hij daardoor het gevoel had elk moment weg te kunnen, was een stevige boomtak net zo geschikt. Misschien nog geschikter.

Hij bekeek elke boom, volgde de stammen naar boven. Lette op de takken, die dicht bebladerd waren en donker afstaken tegen de sterrenhemel. Er viel hem niets vreemds op.

Na een kwartier begon hij aan de afdaling. Bleef laag en alert op elke beweging. Elk geluid.

Hij was bijna bij het bos. Het zachte kabbelen van het water klonk nu eerder als klateren. Het kwam hem voor dat de waterstroom daarbeneden overging in een kleine waterval, die ter hoogte van het compacte bos moest liggen. Hij kon het vanuit hier niet zien, maar wel horen. De wind kwam nu van links. Voerde gedempt geluid van hoeven over de zachte ondergrond mee, het gesnuif van de hoefdieren, die beschutting bij elkaar zochten in de donkere nacht.

Hij wist niet wat het was, wat zijn instinct activeerde.

Het was geen geluid. Geen luchtverplaatsing. Het was meer een *gevoel*. Het gevoel dat iemand hem gadesloeg.

Langzaam, centimeter voor centimeter, draaide hij zijn hoofd. Kwam met een schok tot het besef dat hij niet alleen was.

Boven aan de heuveltop stond een man.

Hij kon slechts vaag de contouren onderscheiden, maar de uitstekende schouders en het hoofd waren onmiskenbaar van een mens. Aan de linkerkant van de schaduw stulpte iets uit, dat langzaam naar boven gleed. Een arm, een elleboog.

Een vuurwapen!

Instinctief dook hij in elkaar, begon te rollen.

Het schot was vreemd genoeg amper hoorbaar.

Pfjiéw.

Pollen gras en zand, kiezels en schapenkeutels ploften op nog geen meter naast hem op. Een kiezel raakte zijn slaap. In een flits ging het door hem heen dat dit geen jager of boer was die te veel had gedronken, maar een prof. Het geluid was te zacht voor een ongedempt vuurwapen.

Pfjiéw.

Een felle pijn schoot door zijn zij. Hij gooide zijn hoofd in zijn nek en stootte een kreet uit. In een reflex richtte hij zich op en begon te rennen in de richting van het bos. Hij gleed uit over een gladde steen, maar herstelde zich meteen. Struikelend over de oneffen ondergrond kwam hij bij de bomengroep aan. Liep een paar meter door de struiken, en liet zich vallen. Schoot door over de vochtige ondergrond, half tijgerend, half schuivend. Hij hield het jachtgeweer klemvast. Het was zijn enige langeafstandswapen, hij wilde het niet verliezen, niet nu. Het jachtgeweer bleef achter takken haken en gaf harde rukken aan zijn hand.

Hij voelde de ondergrond onder zich verdwijnen. Zijn knieën zakten weg in een ondiepe greppel. Hij drukte zich meteen en draaide zich om. De nachtkijker hing aan de zijkant van zijn hoofd. Hij trok de kijker voor zijn ogen. Die deed het nog. Maar het zicht was onvoldoende. Hij kon de heuveltop vanaf hier niet zien, die lag buiten het dertig-meterbereik. Hij klapte de kijker op. De groene tinten vielen weg. Het was volstrekt duister. Dat moest een kwestie van tijd zijn, zijn ogen moesten wennen.

De pijn in zijn zij nam in hevigheid toe en hij merkte dat hij rilde over zijn hele lijf. Hij ademde oppervlakkig en snel, terwijl zijn hart onregelmatig op en neer leek te springen achter zijn ribben, alsof het gevangenzat en met geweld een uitweg zocht.

Hij maande zichzelf rustig te worden. Paniek zou hem niet helpen. In een poging zichzelf tot de orde te roepen, ademde hij diep in. Nog een keer. Zijn tong voelde als een lap leer en het bloed kolkte door zijn aderen. Hij focuste op een grijze vlek in de verte, waarschijnlijk een kei, als een vorm van meditatie. Concentreerde zich tot het uiterste op zijn ademhaling. Negeerde de schrijnende pijn in zijn zij.

Naast zijn eigen gejaagde ademhaling hoorde hij nu hoefjes van schapen, roffelend, in de verte. De dieren maakten zich uit de voeten.

Hij bleef zich op de steen concentreren. Wist dat hij met de snelheid van het licht zijn lichaam en geest onder controle moest zien te krijgen. Zijn man zou het hier niet bij laten. Die zou als een jager op groot wild de tijd nemen, in de wetenschap dat zijn prooi gewond was, pijn had en traag was geworden. Het was alleen een kwestie van tijd dat hij hem zou vinden.

Het focussen werkte. Zijn hart begon trager te kloppen, zijn ademhaling werd rustiger. Dieper.

Hij scande met zijn blote ogen de horizon langs de heuvel af. Er was bewolking voor de maan getrokken. Op zijn netvlies vormden zich slechts vage schaduwen in zwart, grijs en donkerblauw. Hij klapte de nachtkijker voor zijn ogen en schakelde met trillende vingers de illuminator in. Het beeld werd prompt scherp, duidelijk. Een wereld van verschil. Hij keek langs de glooiing naar boven. Naar links, naar rechts. Niets dan grasland, stenen.

Het leek of de man er nooit was geweest.

Waar zit je, klootzak?

Behoedzaam trok hij het jachtgeweer naar zich toe. Het voelde koud en vochtig. Er had zich allerlei onkruid vastgezet achter de veiligheidspal en andere uitstekende delen. Hij trok het groen los, wreef met zijn duim en vingers over het metaal tot hij zeker wist dat er niets meer in de weg zat en alle delen zonder hinder konden bewegen. Hij kon alleen maar hopen dat vocht de prestaties van het oude vuurwapen niet had aangetast. Bedachtzaam zette hij het jachtgeweer tegen zijn schouder, tikte met zijn duim de stugge veiligheidspal om, legde zijn wijsvinger losjes tegen de trekker. Keek over de dubbele loop om zich heen.

Terwijl hij de omgeving af bleef speuren, probeerde hij de pijn in zijn zij zo goed en zo kwaad als het ging te negeren. Het kon geen serieuze wond zijn. Hij ademde, gaf geen bloed op, dus waren zijn longen niet geraakt. Zijn armen en benen functioneerden naar behoren. Het was alleen maar pijn. Hij wierp een snelle blik op de wond. De stof van zijn jas was gescheurd. Daaronder bloedde het en dat kwam niet als een volslagen verrassing. Hij overdacht de situatie en zag al snel in dat de beschutting van het kleine bos betrekkelijk was. Rondom lag grasland, wat zijn belager weinig mogelijkheden bood het bos ongezien te benaderen. Maar hij kon niet alle invalshoeken in de gaten houden. Dat was voor een man alleen niet te doen, restlichtversterker of niet.

Het bos had een licht ovale vorm, met een doorsnede van zo'n twintig meter op het breedste punt. Zijn man kon nu al zuidelijk van hem zitten, westelijk. Hij kon overal zijn. Onwillekeurig keek hij over zijn schouder. Niets.

Hij krabbelde op. De beweging veroorzaakte een felle steek in zijn zij. Hij bleef zich voorhouden dat het niets voorstelde. Een schaafwond, een ongemak. Niets bijzonders. Alleen pijn.

Hij liep een eind door en bleef toen staan bij de voet van een boom. Voelde langs de bast. Dikke kurkachtige schors, grillig en knoestig. Hij schoof de veiligheidspal van de William Powell op safe en gooide het wapen over zijn schouder, zodat het jachtgeweer aan zijn geïmproviseerde draagkoord tegen zijn rug hing. Zijn handen grepen de onderste tak vast. Het stugge rubber van zijn schoenzolen vond grip op de bast en hij zette zich af. Werkte zich naar boven, stukje bij beetje. Klemde zijn kaken op elkaar tegen de pijn, die in volle hevigheid kwam opzetten nu een spiergroep werd aangesproken die beschadigd moest zijn.

De bladeren ritselden terwijl de takken onder zijn gewicht doorbogen en terugsprongen. Hij klom verder, bijna buiten adem, tot hij een meter of vijf boven de grond was.

Hij keek naar beneden. Het gebladerte onder hem ontnam

hem het zicht op de bodem. Dat was prima. Het betekende dat die kerel hem evengoed niet kon zien.

Er was een tak met voldoende diameter om zijn gewicht te dragen. Hij werkte zich er ruggelings op, gebruikte de stam als ruggensteun en trok zijn benen omhoog. Drukte de rugzak tegen de stam en vond evenwicht. Minutenlang bleef hij stil zitten, met alleen het geluid van het kletterende water onder zich en het zacht ruisen van de bladeren.

Er gebeurde niets.

Hij keek naar links, naar het grasland, door een krans van bladeren. Groen fluorescerend fosfor danste voor zijn ogen. Er was niets afwijkends te zien.

Het leek zo rustig. Verlaten bijna.

Maar hij wist dat die gedachte al vaker mensen het leven had gekost.

Na nog meer lange minuten waarin niets gebeurde, nam hij een beslissing. Hij liet zich van de tak zakken. Vond steun op een dikke tak onder hem, die glad was van de dauw. Liet zich verder naar beneden glijden. Bleef ondertussen om zich heen kijken. De bodem werd nu zichtbaar. Elk dor blad, elke grasspriet lichtte groen op. Er lag een platgestampt colablikje.

Hij zakte op zijn hurken en nam de dubbelloops van zijn schouder. Schoof, met één hand over het koude metaal om het klikkende geluid te dempen, de veiligheidspal van zijn plaats. Zette de kolf tegen zijn schouder. Scande over de dubbele loop de omgeving af.

Hij hoorde iets knakken. Links van hem. Het klonk zo zacht dat hij het nooit had opgemerkt als niet elke vezel in zijn lichaam op scherp stond. In een reflex draaide hij zijn bovenlichaam naar links, drukte het jachtgeweer vaster tegen zijn schouder.

Het was hem.

De man bewoog zo langzaam en zo vloeiend dat het nauwelijks opviel. Hij kroop van een uitstekend stuk rots in het grasland in de richting van het bos. Een dikke bobbel op zijn rug – een rugzak. In zijn hand hield hij een langwerpig voorwerp – een vuurwapen.

Maier concentreerde zich. Keek langs de stalen lopen naar voren en probeerde de afstand in te schatten. Dertig meter? Afgaande op zijn zicht moest het minder zijn. Twintig meter? Misschien. Iets dichterbij en hij zou hem dodelijk kunnen raken.

Hij mocht niet dood.

Maier sloot zijn linkeroog. Legde zijn wang tegen het vochtige hout van de kolf. Nestelde de kolf tussen zijn wang en schouder, totdat het wapen stabiel, klemvast lag. Hij legde aan. Concentreerde zich op het doel. Spande zijn vinger om de trekker. Het volgende moment bewoog zijn schouder met een ruk naar achteren, alsof iemand er een felle trap tegen gaf. Voor hem knalde een steekvlam uit het wapen, die door de nachtkijker werd omgezet in een explosie van witte vlekken die hem een moment verblindde. De nachtlucht was gevuld met scherpe kruitdamp.

Het duurde ettelijke seconden voor het fosfor in de nachtkijker zich had hersteld. In grofkorrelige tinten begon het landschap weer vorm te krijgen. Hij concentreerde zich op de plaats waar hij de man voor het laatst had gezien.

Een onduidelijke vorm, als een schim, op de grens van het bereik van de nachtkijker, krabbelde op. Had hij hem niet geraakt? Langzaam kroop hij dichter naar de rand van het bos. Kroop verder, het open grasland in. Het beeld werd zuiverder.

De man sleepte zich voort, in één rechte lijn naar de heuveltop. Leek precies te weten waar hij heen ging.

Hij moest hem achterna. Maier voelde in de zijzak van zijn

broek, op zoek naar het doosje munitie. Graaide in zijn andere zak. Doorzocht de zakken van zijn jas.

Het was weg.

Het moest bij het klimmen in de boom uit zijn zak gevallen zijn. Of al eerder, toen hij beschoten werd.

Verdomme.

Het betekende dat hij nog maar één patroon had.

De schim werd vager, het beeld korrelig. De man kroop nog steeds, althans zo kwam het Maier voor. Laag bij de grond, met de rugzak op zijn rug, kon hij net zo goed een reuzenschildpad zijn.

Maier aarzelde. Eén hagelpatroon, geen extra munitie.

Het moest maar. Een kans als deze kreeg hij nooit meer.

Hij kroop naar voren en zette de achtervolging in. Een onwillekeurige sis ontsnapte uit zijn mond. Pijn. Rechtop lopen was comfortabeler en beslist minder pijnlijk, maar het zou hem tot een te gemakkelijk doelwit maken. Hij concentreerde zich. Het beeld was zo grof en onduidelijk dat hij niet kon zien in hoeverre de man was geraakt. Want dát hij was geraakt, daar ging hij nu van uit. Het was de enige logische reden waarom hij wegkroop van een doelwit dat hij had verwond.

Er was nog geen reden voor een feestje. Nog geen sprake van een overwinning, of zelfs maar overwicht. Met een beetje mazzel gelijkspel.

Het kon een afleidingsmanoeuvre zijn, een poging hem zand in de ogen te strooien, hem dichterbij te krijgen. Binnen schootsveld.

Maier kroop verder. De vochtige kleding schuurde over zijn huid en bij elke beweging langs de wond in zijn zij. Het beeld werd scherper. Hij observeerde de kruipende gestalte. Een wapen, dat de man zojuist nog duidelijk met zich had meegedragen, kon hij niet meer ontdekken. Mogelijk was het beschadigd geraakt door de hagelkogels en had hij het laten liggen. Misschien was de kerel aan zijn handen gewond en kon hij het niet meer meedragen. De afstand was te groot om het goed in te kunnen schatten.

De man was bijna bij de heuveltop. Het leek Maier beter niet in een rechte lijn achter hem aan te blijven tijgeren, maar om daarboven een meter of twintig rechts van hem uit te komen.

Misschien had die kerel daar, achter die heuveltop, een observatiepost, waar hij een ander wapen verborgen hield. Wachtte hij hem daar op. Dan was het tien tegen één einde oefening.

Maier bewoog zich voort op zijn ellebogen en tenen, maakte een lichte buiging naar rechts, om ver genoeg weg te blijven van de bomengroep. Hij siste en vloekte binnensmonds. De pijn in zijn zij leek erger te worden. Hij was aangekomen bij de top. Zocht dekking achter een flinke kei en keek naar voren.

Zijn man was er nog. De gestalte kroop ongehinderd voort, in hetzelfde langzame, maar gestage tempo, naar de beschutting van een stel uit de kluiten gewassen struiken die tegen een steile, rotsige heuvelwand aan groeiden.

Het volgende moment was hij weg.

Alsof hij was opgelost in de duisternis.

Maier knipperde met zijn ogen. Controleerde of de illuminator nog aanstond. Dat bleek zo te zijn. Gespannen kroop hij achter de kei vandaan en naar voren, zodat de rotswand ruim binnen het scherpe bereik van de nachtkijker kwam. Spande zich tot het uiterste in.

De man was nergens meer te zien.

Verdwaasd keek hij naar de rotswand. Naar links. Naar rechts.

Hij was hem kwijt.

51

Het was kwart over drie. Susan staarde naar de wekker. De digitale cijfers dansten voor haar ogen en verspreidden een rode gloed over het nachtkastje. Haar ogen prikten van vermoeidheid, maar ze kon de slaap niet vatten.

Volgens Sil cirkelde de moordenaar van Sven al dagen rond het huis, wachtend, observerend.

Ze onderdrukte een huivering.

De nachtmerries rukten haar niet meer uit haar slaap sinds ze in Wales was. In plaats daarvan kwamen ze als ze klaarwakker was, en ze gingen niet weg als ze het licht aanknipte.

Ze draaide zich om en trok het kussen onder haar hoofd. Pas nu ze hier een aantal dagen logeerde, besefte ze in hoeverre ze gewend was geraakt aan de nachtgeluiden van de stad. Auto's die voorbijreden, scooters, jongeren uit het café verderop in de straat, die op weg naar huis naar elkaar schreeuwden en tegen lantaarnpalen en vuilcontainers trapten. Ze had zich er nooit aan gestoord. Het had haar gerustgesteld te weten dat er mensen waren, daarbuiten. Dat de wereld doordraaide.

Ze vocht tegen de neiging naar beneden te gaan. Thee te zetten, de televisie af te stemmen op Discovery of National Geographic. Zelfs een infomercialzender was goed. Ze hoorde liever waarom haar leven heilloos was zonder revolutionaire wallenvervagende crème of een verzameling levensechte plastic dierenbeeldjes, dan deze ongemakkelijke stilte. Die voelde bedreigend.

Ze moest nu echt proberen wat slaap te pakken. Niemand had er wat aan als ze wakker bleef. Sil zou afgepeigerd zijn zodra hij terugkwam.

Als hij terugkwam.

Ergens in haar buik zwol een onbehaaglijk gevoel aan.

Ze propte het kussen tussen haar hoofd en schouder. Niet meer denken.

Slapen.

Ze probeerde zich een thermometer voor te stellen, wat ze wel vaker deed als haar hersenen maar bleven malen en ze de slaap niet kon vatten. Alle graden boven nul betekenden activiteit: hoe hoger, hoe actiever. Ze dwong zichzelf de thermometer te beïnvloeden. Van vijfentwintig naar twintig. Van twintig naar vijftien. En lager. Geleidelijk voelde ze zich wegzakken, naar het nulpunt toe, in een sluimertoestand.

Opeens schoot het kwik omhoog.

Een schrapend geluid.

Ze tilde haar hoofd van het kussen. Zacht schrapen, alsof iemand aan hout krabbelde.

Was het de verwarmingsketel? Werkend hout?

Onwillekeurig versnelde haar ademhaling.

Weer dat geschraap.

Ze richtte zich half op, steunend op één arm. De dekbedovertrek zakte naar haar heupen.

Het schrapende geluid was er nog. Zacht, onregelmatig.

Een boomtak die aan de achterkant van het huis langs de dakgoot schuurde? Skip, beneden in de gang, die zich krabde, en met zijn nagels tegen de deur of wand kwam?

Spoken, Susan.

Skip had allang alarm geslagen als er iets niet in orde was. Die hond was één brok gespannen zenuwen. Die sliep er echt niet doorheen als iemand 's nachts binnen wilde komen.

Ze trok het dekbed over haar schouder heen. Als ze nu niet snel de slaap vatte, dan was ze morgen een zombie.

Ze keek weer naar de wekker. Drie uur vijfentwintig.

Schrapen. Gedempt.

Ze trok het nachtkastje open en haalde de stungun eruit die Sil in Parijs had gekocht. Het ding had de hele weg naar Wales in het handschoenenkastje gelegen, en sinds Sils telefoontje had ze hem bij zich gedragen. Ze legde het naast zich, haar hand er losjes op.

Het zou haar een beter gevoel moeten geven. Veiliger.

Dat deed het niet.

Weer dat schrapen.

Ze probeerde te bedenken of ze dit geluid gisternacht ook al had gehoord, maar haar geheugen liet het afweten. Overspannen zenuwen, hield ze zichzelf voor. Net als Skip. Omdat Sil er nu niet was. Niets aan de hand. Ze sloot haar ogen.

Skip blafte.

Geen onzekere blaf, alsof hij twijfelde aan zijn zintuigen, of een verontwaardigde reactie op een kat die hij in zijn dromen achtervolgde. Het was een keelgeluid als een ratelend salvo uit een automatisch legergeweer.

Skip was zeker van zijn zaak.

Susan sprong uit het bed alsof er een startschot klonk. Rende de gang op, de stungun in haar hand, rukte Jeanny's slaapkamerdeur open. Het licht was aan en ze knipperde een moment met haar ogen. Jeanny stond midden in de kamer, plukkerige peper-en-zout lokken hingen over haar witte nachthemd. Ze hield een beverige wijsvinger voor haar mond.

Skips blaf galmde door de hal en het trapgat. Zijn stem sloeg over van nijd.

Susan sloot de deur achter zich. Keek. Er zat geen slot op. Ze draaide zich om naar Jeanny, die nog steeds als een standbeeld in de slaapkamer stond. Totaal verbluft, verlamd van paniek. Ze keek Susan alleen maar aan, niet in staat om iets te zeggen of te doen.

Susan keek de kamer rond. Op zoek naar iets om de deur mee te barricaderen. Er was niets bruikbaars in de hele kamer te vinden. De kast was te zwaar om te versjouwen. Het nachtkastje kon alleen nuttig zijn om ermee te gooien. Er lag een pocket van Emily Brontë op, van dun krantenpapier. Een plastic bedlampje zat boven het bed vastgeschroefd aan de muur. Een paar pantoffels op de grond. Susan trok de kledingkast open. Terwijl Skip heftig doorblafte, maaide ze met haar handen door de kleding. Jeanny gebruikte kleerhangers van plastic, en dunne draadmetalen hangertjes van de stomerij bogen door onder het gewicht van een paar jurken.

In de hele kamer was niets te vinden wat ze voor de deur konden schuiven of wat ook maar enigszins als wapen kon dienen.

Het duurde even voor het tot haar doordrong dat Skip was opgehouden met blaffen. Zijn blaf was niet langzaam weggeëbd, maar ineens gestopt, alsof iemand een schakelaar had omgezet.

De korte stilte werd verbroken door gestommel. Er kwam iemand de trap op. Aarzelende voetstappen. Hij, of wie of wat het ook was, nam alle tijd. Susan vocht tegen de onnozele impuls om onder het tweepersoonsbed weg te kruipen.

Ze overbrugde de paar meters naar de deur en zette haar onderrug ertegen. Zette zich schrap met haar voeten om tegendruk te geven. Ze probeerde het plastic schuifje op de stungun, met een bevende duim. Onder elektrisch geknetter werd een lichtgevende dunne lijn zichtbaar, in bibberig blauw, die van het ene naar het andere koperen contactpunt kronkelde. Het apparaat werkte.

Ze schakelde het uit.

Jeanny stond ineens naast haar. Zette haar handen tegen de deur, legde haar voorhoofd ertegen, met gesloten ogen. Ze vocht tegen de verlammende paniek, maar leek de strijd te verliezen. Ze zette zich af tegen het hout alsof ze de deur uit zijn sponningen wilde duwen.

De voetstappen kwamen dichterbij. Traptreden kraakten onder het gewicht.

Susan probeerde helder te denken. Keek naar de deur. Die was van vurenhout, of grenen, te zien aan de brede jaarringen onder de doorschijnende antieklak. Tegendruk geven was zinloos. Als ze dat al voor elkaar kregen, dan nog kon iemand met een beetje kracht het hout aan flarden trappen. *Of aan flarden schieten.*

Dit hout hield geen kogel tegen. Dit hield helemaal niets tegen.

Ze keek naar het raam, tegenover haar, voorbij het bed.

Voetstappen op het tapijt boven.

Ze maakte zich los van de deur en rende naar het raam. Draaide ongedurig aan de ovale knop en trok de ramen naar binnen toe open. Koele avondlucht stroomde de slaapkamer in.

Ze lette niet meer op de voetstappen of op haar moeder. Ze gooide één been over het kozijn, zodat ze er schrijlings op zat, en keek naar beneden. Het was misschien drie, vier meter naar de harde, donkere bodem van het erf. Ze kon de grond amper zien, het had net zo goed een bodemloze put kunnen zijn, dat donkere gat daarbeneden.

Ze huiverde.

Wat als ik mijn rug breek?

Ze aarzelde, misschien een seconde.

Het volgende moment klapte de slaapkamerdeur open. Ze keek verschrikt om.

De man die breed grijnzend midden in de kamer stond, herkende ze in één oogopslag.

52

Maier stond met zijn rug tegen een bemoste rots. Rechts van hem zat een opening in de rotswand, een scheur in het massieve steen, die breed genoeg was om een volwassen man door te laten. Metershoge, verwilderde meidoornstruiken hadden de opening vanaf de heuveltop aan het zicht onttrokken. Dit was nog de enige mogelijkheid. De schutter moest zich daarbinnen ergens schuilhouden.

Hij schakelde de illuminator in. De omgeving lichtte op en werd contrastrijker weergegeven, als op een zonovergoten dag achter een groene zonnebril. Hij liet zich op zijn buik zakken en kroop naar de rotsspleet. Keek naar binnen. De opening leek op het eerste gezicht niet dieper te zijn dan een meter of twee, maar bleek bij nader inzien zeker het viervoudige aan meters diep in de berg te verdwijnen. Hij kroop iets verder naar voren. Uiteindelijk, toen hij zeker wist dat er niemand was, ging hij rechtop staan en liep verder. Ter hoogte van zijn borstkas aan zijn linkerhand vond hij een compact, natuurlijk plateau, begroeid met mos en graspollen. Erachter was een opening. Hij drukte het jachtgeweer tegen zijn schouder en hield zijn vinger om de trekker. Tuurde door de opening. Een gang, of iets wat ervoor door kon gaan. Amper een meter in doorsnee. Overal mos en kalkachtige afzettingen op het ruwe steen.

Hij legde zijn ellebogen op het plateau en zette zich met zijn voeten af. Zwaaide één been omhoog. Daarna het andere. Ging op zijn hurken zitten en zette de William Powell tegen zijn schouder.

Zijn man kon het zich ergens daar achterin gemakkelijk hebben gemaakt, en hem op liggen te wachten. Hij had misschien geen vuurwapen meer, maar was nogal handig met een mes. Hij moest alert blijven.

De restlichtversterker gaf hem een voorsprong. Al was het hierbinnen zo donker als in een graf, door de infraroodstraler kon hij er rondlopen als was het klaarlichte dag.

Het bleef stil.

Hij liet zich opnieuw op zijn buik zakken en werkte zich langzaam op zijn knieën en onderarmen naar voren. Flarden van zijn kleding schuurden bij elke beweging langs het open vlees. Het stak gemeen, alsof iemand er zoutzuur over sprenkelde. Hij uitte binnensmonds een vloek. Kroop door.

Nu werd hij aan alle kanten ingesloten door rotsen. Er zaten grillige breuken in de rotswanden, die glinsterden van het vocht. Verderop werd de gang smaller en boog af naar rechts. Hij kroop door. Ademde nu door zijn mond in en uit. Voelde zijn hart bonken, snel en onregelmatig.

Het plafond werd lager. Zijn rugzak schampte de rots en bleef steeds haken. Hij trok zijn armen vrij en liet de rugzak achter.

Terwijl hij geleidelijk verder de rots in kroop, leek het of de duizenden tonnen massieve rots op hem drukten, steeds dichterbij kwamen, hem insloten. Zijn schouder schuurde langs de ruwe wanden en hij moest zijn hoofd nog lager houden om niet tegen de uitsteeksels te stoten. Er trok een huivering door hem heen.

Hij slikte. Nog een keer. Zijn mond was gortdroog. Hij hield even zijn adem in en sloot zijn ogen. Probeerde zichzelf moed in te spreken. Dat lukte niet echt.

Wat als dit helemaal geen doorgang was? Wat als het alsmaar smaller en nauwer werd, zodat hij straks vast kwam te zitten?

En wat als zijn man zich ergens op het terrein buiten schuil had gehouden, en zo meteen achter hem opdook om hem te fileren en als vossenvoer achter te laten?

De doorgang was te smal om te keren, of zelfs maar het geweer te richten op een ander doel dan recht voor hem. Het was alsof de vochtige wanden ademden, in het ritme van zijn ademhaling inkrompen en weer uitzetten, steeds dichter om hem heen sloten. Hem probeerden te verstikken. Alsof hij was opgenomen in een reusachtig fossiel darmkanaal.

Langzaam sloeg de paniek toe, die zijn systeem volledig platlegde. Hij verstarde. Zijn trillende spieren weigerden dienst. Hij kon niet meer voor- of achteruit. Het koude zweet brak hem uit en zijn oren begonnen te suizen. In stilte foeterde hij zichzelf uit om zijn irreële angst. Hoonde die weg.

De gang moest hier al eeuwen zijn, zei hij in gedachten. Die was al gevormd in de ijstijd, toen mensen nog in berenvellen rondliepen. Of nog eerder. Die stortte echt niet in. Nu niet, volgende week niet, nooit. Raap jezelf bij elkaar.

Adem in, adem uit.

Minutenlang bleef hij liggen, het bloed gonsde in zijn oren en zijn ademhaling was hoorbaar. Hij maande zichzelf tot rust. Concentreerde zich op zijn ademhaling.

Het leek te lukken. Zijn lichaam rilde minder. Het suizen in zijn oren hield op.

Langzaam maar zeker kreeg hij grip op zichzelf. Zijn rug was doornat van het zweet. Zoute druppels parelden op zijn voorhoofd, wangen en bovenlip. Hij kreeg het voor elkaar een hand naar voren te verzetten. Trillerig, onvast. Daarna de volgende. Hij verschoof zijn knie.

Houterig kroop hij door. Siste toen een van de lenzen van de nachtkijker zacht tegen een uitsteeksel tikte. Het had evenveel impact als wanneer iemand hem een klap voor zijn kop zou hebben gegeven. Hij klemde zijn kaken op elkaar, concentreerde zich op de gang voor hem. Bleef zichzelf voorhouden dat er niets aan de hand was.

Niets wat hij niet aankon.

Hij duwde de William Powell voor zich uit en kroop door.

De gang werd breder en hoger. Hij kon zijn hoofd weer rechtop houden. Zijn ellebogen verder van zijn lichaam plaatsen. Steengruis rolde onder hem weg en hij verstarde opnieuw. Hij mocht geen geluid maken. Hij wachtte een paar minuten. Luisterde. Hoorde druppels vallen. Het geluid weerkaatste tegen de rotswanden en moest van diep in de grot komen.

Geluid van buiten drong hier niet meer door.

Hij kroop verder. Tilde zijn knieën op in een poging de stenen en brokstukken te ontwijken. Even speelde hij met de gedachte om terug te gaan voor zijn rugzak, maar alleen al het idee om terug te moeten kruipen door de nauwe gang benam hem de adem. Dus liet hij het maar zo. Hij had het jachtgeweer nog steeds klemvast en het jachtmes zat in de zijzak van zijn broek. De ondergrond helde nu licht naar beneden en liep geleidelijk over in een open ruimte, een grot die een meter of drie diep leek te zijn en zich links en rechts van hem uitstrekte als een brede, lange, onderaardse gang. Het plafond was hoog genoeg om te kunnen staan, naar schatting een meter of twee. Ruimte. Geen nauwe gang meer.

De opluchting was van korte duur.

Op nog geen zes meter afstand, schuin tegenover hem, zat een man tegen de wand.

Er ging een schok van herkenning door hem heen. De moordenaar van Sven. De kerel leek hem een jaar of vijf, zes ouder dan hijzelf was, maar hij had net zo goed vijftig kunnen zijn. Zijn huid was verweerd en bevatte talloze oneffenheden, donkere plekken die littekens van schaafwonden markeerden. De slecht geheelde wonden die het meest in het oog sprongen, zagen er luguber uit. Ze waren niet veroorzaakt door een val door glas of iets dergelijks.

Deze man had dingen meegemaakt die hij niet wilde weten.

Hij droeg een donkere outfit. Een van zijn handen was gewikkeld in een vlekkerig verband en lag doelloos op zijn bovenbeen. In de andere had hij een klein vuistvuurwapen dat nerveus van links naar rechts bewoog. Exact de bewegingen van zijn hoofd volgde, alsof de arm en zijn hoofd aan elkaar vastzaten.

Wijs met je wapen naar waar je kijkt.

Deze man had een militaire training gehad, zoveel was duidelijk. Zijn hele houding straalde dat uit. Hij keek alert om zich heen, maar zag niets. Voelde zich in het nauw gedreven.

Maier probeerde de situatie te overzien. Bleef minutenlang als bevroren op de harde rotsgrond liggen en observeerde de schutter. Naast hem stond een rugzak. Het geweer waar hij hem mee had zien rondsluipen, was in geen velden of wegen te bekennen. Zijn hand bloedde zo te zien nog steeds; het leek of de donkere vlekken op het verband groter werden. Hij moest hem hebben geraakt, daarbuiten. Zware hagelpatronen konden op afstand gemene wonden veroorzaken. Meestal meer dan één. Mogelijk had een van de andere kogels het geweer geraakt, was het onbruikbaar geworden – de enige logische reden waarom iemand zijn wapen ergens zou achterlaten.

De man werd nu minder alert. Hij liet zijn wapen zakken en legde zijn achterhoofd in zijn nek, tegen de wand, keek naar een denkbeeldige hemel en ademde diep in. Sloot zijn ogen.

Maier bedacht dat de man hem wel degelijk had gehoord,

maar nu het al zo lang stil was zou hij het geluid hebben afgedaan als dat van een of ander nachtdier dat in de grot rondscharrelde. Of als zinsbegoocheling van de stress.

Terwijl Maier de man in stilte bespiedde, wist hij dat hij hem gemakkelijk neer kon leggen. Binnen nu en een paar seconden kon het voorbij zijn. Van deze afstand was het prijsschieten; hij kon alleen maar missen als hij zijn ogen dichtkneep en terugdacht aan de nauwe gang waar hij zojuist uit was gekropen. Zijn laatste hagelpatroon zou een gat in de man slaan ter grootte van een tennisbal. Of groter.

En hij zou nooit meer opstaan.

Net als Sven.

Maar hij wist tegelijkertijd dat hij deze man nog nodig had. Hij kon hem meer vertellen over zijn baas, en de reden waarom die hem hierheen had gestuurd.

Hem het licht uit de ogen schieten kon altijd nog.

Maier onderzocht koortsachtig de mogelijkheden die deze impasse konden doorbreken. Het was zo duidelijk als wat dat deze kerel de trekker zou overhalen bij de minste aanleiding. En ook al zou het lastig voor hem zijn gericht te schieten in het volstrekte duister, de baan van de kogels zou niet te voorspellen zijn. De kogels zouden afketsen op de massieve rotswanden.

Hij lag nu al minutenlang stil en de schrijnende pijn in zijn zij leek toe te nemen. Hij ging verliggen. Gruis knarste onder hem.

De man reageerde meteen. Boog zijn hoofd naar voren, hief zijn arm, zwaaide het pistool heen en weer.

Maier drukte zich tegen de grond en bleef als versteend liggen.

Hij kan niets zien, schoot het door hem heen. Alleen horen, ruiken. Voelen misschien.

Hij ziet me niet.

Het drong nu tot hem door dat hij iets moest gaan ondernemen. Zolang die kerel daar met een vuurwapen op scherp zat, kon hij elke vorm van ondervraging vergeten.

Maier trok zich terug achter de dikke rotswand, schoof langzaam terug naar de smalle gang. Hij greep een steen, woog hem in zijn hand. Gooide hem met kracht, bovenhands, als een granaat uit een loopgraaf, naar voren. Dook vervolgens weg en kromp in elkaar, met zijn handen op zijn oren. De steen ketste luidruchtig af op de wand en kwam een meter of vijf verderop stil te liggen. Hij hoorde het niet meer. De drie schoten die daar vrijwel prompt op volgden legden zijn gehoor lam.

Hij had het goed ingeschat. Zijn man had een uiterst kort lontje. Hij had pijn, voelde zich bedreigd en reageerde heftig.

Maier kroop naar voren. Zag dat zijn opponent overeind was gekomen. Die stond nu, half opgericht, om zich heen te turen, het wapen in gestrekte arm voor zich uit. De andere arm hing nutteloos naast zijn gedrongen lichaam.

Maier trok zich terug en nam opnieuw een steen van de grond. Het ding woog zeker een halve kilo. Hij gooide hem met een enorme krachtsinspanning de open ruimte in. Hij keek toe hoe zijn man zich draaide in de richting van waar de herrie vandaan kwam, en dook weg.

Drie schoten, met ultrakorte intervallen.

Béng-béng-béng.

Het geluid verplaatste zich schoksgewijs door de grot, als bijna voelbare geluidsgolven die weerkaatsten als zweepslagen. Een lage fluittoon teisterde zijn gehoorzenuw. Zijn gehoor was zo onderhand afgeschreven. Zijn man moest nu evengoed doof zijn.

Doof en blind.

Oké, dacht hij grimmig, je hebt zes patronen minder. Eens

kijken wat je nog meer in huis hebt.

De derde steen wierp hij naar rechts. De man reageerde prompt met twee schoten.

Een derde schot bleef uit.

Maier wachtte nog een paar seconden en kroop toen behoedzaam naar voren. De kerel stond voorovergebogen, graaiend in zijn rugzak.

Maier sprong op, schoot naar voren. Pijn voelde hij niet meer. Terwijl hij op de man inliep, draaide die zich om. Maier zag een vuist op zich af komen en week uit. Hij greep de William Powell met twee handen vast en gebruikte het geweer als stootwapen. Ramde de zware kolf met volle kracht in het lichaam. Het massieve walnotenhout gaf geen millimeter mee. De man maakte een diep buikgeluid en klapte dubbel. Maier hief het wapen opnieuw op. Haalde nogmaals uit. De kolf kwam hard neer op de onderkaak van zijn tegenstander. De man wilde wegrollen, drukte zijn kin naar zijn borst en trapte hem hard tegen zijn enkel. Een pijnscheut schoot door hem heen. Maier ontweek de volgende uithaal door opzij te springen. Nog meer pijn. In een reactie trapte hij tegen het lichaam, dat nu op de grond lag. Schopte tegen zijn rug. Ramde nogmaals met de kolf op de man in. De man schreeuwde en liet zijn wapen gaan.

Maier trapte het weg. Draaide zich razendsnel om, het jachtgeweer als stootwapen voor zich uit houdend.

Er kwam geen aanval. De man krulde zich op, trok zijn knieën naar zijn borst. Hield zijn handen en armen als een schild voor zijn gezicht. Verwachtte meer klappen te krijgen en zette zich schrap. Bleef stil liggen, afwachtend. Zwaar hijgend.

Het was bijna meelijwekkend.

Bijna.

Deze klootzak heeft Svens keel doorgesneden.

De man lag op de grond te kronkelen, zacht jammerend, stuiptrekkend. Een trap tegen zijn schedel bracht daar verandering in.

Maier zonk op zijn knieën en trok de rugzak van de man naar zich toe. Die bevatte weinig verrassingen. Een zaklamp waarvan het glas was afgeplakt met zwarte tape zodat er alleen licht door het niet-beplakte vlak kon schijnen. Hij draaide de zaklamp aan maar die gaf slechts een zwak licht. Vrijwel lege batterijen. Hij vond pakketjes losse 9-millimeterpatronen, met dunne tape aan elkaar geplakt in rijen van tien, zodat ze niet verschoven en rinkelende geluiden maakten — een handigheidje, geleerd op een opleiding, of dankzij jarenlange ervaring. Twee platte blikken cornedbeef, een zaagkoord. Gereedschap. Een flesje wapenolie. Een kompas. Wat hij zocht lag vrijwel onder in de rugzak, tussen een rol touw en een paar pakjes appelsap.

Een rol zwarte isolatietape. Hij krabde het uiteinde los en bond de polsen van de man achter zijn rug samen. Trok de broekspijpen op. Boven een stel doorweekte sokken stak een mes uit dat met klittenband vastzat aan zijn onderbeen. Hij trok het klittenband los en stopte het mes weg in zijn eigen zijzak. Haalde de tape om de ontblote enkels en trok ze strak samen. Zijn man was gefixeerd.

Die ging nergens meer naartoe.

Hij gaf de rugzak een zwieper, zodat het dikke canvas knarsend over het gruis uit zijn gezichtsveld verdween. Daarna boog hij zich over de man heen en ritste het jack open, dat door de nattigheid van de Welshe bodem al net zo vochtig en stug was geworden als zijn eigen kleding. Een lege holster. Hij keek om zich heen. Twee meter verderop lag het vuurwapen. Hij liep erop af en bekeek het. Een semi-automatisch pistool, zwart. Hij klikte het patroonmagazijn uit zijn metalen behuizing. Leeg. Hij trok de slede terug en keek in de kamer. Niets.

Het pistool verdween in dezelfde richting als de rugzak.

Maier liep terug naar de man. Die ademde nu iets sneller.

Deze kerel zag eruit alsof hij wel wat klappen kon opvangen. Aan zijn smoelwerk te zien was dat al vaker gebeurd.

En grondiger.

Hij kon elk moment bijkomen.

Hij trok de man omhoog, zette hem met zijn rug tegen de rotswand en ging tegenover hem zitten. Wachtte af.

Terwijl hij hem in stilte bekeek, voelde hij vreemd genoeg geen haat. Alles wees erop dat dit een ex-militair was, die zich verhuurde aan de hoogst biedende. Geen ringen of andere persoonlijke dingen op zijn lichaam. Alleen een functioneel, waterdicht horloge van een hem onbekend merk en een zelf-gezette tatoeage op zijn onderarm. Een vaandel of logo, met cijfers en letters waarvan de lijnen in de ruwe huid vervaag-den. De man leek hem te oud om nog in actieve dienst te zijn. Te jong en misschien ook financieel niet draagkrachtig genoeg om achter de geraniums te kruipen, of ergens in een kustdorp in Spanje een café te openen en een rustige oude dag tegemoet te zien.

Maier was ze meer dan eens tegengekomen. Dolende zie-len. Uitgekotst door hun leger, en onmachtig om een regulier bestaan op te bouwen. Ze grepen elke mogelijkheid aan om nog iets van dat oude leven terug te vinden. Als bodyguard, als trainer van rebellen in minder stabiele werelddelen. En als *hitman*.

Alleen zou het nooit meer worden zoals vroeger.

Susan had hem omgeschreven als een monster, een engerd. Dat was niet wat Maier zag.

Er ging een immense triestheid uit van deze bewusteloze

man. Hij was een moordenaar, een huurling. Had Sven vermoord, zich ingelaten met kinderontvoering en Joost mocht weten wat hij allemaal nog meer op zijn kerfstok had. Maar hij had ook geïncasseerd, zoveel was duidelijk.

Heel wat geïncasseerd.

Maier kon niet goed plaatsen waarom hij er zo door werd geraakt. Misschien, heel misschien omdat hij hier in de beslotenheid van de grot een soort band voelde. En tegelijkertijd tot het volle besef kwam dat hij niet zo wilde eindigen.

Want dat het hier moest eindigen, was onvermijdelijk.

Deze kerel was eropuit gestuurd om Jeanny en Susan te vermoorden. En hij vormde een dodelijk los eindje. Alleen daarom al kon hij hem niet laten gaan.

De man kwam bij. Zoals verwacht maakte hij er geen drama van. Had de situatie door en keek met een neutrale blik voor zich uit. Wachtte af wat er zou komen.

'Voor wie werk je?' vroeg Maier.

De man grijnsde. Zijn tanden kleurden donker van het bloed. Uit zijn gescheurde onderlip welde vers bloed op.

Hij gaf geen antwoord.

'Oké,' zuchtte Maier. Hij greep in zijn binnenzak en haalde er een pakje Camel uit. Stak er een op. 'Ik heb alle tijd.'

Hij trok zijn benen onder zich en ging op twee meter afstand van de man zitten. Bleef hem onbewogen aankijken terwijl de nicotine zijn werk deed.

De man leek verbaasd. Heel even maar. Keek daarna even onbewogen terug in zijn richting.

'Ik hoef je niets uit te leggen, toch?' zei Maier. Nam een trek van zijn sigaret, zodat zijn gezicht, met nachtkijker, even zichtbaar werd voor zijn opponent. 'Als jij niet antwoordt, ga ik je pijn doen. Dan zeg je uiteindelijk toch iets, en was het allemaal niet nodig geweest. Dood ga je toch. Het kan pijnloos en snel. Het kan lang gaan duren, en behoorlijk problematisch worden. Aan jou de keus.'

De man schokschouderde en kneep even met zijn oogleden. Hij moest pijn hebben maar wist het goed te verbergen.

'Waarom schoot je op me?'

'Opdracht,' kuchte hij. 'Jij en die dierenarts.'

Dit was onmogelijk. Alleen Susan wist dat hij in Frankrijk was geweest. 'Hoe kom je aan mijn naam?'

'Hé, ik weet niet hoe je heet, oké? En het zal me een zorg zijn. Er zou een vent bij Nielsen zijn, en jij zat in zijn auto toen ik bij die praktijk wegging. Ik zag daar geen mogelijkheid je om te leggen, dus moest ik voor je terugkomen. Ik word nog diezelfde avond hierheen gestuurd en je duikt hier op. Makkelijk zat, maat. Het was enkel nog wachten tot ik je alleen trof.'

Deze man was duidelijk geen Nederlander.

'Wie heeft mij op jouw lijst gezet?' vroeg Maier. Hij sprak op een rustige, onderhoudende toon.

De man staarde met een lege blik in zijn richting. 'Ik weet het niet en het interesseert me ook niet. Hij is zo paranoïde als de neten. We houden contact via e-mail. Wil je hem mailen? Succes. Ik heb zijn Hotmail-adres voor je.'

'Een naam graag.'

De man kuchte. Er welde vers bloed op uit zijn lippen. 'Die heb ik niet, maat. Ik weet niet eens waar hij woont.'

'Hoe krijg je dan je geld?'

'Hij laat het achter in St. Maure. Eens in de drie maanden.'

Maier siste binnensmonds. De wond in zijn zij speelde weer op en zijn enkel begon dof te kloppen.

'Hoe ziet hij eruit?'

'Geen idee.'

'Wat nou geen idee?'

'Ik heb hem nog nooit gezien. Alles loopt via e-mail.'

'Je hebt je baas op internet opgeduikeld?'

'Iemand die ik kende heeft me met hem in contact gebracht.'

'Wie was dat? Die iemand?'

De man keek vermoeid op. Probeerde te focussen op de man die hem vanuit de volslagen duisternis vragen stelde. 'Ach,' zei hij. 'Wat kan mij het ook schelen. Ik heb geen zin om voor die lul dood te bloeden. Alain Lardin, een Fransman. Dierenarts.'

'Waarom moeten Jeanny en Susan dood? Wat hebben zij te maken met Sven Nielsen en die paardendoping?'

Er vormde zich een glimlach om zijn bebloede lippen. 'Heten ze zo?'

Maier zweeg.

'Je snapt het echt niet, hè? Ik ben hier niet om die wijven om te leggen... Ik moet controleren of ze omgelegd wórden.'

Dit gesprek werd met de seconde vreemder.

'Door wie?'

'Hé, ze vertellen mij ook niet alles. Ik dacht even nog dat jij het was. Maar toen je vanmiddag uit shoppen ging met die twee, wist ik dat ik fout zat.'

'Ben je in Brecon geweest?'

Weer een grijns. 'Je bent goed, maar je moet nog een hoop leren. Supermarkt, pub, jacht- en viswinkel. Die volgorde.'

Maier nam een nerveuze trek van zijn sigaret.

'Was het een maat van je?' hoorde hij de man zeggen.

'Wie?'

'Die Nielsen.'

Maier keek op. 'Ja.'

'Klote voor je. Ik moest het schoon houden, overdosis heroine, zelfmoord. Maar hij vocht als een tijger... Slordige afwerking.' Hij pauzeerde even om te hoesten. 'Mijn baas was niet blij.'

Maier stond op en mikte zijn peuk weg. Deed een paar passen in de richting van de gang.

Liep weer terug. Hij kon zich niet herinneren ooit in zo'n verwarrende situatie te zijn geweest. Hij had geen idee wat hij hiermee aan moest. 'Hoe wist je baas dat er twee mensen waren?' vroeg hij ineens. 'Dat Sven iemand bij zich had?'

'Ogen en oren.'

Ineens wist Maier het. Benoît. Benoît… Chavanne, zoiets. De dierenarts in Le Chesnay die Svens schotwond had verzorgd. Die 'aardige vent', de 'idealist', die bevriend was geweest met Alain. Dat donkere type met zijn witte jas, die zijn vriend had uitgezwaaid.

En hem mogelijk achter het stuur van de Laguna had zien zitten.

'Was dat jouw werk, daar in St. Maure?' vroeg de man.

Maier draaide zijn hoofd naar hem toe. 'Ja,' zei hij afgemeten, en hij wendde zijn hoofd weer af.

'Over slordig gesproken.'

Maier haalde zijn neus op.

'Die vent met die Mercedes spoorde niet,' ging de man verder. 'Die had ik zelf al op de korrel. Die twee anderen waren wel geschikt. Een van hen had een dochtertje van zeven, die oudere vent met die korte poten. Is jockey geweest tot hij van een paard afduvelde en rugpatiënt werd.'

Olivier. De Monoprix-man.

'Dat hij zelf vader was weerhield hem er niet van om een kind van een ander te ontvoeren.'

'Dat was mijn werk. Van mij en die *güevón*.'

'Ik heb die gast anders met het kind rond zien sjouwen.'

De man haalde zijn schouders op. 'In mijn opdracht. Ik moest die Nielsen op stang jagen. Het was alleen maar… hoe heet dat, bangmakerij. We zouden hem niets hebben gedaan.

Mijn baas ging uit zijn dak toen hij hoorde dat ik dat kind apart had gezet.'

Maier draaide zijn hoofd met een ruk naar hem om. 'Maar je zou het wel gedaan hebben. In opdracht.'

'Wat?'

'Dat kind vermoorden.'

De man trok zijn wenkbrauwen op. Snoof. 'Wat anders? Daar zijn we toch voor opgeleid, maat?'

Maier zweeg. Deze man ging over lijken. Kinderlijken als het moest, en zat hier een babbeltje met hem te maken alsof ze in een café een voetbalwedstrijd evalueerden.

Het sloeg nergens op.

Hij was hem verdomme bijna sympathiek gaan vinden.

'Dus je bent hier niet om Jeanny en Susan te vermoorden?'

De man schudde zijn hoofd. 'Nee. Alleen om die vent die dat doet om te leggen, en de rotzooi op te ruimen.'

'Aan wie rapporteer je nog meer?'

'Niemand. Je hebt mijn voltallige team te grazen gehad. Ik kan je niet verder helpen. Niet hiermee.' Toen Maier niet reageerde voegde hij er snel aan toe: 'Ik lul niet, oké. En ik heb al helemaal geen zin om voor die eikel kapot te bloeden.'

Maier stond op. Keek naar de man. Liep vervolgens van hem weg, de gang in, en vond in de rugzak die tegen de wand aan lag het pakketje 9-millimeterpatronen. Het zwarte pistool lag even verderop. Hij klikte het patroonmagazijn los en laadde het wapen. Zette de veiligheidspal om en trok de slede naar achteren. Liep op de man toe.

Die zat voor zich uit te kijken. Zei niets, zat daar maar.

'Je kent het principe,' zei Maier, met een brok in zijn keel. 'Niet persoonlijk bedoeld.'

53

Hij stond breed grijnzend in de slaapkamer in een donkerblauw pak met goudkleurige manchetknopen. Zijn haar zorgvuldig geknipt en geföhnd. Een glimlach die zo onecht was dat
het griezelig voorkwam, onmenselijk bijna, ontblootte een rij
perfecte tanden.

Hij keek van Jeanny naar Susan. Keek weer terug naar Jeanny. Geamuseerd.

Stond daar, volkomen op zijn gemak, genietend.

Roger Wendel, de aanstichter van alles, de man die haar
moeder had weggejaagd. De man die haar leven had verziekt.
Niet die *creep* die Sven had vermoord. Geen seriemoordenaar
met een mes tussen zijn tanden. Het was Roger. Hoe durfde hij
zijn gezicht hier te laten zien.

Waar haalde hij het gore lef vandaan.

Er zwol een enorme kwaadheid in haar op. Susan wierp haar
been over het kozijn en sprong terug de slaapkamer in. Haar
hand klemde zich om de stungun, haar duim vond trillend de
schuifknop.

Het drong maar half tot haar door dat haar moeder haar tegen wilde houden. Ze zei iets, maar Susan hoorde het niet. Alle
denkfuncties waren uitgeschakeld.

Spierweefsel. Hoe langer de aanraking, hoe meer impact.

In een paar passen was ze bij Roger. Ramde de contactpunten van de stungun tegen zijn borst. Rogers lichaam schokte onder het elektrische geweld. Hij maakte een ongecontroleerde beweging met zijn arm en sprong terug. Een fractie van een seconde stond Susan verdwaasd te kijken naar het resultaat. De grijns was van zijn gezicht verdwenen en hij knipperde verward met zijn ogen. Twee donkere schroeiplekken markeerden de plaatsen waar de stungun contact had gemaakt met zijn overhemd.

'Susan!' hoorde ze Jeanny schreeuwen.

Eerst was er een luchtverplaatsing, een vage beweging die van onderen kwam. Het volgende moment leek het of haar maag explodeerde. Ze zakte op het tapijt, kokhalsde. Hoestte.

Vanuit haar ooghoeken zag ze Jeanny naar voren komen. Die stoof op Roger af. Furieus. Ze zag Roger uithalen. Jeanny had geen schijn van kans.

Ik moet haar helpen, schoot het door Susan heen. Het móét. Ze trok haar knieën naar haar buik, rolde om, kwam op handen en voeten terecht. De pijn was allesoverheersend. Ze slikte gal weg.

Stond op, onvast, wankel.

Het werd stil in de kamer. Ze keek op.

Roger stond achter Jeanny. Hij had zijn vuisten achter haar nek samengebald en klemde iets vast. Jeanny klauwde naar haar hals. Een draad. Roger liep achterwaarts naar de muur en trok Jeanny met zich mee. Jeanny plukte vruchteloos aan de draad, haar mond vormde een stille schreeuw. Pezen en spieren tekenden zich af in de huid van haar hals.

'Kutwijven,' hoorde ze Roger buiten adem zeggen.

Susan maakte zich op voor een nieuwe aanval.

'Ik zou het laten,' zei Roger. Zijn stem klonk nu vreemd beheerst en daardoor ging er een nog veel grotere dreiging van uit dan wanneer hij het had geschreeuwd.

Susan keek van haar moeder naar Roger. Liet haar arm zakken.

'Heeft je moeder je weleens verteld over haar uitspattingen, Susanneke?'

Susan stond hem wezenloos aan te kijken. Ze wist niet wat ze moest doen.

Hij richtte zich tot Jeanny. Fluisterde in haar oor, terwijl hij Susan strak aan bleef kijken.

'Wat heb je haar verteld, Jeanny? Je lieve dochter? Was het weerzien hartelijk?'

Jeanny haalde raspend adem, probeerde onophoudelijk de draad van haar hals te trekken. Het was volstrekt nutteloos. Ze stond op de punten van haar tenen. Hield haar ogen gesloten.

'Je moeder neukte met een Duitse spion in je vaders atelier. Wist je dat, Susanneke?'

Hij geniet hiervan, ging het door Susan heen. De klootzak geniet hiervan.

'Vind je het fijn dat ik je weer heb gevonden, Jeanny?' lispelde hij. 'En op zo'n prachtig moment in je leven. Tijdens een hereniging met je jongste dochter. Geweldig, toch? Jammer dat het maar zo kort kan duren. Maar ja, alle mooie dingen in het leven duren te kort.'

'Wat doe je hier?' zei Susan ineens. 'Wat kom je hier doen? Heb je al niet genoeg gedaan? Mijn moeder heeft verdomme twintig jaar geen leven gehad. Waar het ook om gaat, dit moet een keer ophouden.'

Roger keek verstoord op.

'Gaat dit om het geld?' vervolgde ze. 'Ze kan het je terugbetalen.'

Hij leek niet echt onder de indruk. 'O, is dat zo. Dat is mooi.' Hij bleef Jeanny zo vasthouden dat ze amper de grond raakte.

Susan kon het niet langer aanzien. 'Hou op, straks stikt ze, hou op!' Het was meer een reactie op de doodsstrijd van haar moeder, die zich vlak voor haar ogen afspeelde, dan dat ze het idee had ook maar enige invloed te hebben.

Hij glimlachte. 'Jeanny hier heeft mij laten stikken. En hoe.' Hij richtte zich weer tot Jeanny. Fluisterde in haar oor: 'Hoe voelt dat nu, als iemand je laat stikken? Ik heb je vaker gezegd dat ik je zou weten te vinden als je wegliep. En je wist ook wat ik met je zou doen als ik je vond.'

Daarna keek hij Susan strak aan. 'Genoeg gespeeld, dame. Laat dat speeltje van je op de grond vallen en schop het hierheen.'

Susan weifelde. Sil had haar op het hart gedrukt om in levensbedreigende situaties nooit, maar dan ook nooit, wensen of eisen in te willigen. Hij had het er zo'n beetje bij haar ingeramd: stap niet in een auto onder bedreiging, laat je niet vastbinden omdat je denkt dat meewerken je aanvaller gunstig stemt. Geef je wapen niet af. Nooit. Want zodra je je uitlevert aan zo'n mafkees, ben je elke vorm van controle over je eigen leven kwijt. Laat het nooit zover komen dat iemand voor jou beslist. Als je in zo'n situatie komt, vecht dan, verzet je met alle kracht die je in je hebt. Het is waarschijnlijk je laatste kans om er levend vandaan te komen.

Ze verstevigde haar grip om de stungun. Keek naar haar moeder, haar gezicht vertrokken in een angstige grimas, krampachtig balancerend op haar tenen, amper het tapijt rakend. De grijns van Roger, zijn wang als in een macabere tango tegen die van Jeanny aan. Zijn hoofd rood van inspanning.

Vecht.

Ze sprong naar voren en ramde de stungun in Rogers nek. Hij schreeuwde, weerde haar af en verloor zijn evenwicht. Klapte tegen de vloer, en trok Jeanny in zijn val mee. Susan dook op hem, ramde de contactpunten hard in zijn hals. Zijn huid absorbeerde het elektrische geknetter, dat nu door zijn lichaam joeg. Roger bleef maar bewegen, schreeuwen, vloeken. Maaide met zijn armen.

Verdomme, kloteding, doe iets!

Het volgende moment lag hij stil. Alle spierspanning was uit zijn lichaam verdwenen, zijn ogen dicht, zijn mond hing halfopen, ontspannen, alsof hij sliep.

Jeanny probeerde onder Roger vandaan te kruipen. Susan trok Rogers vingers los van de houten blokken die aan de uiteinden van het ijzerdraad waren vastgeknoopt. Trok aan zijn arm, probeerde hem op zijn zij te duwen, van Jeanny vandaan. Roger had een normaal postuur maar hij leek wel driehonderd kilo te wegen.

Jeanny kroop op haar ellebogen onder hem vandaan. Ze trok de draad los van haar hals. Snakte naar adem, zoog lucht naar binnen. Ze hoestte en kuchte en de tranen stonden in haar ogen. Susan zag dat er een donkerpaarse streep schuin over haar hals liep. Jeanny wreef erover.

Een moment keken ze elkaar aan.

Het duurde even voor het tot Susan doordrong dat ze haast moesten maken. Roger bleef niet eeuwig onder zeil. 'Snel, hij kan zo bijkomen.'

Jeanny zat op haar knieën op het groene tapijt nog steeds over haar keel te wrijven. Ze ademde moeilijk en hoorde Susan niet.

Susans blik viel op Rogers stropdas. Glanzend, met diagonale gele en blauwe strepen. Ze begon de strop los te halen.

'Pak zijn handen,' zei ze. 'Help me.'

Jeanny kwam in beweging. Trok Rogers armen naar achteren. Ze werkten niet mee.

Susan knoopte het ene eind van de stropdas om een pols.

Haalde de gladde stof om zijn andere pols, en trok ze samen.

Legde er een knoop in en trok de strop zo strak als ze kon aan.

Legde er nog een knoop in. En nog één.

Het werkte niet. Het materiaal was te rekbaar.

Ze greep naar het stuk ijzerdraad dat zojuist nog om haar moeders hals had gezeten. Legde Rogers benen bij elkaar en begon de draad om zijn benen te wikkelen, net boven zijn knieën. Ze werkte gehaast. Was erop bedacht dat hij elk moment bij kon komen en weer een trap uit kon delen.

Haar maag was nog lang niet hersteld van de eerste. Ze wist dat ze niet de kracht had om nogmaals te vechten. De adrenalinestoot en de pijn hadden haar zo'n beetje uitgeput.

Het ijzerdraad liet zich niet knopen.

Roger begon te bewegen. Murmelde, alsof hij wakker werd. Zakte daarna weer weg in wat een diepe slaap leek.

Een fractie van een seconde keken ze elkaar aan.

Jeanny sprong op. 'Ik ga wat halen.'

Susan hoorde haar voetstappen op de trap naar beneden. Daarna een schrille kreet: 'Skip!'

'Schiet op,' gilde Susan. 'Pak iets! Hij komt bij, schiet op!'

Ze probeerde uit alle macht een knoop in de draad te leggen. Het stugge metaal werkte niet mee.

Roger hoestte weer. Murmelde. Bewoog.

'Dikke tape!' gilde ze naar beneden. 'Touw, wat dan ook. Vlug!'

Ze hoorde Jeanny stommelen in de keuken, laden open- en dichttrekken, er viel van alles op de grond.

Roger was bij aan het komen. En het ging angstaanjagend snel.

De stungun. Ze keek koortsachtig om zich heen.

Waar lag dat ding?

Ze zakte op haar knieën, met haar handen plat op de grond.

Keek onder het bed. Niets. Ze legde haar wang tegen de grond en zocht de vloer af. Het apparaat was onder de kast geschoven. Ze kroop naar de kast, ging op haar buik liggen. Haar vingertoppen tikten tegen het kunststof. Ze maakte zich zo lang mogelijk, draaide haar hoofd weg en zocht op de tast.

'Hier krijg je spijt van, zus,' hoorde ze Roger sissen.

Haar enkel werd vastgegrepen. In een reflex trapte ze naar achteren, maar haar voet maaide in het luchtledige en ze werd van de kast weggetrokken. Het gebeurde zo snel dat ze het amper kon bevatten. Ze draaide haar hoofd in de richting van Roger en zag een glanzende, leren schoen op haar gezicht af komen. Ze kneep haar ogen dicht. Zette zich schrap.

Een dof, knakkend geluid.

Meer was het niet.

Haar onderlichaam viel met een klap op de grond.

Langzaam begon het tot haar door te dringen dat ze geen pijn voelde. Ze opende haar ogen.

Roger lag in een vreemde houding op het groene tapijt, als een marionet waarvan de touwtjes waren doorgebrand. Een dun straaltje bloed liep uit zijn oor.

Susan keek op.

Jeanny stond met haar rug tegen de muur, met één trillende hand tegen haar voorhoofd.

In de andere hield ze een van de gietijzeren bakpannen die als wanddecoratie in de keuken dienstdeden.

54

'Au.'

Susan haalde het verband los van Maiers zij. Het laatste stukje wilde niet. Het bloed was aangekoekt en het verband liet zich er niet van lostrekken.

'Zal ik het natmaken?' Ze reikte met haar hand naar de kraan. 'Dan wordt het zacht.'

'Ik knip er wel omheen. Die korst valt er wel een keer af.'

Susan keek toe hoe Maier met nijdige bewegingen in het verband begon te knippen. Er bleef een hard stuk verband zitten, donkerbruin, met rafelige uiteinden. De wond eromheen was zo goed als geheeld.

De wond was nog de enige tastbare herinnering aan de laatste nacht die ze in Wales hadden doorgebracht, nu anderhalve week geleden.

Terwijl Jeanny en Susan bezig waren geweest met Rogers lijk de trap af te werken, zijn hoofd verpakt in een vuilniszak – om het minder persoonlijk te maken – stond Sil ineens in de gang beneden.

Hij had er dodelijk vermoeid uitgezien. Zijn jas en broek kleefden aan zijn lichaam. Doorweekt en gescheurd. De geur die hij om zich heen had hangen riep associaties op met langdurig stilstaand water. Zijn handen vuil en geschaafd, zijn gezicht grijs, alsof hij in de as had liggen rollen. Hij had een gejaagde blik in zijn ogen gehad.

Zonder iets te vragen of zelfs maar iets te zeggen had hij Rogers benen van Jeanny overgenomen. Toen pas had Susan gezien dat hij gewond was. Sil had het afgedaan als onbelangrijk, niets willen weten van verzorging. Ze hadden Roger in het bos begraven. Daarna had hij zelf zijn wond ontsmet en verbonden. De volgende ochtend waren ze naar Nederland vertrokken.

Jeanny sliep nu op een in allerijl gekocht eenpersoonsbed in Susans werkkamer en Reno hield de bank in de woonkamer bezet. Het stadsappartement was ingericht op één bewoner, maar Susan stoorde zich geen moment aan de drukte en het gebrek aan privacy.

Het enige waar ze zich zorgen over maakte, was Sils gedrag.

Hij had in de afgelopen dagen duizend en één vragen gesteld aan Jeanny. Vragen over Roger, Walter, Geran, Carl Ecke.

Over zijn eigen ervaringen, in die laatste nacht in Wales, was hij opmerkelijk stil geweest. 'Een hondenbeet,' was zijn verklaring voor de gapende vleeswond. 'Rottweiler, groot beest.'

Ze had hem graag willen geloven, als de blik in zijn ogen en zijn hele gedrag en houding het niet zo sterk hadden tegengesproken.

'Moet je weer weg, vanavond?' zei ze, terwijl hij zich aankleedde.

'Ik heb iemand beloofd zijn computersysteem op te schonen. Die man die ervoor gezorgd heeft dat ik naar Wales kon vliegen. Hou er rekening mee dat ik misschien pas morgenvroeg terug ben.'

'Je gaat 's nachts naar een klant?'

Hij haalde zijn schouders op. 'Als ik er overdag aan werk, ligt alles plat. 's Nachts is er geen personeel en loopt niemand me voor de voeten. Lekker rustig. Ga jij maar lekker met je moeder de stad in, of zo. Ontspannen, leuke dingen doen.'

Terwijl hij sprak ontweek hij haar blik.

Sil was ergens mee bezig.

En hij wilde niet dat zij dat wist.

55

Walter stak zijn voeten in zijn sloffen, stond op van het bed en trok een kamerjas aan. Met een spijtige blik keek hij naar Valeries kant van het bed. Onbeslapen.

Een week geleden had ze wat spullen bij elkaar gepakt en Thomas meegenomen. Ze had tijd nodig om na te denken, om de gebeurtenissen – en zijn reactie daarop – te laten bezinken. Ze had het niet letterlijk gezegd, maar waar het op neerkwam was dat hij haar had teleurgesteld.

In gedachten verzonken liep hij de trap af. Het hout kraakte onder zijn voeten. Het huis was stil zonder Valerie en Thomas. Stil en leeg. Hij wilde dat ze terugkwamen, vandaag nog. Alleen-zijn was niet aan hem besteed.

Hij liep naar het raam van zijn werkkamer en trok de vitrage opzij. Op dit vroege uur was de tuin het domein van de vogels. Een kakofonie van geluid uit vogelkelen drong door het glas. Boven het gazon hingen dunne slierten nevel. Ze zouden over een halfuurtje zijn weggetrokken, verdreven door de zon die net was opgekomen.

Hij ademde diep in en keek nietsziend naar buiten.

Miguel leek te zijn opgelost in het niets. Hij had nu al twee weken niets meer van hem vernomen. Allerlei gedachten spookten door zijn hoofd: de Colombiaan was overgelopen naar een beter betalende baas, of misschien wel gewond geraakt. Hij kon ook dood zijn. De onzekerheid vrat aan hem. Hij wilde weten wat zich daar had afgespeeld, in Wales, ver buiten zijn blikveld. De enige die hem dat kon vertellen, Roger, was al net zo spoorloos als Miguel.

Rogers mobiele telefoon stond af en op zijn vaste telefoonaansluiting nam hij niet op. Roger woonde alleen in een penthouse, hij had geen vrouw en kinderen en er was dan ook niemand die hem zou kunnen missen, of die hij zou kunnen bellen om na te vragen waar hij uithing. Rogers secretaresse, die hij ten langen leste maar had opgebeld, had hem gezegd dat haar werkgever op vakantie was en dat ze hem volgende week terugverwachtte op de zaak.

Het was een verre van comfortabele situatie. Roger was in het niets opgelost. Miguel nam geen contact op. Niemand anders die hem informatie kon verschaffen. Niemand, behalve Jeanny of haar dochter. Als die nog leefden.

Zelfs dat wist hij niet.

Hij was nooit eerder zo nerveus geweest. In de afgelopen week had hij wel tien keer zijn autosleutels gepakt, vastbesloten om naar Wales te rijden. Om zelf poolshoogte te gaan nemen.

Maar hij durfde niet. Te bang om wat hij zou kunnen aantreffen.

Nog een dag, misschien twee dagen. Als hij dan nog niets van Roger of Miguel had gehoord, zou hij alsnog naar Brecon gaan. Misschien. Hij zuchtte diep en wreef door zijn warrige grijze haar.

Draaide zich om. Hij schrok zich wezenloos. De schrik sloeg op zijn spieren. Zijn benen weigerden dienst, van het ene op het andere moment. Hij zakte op zijn knieën.

Er stond een man in zijn werkkamer. Op zijn Perzische tapijt. Flinke vent, gemillimeterd haar, donkere, harde blik in zijn ogen, als van een havik. Scherpe gelaatstrekken.

Geheel in het zwart gekleed.

Hij had hem nooit eerder gezien.

'Wie bent u?' vroeg hij, bijna buiten adem.

'Je slechte geweten.'

Walter wilde opstaan, maar zijn benen waren als verlamd. Even dacht hij dat hij droomde. Dat hij nog gewoon in bed lag, alleen maar had gedroomd dat hij naar zijn werkkamer was gegaan. Waarom anders kon hij niet meer lopen? Hij drukte de nagels van zijn vingers diep in zijn handpalmen.

De pijn was echt.

Gebiologeerd bleef hij toekijken hoe de man in de fauteuil tegenover zijn bureau plaatsnam. Pennen en blocnotes verschoof. Door zijn agenda bladerde.

'Ik kom wat dingen natrekken,' hoorde hij de man zeggen. 'Ik heb namelijk een theorie.'

'Dit is huisvredebreuk,' reageerde Walter. Hij probeerde gezag in zijn stem te leggen. 'Ik bel de politie.'

De lippen van de insluiper krulden zich tot een glimlach. 'Er staat een stille, schuin tegenover je oprit, in een donkerblauwe Opel Astra. Ze wisselen elkaar af. Ploegendienst. Als het je niet aanstaat, kun je hem binnenvragen.'

Een stille?

Werd zijn huis bewaakt? Of hielden ze hem in de gaten?

Dat kón niet. Er liep geen enkel spoor hierheen. Geen enkel. Het enige tastbare was een Hotmail-adres, en dat stond geregistreerd op naam van een Canadese huisvrouw van veertig jaar oud.

'Ze houden je al een week in de peiling,' ging de man verder. 'Ik denk dat het een kwestie van dagen is voor de kranten gaan koppen dat er een rechter over de schreef is gegaan.'

'Dit is absurd.'

De man reageerde niet.

'Waar gaat dit over?'

'Doping, Elias.'

Walter probeerde neutraal terug te kijken, de indruk te wekken dat het woord hem niets zei. Maar hij kon niet voorkomen dat zijn gezicht rood aanliep en zijn handen ongecontroleerd begonnen te trillen.

'Dat is waar ze je in elk geval op willen pakken. En waarschijnlijk krijgen ze dat wel rond... Hoe ze dat rond gaan krijgen, dat is een van mijn theorietjes. Ik denk dat je je makkers in Frankrijk hebt gemaild vanuit je eigen kantoor. Vanaf deze computer.' De man tikte met zijn vingers op de achterkant van de monitor, die op de hoek van het Engelse bureau stond. 'Leuk bedacht, Hotmail. Lekker anoniem. Maar je IP-adres is zo persoonlijk als je huisadres, Elias. Dat leidt linea recta naar deze aansluiting, hier.'

Walters mond zakte open. Een IP-adres? Kon dat dan achterhaald worden als je via een website e-mailde?

Nee toch? Verdomme.

'Dat kan niet,' wist hij uit te brengen.

'Nee? Je dierenarts in Le Chesnay, die Benoît, die heeft misschien geen weerstand kunnen bieden aan de Franse gendarmerie. En mogelijk heeft hij je berichten niet gewist. Daar stranden de meeste criminelen op, Elias. Dat zou jij toch moeten weten, als rechter zijnde. Connecties, sporen die naar jou leiden, door slordigheidjes. Misschien ben je er te veel van uitgegaan dat anderen net zo zorgvuldig zijn als jij. Dat zijn ze zelden.'

Walter voelde hoe het koude zweet hem uitbrak. Deze kerel had het over Benoît, over doping. Er waren maar een paar mensen die daarvan op de hoogte waren. En de meesten van hen waren nu dood. De enige die nog over was, buiten hemzelf, was...

'En anders heeft je pitbull misschien wel de zoveelste fout gemaakt,' ging Maier onverstoorbaar verder. 'Is hij overgelopen.'

Miguel. De vuile opportunist.

Walter voelde het bloed in zijn hoofd gonzen. Hij had nog steeds niet de kracht om op te staan. De spieren in zijn benen leken van pudding te zijn. Hij besloot niets te zeggen. Helemaal niets, tot hij wist waar dit gesprek heen ging. Wat deze kerel van hem wilde.

'Maar daar ben ik hier niet voor,' hoorde Walter hem zeggen. 'Ik ben hier voor moord.'

Walters gezicht liep nu vuurrood aan. Hij wreef over zijn voorhoofd. Hoe hij ook probeerde om te kalmeren, zichzelf tot de orde te roepen, het lukte niet.

'Wie... wie heeft je gestuurd?' stootte hij uit. Zijn stem kraakte van emotie.

'Waarom zou ik zijn gestuurd?'

Walter probeerde te slikken, maar ook die functie leek te zijn uitgeschakeld.

Het is ontdekt. Alles.

'Waar is Valerie? En Thomas?'

Walter keek op met een lege blik. 'Die... die zijn naar haar ouders. Want...'

'Ze was te aangeslagen om hier te blijven, na die slordige ontvoering van haar zoontje, die jij zelf op touw had gezet?'

'Nee! Nee!' Walter schreeuwde het bijna. 'Je begrijpt het niet! Het... het waren mensen met wie haar ex-man had gewerkt!'

De man sprong als een katapult uit de fauteuil op. Was in een fractie van een seconde bij hem. Er bolden aders op zijn voorhoofd op, zijn ogen schoten vuur, hij boog zich over Walter heen, zijn vuist gebald. Ziedend. In een reflex kromp Walter in elkaar. Kneep zijn ogen stijf dicht.

Een pak slaag bleef uit.

Voorzichtig opende Walter zijn ogen.

De man stond nog steeds boven hem, ademde hoorbaar door zijn neus, zijn kaken stijf op elkaar. De vuist hing in het luchtledige en trilde. Als blikken konden doden was hij nu getorpedeerd, opgelost in het niets, een kringeltje rook dat van het tapijt opsteeg.

'De ex-man die jij hebt laten vermoorden, bedoel je?' hoorde hij de man buiten adem zeggen. 'De ex-man wiens keel is doorgesneden?'

Walter zweeg. Draaide zijn hoofd weg.

Na wat een eeuwigheid leek hoorde hij de man van zich weglopen. Voorzichtig keek hij op.

De man stond nu voor het raam. Zijn rug naar hem toe, zijn hoofd gebogen. Zijn handen gebald in de zakken van zijn broek. 'Druk zetten op Sven Nielsen,' ging de insluiper verder. Zijn stem klonk weer kalm. 'Dat was de opdracht die jij hem gaf. En hij zette behoorlijk wat druk op de ketel, toch? Svens kind ontvoeren. Alleen een beetje lullig dat jouw pitbull niet wist dat diezelfde jongen tevens het stiefkind was van zijn opdrachtgever. Dat kon hij ook niet weten, want hij wist niet waar je woonde, hij wist niet eens hoe je eruitzag. Hij wist niets van je. Paranoïde, zo noemde hij je. Jullie samenwerking moest koste wat kost buiten beeld blijven. Begrijpelijk, als je ziet wat je overdag voor je brood doet.'

Dit kon iemand onmogelijk zelf bedenken. Deze man moest Miguel hebben gesproken. Maar Miguel kénde hem niet eens. Alleen Alain wist wie hij was.

'De enige die wist dat hij voor jou werkt,' vervolgde de man, 'was Alain Lardin. Want die had die gast namelijk zelf bij je aangebracht. En jij kende Lardin weer via Sven Nielsen, die je had ingelicht over het renpaardengebeuren in Frankrijk, en je introduceerde bij zijn connecties daar. Je laat je merries in Frankrijk bevallen, zodat je veulens meer opbrengen. Dus je pendelt een paar keer per jaar op en neer naar Poitiers. Vervolgens hoor je van Alain Lardin dat er nog méér geld te verdienen valt, veel meer geld, en word je zijn geldschieter. Van de ene op de andere dag sta je aan het hoofd van een tricky, maar lucratieve dopinghandel… Was Valerie zo duur in onderhoud dat je rare sprongen moest gaan maken om haar uitgavenpatroon bij te kunnen benen? Die klacht heb ik eerder gehoord, namelijk.'

Walter staarde wezenloos naar de man, die nog steeds met zijn rug naar hem toe stond. Onwillekeurig liep er een rilling over zijn rug. 'Hoe… hoe weet jij dit?'

De insluiper draaide zich heel even om. 'Je pitbull vertelde me het een en ander en ik heb wat puzzelstukjes op hun plek gelegd. Maar een breinbreker is het niet, Elias. Je had het goed voor elkaar, maar niet goed genoeg. Je hebt fouten gemaakt.' De insluiper richtte zich weer naar buiten. Zijn spiegelbeeld weerkaatste spookachtig in het glas. 'Weet je,' hoorde Walter hem zeggen. 'Ik denk dat ik weet wat je deed, en waarom. En hoe, tot op zekere hoogte. Maar iets gaat er bij mij niet in. Je hebt Nielsen je eigen paarden laten behandelen. Terwijl je wist dat het risicovol was. Waarom? Gaf het je een kick om toe te kijken hoe je dierenarts dat spul aan je eigen dieren toediende? Wilde je er getuige van zijn dat het goed gebeurde? Of was het gewoonweg een eigenaardig soort humor, Elias?'

'Wat… welke fouten?'

'Buiten dat je slordig bent omgegaan met je IP-adres? Je was de enige die wist waar Jeanny woonde. Je stuurt Susan naar haar toe, en ondanks dat je zo'n goede band met haar moeder hebt, heerst er volledige radiostilte. Je hebt haar niet ingelicht over de komst van haar dochter. Dat was je eerste fout.'

'Ik wilde niet... ik wilde het weerzien niet bederven. Ik had geen idee hoe ze op haar dochter zou reageren, dus ik dacht... dat... ik er beter aan deed om het weerzien zo natuurlijk mogelijk te laten...'

'Je ijlt,' zei de man fel. Hij draaide zich in zijn richting. 'Als Susan haar moeder na zoveel jaren zou spreken, dan zou Susan willen weten wat voor haar de aanleiding was geweest om onder te duiken. En de directe aanleiding, Elias, was het wegwerken van Carl Ecke.'

Bij het horen van die naam verstarde Walter.

'Je hebt een lijk mee helpen wegwerken, Elias. En je was als de dood dat Jeanny dat aan haar dochter zou gaan vertellen.'

'Ik weet... ik weet het niet, ik...'

'De moord is inmiddels verjaard, dus Jeanny staat buiten schot. Maar een réchter die getuige is geweest van een moord, het lijk verdomme zelf mee heeft weggemoffeld en er al die tijd over heeft gezwegen...' Maier siste tussen zijn tanden. 'Die zou worden aangepakt. Dat was een probleem, toch? Een directe bedreiging. Dus nam je geen contact op met Jeanny, maar met Roger Wendel, omdat je wist dat hij met haar nog wat te vereffenen had. En je had zo'n vermoeden dat Wendel geen halve maatregelen zou nemen. Dan was niet jij het, die haar om zeep hielp, maar Wendel. Want ergens in die kronkelhersens van je was dat de enige manier waarop je er vrede mee kon hebben. Toch? Je gaf om Jeanny, je zou haar zelf geen kwaad kunnen doen, maar je hield nog meer van jezelf en dus liet je een ander die keuze maken.'

Walters ogen waren wijd opengesperd. Zijn mond hing een beetje open. Alles klopte. Alles. 'Jij bent die man die met Sven

Nielsen in Frankrijk is geweest,' zei hij ineens. 'Jij was ook in Wales.'

De insluiper draaide zich weer om, keek naar de tuin. Begroef zijn handen in de diepe zakken van zijn broek. 'Het was in elk geval je tweede fout. Je stuurt Roger Wendel naar Wales en weer informeer je Jeanny niet. Wat moet zij daarvan denken? Dat Wendel haar naam had gevonden in het telefoonboek of zo? Jij was de enige die wist waar ze woonde en hij duikt een paar dagen na haar dochter bij haar huis op. Toeval? Dacht het niet.'

Walter keek de man zwijgend aan. Miguel had hem gemaild wat er gebeurd was met Thierry, Olivier en Alain. Als dit de man was die Sven Nielsen had bijgestaan in Frankrijk, dan was hij nu in levensgevaar.

Deze man ging over lijken.

Walter zat vlak bij de punt van het tapijt. Zijn vuurwapen, de Colt. Het lag binnen handbereik, onder het kleed, onder het luik. Geladen en wel. De insluiper stond nog steeds met zijn rug naar hem toe. Walter voelde de zweetdruppels langs zijn slapen naar beneden glijden.

Hij keek schichtig naar de man, en weer naar het kleed.

De Colt. Zo dichtbij.

Het volgende moment dook hij naar voren, klapte het kleed weg, trok het luik open en haalde zijn revolver tevoorschijn.

De man bij het raam had zich amper bewogen. Stond daar nog steeds, zijn handen in zijn zakken.

Walter richtte de Colt, onzuiver en trillend. Zijn vingers grepen zo stevig om het wapen dat zijn knokkels wit werden. Hij zou schieten als het moest.

Stond op het punt het ook daadwerkelijk te doen.

'Je bent ver gezonken, edelachtbare.' De stem klonk zacht. Langzaam draaide de insluiper zich om. 'Je bent nu al bereid om zélf een moord te plegen. Zie hier een man die oordeelt over anderen, het lichtend voorbeeld voor onze maatschappij. Als ik van Jeanny Staal moet horen hoe eerlijk, hoe idealistisch en hoe betrouwbaar je bent, haar rots in de branding, dan krijg ik bijna een brok in mijn keel. Die vrouw ziet jou als haar redder en je hebt met allebei die lange stelten van je op haar blinde vertrouwen staan stampen. Zijn het geld en de status dan de enige reden dat je rechter werd, Elias? Had je geen idealen? Geen principes?'

Onwillekeurig drongen zich flashbacks uit zijn studietijd aan Walter op. Idealen. Ja. Daarom was hij rechten gaan studeren op een leeftijd waarop anderen carrière maakten. Hij wist meteen al dat hij geen advocaat wilde worden, maar doorging voor de hoofdprijs. Rechter. Als rechter trok je aan de touwtjes, gaf je het eindoordeel. De hoogste macht die een mens kon bereiken, was kunnen beslissen over andermans lot. Misschien was dat wel zijn grootste drijfveer geweest.

Hij had zich vergist. Rechterlijke macht was maar een woord. Rechter zijn stelde helemaal geen zak voor. De drugsdealers, de moordenaars, de mensensmokkelaars en wat voor tuig hij allemaal nog meer voorbij had zien komen, ze kwamen voorrijden in de nieuwste Mercedessen en BMW's, werden geflankeerd door peperdure strafpleiters en ze hadden een branie alsof ze de hele planeet bezaten. Hun advocaten vonden altijd wel een gaatje in de wet om ze vrij te pleiten, of om ervoor te zorgen dat ze maar een fractie van de geëiste tijd achter de tralies hoefden door te brengen. En fouten, die verdomde administratieve fouten... Het gras leek niet alleen groener, het wás gewoonweg groener aan de andere kant van de wet. Groen van de dollars.

Geleidelijk aan was hij de wereld van die andere kant gaan bekijken. Van de kant van geslaagde mannen als Roger Wendel, en al die anderen die zo glad waren als een aal, en die, ondanks dat het op hun voorhoofd stond geschreven dat ze zo fout als wat waren, structureel door de mazen van de wet glipten.

Wat ze deden had zo gemakkelijk geleken.

De zware revolver trilde in zijn hand. Langzaam krabbelde hij op. Ging staan, maakte gebruik van zijn bijna twee meter lengte om letterlijk neer te kijken op de man in zijn werkkamer, die verdomme net deed alsof er niets aan de hand was. Alsof er helemaal geen dodelijk vuurwapen op hem was gericht dat in minder dan een seconde een einde aan zijn leven kon maken.

Ik kan het nu eindigen. Hier en nu. Ik heb die macht in handen. Letterlijk.

Waar hij de moed vandaan haalde, wist hij niet, maar het volgende moment spande zijn vinger om de trekker. Harder.

Als in slow motion zag hij de cilinder van de revolver draaien. Een metalige klik volgde.

Hij haalde de trekker opnieuw over. En weer. En nog eens.

Klik-klik-klik-klik.

'Mis je deze?' hoorde hij de man zeggen.

Walter zag hem in zijn broekzak graaien. Zijn hand openen. Twintig jaar oude .357 Magnum-patronen rinkelden tegen elkaar.

'Je alarmsysteem deugt niet, edelachtbare. Ik hield je al een poosje in de gaten. En ik hoef niet op straat te blijven staan, in een blauwe ongemarkeerde Astra. Geen formulieren in te vullen. Maar goed. Daar hadden we het niet over.'

De insluiper liep op Walter af. Die zat als verdwaasd voor zich uit te staren, ademde zwaar. Hij nam het vuurwapen uit Walters bevende hand. Walter deed geen moeite hem tegen te houden.

Hij duwde hem in de richting van zijn bureau. 'Ga zitten.'

Schokkerig nam Walter plaats in zijn fauteuil. Hij was volledig uit het veld geslagen.

Het begon nu pas echt tot hem door te dringen welke beslissing hij zojuist in een fractie van een seconde had genomen. Was het wapen geladen geweest, dan had hij een lijk gemaakt. Iemand eigenhandig neergeschoten, in zijn eigen huis.

Wat bezielde hem? Waar was hij verdomme mee bezig?

Zijn hart klopte in zijn keel.

'Als Wendel had gedaan waarvoor je hem op pad had gestuurd,' hoorde Walter achter zich zeggen, 'dan was je ermee weggekomen, met die twee fouten die je maakte. Maar het liep anders. Wil je weten wat er gebeurde?'

Walter reageerde amper. Er kwam een vreemd gevoel over hem, alsof hij buiten zijn lichaam trad. Alsof dit niet echt was, niet gebeurde. De man achter hem sprak zacht. Hij stond zo dichtbij dat hij zijn adem langs zijn gezicht voelde strijken.

'Wendel kreeg het niet voor elkaar om Jeanny pijn te doen. Na een lang en goed gesprek besloot hij het zo te laten. Je pitbull was erbij. Hij heeft de keus gekregen: een kogel door zijn mismaakte kop of wegwezen. Hij koos voor het laatste, dat zal je misschien niet verbazen. We hebben uiteindelijk een goed gesprek gehad, Jeanny, Susan, Roger Wendel en die pitbull van je. Een erg goed gesprek, mag ik wel zeggen. Verhelderend ook. Vooral voor Roger Wendel was het een eyeopener. Die was een en al oor.'

Walter vergat te ademen. Hij had Miguel opdracht gegeven om Roger Wendel te vermoorden.

Roger wist dat nu.

Mijn leven is voorbij.

'Roger is zelf ook fout,' wist Walter nog uit te brengen. Hij wilde zich omdraaien, wilde de man in zijn ogen kijken, maar voelde een stevige hand op zijn schouder en zakte terug in zijn stoel.

'*So what?* Denk na. Wat heeft Roger te verliezen? Wat kan hem worden aangerekend? Jeanny's zaak komt niet eens voor. En Roger zit niet zo met de schande die over hem komt als de moord op Carl Ecke aan het licht komt. Zijn zaakjes worden nu bekeken en afgedicht, aan alle kanten, door een leger advocaten. Ze doen hun werk grondig, Elias. Hij is schoon, zo schoon als een pas gewassen baby. Daar zorgen zijn mensen wel voor. De man die aan het kortste eind trekt, ben jij. De enige die wat te verliezen heeft. Je bent een rationeel mens, je kunt dingen overzien. Overzie je eigen situatie eens: de politie zit je op je staart, dat betekent dat Benoît doorgeslagen is en vastzit. Je pitbull nam de benen, maar niet voor hij ten overstaan van drie getuigen alles heeft verteld wat hij wist. Roger Wendel is voorlopig nog even zoet met het schoonvegen van zijn eigen straatje, maar hij komt bij je terug. Hij is namelijk een beetje boos op je, Elias. En Jeanny en haar dochter gaan morgenvroeg alles wat ze weten en gehoord hebben opbiechten aan de politie. Het verhaal over Carl Ecke, je gedweep met de Stasi, de doping, de moord op Sven en de opdracht om Wendel uit de weg te ruimen... Volgens mij heb je een probleem. Denk er gerust even over na. Over hoe je hieruit kunt komen. Ik heb de tijd.'

Walter hield zijn ogen gesloten. Het zweet stond op zijn voorhoofd. Zijn knieën trilden onbeheerst.

'Ik zal je nog verder helpen,' zei de man achter hem. Hij fluisterde het bijna: 'Je laat je in met doping. Je bent getuige geweest van een moord en hebt het lijk helpen wegwerken. Je hebt twee keer opdracht tot moord gegeven en één keer is die ook uitgevoerd. Ze zetten je vast, Elias, en ze leggen je het vuur na aan de schenen. Ze keren je binnenstebuiten. Ze halen Valerie op en zetten druk op haar, omdat ze ervan uitgaan dat zij als jouw partner iets moet hebben geweten van je praktijken. Het zal haar deze week nog duidelijk worden dat je haar ex hebt laten vermoorden. De vader van haar kind. Het gaat het landelijke nieuws halen, de kranten en tijdschriften. Je komt op tv, Elias, je wordt beroemd. Hoge bomen vangen veel wind, edelachtbare.'

Langzaam drong de essentie van de zacht uitgesproken woorden tot Walter door. Roger Wendel wilde zijn bloed zien. De politie zat hem op zijn hielen. Geld om in stijl te vluchten kon hij met geen mogelijkheid vrijmaken. Hij kon nergens heen. Zijn leven was zijn werk. Zijn paarden, zijn droom om over een jaar of tien schatrijk zijn oude dag in te gaan. Samen met Valerie en Thomas.

Het was over. Voorbij. Alles.

Walter hoorde iets rinkelen achter zich. Het klonk ver weg, alsof het geluid uit een andere kamer kwam, of uit een ander huis.

Een andere dimensie.

Het kwam hem voor alsof iemand patronen in de cilinder van een revolver schoof.

Op de een of andere manier joeg hem dat geen angst aan.

Er was geen toekomstperspectief. Collega's met wie hij nu nog samen lunchte, zouden hem met de nek aankijken omdat hij de hele beroepsgroep, die in de afgelopen jaren toch al niet hoog scoorde in de populariteitspolls, in een kwaad daglicht had gesteld. Valerie zou hem gaan haten, hier zou ze niet mee om kunnen gaan. Als het hier zou eindigen, bespaarde hem dat gezichtsverlies.

Het kon vandaag ophouden.

Geen leugens meer, geen stress, geen angst.

Er bewoog iets, rechts van hem. Een hand, gehuld in een dunne handschoen, zoals artsen die droegen tijdens operaties. De hand hield zijn revolver vast aan de loop. Reikte hem die aan.

Hij staarde naar zijn Colt. Focuste zich op het glanzende staal. Hoorde het bloed gonzen in zijn hoofd. Het leek of hij loskwam van zijn lichaam, in een schemertoestand terechtkwam.

'Iedereen weet het morgen,' doorbrak een stem de stilte. 'Kun je leven met de schande, Walter Elias? Wat denk je, zullen je vrienden je komen opzoeken als je vastzit? En je vrouw? Zal ze je komen bezoeken, met Thomas aan het handje, als je tussen het overige uitschot bent opgeborgen, samen met hen eet, werkt en gelucht wordt op de binnenplaats – een van hen bent? Hoe lang zullen ze je willen houden, denk je? Je hebt een voorbeeldfunctie, je komt niet weg met tien, vijftien jaar cel. Tegen de tijd dat je vrijkomt, loop je krom en heb je twintig jaar lang op stalen wc-potten gescheten en automatten zitten vlechten, terwijl de bewakers in je nek spuwden... En als Thomas eenmaal oud genoeg is om te begrijpen wat er is gebeurd, zal hij jou erom gaan haten. Jou, en zijn moeder, die verraad pleegde met de moordenaar van zijn vader. Is het je opgevallen hoeveel dat jochie op zijn vader lijkt? Elke keer als die jongen in de spiegel kijkt, zal hij zijn vader zien, en zich afvragen waarom hij geen vader mocht hebben. En weten dat iemand die aan de goede kant van de wet hoorde te staan, iemand op wie iedereen vertrouwde, hem zijn vader heeft ontnomen. Voor geld... Voor geld, Elias.'

Als in een droom zag Walter het wapen glanzen in het zachte licht van de bureaulamp. De hand die nog steeds de loop vasthield. De andere drukte zwaar op zijn schouder.

Langzaam bewoog hij zijn hand naar het wapen. Omvatte de greep van de Amerikaanse revolver. Keek ernaar, alsof hij het ding voor het eerst zag. Het was het wapen geweest van Carl Ecke, en de patronen in de cilinder waren bedoeld geweest voor Geran Staal.

Het was ruim twintig jaar geleden.

Het leek wel gisteren.

De wet van Murphy. Hij was twintig jaar geleden van kracht geworden. Zijn wijsvinger bewoog zich bevend naar de trekker. Langzaam en schokkerig bewoog zijn arm omhoog, de loop naar zijn slaap. Het wapen was zwaar. Het staal voelde koud op zijn gezichtshuid.

'Je hoeft dit niet te doen,' hoorde hij zeggen, maar de woorden klonken alsof iemand ze hem toefluisterde door een kilometerslange buis. Zo ver weg. Het bloed gonsde door zijn hoofd. Zijn armen en benen leken los van zijn lichaam te komen. Hij voelde het koude metaal tegen de huid van zijn vinger. Spande de trekker aan.

Een kort gevoel van tegendruk.

Het schot hoorde hij niet meer.

Door de kracht van de inslag klapte Walters lichaam tegen zijn bureau. Zijn arm viel naar opzij en het wapen kwam met een harde bonk op de vloer terecht. Walter zakte langzaam in elkaar. Zijn gezicht en schouder bleven hangen op het bureaublad. Bloedspetters waaierden uit over zijn pak, kwamen neer op zijn haar, vielen als regendruppels op het Perzische tapijt, kwamen terecht op het bureau, werden opgezogen door het groene vloeiblad van de leren bureaulegger.

De inslagopening van de .357 Magnum zat in zijn wang, die opengereten was tot onder zijn oog.

Maier deed een stap naar achteren. De scherpe kruitdamp sloeg op zijn ogen. Hij keek naar zijn handen. Bloedspatten op de dunne operatiehandschoenen en kleine vochtplekken op zijn zwarte shirt.

Hij moest hier weg.

Toch bleef hij nog een paar tellen staan.

Probeerde tot zichzelf te komen. Het tot zich door te laten dringen dat wat zijn zintuigen hadden geregistreerd, ook daadwerkelijk had plaatsgevonden.

Walter Elias was dood. Hij had een einde aan zijn leven gemaakt. Nog één keer keek hij naar de dode man.

'Doe de groeten aan Sven,' zei hij zacht, tegen de halfgesloten ogen.

Hij draaide zich om. Liep over het tapijt naar de hal, de oprit op. Sloot de deur achter zich door hem naar zich toe te trekken met zijn elleboog. Hij trok zijn contacthandschoenen binnenstebuiten uit en frommelde ze in zijn broekzak. Liep naar de poort en klom eroverheen. Keek naar links. Naar rechts.

Er stonden een paar auto's langs de trottoirranden. Maar geen donkerblauwe Opel Astra.

Die had er nooit gestaan.

Twee weken later

'Welke lichtgevoeligheid gebruik je hiervoor?'

'Vierhonderd iso. Ook deze,' zei Susan. Ze trok een foto uit de stapel. 'Binnenshuis wordt vaak achthonderd iso gebruikt, maar ik vind het verschil met vierhonderd eigenlijk niet zo groot. Beweging hou je toch niet tegen.'

Maier strikte de veters van zijn Asics en keek met een schuin oog naar Susan en Jeanny. Fotografie was de hele ochtend al het onderwerp van gesprek.

Sinds Jeanny bij hen was ingetrokken gingen gesprekken daarover, en over oude bekenden, verre familieleden. Herinneringen van twintig, dertig jaar oud kwamen weer tot leven. Er was ook gehuild. Om Svens en Gerans dood. Om die van Skip, die de aanvaring met Roger Wendel niet had overleefd. En om dingen die vroeger waren gebeurd, die Susan hem nooit had verteld.

In de tijd dat ze samenwoonden had hij zich vaak genoeg afgevraagd waarom Susan nooit over haar jeugd had willen praten. Sinds Jeanny's komst wist hij het. Herinneringen ophalen deed je met mensen die ze met je delen, niet met mensen die pas later in je leven stappen. Een ander, ook al luisterde hij aandachtig en deed hij zijn uiterste best zich in te leven, kon nooit voelen wat jij voelde. Die kon zich nooit helemaal verplaatsen in wat zich in jouw hoofd afspeelde. Die ander kon alleen maar luisteren. Niet delen.

Hij had Susan nooit eerder zo gezien. Ze had geen angstdromen meer gehad en ze maakte grapjes. Trok rare gezichten, straalde en bruiste van de energie. Ontspannen, los. Er was een Susan opgestaan die hij niet kende. Ze was gelukkig.

Eergisteren had Susan een vlucht geboekt naar Illinois, omdat Jeanny bij Sabine wilde zijn als de baby werd geboren. De vliegtickets lagen in de secretaire.

Susan had er drie gekocht, en hij had met een uitgestreken gezicht zijn paspoortnummer opgelezen, wetende dat hij niet mee zou gaan. Hij had alleen nog onvoldoende moed verzameld om haar dat te vertellen.

Susan schikte een stapel knipsels en keek even zijn kant op. Haar ogen gleden van zijn gezicht naar zijn handen, die aan de stugge veters van zijn loopschoenen trokken. Even zag hij de glans in haar ogen wegtrekken.

Er viel een schaduw over haar gezicht, die meteen weer verdween. 'Ga je lopen?' vroeg ze.

'Ja, even.'

Hij trok de deur achter zich dicht en slenterde naar het park. Zo zou het blijven gaan, besefte hij. Elke keer als hij wegging, alleen, zou ze vragen waar hij heen ging. Zich in stilte afvragen of hij de waarheid sprak. Ooit nog terug zou komen. Dat zou niet veranderen.

Langzaam versnelde zijn pas zich tot een lusteloos sukkeldrafje. De zon scheen. De inhoud van een Engelse touringcar werd losgelaten in het oude centrum. Uitgelaten Britten met rugzakken waaierden uit over de stad. Hij liep verder in de schaduw van de bomen op de parkeerplaats van de Parade, die uitzicht bood op de gotische kathedraal met zijn foeilelijke bakstenen toren. Hij liep langs het Theater aan de Parade, langs een eetgelegenheid met een witte houten veranda, die boven de stadsgracht hing. Kwam langs het bronzen verzets-monument, groen uitgeslagen, dat gevangenen uit de Tweede Wereldoorlog voorstelde, geketend aan hun polsen, hun ge-zichten grimmig.

Het was maar een klein deel van de stad die zijn thuis was geweest voor tien maanden.

Terwijl hij het oude centrum achter zich liet en langs de stadswallen zijn pas versnelde, dacht hij terug aan de afge-lopen twee weken.

Er was veel gebeurd.

Vorige week was Jeanny met Susan naar Walter Elias geweest. Hij had zich bijna verslikt in zijn eten toen Jeanny het voorne-men opperde, en had vervolgens een rotsmoes bedacht om niet mee te hoeven.

'Ik blijf het raar vinden,' had Jeanny gezegd, 'dat Walter me niet heeft gebeld dat Susan naar me onderweg was. Dat is niets voor hem. En ik vraag me ook af hoe het zit met Roger. Walter wíst hoe de situatie met Roger Wendel lag. Ik kan me gewoon-weg niet voorstellen dat hij mijn adres zomaar aan hem heeft gegeven. Maar voor ik verkeerde conclusies trek, wil ik het graag van hemzelf horen.'

'Ga je hem bellen?' had Susan haar gevraagd.

'Nee,' had ze geantwoord. 'Ik wil hem in zijn ogen kunnen kijken. Ik wil naar hem toe.'

Nog geen twee uur later waren ze aangeslagen thuisgeko-men: Jeanny's steun en toeverlaat had een week eerder zelf-moord gepleegd. De speculaties over zijn plotselinge dood en de connectie met Roger en Walter, zelfs die met de dood van Sven, hielden dagenlang aan.

'Dat die Walter Elias met Valerie was getrouwd,' had Susan hem 's nachts in bed toegefluisterd, 'is dat niet té toevallig? Het geeft te denken, toch? Die zelfmoord, Roger, mijn vader... Ligt dat aan mij, zie ik het verkeerd? Er moet toch een verband zijn?'

Hij had wat gemompeld en vage antwoorden gegeven.

Susan had al genoeg te verwerken gehad. Ze sliep nu goed en dat was weleens anders geweest. En wat Jeanny betrof... Hij wilde niet degene zijn die haar het beeld ontnam dat ze van haar oude vriend had. De vriendschap met Walter Elias was een van de sporadische goede herinneringen waar Jeanny nog uit putte, uit een tijd dat ze van iedereen om wie ze gaf afgesneden was geweest. Ze had nu zo haar vraagtekens, maar die zouden in de loop van de tijd vervagen.

De waarheid vertellen zou een zoveelste egoïstische daad zijn. Daar grossierde hij de laatste jaren sowieso al in. Het werd tijd om het anders te doen.

Soms was de waarheid alleen maar ballast.

Pezige kerels liepen hem stilzwijgend voorbij. Wedstrijdlopers. Hij begon automatisch harder te lopen. Voelde zijn hartslag toenemen en zijn ademhaling versnellen.

Scooters schoten knetterend langs hem heen en lange rijen auto's wachtten geduldig voor het verkeerslicht in de zinderende zon.

Maier zag ze niet. Hoorde ze niet. De interne dialoog overstemde alles.

De enige reden dat Susan blind voor hem was gegaan, de enige drijfveer waarom ze zich had laten meevoeren in zijn destructieve wereld en bij hem was gebleven, was die schreeuw om liefde. Liefde die ze sinds haar veertiende had moeten ontberen. Geen moeder, een vader met een emotionele stoornis, onmachtig om liefde te geven, een zus die binnen afzienbare tijd naar de andere kant van de wereld was vertrokken. Ze moest verdomde eenzaam zijn geweest, dat ze zo jong al vluchtte in een huwelijk dat niet standhield omdat het om de verkeerde redenen was aangegaan. Daarna koos ze uit talloze mogelijkheden een beroep dat haar over de hele wereld voerde, waardoor ze overal te kort verbleef om banden aan te gaan.

Hij was de enige geweest die door dat defensieve pantser dat ze om zichzelf had opgetrokken, heen kon breken. Daarom was ze aan hem blijven hangen.

Alleen daarom.

De passie die ze voor hem voelde, was een substituut geweest. Een noodverband om een gekwetste ziel. Symptoombestrijding.

Hij moest het niet groter maken dan het was. Dingen helder zien. Rationeel. Voorbij die gevoelens kijken. Een helikopterview hierop loslaten. Hoe hij het ook probeerde, het beeld bleef troebel.

Want wat de aanleiding ook was geweest; dat wat ze samen hadden gehad, was bijzonder. Zeldzaam.

Hij hield van haar.

Maar houden van was niet genoeg. Het werkte niet op de lange termijn. En het zou nooit gaan werken. Niet zolang hij nog elke dag op voet van oorlog stond met zichzelf.

Zijn prioriteiten lagen niet bij een goede relatie, samen oud worden, samen delen, hoewel hij een poos geloofd had dat dat wel zo was.

Wat Susan nodig had, was iemand die haar centraal stelde. Iemand bij wie ze niet sterk hoefde te zijn, of voor wie ze steeds haar grenzen moest verleggen.

Zo iemand was haar moeder.

En als ze zo bleef, zo vol leven en vrolijkheid, en die sociale intelligentie van haar verder zou kunnen ontplooien, dan kwam ze op een dag een kerel tegen die als een blok voor haar zou vallen. Een man met een toegevoegde waarde. En die zou dan niet, zoals hij drie jaar geleden, een schild van zelfbescherming aantreffen waar hij met geweld doorheen moest beuken.

'Mijn leven is naar de kloten gegaan door mannen zoals jij,' had Jeanny gezegd, op die eerste avond in haar bijkeuken in Wales. Hij had het toen weggehoond. Te belachelijk voor woorden.

Maar Jeanny had het scherp gezien.

Hij had hier niets meer te zoeken.

Dat ging hij haar vanavond vertellen. Hij zou Susan meenemen naar de stadswallen. Naast elkaar zittend, uitkijkend over de weilanden en de hoge gebouwen in de verte, zou hij haar hand vasthouden en het zeggen. Het zou de eerste keer zijn dat hij iets voor haar deed, wat werkelijk waarde had.

Dus zou het verdomme geen pijn moeten doen.

Maar pijn deed het.

Dankwoord

Onze dank gaat uit naar alle mensen die ons tijdens de achttien maanden die *Onder druk* (werktitel: *Safe house*) nodig had te ontstaan, hebben geholpen. Veel mensen hebben een bijdrage geleverd met kennis die ze op hun vakgebied hebben opgedaan, soms een (vak)term, anekdote, feit of het aanbrengen van een contact dat verder kon helpen: Arno, Axel, Bart, Cécile, Christa, Diana, Neil, Robert en iedereen die ik nu – mogelijk – vergeet: bedankt!

Vaker kwam er meer bij kijken dan een enkel feit of een enkele term. Speciale dank is verschuldigd aan de volgende mensen: Ton Hartink. Als wapenexpert en vanwege zijn lange loopbaan bij de politie heeft hij op meerdere punten in het boek kunnen helpen. Zijn kennis en hulp waren van cruciaal belang. Paul Mak, psycholoog GGZ te Oss, die het hele manuscript heeft doorgelezen en de psychologie van de personages onder meer op karaktervastheid heeft gecheckt. Piet Hein Debets, directeur van de rechtbank te Dordrecht, die heeft verteld en laten zien hoe een (straf)rechter zijn werkdagen doorbrengt. C. Judkins, Nederlandse, woonachtig in Wales, die dingen vertelde over het land, de achtergronden en de mensen, die ik tijdens de bezoeken aan Wales niet kon plaatsen. Stanley Bijmholt van Benel BV, voor het controleren van de technische en praktische informatie over verrekijkers en restlichtversterkers. Drs. K. Claij, dierenarts, gespecialiseerd in het controleren van doping bij drafpaarden, die ervoor zorgde dat het medische deel op dat gebied sluitend is geworden – de rest heb ik (Esther) uit mijn eigen geheugen opgediept en mochten daar overdrijvingen of fouten in zijn geslopen, dan zijn die hem niet aan te rekenen. Ook dank aan enkele leden van de Eindhovense Aeroclub Motorvliegen, met name Frits Veltr, voor de achtergrondinfo met betrekking tot het (internationaal) vliegen met een Cessna. Ten slotte dank aan een aantal Franse en Nederlandse oude vrienden; onze gedeelde ervaringen hebben aan de basis gestaan van dit verhaal.

Morele steun is minstens zo belangrijk. Daarvoor dank aan de lezers: Anita, Jeanine, Sacha, José en last but not least Peter, wier gewaardeerde aantekeningen en opmerkingen ter harte zijn genomen.

Speciale dank gaat uit naar Renate Hagenouw, een kei op haar vakgebied, voor haar kritische redactie, talloze tips en niet te vergeten steun.

Het autobiografische boek dat Sil Maier had gelezen, was *Ondervuur* van Mike Curtis.

Muziek: o.a. Bush, Nirvana, U2, Megaherz, SOiL, Rammstein, Kane, System of a Down, The Church, Talk Talk en The Blue Nile.